KÖNIGLICHES BLUT

EINE SAMMLUNG VON VIER ÜBERNATÜRLICHEN LIEBESGESCHICHTEN

AJ TIPTON

Übersetzt von
BIRGA WEISERT

Illustrated by
CIRCECORP

„Der Thron des Vampirs"

Von AJ Tipton

Übersetzung von Birga Weisert

Dieses Buch ist nur für den Verkauf an ein erwachsenes Publikum gedacht. Es beinhaltet sexuell explizite Szenen und Bildsprache, die manchen Lesern anzüglich vorkommen könnte.

Diese Arbeit ist reine Fiktion. Alle Charaktere, Namen, Orte und Vorfälle, die in diesem Werk vorkommen, sind fiktiver Natur. Jegliche Ähnlichkeiten zu realen Personen, lebendig oder tot, Organisationen, Vorkommnissen oder Lokalitäten ist reiner Zufall.

Alle sexuell aktiven Charaktere dieses Buches sind 18 Jahre oder älter.

Cover-Art-Fotos bereitgestellt durch CirceCorp

DER THRON DES VAMPIRS

Alice Jones musste eine leichte, nervöse Übelkeit unterdrücken, als sie in die parfümgeschwängerte Luft der noblen Kunstgalerie trat. Die gesamte Einrichtung der beeindruckenden Galerie war in einem edlen, rustikalen Stil gehalten, von den riesigen Räumen mit kunstvoll freigelegten Rohren an der Decke bis zu den intimen Nischen aus rohem Ziegelstein und Glas.

Alices bewegte sich unsicher auf ihren geliehenen Stöckelschuhen; bei jedem Schritt riskierte sie auf ihren Hintern zu fallen, aber sie war fest entschlossen, sich aufrecht zu halten. *Klasse. Denk dran, du hast Klasse,* dachte sie. Bei jedem Schritt erwartete Alice beinahe, dass irgendjemand sie mit den Worten „Eindringling aus dem niederen Volk!" beschimpfen und ihre Fotografien von der Wand reißen würde. Bis jetzt allerdings nickten die reichen Gäste wohlwollend bei der Betrachtung ihrer Werke und lächelten soweit es ihre durch Botox extrem begrenzte Mimik zuließ.

Ein schweres Weinglas wurde ihr plötzlich in die Hand gedrückt. Alice sah auf und blickte in das lächelnde Gesicht der Galeriebesitzerin, Margot Dal.

„Du siehst aus als könntest du einen Drink gebrauchen." Margot deutete auf das Glas, das bis zum Rand gefüllt war. Alice befürchtete, dass beim leisesten Luftzug, die Flüssigkeit auf ihre Bluse spritzen würde.

„Um damit zu duschen?", fragte Alice. Sie neigte übertrieben vorsichtig den Kopf und nahm einen betont langsamen Schluck, ohne die Hand zu bewegen, schenkte Margot aber dankbares Lächeln. In den letzten Wochen vor der Eröffnung der Ausstellung hatte Alice eng mit Margot zusammengearbeitet, aber die große, beeindruckende Frau schüchterte sie noch immer etwas ein.

„Was soll ich sagen? Ein wahrer Freund hilft dir dabei,

deine Hemmungen zu überwinden." Margot war aber nicht mehr richtig bei der Sache. Sie ließ ihren Blick durch die Menge wandern, als ob sie jemanden suchte.

Alice zwang sich ruhig zu bleiben. Sie würde alles geben, um auch nur *halb* so gelassen zu sein wie Margot. Margot wirkte an jedem Ort entspannt und selbstbewusst, aber in ihrer Galerie war sie wie eine Königin. Ihre dunkle Haut schimmerte golden im Licht der Lampen, und ihr schwarzes Kleid war schlicht, geschmackvoll und kostete wahrscheinlich mehr als Alices monatliche Miete. Für das große Debüt ihrer Fotografien hatte Alice ihre letzten Pfennige zusammengekratzt, um sich ein neues Kleid zu kaufen. Sie erblickte ihr Spiegelbild und zog eine Grimasse. Ihr rotes Haar lockerte sich aus dem straff geflochtenen Zopf und die entkommenen Strähnen umspielten weich ihr Gesicht. Ihre strahlend blauen Augen wirkten durch Lidstrich und Schminke riesengroß. Das trägerfreie grüne Abendkleid war gar nicht so schlecht. Es schmiegte sich eng an ihren Körper und betonte ihre schmale Taille. Kleine weiße Perlen am Ausschnitt lenkten die Aufmerksamkeit auf ihr üppiges Dekolleté. Ein lilafarbener Schal bedeckte ihre Schultern und ihren Nacken. Er hatte die gleiche Farbe wie die Ohrringe aus Kristallperlen. Alice musste sich sehr beherrschen, um sich nicht in den Falten ihres Schals zu verkriechen. Je länger sie hier war, desto mehr wünschte sie sich, sie hätte Margots Angebot, ihr eines ihrer vielen Designerkleider zu borgen, angenommen.

„Weißt du, ob schon einige Bilder verkauft worden sind?" Alice nippte an ihrem Glas und versuchte, die Frage möglichst nebensächlich hervorzubringen, als ob ihr die Antwort eigentlich egal wäre.

Margot lachte leise. Ihr konnte man nichts vormachen. „Mach dir keine Gedanken, Süße. Überall erscheinen kleine, rote Punkte, die einen abgeschlossenen Verkauf anzeigen." Sie sah Alice an und zog die Augenbrauen hoch. „Aber du weißt schon, was den Verkauf noch fördern würde, oder?"

„Was denn?" Alices Magen machte einen nervösen Hopser. Sie ahnte schon, was Margot sagen wollte.

„Du musst mit den Leuten *sprechen*. Sie müssen dich und die Geschichten hinter den Fotos kennenlernen." Margot deutete mit einer schnellen Handbewegung auf die Menschenmenge in der Galerie. „Du weißt doch, wie diese reichen, gelangweilten Typen sind; sie wollen nicht nur die Kunst, sondern auch die *Geheimnisse*, die sich dahinter verbergen." Margot sah Alice streng an. „Trink mindestens ein Viertel von diesem Wein und dann sieh zu, dass du aus dieser Ecke rauskommst, bevor ich dich mit einem Besen herausbugsiere." Es hörte sich an als würde sie scherzen, aber Alice zweifelte nicht daran, dass Margot ihre Drohung in die Tat umsetzen würde.

Eine Frau, die aussah als wäre sie gerade der Titelseite eines Frauenmagazins entsprungen, kam auf sie zu und zwinkerte Margot zu. Die Galeristin nahm sich ein Glas vom Tablett eines vorbeigehenden Kellners und lächelte.

„Die Pflicht ruft." Margot leckte sich die Lippen und drückte Alices Hand. „Du schaffst das schon. Heute ist dein großer Abend! Genieße ihn." Und weg war sie. Alice blinzelte, da war Margot schon auf der anderen Seite des Raumes, lächelte strahlend und unterhielt sich vertraulich mit dem Titelseitenmädchen.

Alice blickte auf ihr Glas hinab. Noch ein paar Schlucke, dann könnte sie sich mit dem Glas in der Hand sicher und ohne Spritzer unter die Leute mischen. Kurz zog sie in Betracht, sich aus Trotz noch eine weitere Stunde hier in der Ecke zu verstecken, aber sie wusste, dass Margot Recht hatte. Diese Ausstellung war ihre große Chance, Verbindungen zu knüpfen und ihre Karriere als Fotografin zu fördern, damit sie endlich ihren langweiligen Job als Verwaltungsassistentin hinschmeißen konnte. Sie nahm einen großen Schluck Wein.

Keine langweilige Büroarbeit mehr.

Keine endlose Pendelei mehr.

Nie wieder hektische Fototermine in der halbstündigen Mittagspause.

Die Aussicht, ihren stinklangweiligen Bürojob loszuwerden, machte ihr die Entscheidung, sich mit fremden Leuten unterhalten zu müssen, etwas leichter. Fest umklammerte sie den Stiel ihres Weinglases. Ein gut angezogenes Pärchen, das Alice aus einer Reality-Fernsehsendung wiedererkannte, starrte sie an. Die Frau spielte mit dem Kragen ihrer Jacke mit Leopardenmuster und der Mann fummelte an seinem Handy herum.

„Das ist alles so derivativ und prosaisch." Die Frau rümpfte die Nase. „Rhys wird sich über Margots Abkehr vom guten Geschmack totlachen. Was soll das..." Die Frau zeigte auf eines von Alices Fotos, das in der Nähe hing, ein kontrastreiches Bild von den Bolzen an einer Abfalltonne in der Abenddämmerung.

Alice kämpfte die Röte nieder, die ihr ins Gesicht stieg. Der Mann sah von seinem Handy auf. „Was hast du gesagt, Schätzchen?"

„Der Titel der Ausstellung, *Wundersame Details*. Was ist *wundersam* an einer blöden Abfalltonne?"

Der Mann zuckte die Achseln. „Irgendein Rockstar hat gerade das Foto mit der Haarbürste für eine fünfstellige Summe gekauft. Er sagte, es sei irgendwas Urbanes, oder so ähnlich."

„*Humanes*, meinst du, oder? So ein Blödsinn." Sie rieb

sich die Nase und brabbelte undeutlich, dass sie zur Toilette gehen wollte. Der Mann nickte und folgte ihr.

Alice kämpfte gegen den Wunsch an, sich noch tiefer in ihrer Ecke zu verstecken. *Blödsinn?* Hatten die eine Ahnung, wie schwer es war für das perfekte Foto genau den richtigen Lichteinfall zu finden oder den genauen Moment abzupassen, wenn die Sonne auf--

Alice schüttelte den Kopf.

Du schaffst das hier. Du brauchst nicht den Respekt oder das Verständnis solcher Leute. Jemand hat gerade eines meiner Fotos für einen fünfstelligen Betrag gekauft! Sie sind also nicht alle oberflächliche Idioten. Geh jetzt einfach da raus.

Sie schaffte es, einen Fuß vor den anderen zu setzen und gelangte schließlich in die Mitte des Raumes.

Schluss mit dem öden Bürojob.

Schluss mit dem öden Bürojob.

Sie sang die Worte im Kopf vor sich hin, während sie durch den Raum ging und den Leuten zunickte und lächelte. Die Gäste, die sie von ihrem Foto aus der kurzen Biografie im Programmheft erkannten, riefen ihr Gratulationen zu ihrer ersten großen Ausstellung zu. Das war alles sehr nett, aber nachdem Alice zum fünfzigsten Mal wiederholt hatte, dass es eine wirkliche Ehre war, hier zu sein, befürchtete sie, dass sich der Stress langsam auf ihrem Gesicht abzeichnete.

Alice tupfte sich vorsichtig den Schweiß im Nacken ab und sah sich nach Margot um. *Ob sie mir bei lebendigem Leib die Haut abzieht, wenn ich Kopfschmerzen vortäusche und nach Hause gehe?, fragte* sie sich.

„Ich hätte es nie zu träumen gewagt, dass die Künstlerin noch schöner ist als ihre Werke", sagte eine angenehme Stimme hinter ihr.

Alice fuhr herum. Das Glas in ihrer Hand neigte sich

und der Wein ergoss sich, wie in Zeitlupe, in hohem Bogen über einen großen Mann mit kurz getrimmtem Bart, der nur einen Meter von ihr entfernt stand. Der rote Wein auf seinem Hemd wirkte wie Blut in einer Mordszene.

Neeeein. Sie streckte die Hand aus, wie um die Flüssigkeit in der Luft aufzuhalten, aber es war zu spät. Der blutrote Fleck dehnte sich bereits auf seinem frischen, weißen Hemd aus, wie eine Landkarte von Asien.

„Oh mein Gott! Das tut mir so leid!", rief Alice und sprang vor, um den Fleck mit ihrem Schal abzutupfen.

„Das ist doch nicht so schlimm." Die Stimme des Mannes war leise und melodisch und verursachte eine leichte Gänsehaut auf ihrem Rücken. „Das Hemd kann etwas Farbe gut gebrauchen."

Alice sah ihn verstohlen an, und durch sein strahlendes Lächeln erhellte sich ihr Gesicht, als ob sie im Scheinwerferlicht stünde. Sofort hatte sie den Wunsch sein Gesicht aus jedem erdenklichen Winkel zu fotografieren. Der Goldene Schnitt seiner Gesichtszüge, die Barthaare an der Rundung des Kinns, die leichten Lachfalten um seinen Mund und die Sorgenfalten an seiner Stirn erforderten ein Zoom-Objektiv und das hellstmögliche Licht. Eigentlich waren Porträtfotos gar nicht ihr Ding, aber diesen Mann— dessen Lächeln immer breiter wurde, je länger sie ihn ansah —würde sie gern ganz genau unter die Linse nehmen. *Vorzugsweise nackt.*

„Ehm, hallo. Ich bin Alice, und, ähm, ich bin Fotografin." Die Worte sprudelten kaum verständlich aus ihr heraus. Dann atmete sie tief ein und richtete sich gerade auf. Mit Mühe wandte sie den Blick von seinen Brustmuskeln ab, die sich unter dem feuchten Hemd deutlich abzeichneten. „Sonst kann ich mich besser ausdrücken, glauben Sie mir."

Er lachte. „Das glaube ich Ihnen. Margot hat mir schon viel von Ihnen erzählt; sie ist eine alte Freundin von mir." Er streckte ihr die Hand hin. „Christopher Dal."

„Christopher Dal?" Alice schüttelte ihm die Hand und spürte Schwielen in seiner Handfläche, die sie bei einem Mann in einem solchen Anzug gar nicht erwartet hätte. „Margot und Sie haben den gleichen Nachnamen. Sind Sie verwandt?" Eigentlich sahen sie sich gar nicht ähnlich, aber das kam in allen Familien vor.

Er lächelte. „Keine Verwandtschaft, aber wir kennen uns schon so lange, dass sie sozusagen zur Familie gehört."

Alice verspürte einen kurzen Moment der Traurigkeit. Sie hatte alle ihre guten Freunde zurückgelassen, als sie in die Stadt gezogen war, und mit den Jahren alle Kontakte verloren. Durch ihren Job und ihre Arbeit als Fotografin hatte sie kaum Zeit, um neue Freunde zu finden. Die Wärme und Vertrautheit in Christophers Stimme, als er Margots Namen sagte, machten ihr bewusst, dass sie sich einsam fühlte. Sie zwang sich zu einem Lächeln.

Christopher zeigte auf das Bild hinter ihr. „Ihre Fotos sind wirklich bemerkenswert."

„Danke." Sie strich eine verirrte Haarsträhne hinter ihr Ohr und verlagerte ihr Gewicht von einem Fuß auf den anderen.

„Ich meine es wirklich ernst." Christopher trat etwas näher. „Ihre Werke sind außergewöhnlich. Wie Sie sich auf die kleinsten Details in alltäglichen Objekten konzentrieren und die versteckte Schönheit darin offenlegen ist erstaunlich. Sie haben einen wunderbaren Blick für Einzelheiten."

Diesmal klang Alices „Danke" viel überzeugter. Eine glückliche Wärme durchströmte sie und spiegelte sich in ihrem Gesicht wider. *Endlich!*

„Von allen Menschen, mit denen ich mich heute Abend

unterhalten haben, sind Sie der erste, der verstanden hat, was ich ausdrücken will", sagte Alice. „Das freut mich wirklich sehr. Ich wollte, dass die Menschen, die diese Ausstellung sehen, eine neue Wertschätzung für die Kleinigkeiten, die uns im täglichen Leben umgeben, mitnehmen."

Christopher lächelte. „Ist es nicht faszinierend, wie Kunst so etwas zustande bringt? Sie kann uns Dinge, die wir jeden Tag betrachten, in einem ganz anderen Licht und Kontext präsentieren."

Alice hätte ihn am liebsten umarmt. „Genau das denke ich auch! Schönheit liegt nicht nur in einem Sonnenuntergang über den Bergen." Sie sprach schneller, als sie sich für ihr Thema erwärmte. „Die Kante eines Briefkastens kann schön sein, oder wie sie sich in das Gesamtbild mit dem Haus dahinter einfügt, oder der Aufbau eines Ameisenhügels."

Christopher berührte leicht ihre Hand. Sie verspürte die angenehme Kühle seiner Haut wie Balsam entlang ihres ganzen Arms. „Sie sind eine großartige Künstlerin, Alice. Wissen Sie, wie wertvoll es ist, etwas zu sehen und es dann einzufangen, so dass andere es auch sehen können? Sie sollten das wirklich in Vollzeit machen."

Alice errötete. „Sie sind sehr freundlich. Ich wünschte auch, dass ich mehr Zeit hätte, um meine Kunst auszuleben." Sie deutete auf einen roten Punkt an einem Foto von einem gespaltenen Baum „Ich hoffe, dass mir die Verkäufe von heute Abend dabei helfen können. Bei diesem Bild hatte ich das Glück, dass das Licht gerade in dem Moment perfekt war, als ich den Baum entdeckte, aber beinahe hätte ich den richtigen Augenblick verpasst, weil eine Besprechung bei der Arbeit länger gedauert hatte als geplant. Man hat leider nie genug Zeit, um jeden schönen Moment in unserer Umgebung wahrzunehmen, aber ich hätte gern die Möglichkeit, so viele wie möglich zu finden."

Alice blickte etwas vorwurfsvoll auf ihr Weinglas; sie war überrascht darüber, wie viel sie diesem vollkommen fremden Menschen anvertraut hatte. Sein verständnisvoller Gesichtsausdruck und sein Nicken zeigten, dass er genau wusste, was sie meinte.

„Die Welt ist so groß", sagte sie. „Ich wünschte, ich hätte die Zeit alles einzufangen."

Christophers Lächeln vertiefte sich. „Man kann nie wissen. Soweit ich es beurteilen kann, ist dieser Abend noch erfolgreicher als Margot erwartet hat." Er hielt ihr seinen Arm hin. „Ich habe Sie schon viel zu lang von Ihren Gästen ferngehalten. Sollen wir uns zusammen in die Menge wagen?"

Alice nickte. Sie hakte sich bei ihm ein und spürte seine harten Muskeln durch die Jacke hindurch. Vielleicht war es ja doch gar nicht so schlecht, sich mit Fremden zu unterhalten.

CHRISTOPHER ATMETE ALICES BETÖRENDEN, wunderbaren Duft ein: Seife, ein Parfüm mit einer leichten Vanillenote, und ihr Blut, das unter der zarten Haut ihres Halses pulsierte. Aus ihrem Blut konnte er ihren Gemütszustand herauslesen: Zögern, Nervosität, und...er hoffte inständig, dass er das richtig interpretierte...*Verlangen*. Verlangen nach ihm? Oder nur der innige Wunsch nach einer erfolgreichen Ausstellung? Um sich sicher zu sein, würde er ihr Blut trinken müssen. Doch im Moment genoss er ihre Gesellschaft zu sehr und wollte sie nicht beunruhigen. Wenn ihn sein Instinkt nicht trog, hatte sie nicht die Gabe zu *sehen*, und konnte ihn daher auch nicht als Vampir erkennen, genau so wenig wie sie die anderen übernatürlichen Wesen hier ihm Saal erkennen konnte, die Wein tranken und sich gegenseitig beschnüffelten.

Sein Puls raste bei der zarten Berührung von Alices Hand auf seinem Arm, während sie durch den Ausstellungsraum gingen. Sie faszinierte ihn in jeder Weise. Ihre Bewegungen waren von einer Anmut, die ihn an edle Königsfamilien vergangener Jahrhunderte erinnerte, und ihr sanftes Wesen war wie das einer zauberhaften Waldnymphe.

Ihre Schönheit überstrahlte all die Wichtigtuer, die sich in der Galerie tummelten. Während sie untergehakt durch den Ausstellungsraum wanderten, zog Alices reizvolle Ausstrahlung alle Blicke auf sich. Christopher übernahm die Rolle des starken, schweigsamen Begleiters und mischte sich nur in Gespräche ein, um Alice bei der lebhaften Beschreibung ihrer Arbeit zu unterstützen. Eine Tigerwandlerin in Begleitung ihrer Liebhaber kam zu Alice und sprach ihre Bewunderung für ein Foto aus, das ihr besonders gut gefiel. Sofort begann Alice einen charmanten, aber etwas konfusen Vortrag, warum sie diesen Schrank in genau dieser Art fotografiert hatte. Die Tigerin lächelte und zeigte ihre perfekten, schneeweißen Zähne. Sofort erwachten Christophers Beschützerinstinkte und drängten sich an die Oberfläche, aber es gelang ihm sich zusammenzureißen, bevor Alice etwas bemerkte.

„Ich bin nun doch froh, dass wir uns unter die Leute gemischt haben." Alices Stimme war jetzt etwas fester, nachdem sie die erste Runde durch den Raum gut überstanden hatte, aber sie hatte ihre Hand noch immer mit ängstlichem Griff an seinen Arm geklammert.

„Ich auch." Christopher sah tief in ihre schönen, blauen Augen.

Ich würde am liebsten für immer in ihren Augen versinken.

Der Gedanke traf ihn wie ein Hammer und es erstaunte ihn, wie sicher er sich war. Eigentlich erschuf er nicht oft neue Vampire, aber wenn er es tat, wusste er innerhalb von Sekunden nach der ersten Begegnung immer sofort ganz sicher, wen er wollte. Er verdrängte den Gedanken.

Nicht sie. Bitte nicht sie.

„Haben Sie den Rest der Ausstellung gesehen?", fragte er, bemüht sich von seinen Gedanken abzulenken.

Alice spielte mit den Fransen ihres weinbefleckten Schals. „Ja, habe ich schon, aber ich würde mir sehr gern alles noch einmal ansehen." Sie lächelte ihn an. „Es gibt so viele wundervolle Stücke." Ihre Begeisterung war ansteckend. Er drückte ihre Hand auf seinem Arm und bedeckte sie mit seiner. Ihre Haut war warm und ihr Puls schlug schnell, als sie in einen der anderen Räume abbogen, in dem die anderen Künstler ausstellten.

Sie hielt im Raum inne und zog ihn dann mit sich.

„Das hier gefällt mir am besten", sagte sie.

Der Fotograf hatte genau den Moment festgehalten, als eine Champagnerflöte zerbrach. Vor einem rabenschwarzen Hintergrund flogen die Glassplitter schimmernd in alle Richtungen und bildeten eine perfekt symmetrische Form, so dass es aussah als ob das Glas Flügel hätte.

„Atemberaubend", murmelte Christopher, ohne seinen Blick von Alice zu lösen.

Alices Wangen röteten sich. „Sie sehen sich das Bild gar nicht an."

„Tue ich das nicht?", fragte Christopher.

Alice errötete noch tiefer und wandte sich schnell wieder

dem Foto zu. „Ist das nicht einfach wundervoll? Ein Moment, der für immer festgehalten ist. Ein Moment, den wir gar nicht wahrnehmen würden, wenn er nicht für immer in der Zeit festgehalten wäre, so, dass wir ihn sehen können."

Christopher sah das Foto an. „Für immer in der Zeit gefangen zu sein, ist nicht immer erstrebenswert." Er machte ein ernstes Gesicht.

„Aber verstehen Sie das nicht? Auch wenn das Bild in der Zeit gefangen ist, was der Betrachter sieht, ist frei." Alices Gesicht leuchtete. „Es verändert sich nicht mit der Zeit, aber die Zeit ändert unsere *Wahrnehmung* des Gegenstandes." Sie zeigte auf den Stiel des Glases auf dem Foto. „Sie und ich, wir sehen jetzt das Glas, aber vielleicht wird Glas in der Zukunft gar nicht mehr verwendet und die Menschen kennen es nicht mehr. Wäre das nicht unglaublich? Der Anblick von zersplitterndem Glas ist für uns eine ganz alltägliche und bedeutungslose Sache, aber wie wird so etwas in einer fernen Zukunft wahrgenommen?"

Sie würde sich als Vampir großartig machen. Die Versuchung holte ihn wieder ein. Jetzt verstehe ich, warum Margot Sie unbedingt für diese Ausstellung gewinnen wollte. „Sie haben eine einzigartige Sichtweise. Bodenständig und gleichzeitig voller Leidenschaft", sagte Christopher.

„Das ist nicht immer von Vorteil." Alice führte Christopher entspannt zurück in den Hauptausstellungsraum. „Sie können sich gar nicht vorstellen, bei wie vielen Schulprojekten ich durchgefallen bin, weil ich mich zu sehr mit den Einzelheiten aufgehalten habe."

Er lachte leise und bemerkte dann auf einmal, wie ruhig es in der Galerie geworden war. Die meisten Besucher waren schon gegangen, und nur hier und da waren noch ein paar Gäste zu sehen. Die Ausstellung neigte sich dem Ende zu, und Alice würde wieder aus seinem Leben verschwinden.

Ich sollte sie einfach gehen lassen. Sie würde ein normales Leben führen: älter werden und sich verändern, lieben und sterben, wie jeder andere auch. Wer weiß, wenn einige hundert Jahre vergangen waren, würde er sie vielleicht vergessen können. Er würde vergessen, wie das Licht in ihrem lockigen Haar glitzerte, und dass sogar der Rand einer Mülltonne in ihren Augen eine besondere Schönheit besaß.

„Dürfte ich Sie vielleicht mal anrufen?" Die Frage war ihm entschlüpft, bevor er sich bremsen konnte, aber irgendwie freute er sich doch. „Ich habe diesen Abend mit Ihnen sehr genossen und würde Sie gern wiedersehen und mich mit Ihnen unterhalten."

Alice lächelte ihn an und gab ihm eine kleine, weiße Visitenkarte aus ihrer Handtasche. „Ich würde mich sehr freuen. Die 'Firmennummer' auf der Karte ist meine Handynummer." Sie spielte mit den Fransen ihres Schals. „Ich habe mir diese Karten extra für die Ausstellung drucken lassen und dachte, so würden sie professioneller wirken."

„Es tut mir leid, dass ich Sie heute Abend so in Beschlag genommen habe." In Wirklichkeit tat es ihm überhaupt nicht leid. „Ich hoffe, der Abend hat Ihnen trotzdem gefallen."

Alice lachte. „Machen Sie sich keine Sorgen. Für meinen Geschmack habe ich mich heute genug unter die Leute gemischt. Sie haben dafür gesorgt, dass ich mich nicht den ganzen Abend in meiner Ecke versteckt habe. Außerdem...", sie sah etwas verlegen auf ihre Füße, „hat mir sehr gefallen, von Ihnen in Beschlag genommen zu werden." Sie stellte sich auf die Zehenspitzen und gab ihm einen raschen Kuss auf die Wange. Dann sammelte sie schnell ihre Sachen zusammen und verließ die Galerie.

Christopher berührte gedankenverloren seine Wange; er spürte darauf noch ihren Kuss, wie eingebrannt. Die letzten Besucher stolperten zu Tür hinaus und tranken noch schnell kichernd ein letztes Glas Wein. Dann war er allein in dem hallenden, großen Raum.

„Gut gemacht, Christopher." Er hatte Margot nicht kommen hören. Wenn sie wollte, konnte sie sich so leise anschleichen wie eine Katze. Sie stand vor einem von Alices Fotos, das ein kleines Stück der Fassade eines Gebäudes zeigte. Das einen Meter fünfzig hohe Bild zeigte detailgetreu die ungewöhnlichen Muster, die sorgfältig in den Beton eingearbeitet waren.

„Alice hat mir erzählt, dass sie dieses Bild im zweiundsiebzigsten Stockwerk eines Gebäudes aufgenommen hat. Kannst du dir das vorstellen?", fragte Margot ihn. „Sie hat einen Fensterputzer bestochen, um seinen Außenaufzug zu benutzen, hatte aber nicht die passende Sicherheitsausrüstung. Der Wind in dieser Höhe war so stark, dass sie fast über die Seite gefallen wäre. Sie hat ihr Leben riskiert, aber sieh nur, was für ein tolles Bild es geworden ist." Margot nippte an ihrem Champagner und zog nachdenklich eine Augenbraue hoch. „Diese Hartnäckigkeit und Willenskraft im Laufe der Jahrhunderte... ich denke, wir wären alle *sehr* beeindruckt, von dem was sie alles leisten könnte."

Verdammt, nicht auch noch Margot. „Ach, sei doch still", entgegnete Christopher. „Ich habe mich nicht deswegen mit ihr unterhalten. Sie ist etwas Besonderes, und..." Er verstummte und blickte zu Margot hinüber.

Sie öffnete und schloss den Mund, als ob sie sprechen wollte, brachte aber keinen Ton hervor. Margot deutete mit gereizter Miene auf ihre Kehle und dann auf Christopher.

Sofort fühlte Christophers sich schuldig. „Verdammt! Ich habe dir nicht befohlen, den Mund zu halten." Seine Worte hoben den Befehl auf, den er ihr, ohne es bewusst zu wollen, gegeben hatte und Margot massierte sich erleichtert ihren nun wieder entsperrten Kiefer.

„Mist. Ich werde mich niemals an diesen verdammten *Hortari* gewöhnen." Margot nahm einen beträchtlichen Schluck aus ihrem Champagnerglas.

„Ich auch nicht", seufzte Christopher und fuhr sich mit den Fingern durchs Haar. *Diese* Sache war der Grund, warum er Margot und seine anderen Nachkommen, die er erschaffen hatte, nicht so oft sah, wie er gern wollte. Er war nicht mehr daran gewöhnt, seine Worte so vorsichtig zu wählen, dass sie keine Spur eines Befehls mehr enthielten. Da er der Vampir war, der sie von Menschen in Vampire verwandelt hatte, mussten sie seinen Worten bedingungslos Folge leisten und das *hasste* er. Der Befehl eines Erzeugers wurde *Hortari* genannt und war ein Teil des Vampirdaseins, den Christopher überhaupt nicht schätzte.

Das ist auch der Grund, warum ich Alice nicht verwandeln darf, sagte die Stimme der Vernunft in seinem Inneren. Wäre es nach seinem Gefühl gegangen, wäre er ihr sofort nachgelaufen.

Er folgte Margot zu einer Tür mit der Aufschrift „Nur für Personal" am Ende des Ausstellungsraumes. Sie sah ihn von der Seite an und trank den Rest ihres Champagners in einem Zug aus.

„Entschuldigung", sagte er.

Sie winkte ab und tippte einige Nummern in die Tastatur bei der Tür. „Wähle deine Worte bitte mit etwas mehr Vorsicht, okay?" Sie stellte ihr Glas ab. „Ich freue mich, dass du heute Abend gekommen bist." Die Tür schwang auf, die Lichter gingen an und erhellten einen hohen Raum. Kunstwerke bedeckten jeden Zentimeter der hohen Wände bis zur Decke. Die meisten von ihnen waren hunderte von Jahren alt: afrikanische Masken aus Nigeria und Mali, Gemälde von alten französischen Meistern, die nie groß herausgekommen waren, Kopfschmuck von amerikanischen Indianern, die so alt waren, dass ihre Namen schon in Vergessenheit geraten waren. Das Ganze wirkte chaotisch und ein wenig verrückt, war aber wunderschön, genau wie die Person, die diesen Raum gestaltet hatte. Christopher hatte es nie bereut, dass er Margot unsterblich gemacht hatte. Sie hatte ihre Zeit aufs Beste genutzt.

„Erzähl doch mal, wie ist es dir ergangen?", fragte er interessiert.

Margot goss sich noch ein Glas Champagner ein. „So weit so gut. Roxanne, der Sukkubus, war vor einigen Wochen in der Stadt, und wir hatten viel Spaß zusammen bis sie wieder weiterzog." Margot deutete auf die Flasche. „Möchtest du gern was davon?"

„Nein danke. Ich konnte noch nie verstehen, warum du dieses menschengemachte Zeug trinkst. Du kannst doch nicht einmal betrunken werden."

„Ich mag das Prickeln der Bläschen." Margot ging hinüber zur Wand und schob das wunderschöne Gemälde einer nackten Frau etwas zur Seite bis Christopher ein *Klicken* hörte. „Aber du siehst aus wie jemand der etwas Starkes vertragen könnte, und ich habe hier ein paar edle Tropfen." Ein Paneel in der Wand öffnete sich und gab den Blick auf eine Bar und einen Weinkühlschrank frei, der mit aufgehängten Blutkonserven gefüllt war.

„'A positiv' wäre super, Danke." Christopher streckte die Arme hinter seinem Rücken und setzte sich dann auf eines der niedrigen Sofas in der Mitte des Raumes.

Margot reichte ihm ein mit Blut gefülltes Kristallglas.

„Prost." Sie nahm einen langen Schluck aus ihrem Glas. „Ich habe da so eine Ahnung über dich und Alice."

Christopher setzte sich gerade auf und verschüttete fast das Blut über sein bereits mit Wein beflecktes Hemd. „Wie kommst du denn auf so etwas?"

Sie lachte. „Durch dich, sie, die Art wie du gerade zusammengefahren bist als ich ihren Namen erwähnte, als ob dir ein Einhorn sein Horn in den Hintern gestoßen hätte." Lässig ließ sie das Blut in ihrem Glas kreisen. „Ich habe Recht, nicht wahr? Du magst sie."

Er lehnte sich zurück. „Sie ist großartig. Warum sollte ich sie nicht mögen?" Christopher trank einen kleinen Schluck. Er konnte die Gefühle des Blutspenders herausschmecken, als die rote Flüssigkeit, die für ihn überlebenswichtig war, seine Kehle hinunterrann. Der männliche Spender war leicht betrunken und sehr verliebt gewesen, als er das Blut spendete. Seine starken Gefühle waren in sein Blut geflossen. Mit jedem Schluck schmeckte Christopher das berauschte Glück des Mannes und fragte sich, was Alice jetzt wohl gerade machte. Er blickte auf sein Glas und sah dann Margot an. Offensichtlich wollte sie die Kupplerin spielen, sonst hätte sie ihm nicht dieses Blut eingeschenkt.

„Alice hat eine leidenschaftliche Natur, eine gute Einstellung und ein fantastisches Auge." Margot sah Christopher herausfordernd an. „Eine solche Wahrnehmung sollte für die kommenden Jahrhunderte bewahrt werden."

Er stöhnte. Margot sprach genau das aus, was er empfunden hatte als er Alice kennenlernte.

„Das stimmt." Christopher nahm einen großen Schluck von seinem Blut. „Die Art wie sie denkt, ihre Leidenschaft, ihre Güte..." Er wandte sich ab. „...ihre außerordentliche Schönheit. Es wäre eine Sünde all das altern und vergehen zu lassen."

Margot sah ihn fragend an. „Was hält dich dann noch zurück?"

„Eigentlich nichts." Doch das stimmte nicht. „Wenn sie mit der Verwandlung einverstanden ist, *werde* ich es tun, aber..."

„Aber du hast deine *Regeln*." Margot lächelte ihn etwas boshaft an. „Du musst sie *sehr* begehren, wenn du zögerst, sie zu verwandeln. Mein armer Erzeuger. Du musst dich entscheiden, entweder du vögelst sie *oder* du verwandelst sie." Margot streifte mit einem befriedigten Seufzer ihre hohen Schuhe ab und kuschelte sich neben ihm auf die Couch.

„Du weißt, warum ich meine Regeln habe. Es wäre grausam, mit jemandem zu schlafen über den ich die *totale* Kontrolle habe." Christopher seufzte. „Ich kann ja schon kaum Zeit mit dir oder meinen anderen Nachkommen verbringen. Aber du hast vollkommen Recht, ich muss meine Gefühle für sie außer Acht lassen." Er nickte und war sich seiner Entscheidung auf einmal sicher. „Sie wird eine enorme Bereicherung für meine Blutlinie und für unsere Familie sein."

„Gut. Ich würde mich freuen, sie bei uns zu haben. Du bist ein sehr guter Erzeuger. Auch wenn wir traurig sind, dass wir dich nicht so oft sehen, sind wir dankbar, dass du immer vorsichtig in deinen Äußerungen bist, um uns keine Befehle aufzuerlegen, zu deren Erfüllung wir dir verpflichtet sind."

Christopher zuckte die Achseln. Sein Bruder, Rhys, hatte eine ganz andere Einstellung, wie ein Erzeuger die von ihm geschaffenen Vampire behandeln sollte. Auf seine verrückte Art war er tatsächlich davon überzeugt, dass es das *Beste* für seine Nachkommen war, wenn er ihnen jeglichen Willen nahm. Da sie die letzten Nachkommen des

Vampirkönigs waren, waren Christopher und Rhys auch seine einzigen Erben. Das Problem dabei war, dass ihre gegensätzlichen Auffassungen bei der Erschaffung und Behandlung von Nachkommen es unmöglich machten, ihrem Volk ein einheitliches Beispiel zu geben. Christopher hatte im Laufe der Jahrhunderte verzweifelt versucht den König zu überzeugen, Gesetze zu erlassen, wie die Nachkommen behandelt werden sollten. Bis jetzt leider ohne Erfolg.

„Ich werde Alice die Verwandlung anbieten, ihr erklären, wie es genau vonstattengeht, und sie dann entscheiden lassen", sagte Christopher.

„Darauf trinke ich." Margot hob ihr Glas.

„Auf Alice."

ALICE LAS NOCH EINMAL die Textnachricht, um sicher zu sein, dass sie am richtigen Ort war. Christopher hatte ihr eine SMS geschickt, wo sie sich treffen sollten. Sie hatte zwar nicht gewusst, was auf sie zukam, aber diese verräucherte Kneipe mit dem knallig pinken Schriftzug „AUDREY'S" hatte sie nicht erwartet. AUDREY'S Bar war ein einsam gelegenes, mehrstöckiges Gebäude auf einer Lichtung in einem dunklen Wald. Auf dem Parkplatz standen hauptsächlich Motorräder und verbeulte Limousinen. Die Eisblumen an den Fenstern verwehrten ihr den Blick in das Innere, aber irgendwie gefiel Alice diese Kneipe. Durch die Doppeltüren drangen Musik, Gelächter und warmes Licht, die sehr einladend waren.

Ihr Handy piepste. Christopher hatte ihr eine SMS geschickt, dass er bereits da war und an der Theke auf sie wartete. Er musste kurz vor ihr eingetroffen sein. *Pünktlich und höflich. Zwei weitere Pluspunkte für den heißen Typen.* Sie lächelte vor sich hin. Nach ihren letzten, sehr enttäuschenden Verabredungen, sah der heutige Abend wirklich vielversprechend aus.

Alice trat durch die Tür. Plötzlich traf sie die stärkste allergische Reaktion, die sie je in ihrem Leben gehabt hatte wie ein Hammer. Sie sah alles wie durch einen Schleier, ihre Augen juckten und sie hatte hämmernde Kopfschmerzen. Sie presste die Finger an die Nasenwurzel und hielt den Atem an, in der Hoffnung, dass der Anfall vorübergehen würde.

Mist. Nicht jetzt. Sie hatte schon früher solche Allergieattacken gehabt, aber sie dauerten meist nur einige Sekunden. Das letzte Mal war es ihr beim Wandern passiert. Als sie an einer großen Gruppe vorbeilief, die sich einen sportlichen Freiluftwettkampf ansah, hatte sie auf einmal auch solche Kopfschmerzen bekommen. Erst als sie schon ein ganzes Stück weg war und nicht mehr daran *dachte*, was sie gesehen hatte, waren die Kopfschmerzen abgeklungen.

Mit verschleiertem Blick durchsuchte Alice die Menge an der Bar nach Christopher. Als sie ihn entdeckte, unterhielt er sich gerade intensiv mit der Bardame, einer blassen Frau mit rabenschwarzen, zu lauter kleinen Zöpfchen geflochtenen Haaren, die ihren Kopf umtanzten, und einer verzweigten Rosentätowierung auf der Brust.

Christopher sah so toll aus, dass Alice der Atem stockte und sie erstmal haltmachte, um sich zu sammeln. Seine Jeans, Sneakers und T-Shirt saßen perfekt und betonten seine schmale Taille, die breiten Schultern und muskulösen Arme. Seine Hand umklammerte das Glas so fest, dass seine Knöchel weiß hervortraten und seine Augenbrauen zogen sich zusammen als stünde er unter Stress. Obwohl die

Bardame unablässig Cocktails mixte und Getränke an andere Gäste ausgab, hielt sie ihren mitleidigen und verständnisvollen Blick immer auf Christopher gerichtet. Keiner von beiden schien Alice zu bemerken, als sie sich ihren Weg durch die Menge zur Theke bahnte, wobei ihre Kopfschmerzen immer heftiger wurden, je weiter sie in den Raum hineinging.

Zu ihrer Linken feuerten vier riesige Typen mit Mohikanertolle lautstark einen hitzigen Wettkampf im Armdrücken am nächsten Tisch an. Dieser fand zwischen einem zierlichen jungen Mädchen in einem geblümten Kleid und einem riesigen Kerl, dessen Haut so blass war, dass sie schon fast bläulich wirkte, statt. Alice blinzelte. Ihr Kopfschmerz wurde stärker, als sie die beiden ansah. Einen Moment lang schien es, als hätten die Typen mit der Mohikanertolle grüne Haut und dem jungen Mädchen würden Blumen in den Haaren wachsen. Alice schüttelte den Kopf. *Das ist unmöglich.* Ihre Kopfschmerzen ließen einen Moment nach und die Blumenfrau war wieder ein ganz normales Mädchen, die Typen waren Biker und der riesige Kerl war ein gutmütiger Gigant, der vorgab, dass er sich beim Armdrücken wirklich gegen die Kleine anstrengen musste.

Ein Vogel flog zwischen den Dachbalken hindurch, dicht an Alices Gesicht vorbei. Sie schrie erschrocken auf. *Was hat denn ein Vogel hier zu suchen?*

Da spürte sie eine Hand, die sanft ihren Ellenbogen erfasste. Sofort erkannte Alice die Schwielen, die ihre Haut berührten, noch ehe sie sich umdrehte und Christopher ansah. Seine Haut war noch kühler als damals in der Galerie und wirkte beruhigend auf das heiße Hämmern ihrer Kopfschmerzen.

Christopher lächelte sie an. „Ich freue mich, dass Sie

gekommen sind. Sorry, aber an diese Bar muss man sich erst langsam gewöhnen."

Alice war froh, sich an ihn lehnen zu können, um das Gleichgewicht zu bewahren, als er sie zur Theke führte. „Es wird schon gehen. Wahrscheinlich trägt hier jemand ein Parfüm oder sowas, gegen das ich allergisch bin. Ich hoffe, es wird Ihnen nichts ausmachen irgendwo anders hinzugehen?"

Christopher wechselte einen Blick mit der Bardame. Diese beugte sich über die Theke und reichte Alice die Hand.

„Hallo, ich bin Lola. Es ist schon eine Weile her, dass wir hier frisches Blut hatten." Lola lächelte sie mit strahlend weißen Zähnen an. „Deine Kopfschmerzen kommen daher, dass deine Wahrnehmung der Wirklichkeit sich ändert und dein Körper sich dagegen wehrt. Versuche, alles um dich herum, außer Christopher und mir, zu ignorieren. Dann wirst du dich gleich viel besser fühlen."

Was zum Teufel sollte das bedeuten? Meine Wahrnehmung der Wirklichkeit? Automatisch schüttelte Alice der Bardame die Hand und ihre Kopfschmerzen verschwanden so plötzlich als hätte man eine Lampe ausgeknipst.

Alice ließ sich auf einem der gepolsterten Barhocker nieder. Der verschwommene Schleier war noch immer vor ihren Augen und Alice versuchte ihn wegzublinzeln. *Was ist hier nur los?* Die Stimme der Vernunft in ihrem Kopf warnte sie eindringlich, diesen Ort so schnell wie möglich zu verlassen, aber sie war einfach zu neugierig um darauf zu hören. Sie sah Christopher verstohlen an. Er betrachtete sie mit einem Blick, der so voller Hoffnung war, dass ihr davon ganz warm ums Herz wurde.

Christopher sah schon fast unwirklich gut aus, nahezu perfekt. Seine Gesichtszüge waren symmetrisch und der einzige Makel in seinem Gesicht war eine winzig kleine Narbe, die an der Bartlinie entlang auf seiner Wange verlief, sowie sein wirres Haar, das in alle Richtungen zu wachsen schien. Die Bardame ließ ein pinkfarbenes Getränk über die Theke auf sie zu schlittern, und Alice ergriff das Glas, bevor es über die Kante sauste.

„Gut gerettet." Lola zwinkerte ihr zu und wandte sich ab, um einem anderen Gast, dessen Kopf kaum bis zur Theke reichte, ein giftgrünes Gemisch zu servieren.

Alice zuckte zusammen, als der Vogel wieder knapp an ihrem Gesicht vorbeiflog. Dann landete er auf der Schulter des jungen Mädchens, das immer noch mit Armdrücken beschäftigt war.

„Der arme Vogel." Alice blinzelte mit den Augen. Der ganze Raum sah aus, als verschwämme er hinter einem Schleicher. „Wir sollten ihm helfen, hier heraus zu kommen. Vielleicht hat die Bardame etwas das wir dazu benutzen könnten."

Christopher setzte sich auf den Hocker neben Alice und sah sie aus seinen braunen Augen etwas besorgt an.

„Das ist kein Vogel. Wir können immer noch gehen, wenn Sie wollen. Wenn wir hierbleiben, wird sich Ihre Sicht auf die Welt für immer ändern. Ich kenne eine andere Bar, wo wir hingehen könnten, wenn Sie dazu nicht bereit sind."

Alice nahm einen Schluck von ihrem Drink. Er schmeckte himmlisch, erst süß auf der Zunge, aber dann mit einem würzigen Nachgeschmack, der in der Kehle brannte. Zugegeben, dieses ganze Gerede über veränderte Wahrnehmung der Wirklichkeit war etwas seltsam, aber sie würde nicht gehen und den besten Cocktail, den sie je getrunken hatte, stehen lassen.

„Das ist schon okay. Es gefällt mir hier. So einen Ort hätte ich mir nur nicht für unser erstes Date vorgestellt."

Christopher lehnte sich sofort von ihr zurück. Jegliche Spur von Humor verschwand aus seinem Gesicht. „Miss Jones, ich habe Sie hierhin eingeladen, weil ich eine geschäftliche Angelegenheit mit Ihnen besprechen wollte."

Alice fühlte, wie ihre Wangen sich röteten. *Ich bin ja so ein Idiot! Natürlich ist es kein Date.* „Oh, selbstverständlich. Das war mir nicht klar." Verzweifelt versuchte sie ihre Würde zu wahren. „Ein interessanter Ort für eine geschäftliche Besprechung. Was kann ich für Sie tun?"

„Ich habe Sie hierher eingeladen, da ich der Überzeugung bin, dass die Welt davon profitieren würde, wenn Sie über Ihre normale Lebenserwartung hinaus weiterleben würden." Christopher hörte sich völlig ernst an.

„Wie bitte?" Die Kopfschmerzen begannen wieder an ihren Schläfen zu hämmern.

„Ich bin ein Vampir. Und ich glaube, dass Sie auch einen großartigen Vampir abgeben würden."

Die Kopfschmerzen kamen mit voller Kraft zurück und bauten sich auf wie eine Hitzewelle. Sie nahm einen tiefen Schluck von ihrem Cocktail, konnte aber dieses Mal nur das Brennen schmecken. Alice sah Christopher an und wartete darauf, dass er sie plötzlich angrinsen und zugeben würde, dass das alles nur ein blöder Witz war.

„Es gibt keine Vampire." *Das ist wieder mal typisch für mich, dass ich mich mit einem Irren zu einem Nicht-Date treffe.* „Sie können ja gerne glauben, was Sie wollen, aber ich denke ich gehe jetzt besser", sagte sie langsam.

Christopher legte sanft seine Hand auf ihre. „Warten Sie noch einen Moment. Sehen Sie sich um. Sehen Sie *genau* hin. Die meisten Menschen ignorieren alles Übernatürliche mit lebenslanger Sturheit, aber Sie sind eine Künstlerin. Sie haben Ihr Leben lang ein Auge für Schönheit gehabt." Seine Finger strichen sanft über ihren Handrücken und schickten kleine Wellen des Verlangens ihren Arm hinauf. *Warum sind es immer die heißen Typen, die am beklopptesten sind?* Sie rutschte unruhig auf ihrem Stuhl herum und versuchte, nicht zu beachten was er sagte. Doch der Schleier vor ihren Augen hob sich langsam und ihr Blick wurde immer klarer.

Wie kann es nur möglich sein? Es ließ sich nicht abstreiten, dass sich tatsächlich irgendetwas veränderte.

Christophers Stimme wurde leiser, klang sexy und stark. „Es ist Ihre Entscheidung. Sie können in Ihr altes Leben zurückkehren. Sie können das alles hier vergessen und mich als verrückten Idioten abtun, den Sie zufällig in der Galerie kennengelernt haben. Aber Sie müssen sich entscheiden."

„Was muss ich entscheiden?" Ihr Kopf fühlte sich an, als würde er mit tausend Hämmern bearbeitet. Was hatte Lola vorhin gesagt? Dass die Kopfschmerzen ein Symptom dafür waren, dass ihr Körper sich gegen die Änderung ihrer Wahrnehmung wehrte? Wenn Alice die Kopfschmerzen bekämpfen wollte, wusste sie was sie zu tun hatte: sie musste sich auf die hölzerne Theke oder auf ihr Glas konzentrieren, auf irgendetwas das normal war.

Aber vielleicht ist es ja an der Zeit mal etwas Verrücktes zu tun. Sie dachte zurück an die Galerie, wie sie sich schüchtern in ihrer Ecke versteckt hatte. Wenn sie da kein Risiko eingegangen wäre, hätte sie Christopher nie kennengelernt und wäre jetzt nicht hier. Was, wenn es wirklich noch *mehr* in dieser Welt gab, Dinge, die sie bis jetzt nie wahrgenommen hatte. War sie es sich nicht schuldig, die Wahrheit herauszufinden? Auch wenn sich das alles hier total bescheuert anhörte.

Sie setzte sich gerade auf ihrem Hocker auf und sah sich im ganzen Raum um. Sie konzentrierte sich auf jede Einzelheit auf die ihr Blick fiel.

„So ist es richtig." Sie konnte das Lächeln in Christophers Stimme hören, obwohl sie ihn gar nicht ansah. „Sehen Sie sich die Wahrheit an. Es gibt mehr Wunder in dieser Welt als wir in zwanzig Leben sehen könnten."

Sie hielt sich an seiner Hand fest, wie an einem Rettungsanker. Der Schleier, der über dem ganzen Raum lag, schimmerte und hob sich dann plötzlich wie ein sich öffnender Vorhang. Jede Erinnerung an die Momente, in denen sie geglaubt hatte eine allergische Reaktion zu erleben, kam zurück, aber war jetzt völlig anders.

Vor einigen Monaten hatte sie am Himmel tief fliegende Flugzeuge entdeckt und sofort wahnsinnige Kopfschmerzen bekommen. *Aber es waren gar keine Flugzeuge gewesen.* Es waren Drachen mit wunderschön gefärbten Schuppen, die am Himmel entlang geflogen waren. Der Wettkampf, den sie bei ihrer Wanderung beobachtet hatte, war in Wirklichkeit ein komplizierter Hinderniskurs gewesen, während dessen sich Männer und Frauen zwischen ihrer Menschen- und Tiergestalt hin und her verwandelten, um die magischen Hindernisse zu überwinden.

„Miss Jones?" Christopher berührte ihre Schulter.

Alice blinzelte. Sie war hin- und hergerissen zwischen Angst und Faszination. *Alles was ich über meine Welt wusste, war falsch.*

„Alice, geht es Ihnen gut?"

An dem einen Tisch, keine drei Meter von ihr entfernt, sahen jetzt die Rocker mit der Mohikanerfrisur aus wie Trolle aus Kinderbüchern. Ihre Haut war moorgrün und das bunte Haar waren tatsächlich Steine, die aus ihren Köpfen wuchsen. Der Mann mit der bläulich-weißen Haut und Händen wie Klauen wehrte sich mit aller Kraft beim Armdrücken gegen eine Frau mit goldfarbener Haut aus deren Stirn Blumen wuchsen und an deren Rücken regenbogenbunte Flügelchen flatterten. Auf ihrer Schulter saß ein winziger, brauner Mann, der auf einem riesigen Schmetterling ritt und Pfeil und Bogen über seiner Schulter trug.

„Alice?" Christopher versuchte bereits seit einer Minute sie anzusprechen, aber sie hatte ihn gar nicht gehört.

„Es gibt so viel zu sehen." Ihre Stimme kam wie von weit her.

Drachen, Magie, Vampire, *alles* war echt.

„Ja, es gibt sehr viel zu sehen", antwortete Christopher. „Geht es Ihnen gut?"

Alice nickte. „Ich hatte ja keine Ahnung, dass die Welt so..." Sie deutete geistesabwesend auf die Frau mit den bunten Flügeln. „Dass es so viele *erstaunliche* Dinge um uns herum gibt. Werde ich diese Dinge jetzt immer wahrnehmen?"

Christopher nickte. „Ja. Wenn Sie diese Welt einmal gesehen haben, können Sie diese Sichtweise eigentlich nicht mehr abschalten. Es wäre vielleicht möglich, wenn man wirklich entschlossen ist, sich einzureden, dass das alles nur ein seltsamer Traum war. Wenn Sie aber wirklich die wahre Welt sehen möchten, dann bleibt Ihnen diese Gabe für immer erhalten."

Ein lautes Gebrüll ertönte hinter ihnen. Die Frau -"Eine Fee", flüsterte Christopher ihr ins Ohr und dabei strich sein Atem über ihren Hals, so dass sie eine Gänsehaut bekam— hatte den bläulich-weißhäutigen Mann beim Armdrücken besiegt. Die Fee sprang auf den Tisch, so dass der kleine Mann, der auf seinem Schmetterling auf ihrer Schulter gehockt hatte, hoch in die Luft flog.

„Leck mich, Yeti!", quietschte die Fee mit hoher Stimme. „Leckt mich, ihr alle!" Sie streckte beide Mittelfinger in die Höhe und der Yeti begann zu lachen. Er nahm sie vom Tisch in seine Arme und setzte sie auf seinen Schoß. Sofort begannen sie unter lautem Schmatzen und lustvollem Stöhnen heftig miteinander zu knutschen. Alle Gäste in der Bar klatschten und feuerten sie an. Sogar Alice machte mit.

„Wollen wir etwas frische Luft schnappen?", fragte Christopher und bot ihr seinen Arm.

Sie legte ihren Arm in seinen, und er half ihr vom Barhocker herunter. Als sie sich umwandte, um ihre Rechnung zu begleichen, winkte Lola ab.

„Komm zurück, wenn du und Chris euch unterhalten habt." Lola lächelte. „Alles Gute."

Alice nickte und lächelte ihr dankbar zu. Sie folgte Christopher zur Hintertür hinaus, die zu einem großen Feld hinter der Bar führte. Auf dem Feld standen jede Menge Heuballen und niedrige Hürden, wie bei einem Reitturnier. Die Geräusche des Verkehrs auf der Straße waren kaum hörbar. Das Gemurmel der Stimmen aus der Bar und das Säuseln des Windes in den Bäumen, waren die einzigen Laute, die Alice in der stillen Nacht wahrnahm.

Der Mond schien hell auf sie hinunter und erleuchtete Christophers Gesicht in einem starken Kontrast von Schwarz und Weiß. Er grinste und lief vor. Dann sprang er mühelos auf einen zwei Meter hohen Stoß Heuballen, so hoch, dass seine Füße fast auf gleicher Höhe mit Alices Kopf waren. Er breitete die Arme aus wie ein Zauberer nach einem gelungenen Zaubertrick und grinste sie an. Zum ersten Mal bemerkte Alice, dass seine Eckzähne spitz zuliefen. Es lief ihr eiskalt den Rücken hinunter.

Vampir.

Er hatte nicht gelogen. Die Erkenntnis traf sie wie ein Hammerschlag.

Christopher Dal ist wirklich ein Vampir.

Sie hatte einen Vampir mit Wein bekleckert, als sie ihm begegnet war.

Sie hatte einem Vampir ihre Telefonnummer gegeben.

„Das ist ja alles total verrückt", sagte sie mit kaum hörbarer Stimme.

Christopher sprang herunter, landete weich und geräuschlos neben ihr. „Ich weiß. Nicht jeder kann die Wahrheit so vertragen wie du es meiner Meinung nach kannst. Die Tatsache, dass du nicht vor mir wegläufst, ist für mich ein weiterer Beweis, dass ich mich nicht in dir getäuscht habe." Er trat näher. Sie nahm seinen Duft wahr, etwas holzig mit einer Moschusnote. Er erweckte in ihr die Lust, sich an ihn zu schmiegen und seinen Hals zu lecken.

Das hier ist kein Date, hatte er gesagt.

Alice konnte sich kaum daran erinnern, warum er sie eingeladen hatte, da Christopher so nahe bei ihr stand, dass der Stoff ihres Kleides gegen sein T-Shirt rieb, wenn sie atmete. Er neigte sich zu ihr und einen Moment lang dachte sie, er würde sie küssen. Seine Fingerspitzen liebkosten sanft ihre Schulter und berührten die weichen, roten Haarsträhnen, die sich aus ihrem Zopf gelöst hatten.

„Du hast die Offenheit und Flexibilität, die einen guten Vampir ausmachen", sagte er. „Und du kannst mir glauben, die Sache hat einige Wahnsinnsvorteile."

Ach ja! Er möchte, dass ich ein Vampir werde!

Alice trat einen Schritt zurück um Abstand von seinem betörenden Duft und dem Wunsch, ihre Wange an seinem Bart zu reiben, zu gewinnen. Seit ihre Werke in Margots Galerie ausgestellt worden waren, hatte sie sich kaum an den Gedanken gewöhnt, dass sie vielleicht ihren stupiden Job aufgeben und sich ganz ihrer Kunst widmen könnte. Aber ein Vampir zu werden? Das war eine Veränderung, die ihre wildesten Träume weit übertraf.

„Unsterblichkeit ist erst der Anfang", fuhr Christopher fort. Er hatte sich gegen den Heuballen gelehnt und kreuzte die Arme wie ein Model bei einem Fotoshooting. „Du wirst fähig sein, Gefühle zu riechen. Jedoch nicht bei anderen Vampiren; sie müssten eine Schnittwunde oder sowas haben, so dass ihr Blut der Luft ausgesetzt ist. Oder du musst es direkt trinken. Aber bei normalen Sterblichen kannst du ihre Gefühle durch die Haut wahrnehmen, wenn du in ihrer Nähe bist." Er nickte ihr zu. „Zum Beispiel jetzt kann ich dein Erstaunen und eine Spur Angst vor dem was ich dir anbiete bei dir wahrnehmen."

Alice errötete. Er konnte ihre Gefühle riechen?

Christopher lächelte. „Das muss dir nicht peinlich sein."

Er kam zu ihr und instinktiv trat sie näher auf ihn zu. Er nahm ihr Gesicht in beide Hände und beugte sich über sie, bis sie seinen Atem auf ihren Lippen spürte.

„Dieses Verlangen, das du verspürst?" Er war ihr so nahe. Seine Kraft und seine Macht zogen sie stärker an, als alles was sie jemals vorher erfahren hatte. Ein Schauer der Erregung fuhr ihr den Rücken hinunter und sie spürte, wie sie zwischen den Schenkeln feucht wurde. „Ich verspüre es auch." Seine Stimme war wie ein Schnurren. „Du bist so schön, dass ich mich kaum beherrschen kann."

Küss mich! Küss mich! Alice hoffte, dass ihr Blut ihm ihr Verlangen so laut zurief, wie sie es innerlich herausschrie. Sie streckte die Arme aus und wollte seine Taille umfassen, aber er ließ sie los und zog sich so hastig zurück, als ob ihre Gefühle ihn verbrannten.

„Es gibt aber auch ein paar Nachteile, wenn man ein Vampir ist." Christopher wandte sich von ihr ab und sprang wieder auf den Heustoss, weg von ihr. „Der wichtigste ist die Verpflichtung, deinem Erzeuger gegenüber. Der Vampir, der dich verwandelt, hat die absolute Kontrolle über dich. Wir nennen das *Hortari*. Der Sinn des *Hortari* lag ursprünglich darin, die Bevölkerung vor der Kraft und dem Hunger der gerade umgewandelten Vampire zu beschützen. Dem Willen des Erzeugers muss man gehorchen, egal wie der Befehl lautet und sogar wenn der Erzeuger gar keinen Befehl aussprechen wollte."

„Ich muss dann alles tun, was du mir sagst?"

Christopher nickte. „Diese Macht darf man nicht auf die leichte Schulter nehmen. Du wirst übermenschliche Kräfte haben, ewig leben und immer so aussehen wie jetzt, es sei denn, du wirst geköpft oder verbrannt. Deine einzige Nahrungsquelle ist Blut, aber du kannst immer noch den Geschmack von Lebensmitteln und Getränken genießen. Außerdem ist die Fähigkeit, die Gefühle der Personen, die dich umgeben, zu kennen, in vielen Situationen nützlicher, als man meinen sollte."

Alice drehte sich der Kopf, wenn sie an die ganzen Möglichkeiten dachte, die sich ihr boten. *Ziehe ich es tatsächlich in Betracht, ein Vampir zu werden?*

Christopher stellte sich auf den Heuballen, machte einen Salto durch die Luft und landete auf Zehenspitzen auf einer schmalen Mauer, drei Meter weiter. Ihr Herz schlug bis zum Hals. Sie hatte Angst, er könnte sich den Hals brechen. Doch dann erinnerte sie sich wieder. *Quatsch. Er ist ja ein Vampir.* Er sprang noch einmal, landete auf den Händen und sprang einen Meter weiter, wo er so mühelos und anmutig auf den Füßen aufkam, dass jeder Akrobat ihn darum heiß beneidet hätte.

Das könnte ich dann auch.

Der Gedanke war verlockender als sie gedacht hätte. Sie könnte ewig leben ohne zu altern. Eine Ewigkeit zusammen mit Christopher. Noch nie hatte sie sich zu einem Mann so hingezogen gefühlt. Seine Freundlichkeit und Aufmerksamkeit ihr gegenüber während der Ausstellung waren genau das, was sie sich immer von einem Mann erträumt hatte.

Die Erinnerung an seinen Atem an ihren Lippen, wie seine Brust ihr Kleid gestreift hatte, wie ihre Brüste auf seine kurze, unabsichtliche Berührung reagiert hatten, schickte Wellen des Verlangens durch ihren ganzen Körper. Wie würde es sein, als Vampir Sex zu haben? Mit all dieser Kraft und Geschwindigkeit müsste das doch wahnsinnig intensiv sein. Sie könnte Christophers Blut trinken, während sie sich liebten und könnte dann alles fühlen was er fühlte und die Lust genießen, die sie ihm bereitete. Sie schluckte vor Erregung.

„Alice." Christophers Stimme war ernst. „Ich kann dein Verlangen spüren. Aber ich muss dir sagen, dass wir niemals zusammen sein können, wenn ich dich in einen Vampir verwandele. Jedenfalls nicht so wie du es dir wünschst." Seine Worte trafen sie wie eine eiskalte Dusche.

Wie bitte?

„Die Verpflichtung deinem Erzeuger gegenüber. Ich könnte niemals mit dir Liebe machen, solange ich weiß, dass du deinen freien Willen verlierst, sobald ich meine Worte nicht vorsichtig genug wähle."

„Aber ich *will* mit dir zusammen sein..."

Er schüttelte den Kopf. „Ich nehme meine Verantwortung als Erzeuger sehr ernst. Wenn ich dich verwandelt habe, müssen sich unsere Wege trennen, egal was wir füreinander empfinden. Meine anderen Nachkommen würden sich um dich kümmern, um dich in dieses Leben einzuführen ohne dich deines freien Willens zu berauben. Es sind gute Leute. Ich habe sie genauso sorgfältig ausgewählt wie dich: ich wusste einfach, dass sie die Welt verbessern würden, wenn sie nur mehr Zeit hätten."

„Aber--"

Christopher entfernte sich von ihr. „Du musst jetzt erst einmal über alles nachdenken. Du weißt ja, wo du mich erreichen kannst, wenn du deine Entscheidung getroffen hast. Lass dir Zeit." Er zwinkerte ihr zu. „Zeit haben wir im Überfluss."

Er drehte sich um und verschwand hinter der Kneipe, bevor Alice genügend Zeit gehabt hatte, um das Durcheinander in ihrem Kopf etwas zu ordnen und sich ein Bild zu machen. *Es gibt wirklich Vampire. Drachen, Kobolde, was gab es noch alles in dieser Welt? Hexen? Werwölfe? Geister?* Alle diese magischen Kreaturen existierten tatsächlich. *Ich könnte eine von ihnen sein.* Sie presste die Hände gegen die Stirn. *Ich habe genügend Zeit mich zu entscheiden.*

Ihr fiel ein, dass sie noch ihre Rechnung in der Bar begleichen musste und ging, noch immer wie im Traum, zurück in AUDREY's Bar.

Das unwirkliche Gefühl verstärkte sich noch, als sie den Raum betrat. Die kleine Fee und der Yeti waren verschwunden, um den Abend gemeinsam zu beenden, und die vier Trolle sangen in falschen Tönen ein Trinklied, dessen Text sich überhaupt nicht reimte und das vier verschiedene Melodien zu haben schien.

An der Theke, mit übereinandergeschlagenen Beinen und einem Schlitz in ihrem Kleid, der jede Menge Haut freilegte, saß Margot Dal. Die Galeristin prostete ihr mit dem Champagnerglas zu und zeigte auf den leeren Stuhl neben sich.

„Hey, Schätzchen. Ich habe gehört, dass Christopher mit dir gesprochen hat", sagte Margot. Sie lächelte und zeigte zwei spitze Eckzähne.

„Ach du Scheiße, du bist ein..." Alice schluckte das Wort herunter.

Margot leckte sich die Lippen. „Ja, ich bin ein Vampir. Ich bin sogar, die Erste, die Christopher verwandelt hat. Er hat mich bereits vor Hunderten von Jahren verwandelt.

Damals war es nicht leicht, eine Frau, schwarz und oben-
drein noch lesbisch zu sein. Darauf stand die Todesstrafe."
Sie zog die Nase kraus. „Die Welt ist...jetzt besser. Damals
war die Entscheidung, so gut wie unbesiegbar zu werden,
ziemlich einfach für mich." Margot sah Alice aufmerksam
an. „Aber du hast andere Möglichkeiten. Und man muss
auch einen Preis bezahlen, um das zu sein, was ich bin."

„Christopher hat mir von diesem *Hortari* Dingsbums
erzählt. Hat Christopher... hat er dich jemals zu etwas
gezwungen?"

Margot schüttelte den Kopf. „Niemals absichtlich. Er ist
immer sehr vorsichtig, was er sagt, aber es ist fast unmöglich keinen Fehler zu machen. Er ist ein sehr guter Erzeuger; viele andere Vampire haben echt Spaß daran, ihre
Macht spielen zu lassen und ihren Nachkommen ihren
Willen aufzuerlegen. Christophers Bruder, Rhys, ist ein richtiges Ekel in dieser Hinsicht. Wenn du Christophers
Angebot annimmst, dann wirst du dieses Arschloch ganz
bestimmt kennenlernen, obwohl du nicht verpflichtet bist,
ihm zu gehorchen." Sie stellte ihr Glas ab. „Ich will dich
jetzt nicht mit zu viel Info verwirren, aber du solltest die
Einzelheiten wissen." Sie hielt eine Hand hoch und zählte
die einzelnen Punkte an den Fingern ab. „Wenn du ein
Vampir bist, kannst du niemals schwanger werden und ein
Baby haben, aber auf der anderen Seite, hast du auch keine
lästige Periode mehr, das ist wieder von Vorteil. Du kannst
alles essen, worauf du Lust hast und wirst kein einziges
Gramm zunehmen. Stell dir vor, du kannst für alle Ewigkeit
so viel Schokolade und Süßigkeiten essen, wie du willst und
bleibst so schlank und rank wie du jetzt bist. Die einzige
Nahrung, die du zu dir nehmen *musst*, ist Blut."

Alice hatte noch nie ernsthaft darüber nachgedacht,
Kinder zu bekommen. Sie hatte vage in Betracht gezogen,

dass es irgendwann mal passieren würde, aber es nie geplant. Für sie war das so eine Sache, die sich mit der Zeit automatisch ergeben würde.

Aber ich kann die ganze Welt, mit all ihren Wundern und Schönheiten, sehen.

„Trinkst du wirklich Blut?", fragte Alice.

„Ja, daran muss man sich allerdings erst gewöhnen. Einige Vampire der alten Schule trinken es direkt vom Hals. Beim Sex macht das echt Spaß, aber die meiste Zeit haben wir eine Vereinbarung mit Blutbanken, dass sie uns die alten Konserven geben, die nicht mehr für Menschen geeignet sind."

„Also, nehmen wir mal an, ich werde ein Vampir...", sagte Alice. Es war erstaunlich einfach, diese Möglichkeit in Betracht zu ziehen, nachdem sie eine Weile darüber nachgedacht hatte. Die Verpflichtung gegenüber dem Erzeuger machte ihr Sorgen, aber wenn Christopher sein Wort hielt —und darin vertraute sie ihm instinktiv—würde er ihr fernbleiben und ihr ein eigenständiges, freies Leben erlauben. Als Vampir hätte sie die einmalige Chance, die *Zeit* zu haben, um alles zu erreichen, was sie wollte. Es wäre blöd, sie nicht zu nutzen. Aber...da war auch noch Christopher.

„Ja?" Margot beugte sich erwartungsvoll vor.

„Ehm, würdest *du* mich verwandeln? Wir sind schon Freunde und ich vertraue dir. Denn, ähm, wenn Christopher nicht mein Erzeuger ist, dann ist vielleicht möglich..."

„Dass er eine Beziehung in Betracht zieht?" Margot lachte, als Alice rot wurde. „Süße, seit ich ihn in der Galerie zu dir geschickt habe, spielen deine Hormone verrückt. Aber, so leid es mir tut, ich verwandle keine Menschen. Ich bin gern dazu bereit, anderen neu verwandelten Vampiren zu helfen und mit dem Rest von Christophers Blutlinie befreundet zu sein, aber ich möchte nicht meine eigene anfangen. Tut mir leid, Süße, aber wenn du das hier haben möchtest..." Sie deutete auf die vielen übernatürlichen Wesen, die in der Bar ihren Spaß hatten. „Dann ist Christopher deine beste Chance." Margot schwang sich von ihrem Barhocker hinunter. „Du hast die Wahl." Sie schob Lola einige Geldscheine über die Theke zu. „Meine Runde. Was immer du auch entscheidest, bitte lass es mich wissen, wenn du wieder bereit bist, deine Fotos auszustellen."

Alice nickte. Die Galerie und ihr altes Leben schienen schon so weit zurückzuliegen. Am anderen Ende der Theke saß eine Frau mit knallroten Haaren und Hörnern, die ihr aus der Stirn wuchsen. Sie schrie den Trollen zu, sie sollten endlich die Klappe halten oder sie würde sie in den tiefsten Weltraum schicken. Sofort wurden die Trolle still und grummelten nur noch leise vor sich hin. Unter einem der Tische schlief ein Wolf, der ein Bierglas zwischen seinen Pfoten hielt. An seinen Rücken kuschelte sich eine riesige Löwin und knabberte an seinem Ohr, in einer Art, die sowohl vertraut, als auch lästig aussah, aber der Wolf grunzte nur leise im Schlaf und zuckte im Traum mit den Hinterläufen.

„Ich will das alles", sagte Alice. Sie dachte, sie hätte es so leise gesagt, dass keiner sie gehört hatte, aber Lolas samtige Stimme antwortete,

„Dann nimm es dir."

Alice grinste und sprang vom Barhocker. Die Zukunft sah fantastisch aus. Sie musste jetzt nur noch einen Weg finden, Christopher zu behalten.

CHRISTOPHER NAHM einen kleinen Schluck Blut aus seinem Kristallglas und lehnte sich auf seinem langen Chesterfield-

Sofa gegen die abgerundete Lehne. Er stieß einen tiefen
Seufzer aus. Er hatte extra Blut gewählt, das von einem
Yoga-Meister gespendet worden war, um etwas Ruhe zu
finden, aber es funktionierte nicht.

Er stellte das Glas ab, bevor er es durch seine Anspannung
zersplitterte, und schloss die Augen. Er bemühte sich,
an alles Mögliche zu denken, nur nicht an Alice. Oder
daran, wie das Licht in ihren Haaren spielte. Oder daran,
dass der Duft ihres tiefen Verlangens sein eigenes Verlangen
nach ihr so widerspiegelte, dass es seiner ganzen, im Laufe
vieler Jahrhunderte erlangten, Selbstbeherrschung
bedurfte, sie nicht in seine Arme zu ziehen und zu küssen,
bis sie weiche Knie bekam.

*Die Welt wird durch sie bereichert werden, wenn sie erst ein
Vampir ist*, sagte er streng zu seinem Schwanz, der bei dem
bloßen Gedanken an Alice schon steif wurde. Dieser Teil
von ihm hoffte inständig, dass sie sein Angebot ausschlagen
und lieber ein Mensch bleiben würde. Auf diese Weise hätte
er einige kurze Jahrzehnte mit ihr, bevor er und die ganze
Welt, das Licht verlieren würden, das aus ihren Augen
strahlte. Er hätte dann jedoch für die Ewigkeit die Erinnerung
an ihre Berührung, daran wie ihre Lippen sich auf
seinen angefühlt hatten.

„Es ist ihre Entscheidung", sagte er laut in den leeren
Raum hinein. Er hatte sein Heim in den 1920er-Jahren
eingerichtet. Margot hatte diese Periode lachend seine
Gatsby-Phase genannt. Danach hatte er sich nicht mehr die
Mühe gemacht, irgendetwas zu verändern, das nicht absolut
notwendig war, wie Elektrizität, sanitäre Einrichtungen und
WLAN. Die Sessel und Sofas waren breit und weich gepolstert,
orientalische Teppiche bedeckten die schwarz-weiß
gefliesten Böden und an den Wänden hingen Werke vergessener
alter Meister. Tiffany-Lampen gaben dem Raum Farbe

im Art-Deko-Stil, und an der Decke hingen große Kronleuchter.

Christopher hob sein Glas an die Lippen und nahm
einen tiefen Schluck, in der Hoffnung, dass die Gelassenheit
des Yoga-Meisters auf ihn abfärben würde. Er legte seine
Füße auf die Couch und schloss die Augen.

Rhys wurde immer wagemutiger. Christophers Bruder
machte neuerdings öffentliche Aussagen, dass er „Ordnung" in die Vampirwelt bringen und „mit Abtrünnigen
abrechnen" wollte, was immer das auch bedeuten sollte.
Christopher hatte bei seiner Heimkehr eine Notiz von
einem seiner Nachkommen, Danny, gefunden. Diese
besagte, dass Christophers Leutnants—vier Vampire, die
Christopher direkt verwandelt hatte—sich am nächsten
Tag treffen wollten, um die Hasspropaganda von Rhys und
was dagegen zu unternehmen war, zu besprechen. Es war
nicht zu erwarten, dass der König ihn zur Ordnung rufen
würde. Christopher nahm noch einen großen Schluck
Blut. Des Königs Herrschaft bestand eigentlich nur darin,
den *Hortari* zu benutzen, wenn es ihm in den Kram passte
und den Rest der Zeit teilnahmslos alles zu vernachlässi-
gen. Das bedeutete, dass Rhys auch mit *Mord* davon-
kommen könnte, solange seine Taten keinen direkten
Einfluss auf den Komfort des Königs hatten. Christopher
musste vorsichtig sein. Als Ältester, den der König verwandelt hatte, war Christopher der Erbe des Königs, aber die
Tradition der Vampire ließ auch einen Kampf um die
Macht zu.

Vielleicht ist jetzt wirklich nicht der richtige Zeitpunkt einen
neuen Vampir zu erschaffen.

Christopher verdrängte diesen selbstsüchtigen Gedanken, bevor er sich daran gewöhnte. Es gab immer irgendwelche Schwierigkeiten; wenn Alice ein Vampir werden

wollte, dann sollte sein Wunsch nach ihrer Liebe sie nicht davon abhalten.

Das plötzliche Geräusch der Türklingel erschreckte ihn so sehr, dass er etwas Blut auf sein Hemd verschüttete.

„Verdammt." Er versuchte, es wegzuwischen, machte es aber dadurch nur noch schlimmer, so dass seine ganze Brust mit Blut besudelt war.

Es klingelte noch einmal. Er rief: „Ich komme ja schon!", und ergriff eine Jacke, die nahe der Tür hing, um die Flecken darunter zu verbergen.

Er blickte durch den Türspion und öffnete dann die Tür mit leicht zitternder Hand.

„Alice", sagte er.

Sie sah einfach toll aus. Ihre Augen glitzerten im Mondlicht und sie hatte das grüne Kleid, das sie bei der Ausstellung getragen hatte, wieder angezogen. Es schmiegte sich verführerisch an ihre grazilen Kurven. Ihre Haut strömte einen starken Duft von freudiger Erregung und Nervosität aus. Bevor sie überhaupt ein Wort geäußert hatte, wusste er schon was sie sagen würde.

„Ich mache es. Ich will so sein wie du." Sobald sie die Worte ausgesprochen hatte, verstärkte sich der Duft der freudigen Erregung in ihrem Blut. Sie stellte sich auf die Zehenspitzen und machte ein paar fröhliche Tanzschritte. Sie war so wunderschön, dass es schon fast wehtat.

Eine kleine, gemeine innere Stimme sagte ihm, dass Alices Entscheidung bedeutete, dass sie lieber ein Vampir, als mit ihm zusammen sein wollte. Schnell brachte er diese Stimme zum Schweigen.

„Das sind gute Neuigkeiten! Komm doch herein." Christopher trat zur Seite, um Alice eintreten zu lassen. Er genoss den süßen Duft den sie verströmte, als sie an ihm vorbei ging. Unter dem Duft der Aufregung lag immer noch der

der Nervosität, aber dahinter konnte er auch Erregung in Alices Blut wahrnehmen, was ihm zu denken gab.

„Du hast es wunderschön hier!" Alice tänzelte durch die Eingangshalle, einen großen, runden Raum mit Kirschholz-paneelen und hohen Fenstern, durch die das Mondlicht schien und sie in einem warmen Licht badete. Alice zeigte auf die Fenster. „Ich dachte immer, Tageslicht sei gefährlich für deine Rasse." Sie schwieg verdutzt. „Unsere Rasse?"

„Vorhänge." Christopher gab einen Code in sein Handy ein, worauf sich dunkle Vorhänge über die Fenster senkten. Ohne das Mondlicht wirkte der Raum dunkler, intimer.

„So gefällt es mir noch besser." Alice sprach mit leiser Stimme. Sie trat vor und ließ ihre Finger leicht über seine Jacke gleiten. Schon diese zarte Berührung sorgte dafür, dass er ein Stöhnen unterdrücken musste. Ihr ganzes Wesen rief nach ihm. Sie war ihm so nahe, dass er die Hitze spürte, die von ihrem Körper ausging. Er hörte, wie das Blut durch ihre Adern raste und konnte ihr Verlangen riechen. Er spannte seinen ganzen Körper an und ballte die Fäuste in einem verzweifelten Versuch, sich davon abzuhalten sich einfach vorzubeugen und seine Lippen auf ihre zu pressen. Er brachte es nicht fertig vor ihr zurückzuweichen, aber wenigstens schaffte er es, sich ihr nicht weiter zu nähern.

Sie öffnete seine Jacke und ihre Augen weiteten sich beim Anblick der Blutspritzer auf seinem Hemd. Dann musste sie darüber lachen. Ihr Lachen klang so hell und bezaubernd, dass Christopher die Fäuste ballte, um sich zu beherrschen.

„Ich freue mich, dass ich nicht die Einzige bin, die dir die Hemden versaut."

Da musste auch er lachen, hielt sich dann aber zurück. *Ich bin verloren, wir haben bereits unsere eigenen Witzchen.* Er verlagerte sein Gewicht, so dass er wenige Millimeter näher bei ihr stand und der Perlenbesatz ihres Kleides sein Hemd berührte.

„Du weißt, dass ich deine Gefühle wahrnehmen kann, Alice", sagte Christopher und jedes Wort, das er jetzt aussprach, tat ihm weh. Er fuhr mit einer Fingerspitze über ihr Gesicht, ihre glatte und perfekte Haut. „Wir können nicht zusammen sein. Nicht auf diese Weise."

„Eigentlich", Alice nahm seine Hand und schmiegte ihre Wange in seine Handfläche. „... hast du gesagt, dass wir nicht zusammen sein können, *nachdem* ich verwandelt wurde." Sie wandte den Kopf und presste einen Kuss auf seine Handfläche, den er wie ein sich ausbreitendes Feuer in seinem Arm und bis in seine Brust hinein spürte.

Oh ja! Jede einzelne Zelle seines Körpers verlangte nach ihr.

Alice ließ ihre andere Hand an seiner Brust hinuntergleiten. Sie verfolgte das Muster der roten Flecken und malte kleine Kreise mit ihrem Finger. „Jetzt bin ich aber noch ein Mensch. Und ich wünsche mir noch eine rein menschliche Erfahrung, bevor ich mich für immer verändere. Und diese Erfahrung möchte ich mit dir machen, Christopher."

Ihr Blut duftete stark nach animalischer Lust. Intensiver als nur der Wunsch, sich von ihrem menschlichen Leben zu verabschieden. Christopher konnte nicht widerstehen; er ließ seine Finger durch ihr Haar streifen, streichelte ihren Nacken und beobachtete, wie sich bei seiner Berührung eine Gänsehaut auf ihrer Haut ausbreitete. *Das ist keine gute Idee.* Er war schon dabei, sich in sie zu verlieben. Wenn er erst wirklich mit ihr zusammen gewesen war und sie dann für den Rest der Ewigkeit nicht mehr anrühren durfte, wäre er für immer todunglücklich. *Ist eine Nacht mit ihr es wert, den Rest meines Lebens deshalb zu leiden?*

„Ich sehe, du denkst darüber nach und wägst die Vor- und Nachteile ab." Alice lächelte. „Du hast die Vampirfähig- keiten, aber manchmal kann ich auch *deine* Gedanken lesen."

Alice sah ihn fragend an. Sie hob die Hand und berührte sein Gesicht, wie er ihres berührte. Ihre zarten Finger fuhren an seiner scharfen Kinnlinie entlang und liebkosten dann seinen empfindsamen Mund und entlang der Unterlippe. Er stöhnte und biss sanft in ihre Fingerspitze.

Aber—er war im Zwiespalt mit sich selbst, und egal was geschah, er hatte verloren.

Alice stellte sich auf die Zehenspitzen, bis ihr Mund auf gleicher Höhe war wie seiner. „Möchtest du das?", fragte sie, bevor sie ihren Lippen auf seinen Mund legte.

Sofort verlor Christopher jegliche Kraft zu widerstehen, sich zusammenzureißen. Er erwiderte ihren Kuss und seine Leidenschaft loderte genau so heiß wie ihre. Seine Hände wanderten über ihre Haut, erforschten jede Kurve und jedes Tal ihres wundervollen Körpers.

„Oh Gott, ich begehre dich so sehr", stöhnte er.

„Gut, denn, wenn wir wirklich nur diese einzige, gemeinsame Nacht haben...", ihre Stimme stockte etwas, „... dann müssen wir sie genießen."

Alice knöpfte Christophers Hemd auf. Ihr Mund folgte ihren Händen auf ihrer sinnlichen Fahrt über seinen Ober- körper. Er legte den Kopf zurück und genoss es, ihre Lippen, ihre Zunge und ihre Zähne auf seiner Haut zu spüren. Mit der Zunge fuhr sie leicht über die Rillen in seinem Waschbrettbauch, was ihn vor Erregung erzittern ließ.

Rasch löste Alice Christophers Gürtel und streifte seine Hosen und Boxershorts ab. Sie strich mit den Fingernägeln über seine Waden und wanderte immer höher, bis zu der Stelle, wo er sie am meisten spüren wollte.

„Du musst das nicht tun." Er keuchte vor Lust, beim Anblick ihres wollüstigen Lächelns. Es war der schönste Anblick, den er seit über fünfhundert Jahren gesehen hatte.

„Oh doch, ich will es." Sie leckte sich die Lippen. „Mein schöner Vampir, du wirst sehen, ich werde dich auf die Knie zwingen."

Er stöhnte vor Lust, als sie mit der Zunge von unten nach oben seinen stahlharten Schwanz entlangfuhr. Sie liebkoste ihn mit ihren Lippen, und ihre Hände wanderten um seinen Körper herum und griffen seinen Hintern.

Das rote Haar fiel in üppigen Wellen über ihr grünes Kleid. Er konnte nicht länger widerstehen, er musste sie nackt sehen. Sie blickte aus ihren leuchtend blauen Augen zu ihm hinauf, als sie seinen Schwanz endlich ganz in den Mund nahm. Sie stöhnte, als ihre Lippen seinen starken Schaft umfingen. Christophers Erregung steigerte sich ins Unendliche, während er die Liebkosungen ihrer Lippen und Zunge an seinem Schwanz genoss. Er grub seine Hände in ihr Haar und beobachtete lustvoll wie ihr Kopf sich an seinem Schwanz vor und zurückbewegte.

Alice lächelte ihn an, bevor sie ihn losließ. Christopher musste sich enorm beherrschen, um nicht sofort zu kommen. Er wollte ihre erste, gemeinsame Nacht—und ihre *einzige* Nacht—so lange wie möglich auskosten.

Christopher zog Alice auf die Füße und drehte sie, so dass ihr Rücken an seiner Brust lag. Er sah sich in der kalten Eingangshalle um. Seit sie angekommen war, hatten sie sich kaum einen Meter von der Tür wegbewegt. Er legte einen Arm unter ihre Knie und nahm sie auf den Arm.

„Wir sollten es uns etwas bequemer machen", sagte er.

Sie quietschte und hielt sich an seinem Hals fest, als er,

immer zwei Stufen auf einmal nehmend, die Treppe hinauf-
eilte. Er ließ seine Hose zusammen geknüllt auf dem Boden
der Halle zurück. Der Geruch der brodelnden Erregung in
ihrem Blut war unbeschreiblich.

„Christo--" Er lief so schnell, dass er bereits die Tür zu
seinem Schlafzimmer aufgetreten und Alice auf das Bett
gelegt hatte, bevor sie das Wort ausgesprochen hatte. Sie
brachte nur noch ein bewunderndes „Oooh" heraus, als sie
sich im Schlafzimmer umsah. Die Decke war mit Seidenge-
hängen versehen, auf dem riesigen Himmelbett türmten
sich weiche Kissen, und im Kristallleuchter brach sich das
Licht in regenbogenfarbenen Prismen.

„Es ist wunderschön", sagte sie, die Arme noch immer
um seinen Hals geschlungen.

Christopher ließ seine Hände über ihr Kleid gleiten, bis
er den langen Reißverschluss fand, der von ihrem Hals bis
zum Po reichte.

„*Das* hier ist noch viel schöner." Mit einem leisen Knurren,
öffnete er langsam den Reißverschluss und küsste die freige-
legte Haut Zentimeter für Zentimeter ihren Rücken entlang.
Das Kleid glitt ihr vom Körper und Christophers Erregung steigerte sich noch mehr, als er sah, dass sie darunter nackt war.

Er trat zurück und sah sie bewundernd an. Ihre Brüste
waren genau so, wie er es sich erträumt hatte, rund und
knackig. Ihre Brustwarzen waren bereits hart vor Erregung
und die Kurven ihrer muskulösen Mitte schlank und
perfekt.

Alice sah ihn an und zog leicht eine Augenbraue hoch.
Ihre Haltung vor voller Selbstvertrauen, trotz ihrer Nackt-
heit, und sie küsste ihn sanft auf die Lippen. Dann streichelte sie seinen steifen Schwanz. Es fühlte sich so gut an,
dass sich sofort ein Lusttropfen an der Spitze bildete.

Christopher hob Alice mit einem Arm hoch und legte seine kichernde Göttin auf das Bett. Er bedeckte die zarte Haut ihrer Schenkelinnenseiten mit Küssen, wobei er sich langsam höher und höher zu ihrer Möse schob. Alice seufzte glücklich und bewegte ihre Hüften. Alle Emotionen, die er an ihr riechen konnte, bettelten um mehr. Seine Finger liebkosten die empfindsame Haut an ihrem Bauch und ihrer Taille und streichelten ihre Kniekehlen und Arme.

„Lass mich nicht länger warten." Alices Hände fuhren über ihren eigenen Körper und strichen über die Spitzen ihrer nackten Brüste.

„Warum nicht? Du siehst so wunderschön aus, wenn du wartest", zwinkerte Christopher.

Er ließ seine geschickte Zunge zu Alices feuchtem Schlitz wandern und leckte in langen Strichen über ihr zartes Fleisch. Er ließ seine Zungenspitze gegen ihre Klitoris schnellen und musste ein befriedigtes Lächeln unterdrücken, als sie unter ihm dahinschmolz. Dann bedeckte er ihren Kitzler mit seinem Mund und saugte und küsste ihn, so dass Alice aufstöhnte.

„Das fühlt sich so gut an", wimmerte Alice. „Christopher, ich bin schon ganz nah dran."

Der Duft ihrer Erregung berauschte ihn. Alle Gefühle, die sie ausstrahlte: Erregung, Vertrauen, und noch etwas Stärkeres, Tieferes, berührten ihn sehr. Christopher legte seinen Mund auf Alices Klitoris, steckte zwei Finger in ihre nasse Möse und begann, sie in einem gnadenlosen Rhythmus zu bewegen. Alice schrie laut auf vor Lust, als sie um seine Finger herum im Orgasmus erbebte. Er hörte nicht auf, sie mit seinen Fingern zu vögeln, bis er spürte, dass der zweite Höhepunkt ihren Körper durchfuhr und sie ein weiteres Mal erzitterte. Ihre Befriedigung überflutete ihn, bis er das Gefühl hatte, darin zu ertrinken.

Alice zog Christopher auf das Bett bis er auf dem Rücken lag. Er konnte ihr nicht mehr widerstehen. Sie zog ihm das Hemd aus und er lag nackt vor ihr. Die Bewunderung, die sie beim Anblick seiner wohlgeformten Brust- und Bauchmuskeln empfand, strahlte in Wellen von ihr aus. Ihr Puls beschleunigte sich und verstärkte den Duft ihrer immer stärker werdenden Erregung.

Zum ersten Mal fühlte er sich völlig ausgeliefert. Er konnte seine Sehnsucht nach ihr und seine Träume von ihr, von ihnen, nicht verbergen. Sie leckte sich die Lippen, als sie sich auf ihn zu bewegte. Ihr Haar war eine wilde Mähne, und einzelne Strähnen klebten verschwitzt an ihrem Gesicht und Hals. Sie sah atemberaubend aus.

„Ich will dich", sagte er, *für immer*, fügte er in Gedanken hinzu.

„Dann nimm mich." Mit einem verschmitzten Lächeln setzte sich Alice rittlings auf ihn, ihre Möse direkt über seinem Schwanz. Dann ließ sie sich langsam auf ihn sinken, ihr Gesicht erst angespannt, dann verzückt, als sie seine ganze Länge in sich aufnahm. Sie passten perfekt zusammen. Christopher musste sich zusammenreißen, um nicht sofort in sie hineinzustoßen. Er wollte, dass sie das Tempo selbst bestimmte. Langsam begann Alice sich auf ihm auf und ab zu bewegen. Sie lehnte sich auf seine Schenkel zurück und stützte sich dort ab. Christopher umfasste ihre festen Pobacken mit beiden Händen, während sie sich auf ihm bewegte. Alice drehte ihre Hüften in kleinen Kreisen und schickte Wellen der Lust durch seinen ganzen Körper. Er schloss die Augen und ließ den Kopf zurückfallen. Ein erregtes Stöhnen kam über seine Lippen.

Alices Beine zitterten, während sie ihn weiter ritt. Christopher beugte sich vor und rieb ihren geschwollenen Kitzler. Bei seiner Berührung stöhnte sie auf und bewegte sich noch schneller auf ihm. Christopher war wie verzaubert bei ihrem Anblick, wie sie kurz vor dem Höhepunkt stand. Alice atmete heftig und ihr ganzer Körper pulsierte vor Erwartung.

Dann schrie sie auf und kam auf ihm. Die Wände ihrer Scheide umfassten eng seinen harten Schaft. Christopher riss sich zusammen, um nicht auch gleich zu kommen.

Alice legte keuchend ihren Kopf auf Christophers Brust. „Vielleicht ist das ja eine blöde Frage, aber...", sie wandte sich ab, „wenn Vampire Sex haben..." Sie zögerte.

„Es ist schon in Ordnung; du kannst mich alles fragen." Christopher hielt sanft Alices Kopf in seinen Händen.

„Beißen sie sich dann auch?" Alice wurde rot. Die Röte reichte sogar bis zu ihrer Brust.

„Manchmal." Christopher grinste. „Für uns ist es eine Möglichkeit noch tiefer zu empfinden, die Empfindungen des Partners intensiver zu spüren." Zärtlich küsste er Alices Hals. In dieser Nähe konnte er das Blut besonders stark durch ihre Adern fließen hören und ihr Verlangen riechen. „Aber ich will dir nicht weh tun."

Sie schüttelte den Kopf. „Das weiß ich, ich vertraue dir."

Sie stieg von ihm hinunter und setzte sich neben ihn auf das Bett. Bevor er ihr antworten konnte, hatte ihre Hand seinen Schaft umfasst und spielten ihre Finger an der Unterseite. Sie formte mit den Fingern einen Ring um die Eichel und drückte gerade fest genug, dass er den Rücken durchdrücken und jahrhundertealte Selbstbeherrschung anwenden musste, um seinen Höhepunkt zurück zu halten.

„Weib, du bringst mich noch um." Er stöhnte.

„Nun, ich habe doch gesagt, dass ich dich auf die Knie zwingen werde."

Alice grinste ihn an. Sie legte sich hin und zog Christopher mit sich, so dass er vor ihr kniete. Sie hob die Hüften, schlang ihre Beine über seine Schultern und rieb ihre Möse an seinem Schwanz.

„Ich will es", sagte sie. „Ich will alles."

Mit einem tiefen Knurren drang Christopher in Alice ein, in ihre süße, warme, enge Höhle. Sie keuchte, als er sich in ihr bewegte, schneller und härter als vorher. Er konnte ihr Blut riechen, das erregt durch ihren Körper toste. Christophers Hände ergriffen Besitz von ihrem Körper und seine Eckzähne wuchsen, bis sie ihren natürlichen Zustand erreicht hatten. Er sah Alice in die Augen und sie sagte nur ein Wort.

„Ja."

Christopher biss in das zarte Fleisch ihrer Schulter. Eine Sekunde lang verspannte sie sich vor Schmerz. Dann trank er, und Alices Wesen strömte in ihn ein, während er sich weiter in ihr bewegte. Ihre Empfindsamkeit schmeckte wie Sonnenlicht, ihre positive Einstellung, ihre Freude, ihre Aufregung, ihre Erregung, all ihre Gefühlte durchfluteten ihn. Er schmeckte ihre Einsamkeit in der Vergangenheit, ihre Sehnsucht nach Gemeinschaft, die sie selbst nicht genau definieren konnte. Ihr Traum, endlos Zeit zum Lernen, Erforschen und Sehen neuer Wunder und Dinge zu haben, spülte über ihn hinweg. Alles an seiner Welt begeisterte sie. Der kurze Blick, den sie auf die große, übersinnliche Welt geworfen hatte, lockte sie mit ihren Versprechungen von Spaß, Spannung und etwas völlig Neuem.

Schnell löste er sich wieder von ihr, aber er hatte bereits genug getrunken, um zu erkennen, dass er sich Hals über Kopf in Alice verliebt hatte. Mit einigen kurzen, heftigen Stößen ergoss er seinen Samen in ihre warme Höhle und rief ihren Namen, während sie noch einmal mit Schreien und Beben in all ihrer Menschlichkeit kam. Erschöpft ließ er sich in die Kissen zurückfallen.

Still hielten sie einander einige Herzschläge lang in den Armen und lächelten einander an, während sie wieder zu Atem kamen. Christopher schmeckte die Worte auf seiner Zungenspitze. *Ich liebe dich, ich möchte mit dir zusammen sein. Bitte, bleibe ein Mensch.*

Alice sprach zuerst.

„Das wäre jetzt der perfekte Moment, mich zu verwandeln." Sie kuschelte sich noch enger in seine Arme.

Christopher unterdrückte seine selbstsüchtige Enttäuschung, bevor sie sie ihm vom Gesicht ablesen konnte. *Es ist ihre Wahl.* Christopher biss mit seinen Zähnen eine kleine Wunde in seinen Unterarm und hielt ihn Alice hin.

„Nur, wenn du dir ganz *sicher* bist."

Ohne auch nur eine Sekunde zu zögern, senkte Alice ihre Lippen auf seinen Arm und trank. Die rote Flüssigkeit tropfte über ihre Lippen und auf ihr Kinn. Christopher fühlte wie seine Kraft in sie überging, seine Vergangenheit und seine Zukunft. All das verband ihn nun mit dieser unglaublichen Frau. *Wenigstens bleibt sie der Welt nun für immer erhalten, auch wenn ich nicht mit ihr zusammen sein darf.*

Alice sah auf und wischte sich vorsichtig das Blut vom Mund. „Ist das genug? Ich fühle mich ein bisschen schwach."

„Ja. Es ist getan. Du solltest dich jetzt ausruhen." Christopher legte die Arme um Alice und prägte sich die Erinnerung an das erste und letzte Mal ihres Zusammenseins für immer ein.

～

ALICE WURDE LANGSAM WACH. Auf dem Kissen neben ihr lag ein Zettel mit den Worten „Bin gleich zurück" in einer geschwungenen, altmodischen Handschrift. Sie lächelte und reckte sich auf den weichen, seidenen Laken. In den letzten Stunden war sie einige Male aufgewacht und hatte sich seltsam geschwächt gefühlt, als ob jeder einzelne Muskel in ihrem Körper einige hundert Kilo wog. Jetzt aber fühlte sie sich so stark, als ob sie Christophers Himmelbett mit einer Hand aufheben und es durch das Zimmer schleudern könnte.

Die Vorhänge waren geöffnet und gaben den Blick auf den silbernen Mond frei. Obwohl das Zimmer ziemlich dunkel war, sah auf einmal alles viel heller aus. Alices Sinne waren geschärft. Sie konnte die Geräusche der Äste, die im Wind knarrten und die Eichhörnchen, die an den Bäumen scharrten, viel lauter und klarer hören als jemals vorher. Sie atmete ein und nahm Christophers Duft wahr, der noch in den Laken hing und den leichten Geruch der glühenden Drähte in den Glühbirnen des Leuchters über ihr. Jede Kleinigkeit um sie herum war klarer und schöner als sie sie je zuvor wahrgenommen hatte.

Sogar ihr Erinnerungsvermögen war besser; Bild für Bild rief sie sich Christophers Haut, seine Lippen und seine Zunge, die sie liebkosten, ins Gedächtnis, und ihr Puls beschleunigte sich bei diesen Gedanken. Sie räkelte sich unter der Decke. Die glatte Seide fühlte sich wundervoll auf ihrer nackten Haut an. *Margot hatte Recht. Sex als Vampir würde wunderbar sein.*

Sie hörte Christophers näherkommende Schritte auf dem Treppenabsatz und setzte sich so hübsch wie möglich auf dem Bett in Pose. Er drückte leise die Klinke herunter, wie, um sie nicht zu wecken und öffnete dann vorsichtig die

Tür mit der Hüfte, weil er in den Händen ein großes, voll beladenes Tablett trug.

Der Geruch nach Orangensaft, warmem Brot und Blut stieg ihr in die Nase. Sie hatte schon früher mal Blut gerochen, als sie sich beim Kochen in den Finger geschnitten hatte. Damals war ihr der Geruch metallisch vorgekommen, wie alte Kupferpfennige. Die Schnapsgläser, die auf Christophers Tablett angeordnet waren, gaben jedoch eine verwirrende Kombination von Düften ab, so als ob sie *Gefühle* witterte.

Christopher lächelte. „Großartig. Du bist schon wach. Ich habe dir Frühstück mitgebracht." Er stellte das Tablett an der Bettkante ab und küsste sie sanft auf die Stirn.

„Dankeschön." Sie bemerkte, dass sie immer noch pudelnackt war. Als sie sich suchend umblickte, sah sie einen Morgenmantel, der auf den Nachtisch neben ihr lag.

„Keine Ursache. Du musst dich jetzt erstmal langsam an dein neues Leben gewöhnen." Er setzte sich auf das Bett, das Tablett zwischen ihnen, und blickte diskret zur Seite, während sie den Morgenmantel anzog. Als sie ihre Blöße bedeckt hatte, krabbelte sie über das Bett und setzte sich zu ihm.

„Bereust du die letzte Nacht?", fragte sie.

Er hob den Kopf. „Nein! Die letzte Nacht war unglaublich, eine der besten Nächte meines Lebens. Aber es darf nicht wieder passieren, weil ich dich jetzt verwandelt habe und dein Erzeuger bin."

Alice verdrängte ihre Enttäuschung. Sie hatte gewusst, dass das der Preis dafür war, ein Vampir zu werden, aber trotzdem fühlte sie sich zurückgewiesen. Der Sex letzte Nacht war sehr viel intensiver gewesen, als sie es erwartet hatte. Sie hatte sich ihm so *verbunden* gefühlt wie noch keinem anderen je zuvor. *Hatte er das Gleiche empfunden?* Sie versuchte, sich von diesen Gedanken abzulenken, indem sie das Tablett betrachtete, das er ihr gebracht hatte.

Der Mann weiß, wie man Frühstück macht, das muss man ihm lassen. Auf dem Tablett befanden sich ein Omelett, gefüllt mit drei verschiedenen Käsesorten, warme Zimtbrötchen mit Zuckerguss, frisch gepresster Orangen- und Mangosaft und eine Schüssel Obstsalat. Am hinteren Rand des Tabletts sah sie sechs Schnapsgläser, die alle mit Blut gefüllt waren. Der intensive Duft des Blutes zog sie an und sandte Wellen des Verlangens durch ihren Körper. *Ich bin ein Vampir. Heiliger Strohsack.*

Sie hob das Tablett auf. Dank ihrer erhöhten Körperkraft als Vampir schien ihr das Tablett so leicht wie eine Feder zu sein.

„Das ist viel zu viel", sagte sie.

Christopher grinste. „Betrachte es als Willkommensgeschenk in dein neues Leben. Niemand sollte auf leeren Magen etwas Neues beginnen, besonders wenn der Körper sich erst langsam daran gewöhnen muss."

Alice nahm einen Bissen von dem Omelett und stöhnte vor Genuss. Sie konnte jede einzelne Zutat mit ihren verstärkten Sinnen schmecken. Jeder Bissen schmeckte einfach göttlich.

„Möchtest du auch etwas? Hier ist genug für drei Leute", bot Alice an.

Christopher schüttelte den Kopf. „Ich habe schon gegessen."

Alice brauchte keine Extraeinladung. Sie langte kräftig zu, und jeder Bissen schmeckte besser als der vorangegangene. Aber trotzdem verspürte sie kein Gefühl der Sättigung. Je mehr sie aß, desto hungriger und leerer fühlte sie sich, selbst nachdem sie die letzte Erdbeere aus dem Obstsalat vertilgt und die Teller abgeleckt hatte.

„Danke, das war echt lecker", sagte sie.

„Das freut mich. Es gibt viele wunderbare Erfahrungen in diesem Leben. Ich hoffe, es wird dich glücklich machen." Christopher streichelte ihren Arm, und Alice schmiegte sich in seine Berührung.

„Keine schlecht gelaunten Vampire in deiner Familie?" Sie lächelte ihn an und fühlte die Wärme seines Blicks bis in ihre Zehenspitzen.

Christopher lachte auf. „Genau." Sein Gesicht leuchtete, wenn er lachte. Er war wirklich der bestaussehendste Mann, dem sie je begegnet war.

„Hast du jemals bedauert, dass du ein Vampir geworden bist?", fragte sie ihn.

Christopher lehnte sich, auf die Ellenbogen gestützt, neben ihr zurück und ließ seine Beine über die Bettkante baumeln.

„Jede Entscheidung hat ihre Vor- und Nachteile. Ich werde niemals wissen, wie es ist, wenn man alt wird. Der Wechsel der Jahreszeiten hat nicht mehr die gleiche Bedeutung wie vorher; der Frühlingsanfang ist nicht mehr so verlockend, wenn der Winter nur so kurz scheint." Er berührte sanft ihre Hand. „Ich habe viele unwahrscheinlich interessante Leute kennengelernt und musste dabei zusehen, wie sie, aus meiner Sicht, innerhalb kürzester Zeit, alt wurden und starben. Deshalb interessiere ich mich so sehr für Kunst: so bleiben die Gedanken und Werke erhalten, auch wenn der Künstler selbst nicht mehr da ist." Er setzte sich zurück, sein Lächeln wirkte trauriger. „Aber ich sehe keinen Sinn darin, mich mit den negativen Seiten des Weges, den ich gewählt habe, herumzuärgern. Das Leben ist einfach zu lang, um sich mit Bedauern aufzuhalten." Er legte seine Hand auf ihre. „Und du, tut es dir schon leid?"

„Nein! Ich bin gerade erst wach geworden und alles ist

großartig. Du bist so gut zu mir gewesen. Ich werde meine ersten Momente als Vampir immer in wundervoller Erinnerung behalten."

Christopher sah zur Seite. „Das freut mich sehr."

Alice stellte das Tablett weg und kuschelte sich neben ihn. „Was ist los?"

„Ich musste nur gerade an etwas denken."

Sie strich eine verirrte Locke hinter sein Ohr. „Erzähle es mir." Er sah auf einmal so traurig und müde aus, dass sie ihn am liebsten in die Arme geschlossen hätte.

„Ich dachte an meinen Bruder, Rhys. Er und ich wurden zur gleichen Zeit und vom gleichen Erzeuger umgewandelt. Rhys war noch nie ein großer Menschenfreund. Innerhalb von einer Stunde, nachdem er verwandelt worden war, hat er bereits ein *ganzes* Dorf abgeschlachtet. Unserem Erzeuger war das egal. Menschen waren in seinen Augen nichts Anderes als Ameisen. Ich habe meine ersten Momente als Vampir damit verbracht, zu versuchen Rhys' Opfer zu retten, und das tue ich immer noch." Er setzte sich auf. „Aber ich will mich nicht daran messen lassen." Er schob das Tablett näher an sie heran.

Er lächelte wieder, aber Alice sah, dass es ihn Mühe kostete. *Verdammt, in diesen Mann könnte ich mich echt verlieben.* Doch dann wurde ihr wieder klar, dass dies nicht sein durfte. Alles an ihm sprach sie an: sein Optimismus und seine Hoffnung, trotz der jahrhundertelangen Konflikte, seine Freundlichkeit, sein Lächeln. Die Art wie das Mondlicht sein Gesicht in das eines Engels verwandelte, und die Tatsache, wie sehr es sie danach verlangte, sich rittlings auf ihn zu setzen und ihn zu reiten bis sie vor Lust verging.

Christopher hatte bereits einige Sekunden mit ihr

gesprochen. Alice schüttelte sich, um ihren Blick von seiner Lippen zu lösen und zu hören, was er ihr zu sagen hatte.

„—enthalten Blut verschiedener Arten von übernatürlichen Wesen. Mit der Zeit wirst du lernen, die Unterschiede herauszuschmecken und zu interpretieren, zum Beispiel was sie zu der Zeit empfanden, als sie das Blut spendeten. Fangen wir jetzt einfach mal mit den Grundlagen an."

Alice hob eines der Gläschen an die Nase und schnüffelte daran. Es roch nach weitem Himmel und Feuer, kalten Schuppen und geballter Kraft. Sie atmete einmal tief durch und kippte den Inhalt in einem Zug hinunter. Ein Wahnsinnsgefühl von Macht durchfuhr sie und dahinter konnte sie Frieden, Freude und Zufriedenheit schmecken.

„Ein Drache?", fragte Alice. Sie konnte es kaum glauben, dass solche Wesen tatsächlich existierten, aber sie war überglücklich, wie interessant die Welt jetzt war, seit sie die Fähigkeit zu *sehen* erlangt hatte.

Christopher klatschte in die Hände. „Ja! Das ist das Blut einer meiner Freundinnen, einer Drachenwandlerin, die sich bereit erklärt hat, Blut zu Trainingszwecken zu spenden. Sie hat erst vor einigen Wochen geheiratet, also solltest du neben ihrer Rasse auch noch erkennen können, in welchem Gemütszustand sie sich befand."

„Können wir alle diese Dinge wahrnehmen?", fragte Alice. Sie versuchte, sich in die Gefühle hineinzuversetzen, die über sie kamen, wenn sie trank, aber es gelang ihr nicht, sie festzuhalten. Sie schnüffelte an Christopher. „Warum kann ich deine Gefühle nicht riechen, jetzt da doch ein Vampir bin?"

Er tippte sich an die Nase. „Das würde nur klappen, wenn ich ein Mensch wäre. Da ich aber ein Vampir bin, kannst du mein Blut nur riechen, wenn es an der Luft ist."

„Ich kann noch gar nicht fassen, dass das alles Wirklichkeit ist."

„Das und noch vieles mehr." Er hielt ihr ein weiteres Glas hin. „Hier, probiere das mal."

Alice fühlte, wie sich ihr ganzer Körper plötzlich anspannte. Ein Gefühl der Angst durchfuhr sie. Sie versuchte, etwas zu sagen, aber ihr Kiefer war wie gesperrt. Gegen ihren Willen hob sich ihre Hand und bewegte sich auf das Glas zu. Jede Zelle in ihrem Körper verlangte, dass sie das Glas aus Christophers Hand nahm und seinen Inhalt trank.

Was geschieht mir? Innerlich schrie sie die Worte, aber kein Ton verließ ihre Lippen. Ihr Körper gehorchte ihr nicht. Ihre Hand bewegte sich gegen ihren Willen, obwohl sie mit aller Macht versuchte, sie von dem Glas weg zu bewegen. Willenlos legten sich ihre Finger um das Glas und sie schluckte den Inhalt in einem Zug hinunter. Ein lieblicher Geschmack von Süße, Blumen und Licht rann über ihre Zunge, aber Alice war so verschreckt, dass sie ihn gar nicht genießen konnte. Sobald sie die Flüssigkeit geschluckt hatte, war sie wieder Herrin über ihren Körper, und ließ sich schwach auf das Bett zurücksinken.

„Was war das denn?", fragte sie mit leiser, verängstigter Stimme. „Was ist mit mir passiert? Ich konnte nicht aufhören."

„Oh Mann, Alice, es tut mir ja so leid", antwortete Christopher reuevoll. „Das war keine Absicht. Das war der *Hortari*. Auch wenn ich dir gar keinen Befehl geben will, musst du meinen Worten gehorchen." Er stieg vom Bett herunter. „Deshalb halte ich mich von den Vampiren fern, die ich geschaffen habe. Ihr habt ein Recht auf euren eigenen Willen, um zu lernen und zu wachsen und eure eigene Persönlichkeit zu entwickeln."

Beide schreckten auf, als es an der Tür klopfte.

„Christopher?", fragte eine Frauenstimme, von der anderen Seite der Tür.

„Ja, Valerie, ich bin hier." Er hörte sich erleichtert an.

Eine wunderschöne Latina mit einem geflochtenen, rabenschwarzen Zopf, der ihr bis zu Taille reichte, öffnete die Tür. Sie sah besorgt aus, und ihr Lächeln wirkte gezwungen. *Es gab ein Problem.*

„Christopher, du musst sofort zum Schloss aufbrechen." Sie sah Alice an. „Wir werden uns um die neue Rekrutin kümmern."

Christopher wurde blass. Er wandte sich um und legte Alice eine Hand auf die Schulter. „Es tut mir leid, dass ich nicht bleiben kann. Bitte, du kannst dich hier wie zu Hause fühlen, dir das Haus ansehen und die Leutnants meiner Blutlinie kennenlernen." Er sprach langsam und vorsichtig und wählte seine Worte mit Bedacht, um sicher zu sein, dass er keinen Befehl aussprach. Er berührte zärtlich, Abschied nehmend ihr Gesicht und bevor Alice etwas sagen konnte, war er auch schon fort. Valerie lächelte ihr etwas angespannt zu und folgte ihm. Alice blieb allein zurück.

Sie legte sich zurück in die weichen Laken. Ihr Herzschlag hatte sich noch nicht beruhigt. Sowohl Christopher als auch Margot hatten sie vor der Gehorsamspflicht gewarnt, aber sie hätte nie gedacht, dass es so furchteinflößend war die Kontrolle über den Körper zu verlieren. Es war fürchterlich, wenn man gezwungen war, gegen den eigenen Willen zu handeln, auch wenn es so etwas Banales war, wie ein Getränk zu schlucken, das sie sowieso probieren wollte. Christophers Bedauern, dass er ihr unabsichtlich seinen Willen aufgezwungen hatte, war echt gewesen. Aber könnte sie jemals entspannt mit ihm zusammen sein, wenn sie wusste, dass jeder unbedachte Satz, den er sprach, sie ihres Willens berauben würde?

Zum ersten Mal, seit sie ihm begegnet war, war sie sich der Konsequenzen bewusst, die ein Zusammensein mit ihm mit sich bringen würde.

Alice schüttelte sich. Christopher hatte Recht. Mal sollte sich nicht mit den Nachteilen herumärgern. *Das Leben ist zu lang, um sich mit Bedauern aufzuhalten.* Sie hatte geschärfte Sinne und Superkräfte, und die Fähigkeit zu wissen, was Leute empfanden, einfach nur durch ihren Geruch.

Ich bin ein Vampir!

Auf keinen Fall würde sie ihren ersten Tag als Vampir im Bett verbringen und rumheulen, weil sie den einen Mann, den sie haben wollte, nicht haben konnte. Schnell zog Alice sich die Klamotten an, die jemand - wahrscheinlich Margot, mit dem Geschmack für Designer-Kleidung—für sie herausgelegt hatte und startete ihre Tour durch das Haus. Sie folgte dem Klang von Stimmen durch die Halle und durch eine Tür, die in den Garten führte.

Es war traumhaft wie *hell* die Nacht wirkte. Durch ihr neues Vampirsehvermögen, nahm sie jede Einzelheit so deutlich war, als schiene die Sonne strahlend vom Himmel. Die weite Rasenfläche sah aus wie ein Trainingsgelände für einen Robin-Hood-Film. An der Mauer entlang standen Strohpuppen in annähernd menschlichen Formen. Ihre Füllung quoll aus vielen Messereinstichen und Pfeilein-schüssen, mit denen sie überall durchlöchert waren. Gepolsterte Säulen, die als Boxsäcke dienten, standen überall herum, sowie Balken und Turngeräte, die zum Trai-nieren des Gleichgewichts bestimmt waren.

In der Mitte eines abgetrennten und gepolsterten Rings neckten sich Margot und zwei Männer, die Alice nicht kannte, während sie mit langen Stäben blitzschnell aufeinander losgingen. Sie sprangen hoch und umkreisten sich. Die Stäbe bewegten sich so schnell, dass man sie kaum wahrnahm, wenn sie durch die Luft sausten und krachend aufschlugen. Alice sah mit offenem Mund zu. Sie hatte zwar gewusst, dass Margot ein Vampir war, aber sie hatte nicht erwartet, diese elegante Galeristin zu sehen, wie sie zwei Meter in die Höhe sprang und mit einem gezielten Tritt einem Mann gegen den Kopf trat wie die Heldin in einem Anime-Film.

Als Margot einem besonders gefährlichen Kopfstoß auswich, stieß Alice einen leisen Schreckensschrei aus. Einer der Männer—ein drahtiger Asiate in engen Lederhosen—drehte sich nach ihr um. Diesen Moment der Ablenkung nutzten die anderen beiden sofort aus. Sie trafen ihn gleichzeitig, einer am Rücken, der andere unterhalb der Knie. Er fiel schwer auf den Boden.

„Das ist nicht fair!", rief der gefallene Mann. „Die Neue ist aufgewacht."

Margot stützte sich mit einem boshaften Lächeln auf ihren Stab. „Ja, und Feinde werden auch alles Mögliche versuchen, um dich abzulenken."

Der Mann zuckte die Achseln und sprang mit einer einzigen, fließenden Bewegung wieder auf die Füße. „Egal, aber beim nächsten Mal mach ich euch so schnell fertig, dass ihr gar nicht wisst, wie euch geschieht."

Der andere Mann, ein großer, dunkelhäutiger Typ mit einer Brustbewehrung aus überlappenden Eisenplatten, lachte. „Danny, das macht jetzt wirklich gar keinen Sinn."

„Doch, für mich schon!", erwiderte Danny lachend. Er nahm Anlauf und sprang die sieben Meter von der Gruppe bis hin zu Alice in einem einzigen Satz. Er hielt ihr die Hand hin. „Mein Name ist Danny. Abenteurer, Liebhaber und immer zu Ihren Diensten."

„Lass sie in Ruhe. Sie ist erst ein paar Stunden alt", wies Margot ihn zurecht. Sie kam zu ihnen hinüber, und der eisenbewehrte Mann folgte ihrem Beispiel. „Wenn sie dich sieht, wird sie es noch bereuen, dass sie sich uns angeschlossen hat."

„Beachte die beiden gar nicht", sagte der größere Mann. Seine Stimme war tief und entspannt und er strahlte tiefen Frieden aus. Er nickte Alice zu, blieb aber auf Abstand. „Ich bin Ben." Er zog die Schultern hoch. „Ich bin der verrückte Wissenschaftler dieser Gruppe."

Alice starrte ihn an. Abgesehen von den überlappenden Metallplatten an seiner Brust, hätte sie ihn eher für einen Mönch gehalten als ihn als verrückt zu betrachten.

Margot schlug ihm auf die Schulter. „So solltest du dich nicht vorstellen!" Sie zwinkerte ihm zu. „Du bist das verrückte *Genie* dieser Gruppe, das trifft es besser."

„Hey, ich dachte ich sei das verrückte Genie?", warf Danny ein.

Margot schüttelte den Kopf. „Nein, du bist nur total irre."

„Oh ja, da könntest du Recht haben." Danny lachte. „Na los, mal sehen du draufhast." In einer schnellen Bewegung zog er ein Messer aus seinem Gürtel und warf es gezielt auf Alices Brust.

Alles geschah wie in Zeitlupe.

Alice beobachtete, wie das Messer direkt auf sie zuflog. Das Mondlicht glitzerte auf dem Metall, es bewegte sich so langsam, dass es geradezu lächerlich einfach war, dem Messer auszuweichen und es in der Luft zu fangen.

Die Gruppe klatschte Beifall. „Sie ist ein Naturtalent!", rief Margot.

Alice blickte auf das Messer in ihrer Hand. Sie war völlig fassungslos. Was war da gerade geschehen? Sie *hatte ein fliegendes Messer in der Luft aufgefangen.* Sie blickte Danny an.

„Du hättest...das könnte...“

Danny grinste sie an. „Du bist unsterblich. Selbst *wenn* du zu langsam gewesen wärst, hätte ein Messerstich in die Brust dich nicht umgebracht; es hätte nur verdammt weh getan. Aber, eine Warnung für alle Fälle, du solltest aufpassen, dass du nicht geköpft oder verbrannt wirst. Das würde dich mit Sicherheit umbringen.“ Er ging zu einem Tisch, auf dem Schwerter, Äxte, Messer verschiedener Größen, und eine Machete lagen. Er griff sich die Axt und warf sie wie einen Frisbee auf eine der Strohpuppen an der Wand. Die Axt schlug den Kopf sauber ab, und er landete mit einem leisen Plumps auf dem Boden.

Alices Magen drehte sich um. Jetzt war es vielleicht nur der Kopf einer Strohpuppe, aber worauf hatte sie sich hier nur eingelassen? Erwarteten die allen Ernstes von ihr, dass sie jemanden umbrachte? Sie war doch nur eine Fotografin!

„Ich weiß nicht so recht, was ich hiervon halten soll“, sagte Alice. Der Tisch mit seinen ganzen Waffen machte ihr Angst. Sie deutete auf einen Haufen nussgroßer Zylinder, die, wie ihr ihr geschärfter Geruchssinn sagte, nach scharfen Chemikalien und noch etwas Anderem, Flüchtigem und Verführerischem rochen. „Ich habe keine Ahnung, was die meisten dieser Sachen sind.“

Ben nahm einen der Zylinder in die Hand. „Das sind meine UV-Blitzbomben. Sonnenlicht schwächt uns, deshalb habe ich die Auswirkung der Sonnenstrahlen für den Vampir, den sie treffen, verdoppelt. Sie sind nicht tödlich, sie tuen einfach nur wahnsinnig weh. Wenn der Feind ihnen lange genug ausgesetzt ist, wird er ohnmächtig, und man hat genug Zeit um abzuhauen.“ Er warf den Zylinder in die Luft. Alice musste sich sehr zusammenreißen, um nicht zur Seite zu springen. „Ich bin sehr stolz auf diese Babys." Er reichte ihr eins. „Sieh es dir einmal an!"

Alice wich zurück. „Ich weiß nicht recht..."

Margot kam zu Alice und klopfte ihr liebevoll auf die Schulter. „Das ist alles ein bisschen viel auf einmal." Sie sah Ben warnend an. „Fangen wir erst mal mit den einfachen Dingen an, bevor wir zu den Feuerwerkskörpern kommen, ok?" Margot nahm ein Schwert vom Tisch und reichte es Alice. „Versuch das mal. Du siehst aus, als könntest du eine gute Schwertkämpferin werden."

„Aber mit wem soll ich denn kämpfen?" Alices Hände zitterten.

„Jetzt? Mit niemandem. Aber wenn man über mehrere Jahrhunderte lebt, wird man früher oder später in Gefahr geraten. Wir müssen dich darauf vorbereiten, damit du dich verteidigen kannst."

Alice musste zugeben, dass sich das Schwert in ihrer Hand gut anfühlte. Der Griff war einfach. Er war mit einer metallenen Halbkugel versehen, die ihre Hand und ihr Handgelenk schützte, wie sie es in den alten Filmen der Drei Musketiere gesehen hatten. Obwohl die Klinge aus solidem Stahl war, konnte sie das Gewicht problemlos halten. Sie ließ das Schwert einige Male auf und ab schnellen, wobei es einen aufregenden, zischenden Laut machte, als es durch die Luft sauste.

„Langsam, kleiner Vampir, du sollst hier nicht Holz hacken", sagte Danny. Er stellte sich neben sie und korrigierte ihren Griff, so dass ihr Daumen die Klinge führte, als wäre sie eine Verlängerung ihres Arms.

Margot nahm sich auch ein Schwert und stellte sich Alice gegenüber auf. „Gut, ich zeige dir jetzt einige Angriffsmöglichkeiten."

Margot war sehr geduldig mit Alice und beantwortete

ihre Fragen, während sie ihr die Fußstellungen erklärte und ihr zeigte, wie man parierte und wie man angriff. Dabei erzählten Danny und Ben unaufhörlich von vergangenen Kämpfen mit verschiedenen Widersachern. Besonders Danny schien mindestens einmal pro Woche in Streitigkeiten zu geraten, und Ben ermahnte ihn deswegen taktvoll.

Beide klatschten als es Alice, wenn auch etwas ungeschickt, gelang eine Finte auszuführen. Darauf war sie unsagbar stolz. Alice blickte von Margot zu Danny und Ben. Ihre familiäre Verbindung war so stark, dass es beinahe wie eine unsichtbare Macht war, die sie zusammenhielt.

Das ist das Beste daran, ein Vampir zu sein, wurde ihr klar. *Ich gehöre jetzt dazu.*

„Oh gut, du hast sie gefunden."

Alice drehte sich zu der Stimme um. Die Latina, Valerie, die Christopher heute Morgen geholt hatte, kam zu ihnen in den Hof. Irgendetwas in Valeries Gesichtsausdruck, machte Margot nervös. Sie spannte die Schultern an. Da Margot sonst immer so cool war, fand Alice es etwas beunruhigend, die unerschütterliche Galeristin verunsichert zu sehen.

Valerie lächelte Alice vage an. „Christopher wollte wissen, ob du auch alles gut gefunden hast."

„Hat er gedacht, sie schafft es nicht allein die Treppe hinunter?", fragte Danny.

Valeries Lächeln wurde breiter. „Ich denke, unser Erzeuger wollte nur sicher sein, dass unser neuestes Mitglied von ihrer Verwandlung *befriedigt* ist." Sie betonte das Wort so sehr, dass alle lachten und Alic errötete.

„So ist es aber nicht-", wollte Alice erklären.

„Jedenfalls nicht mehr", sagte Margot. „Christopher ist einfach zu anständig, um mit jemandem zu vögeln, dem er seinen Willen auferlegen kann. Wir wissen alle, dass so etwas nicht gut ausgehen kann." Ihr energischer Ton erklärte die Sache für erledigt, und Ben wechselte das Thema, indem er sich an Valerie wandte.

„Welche Neuigkeiten gibt es aus dem Palast? Warum musste Christopher so früh aufbrechen?"

Valeries Grinsen erlosch. „Der König. Er ist tot."

Auf einmal redeten alle durcheinander und stellten eine Frage nach der anderen.

„Was?"

„Wie?"

„Wann?"

„Hättest du das nicht gleich sagen können?", rief Danny.

„Was machen wir denn jetzt?", fragte Margot schließlich.

Alice sah von einem zum anderen. Ihr Herz schlug schneller vor Aufregung. *Der König?*

Valerie hielt, um Ruhe bittend, die Hände hoch. „Wir haben es erst vor einer Stunde erfahren. Es war ein dummer Unfall im Palast. Wir haben ihn immer wieder gewarnt, die Wände nicht mit Zeremonienschwertern zu dekorieren, aber er hat ja nie auf andere gehört." Valerie verdrehte die Augen. „Christopher ist jetzt unterwegs zum Palast, um die Sache zu untersuchen und die Nachfolge zu regeln."

„Er ist schon *unterwegs*, ohne Verstärkung?" Margot klang empört. Sie befestigte das Schwert an ihrer Taille und nahm sich einige der UV-Bomben vom Tisch. Dann blickte sie Danny an. „Komm mit!"

Danny nickte, und die beiden eilten davon.

Alice sah ihnen, mit steigender Unruhe, nach.

„Was ist los?", fragte sie die anderen.

Valerie sah sie traurig an. „Es tut mir sehr leid, dass das ausgerechnet heute passiert ist. Als die beiden letzten lebenden Nachkommen des Königs, sind Christopher und Rhys seine einzigen Erben. Es geht jetzt eigentlich darum, wer von ihnen den Thron fordert und ihn auch halten kann. Christopher ist der Ältere, also hat er Vorrang, aber..." Valerie zögerte. „Wenn Rhys König wird, dann sind wir *echt* im Arsch."

„Der Tod des Königs bedeutet, dass es Krieg gibt", sagte Ben.

Valerie fuhr dazwischen. „Es *könnte* Krieg geben."

„Krieg?" Das Schwert wog auf einmal schwer in Alices Hand. Sie blickte hinunter auf den abgeschlagenen Kopf der Strohpuppe. „Sofort?"

Valerie schüttelte den Kopf. „Nein, erst wird es jede Menge Verhandlungen und diplomatische Gespräche geben, aber der König..." Sie konnte nicht weitersprechen. Ben legte ihr eine Hand auf die Schulter. „Er war ein schwieriger, alter Bastard, der an überholten, uralten Traditionen festhielt. Aber er war der einzige König, den ich in meinem Leben gekannt habe. Ich kann es nicht fassen, dass er von uns gegangen ist."

Ben ließ einen kleinen Dolch in der Hand kreisen, immer und immer wieder, als ob er nicht damit aufhören konnte. „Es wird schon alles gutgehen, mach dir keine Sorgen. Margot und Danny waren die ersten Vampire, die Christopher gezeugt hat. Sie sind die Stärksten von uns. Wenn sie hinter ihm stehen, wird Christopher nichts geschehen."

„Können wir irgendwie helfen?", fragte Alice.

Valerie biss sich auf die Lippe. „Wenn mehr als die beiden mitkommen, könnte das als Angriff ausgelegt werden, und uns alle in Gefahr bringen." Es klang, als versuchte sie hauptsächlich sich selbst zu überzeugen. „Wir können besser helfen, indem wir hierbleiben und die Truppen zusammenrufen. Lasst uns unsere Nachkommen benachrichtigen, und die sollen *ihre* Nachkommen rufen.

Dann sind wir vorbereitet falls es zum Äußersten kommen sollte."

Alice sah die beiden an. „Was wäre denn das Schlimmste, das passieren kann?"

Valerie und Ben tauschten einen bedeutungsvollen Blick. „Das Rhys ausrastet."

DIE TRAUERNDEN STANDEN in Reihen außerhalb der hohen Eisentore des alten Königsschlosses, als Christopher mit dem Auto ankam. Von den gotischen Türmen des Schlosses hingen schwarze Flaggen mit dem Familienwappen auf Halbmast. Das ganze Gelände war seltsam ruhig, als ob sogar die Vögel, die im Schlossgarten lebten, wussten, dass Trauer herrschte.

Seit Jahrhunderten fuhr Christopher durch diese gleichen Tore ein und aus, aber so wie heute hatte es sich noch nie angefühlt. Aus alter Gewohnheit begann er wieder darüber nachzudenken, welche Argumente er vorbringen könnte, um den alten Monarchen endlich aus dem Mittelalter heraus in die Neuzeit zu katapultieren, aber dann fiel ihm wieder ein, dass es heute keine Diskussionen darüber geben würde. Sein Erzeuger war tot.

Christopher strich sich mit der Hand über die Stirn. Seit über zwei Jahrtausenden hatte es keinen neuen Vampirkönig gegeben. Die Berater des Königs würden aber wahrscheinlich darauf bestehen, dass die selten benutzten, uralten Rituale der Trauer um einen Monarchen eingehalten wurden: Monate in dunkler Kleidung und düstere Zeremonien, während die Berater alle unvollendeten Angelegenheiten aus der Herrschaft des alten Königs abarbeiteten. Danach wurde der älteste Prinz ausführlich über

Handelsabkommen, Verträge und Steuern unterrichtet werden. Das alles spielte sich mit großem Pomp ab, und Christopher graute bereits davor.

Der einzige Lichtblick, den er für die kommenden Monate sah, war, dass er endlich eine bessere, fortschrittliche Zukunft für sein Volk aufbauen konnte. Er trommelte mit den Fingern gegen die Autoscheibe. Christopher hoffte, dass er mit einer langsamen Übergangsperiode auch die konservativen Vampire überzeugen könnte, etwas fortschrittlicher zu denken und er so seinem Volk die blühende Zukunft bieten könnte, die es verdiente.

Als Christopher aus dem Auto stieg, kamen zwei Motorräder mit halsbrecherischer Geschwindigkeit die Auffahrt hinaufgerast. Er erschrak, erkannte dann aber die Helme von Danny und Margot. Sie stiegen von den Motorrädern und begannen, ihre Waffen aus den Taschen zu kramen, bis sie bis an die Zähne bewaffnet waren mit Schwertern und Macheten, die sie griffbereit an der Seite trugen.

„Was macht ihr denn hier?", fragte Christopher, während Margot ein zweites Messer an ihren Unterarm schnallte. „Dieser Besuch ist eine reine Formalität, um dem Leichnam meines Erzeugers meinen Respekt zu zollen und die Übergabe der Herrschaft vorzubereiten." Er sah die Ausbuchtungen an ihrem Gürtel. „Sind das etwa Granaten?"

Margot zog eine Augenbraue hoch. „Weißt du das noch nicht? Granaten sind das neue Schwarz-"

„Sie haben nur viel mehr Feuer", fiel Danny ein und befestigte eine Machete an seinem Schenkel.

„Das ist wirklich nicht notwendig-" begann Christopher.

„Das ist nur für alle Fälle. Du wirst dich verdammt über diese Granaten freuen, wenn dein hinterhältiger Bruder dir in den Rücken fällt", erwiderte Margot.

Christopher hob ergeben die Hände und ging die

Treppe zum Schloss hinauf. Margot und Danny nahmen in ihn die Mitte. Das rhythmische Geräusch des Metalls der Waffen, die beim Laufen gegen die Rüstung schlugen, war beruhigender als Christopher zugeben wollte. Das Schloss, in dem es normalerweise so geschäftig wie in einem Bienenscharm zuging, war viel zu ruhig. *Wo sind die Bestatter und das Personal, um das Schloss für die Trauerfeier und die Trauernden vorzubereiten?*

Christophers Besorgnis wuchs je mehr er sich dem Thronsaal näherte. Bullige Wachmänner, die er nicht kannte, standen zu beiden Seiten des Flurs, gut dreimal mehr als eigentlich nötig. Vier von ihnen versperrten die Tür zum Thronsaal. Margot und Danny waren auf einmal sehr angespannt an seiner Seite und Christopher wünschte jetzt, er hätte die Waffen zur Verfügung, die er eigentlich nicht für nötig gehalten hatte.

„Wer seid ihr?" Ein Wachmann trat vor und versperrte ihnen den Weg. Er hatte Muskeln so groß wie Basketbälle, keinen Hals und so schmale Lippen, dass seine Eckzähne vorstanden wie bei einem Straßenköter.

Danny schob sich vor, bevor Christopher antworten konnte. Er stellte sich schützend zwischen ihn und den Wachmann. „Das ist Prinz Christopher, du respektloser, halsloser--"

„Immer mit der Ruhe." Christopher trat vor. Er sah den Wachmann an. Der Vampir machte noch den ungefestigten Eindruck eines neuen Rekruten. Aber mit seiner enormen Muskelmasse wäre er sicherlich nicht allzu leicht außer Gefecht zu setzen. Dennoch war Christopher sich absolut sicher, dass er, Margot und Danny es leicht mit den Idioten aufnehmen konnten, die die Tür blockierten. Die anderen dreißig Vampire hinter ihnen wären dann schon ein größeres Problem.

Er legte Danny beruhigend eine Hand auf die Schulter. „Ich bin hier um mit meinem Bruder zu sprechen und meinem Erzeuger den letzten Respekt zu erweisen. Lass uns eintreten."

Der Wachmann tauschte einen belustigten Blick mit den anderen Wachen an der Tür. Einer von ihnen drückte die Klinke herunter und die mächtigen Eichentüren öffneten sich knarrend.

„Ja, klar doch, Eure Majestät", kicherte der Wachmann. „Der König freut sich schon auf Euren Besuch."

Christophers Unruhe verwandelte sich in Furcht. *Der König?*

Der Thronsaal sah genauso aus wie immer: grau, widerhallend und kalt, mit gewölbten Decken und grimmigen steinernen Wasserspeiern in jeder Ecke. Staub hing schwer in der Luft, und Christopher hörte Weinen aus einem der Korridore.

Je länger er im Schloss war, desto mehr wünschte sich Christopher, er hätte eine Waffe in der Hand. Die Ratgeber des verstorbenen Königs knieten an der Wand. Ihre Hände waren mit Ketten gebunden. Vor ihnen standen Wachleute mit grimmigen Gesichtern und schwangen drohend ihre Kampfäxte. Der Sarg des Königs war nirgendwo zu sehen und der königliche Thron war bereits besetzt.

Rhys blickte verächtlich grinsend auf seinen Bruder hinunter. Er hatte ein Bein lässig über die goldene Lehne gelegt und ließ seine Füße vergnügt baumeln. Sein kurzes, blondes Haar war ölig zurückgekämmt. Das Licht der Kerzen spiegelte sich in seinem fettigen Haar wider. Christopher biss die Zähne zusammen und bemühte sich um einen höflichen Ton.

„Warum sitzt du auf dem Thron unseres Erzeugers?" Christopher ließ die schwer bewaffneten Wachleute seines

Bruders nicht aus den Augen, während er sprach. Aus dem Augenwinkel nahm er wahr, dass Margot und Danny, die Waffen griffbereit, näherkamen, um ihm den Rücken zu decken.

Rhys schmiegte sich tiefer in seinen Sitz. „Ich finde es sehr bequem hier oben. Jetzt kann ich verstehen, warum er so gern hier saß." Sein lockerer Tonfall hatte einen drohenden Unterton.

Er ist verrückt. Sorge und Furcht stiegen in Christopher auf. Er sah zu den angeketteten Beratern hin. Sie waren seit Jahrhunderten ihrem Erzeuger treu ergeben gewesen. Diese Männer und Frauen hatten Rhys und ihn mit *erzogen. Was zur Hölle dachte Rhys sich nur dabei?*

„Lass sie gehen." Er ballte die Fäuste und bemühte sich, ruhig zu erscheinen. „Auch, wenn du ihren Rat nicht willst, kannst du sie doch während er Beerdigung nicht so lassen."

„Oh, es gibt keine Beerdigung." Rhys ließ seinen Fuß hin und her schwingen. Seine Stimme war so gleichgültig, als spräche er über das Wetter. „Der Leichnam unseres teuren Erzeugers wurde heute Morgen verbrannt und seine Asche im Garten verstreut. Wir sind fertig mit ihm."

Der Schock traf Christopher hart. Er fühlte sich wie versteinert. Margot und Danny murmelten besorgt hinter ihm. Die Welt schien in ihren Fugen erschüttert und Christopher war nicht mal in der Lage die beiden zu beruhigen. Er öffnete den Mund und suchte nach Worten.

„Was? Aber...du kannst nicht..."

„Ich denke, ich kann. Meine Krönung findet in drei Tagen statt und ich will den Alten hier nicht mehr rumliegen haben."

„Ich bin der rechtmäßige Erbe des Throns", entgegnete Christopher. „Unser Erzeuger ist tot. Angesichts einer solchen Tragödie solltest du trauern und deine Nachkommen trösten. Stattdessen willst du meine Stellung mit solch einem..." Christopher deutete auf Rhys' Wachleute, „Einschüchterungsversuch an dich reißen."

Rhys blies eine Kaugummiblase, eine knallrosa, große Kugel, die mit einem Knall zerplatzte. Er pulte sich die rosa Fetzen mit einem irren Grinsen von der Nase.

„Wen sollte ich denn einschüchtern wollen? Dich? Diese Freaks, die du verwandelt hast? Du hast Jahrhunderte damit verbracht, Dichter und Ausgestoßene zu verwandeln." Er deutete auf einen riesigen Kerl mit Stacheldrahttattoos an seinem kahlen Kopf und um den Hals. „Dieser Typ hier war ein berühmter Gewichtheber, bevor ich ihn meiner Nachkommenslinie zuführte. Jetzt ist er mir willenlos ergeben. Was können deine Ballerinas gegen solche Kräfte ausrichten?"

Rhys sprang vom Thron und stolzierte auf ihn zu. Margot und Danny wollten ihn abwehren, aber Christopher hob die Hand, um sie von jeglicher Einmischung abzuhalten. Rhys' Augen waren völlig irre. Mit seinen langen Fingern ergriff er Christophers Kinn.

„All deine zusammengewürfelten, künstlerischen Weichei-Nachkommen", sagte Rhys mit singender Stimme, „sie *ruinieren* die Bedeutung des Begriffs Vampir." Er schrie die letzten Worte voller Wut, wobei ihm der Speichel aus dem Mund troff.

Christopher löste Rhys' Hand von seinem Kinn. „Meine Nachkommen gehen dich überhaupt nichts an."

Rhys sah ihn vorwurfsvoll an und setzte sich langsam wieder auf den Thron. „Natürlich gehen sie mich was an, wenn du dich weigerst, sie dir zu unterwerfen. Du lässt deine Haustiere frei und ohne Leine herumrennen." Er spuckte auf den Steinboden. „Das ist *peinlich*. Wie könnte ein Erzeuger wie du unser ganzes Volk regieren? Du kannst nicht einmal deine eigene Linie beherrschen." Er zeigte auf die Wachleute, die vor den knienden Beratern standen. Sie waren nicht solche Schränke wie Rhys' persönliche Wache, hatten aber den gleichen leeren Ausdruck im Gesicht. „Siehst du meine neuen Nachkommen? Ich habe diese Glückspilze unter mein Kommando genommen, weil die alten Säcke, die vor ihnen knien ihre Saufkumpane und Mentoren sind." Er hob die Hand und ließ sie wie eine Guillotine niedersausen. „Tötet sie."

Bevor Christopher etwas tun konnte, schlugen die Wachleute den knienden Beratern die Köpfe ab. Die enthaupteten Körper der Vertrauten des verstorbenen Königs fielen mit einem scheußlichen, feuchten Klatschen auf den Boden. Rhys' Kontrolle über die Wachleute war in dem Moment gebrochen, als sie den Befehl ausgeführt hatten. Sofort begannen die Wachleute, die Schwerter noch in der Hand, vor Schock zu zittern und zu klagen. Einer musste sich übergeben, ein anderer sank weinend zu Boden.

„Verfluchte Scheiße", fluchte Danny hinter Christopher mit geschockter Stimme.

„Ich kann es mit ihnen aufnehmen", flüsterte Margot, so leise, dass nur Christopher sie hören konnte.

„Es tut mir so leid! Es tut mir so leid! Es tut mir so leid!", weinte der eine Wachmann, wieder und wieder.

„Klappe!", schrie Rhys wütend. Alle Wachen schwiegen sofort und die Tränen des Schreckens und der Trauer waren wie auf ihren Gesichtern eingefroren. Rhys lehnte sich auf dem Thron zurück und schlug die Beine übereinander. „Jeder, der sich gegen mich stellt, muss unter den Folgen leiden."

Christopher war erfüllt von Wut und Scham.

„Das hier ist noch nicht vorbei." Wenn er noch eine

Minute länger in diesem Raum blieb, konnte Christopher weder sich selbst, noch Margot oder Danny davon abhalten, Rhys anzugreifen. Sie hatten jedoch keine Chance, da die anderen in der Überzahl waren. Sie mussten erst einen Plan schmieden. Christopher zog Margot und Danny aus dem Thronsaal. Ihre Schritte hallten von den kahlen Steinwänden wider.

Sie sprachen kein Wort, bis sie draußen waren und erleichtert das helle Mondlicht nach der schweren Düsternis des Schlosses begrüßten.

„Nun...das ist alles andere als gut“, durchbrach Margot das Schweigen.

Danny fuhr mit der Hand durch sein kurzes, schwarzes Haar. „Warum haben wir ihn nicht sofort getötet.“

„Wir werden ihn aufhalten.“ Christopher stand aufrecht und zuversichtlich da. „Aber zuerst müssen wir hier abhauen. Und zwar sofort.“

CHRISTOPHER BEKAM von der Rückfahrt kaum etwas mit. Danny und Margot fuhren mit ihren Motorrädern vor und hinter seinem Auto und passten auf, dass nicht einer von Rhys' gehirnamputierten Handlangern ihn von der Straße drängte. Rhys war immer schon sehr rücksichtslos mit der Anwendung des *Hortari* umgegangen, aber Christopher hätte nie gedacht, dass sein Bruder so weit gehen würde. Das Geräusch der auf den Boden fallenden Köpfe der Toten, gefolgt von den entsetzten Schreien und dem Weinen ihrer Freunde, die sich Rhys' Befehl nicht widersetzen konnten, ging ihm immer wieder, wie in Endlosschleife, durch den Kopf.

Rhys muss aufgehalten werden.

Sobald sie zu Hause angekommen waren, bat Christopher Danny und Margot, die Leutnants im Esszimmer zu versammeln. Schreckensschreie erklangen überall im Haus, als seine Nachkommen von Rhys' Gräueltaten hörten. Christopher durchsuchte alle Räume, holte alte Kisten und Kästen aus Lagerräumen und sammelte so viele Grundrisse und Karten des Schlosses wie er nur finden konnte. Er hatte vor, seine Nachkommen, seine Familie, zu bitten, das Schloss anzugreifen, und wollte nichts dem Zufall überlassen.

Christopher war gerade dabei, die Karten auf dem langen, hölzernen Esstisch auszurollen und die Ecken mit Kerzenhaltern und Untersetzern zu beschweren, als seine Nachkommen den Raum betraten. Margot kam als Erste herein, nahm ihren Platz an seiner rechten Seite ein und nickte Danny, Ben und Valerie zu, als sie sich um den Tisch stellten. Alle sahen ernst und bedrückt aus. Das Esszimmer war nicht gerade bestens zur Kriegsvorbereitung geeignet— die friedlichen Landschaftsbilder an der Wand ließen nicht gerade Kampflust aufkommen—aber es war der einzige Raum mit einem Tisch, der groß genug war, um die Karten auszurollen.

Ich bin überhaupt nicht für Krieg gerüstet, dachte Christopher nervös.

Einen kleinen Moment später schlüpfte auch Alice in den Raum. Christophers Herz hörte einen Moment auf zu schlagen. Er verließ den Tisch und nahm sie beiseite.

„Ich will dich hier nicht dabei haben", sagte er. „Was auch immer wir heute beschließen, du hältst dich da vollkommen raus." Er verdrängte furchtbare Bilder von Alice blutend auf dem Schlachtfeld, Alice die von Rhys' brutalen Männern in Stücke gerissen wurde. Alice verletzt und im Sterben begriffen, nur, weil Christopher König sein wollte.

Sie hob trotzig das Kinn und entzog ihm ihren Arm.

„Wenn du nicht willst, dass ich dabei bin, dann hättest du mich nicht zu einer von euch machen sollen. Ich habe das Recht, dabei zu sein."

Christopher sah die anderen an. Margot, Danny, Ben und Valerie hatten Jahrzehnte damit verbracht, die Kunst des Kämpfens zu erlernen. Obwohl es manchmal vorgekommen war, dass sie sich selbst oder andere verteidigen mussten, so hatten sie doch niemals einen richtigen Krieg mitgemacht. Der Gedanke, dass sie verletzt werden könnten, bereitete ihm Angst und Schrecken. Aber wenn Rhys König würde, dann würden seine Entscheidungen ihnen ebenfalls Schaden zufügen. Sie hatten das Recht über ihr Schicksal zu entscheiden. Er nahm Alices Hand und fand Trost in ihrer Berührung.

„Du hast Recht", sagte er leise.

Er atmete tief durch und nahm dann seinen Platz am Tisch wieder ein. Christophers Nachkommen studierten bereits die Pläne und Karten, die auf dem Tisch ausgebreitet waren. Er versuchte, Alice nicht anzusehen, als sie sich zwischen Margot und Ben stellte und sich ebenfalls die Zeichnungen ansah.

„Ich danke euch, dass ihr gekommen seid." Er reckte sich zu seiner vollen Höhe auf und sprach laut und klar, damit alle im Raum ihn verstehen konnten. „Wie ihr alle wisst, ist mein Erzeuger, euer König, verstorben."

Ein leises Gemurmel erhob sich Raum. Margot schlug mit der Faust auf den Tisch, um sie zum Schweigen zu bringen.

„Als ältester Nachkomme bin ich der rechtmäßige Thronfolger. Obwohl wir Vampire sind, was bedeutet, dass wir nicht altern, heißt das aber noch lange nicht, dass wir nicht reifen und wachsen." Christopher verschränkte die Hände. „Wir müssen sicherstellen, dass unsere Werte wie

Freiheit, freie Meinungsäußerung und Respekt für alle beschützt und gewährleistet werden. Die Vampirwelt muss wissen, dass der *Hortari*, obwohl er ein Teil unseres Lebens ist, niemandem das Recht gibt, andere zu versklaven." Christopher lächelte schmallippig. Es fiel ihm nicht leicht, so viel von ihnen zu verlangen. „Rhys hat den Thron besetzt und sich die Herrschaft mit Gewalt genommen. Er droht damit, seine Legionen von *Hortari*- gebundenen Kriegern einzusetzen, um seinen Willen durchzusetzen. Wir müssen beweisen, dass unsere Überzeugung stärker und besser ist."

„Und wie sollen wir das anstellen?", fragte Valerie.

„Wir erobern das Schloss zurück."

„Okaaayyy", sagte Danny gedehnt. „Und wie?"

Christopher lächelte. „Genau das ist der Punkt. Jeder von uns hat die Fähigkeit, eigenständig zu denken und zu handeln. Genau das wird unsere Ideale retten." Er breitete die Arme aus und deutete auf den Tisch mit den Karten und Zeichnungen des Schlosses. „Wir werden unsere individuellen Talente kombinieren und *gemeinsam* einen Plan schmieden. Rhys' Krönung wird in drei Tagen stattfinden. Ich möchte, dass ihr jeden mit einbringt, den ihr für nützlich haltet und alle Kontakte, die ihr habt um Rat und Hilfe bittet. Wir sind stärker, weil wir gemeinsam kämpfen und deshalb werden *wir* gewinnen."

Die ganze Tafelrunde klatschte und jubelte. Christophers Herz füllte sich mit Freude, angesichts ihrer Loyalität, aber sein Blick wanderte immer wieder zu Alice, die am anderen Ende des Raumes stand und ernsthaft in ein Gespräch mit Ben vertieft war.

Er lief am Tisch entlang und beobachtete, wie die anderen keine Sekunde Zeit verloren und sofort tätig wurden. Margot und Valerie betrachteten die Karten und notierten Schwachpunkte in der Außenstruktur des Schlosses, während Danny die Listen der Schlossangestellten durchsah und Notizen auf seinem Tablet machte. Sie alle bedeuteten Christopher sehr, sehr viel, aber Alice sah neben seinen Nachkommen, die durch die Jahrhunderte abgehärtet waren, so verwundbar aus, dass sich sein Herz vor Sorge zusammenzog.

„Alice, hättest du Lust dir meine Dunkelkammer anzusehen?", fragte Christopher Alice, als er zu ihr kam. „Du könntest damit anfangen, einige neue Fotos zu entwickeln. Wir sind hier erstmal sicher. Du brauchst bei der Planung nicht dabei zu sein." Er legte ihr die Hand auf den Rücken und wollte sie zum Ausgang führen.

„Wirst du deine UV–Blitzbomben verwenden?" Alice entzog sich Christophers Griff, ging wieder zu Ben an den Tisch zurück und nahm einen Apparat in der Größe einer Rolle Münzen aus der Hand des Erfinders. Sie schien Christopher bewusst zu ignorieren und betrachtete konzentriert das kleine Gerät aus Stahl und Glas in ihrer Hand.

Da sie jetzt ein Vampir war, konnte Christopher ihre Gefühle nicht mehr wittern wie vorher, als sie noch ein Mensch war. Er konnte jedoch ihr angespanntes Gesicht und die Art wie sie die Schultern beugte als Anzeichen der Furcht interpretieren.

Sie sollte hier nicht mitmachen. Alice war Künstlerin. Sie war nicht für Kriege ausgebildet. Von allen seinen Nachkommen war sie diejenige, die wahrscheinlich als Erste verletzt werden würde und dieser Gedanke machte ihm fürchterliche Angst.

Ben lächelte Alice an. „Mit dieser brauchst du nicht so vorsichtig zu sein. Sie ist nicht scharf." Ben zeigte auf die Pläne des königlichen Thronsaals. „Wenn wir sie so anbringen, dass sie hier, hier und dort explodieren..." Er bedeutete drei verschiedene Punkte auf der Zeichnung.

„... dann müsste das die anderen ganz außer Gefecht setzen."

„Hmmm." Alice knabberte gedankenverloren an ihrem Daumen, zog dann einige Münzen aus ihrer Tasche und legte sie auf die Zeichnung. „Deine Strategie ist super, *aber* es ist möglich, dass du einige von Rhys' Männern in den Schatten, die du hier und hier erschaffen hast, verfehlst. Wenn du die UV-Bomben da anbringst, wo ich die Münzen hingelegt habe, dann überlappen sie sich in ihrer Wirkung und der ganze Thronsaal ist abgedeckt."

Ben neigte den Kopf zur Seite und überprüfte die Platzierung der Münzen. „Das ist genial!" Ben schlug Alice stolz auf die Schulter. „Wie bist du darauf gekommen?"

Alice lächelte. „Als ich anfing zu fotografieren, war es sehr schwierig, die richtige Beleuchtung auszutüfteln. Aber jetzt bin ich eine Expertin auf dem Gebiet."

„Eine Beleuchtungsexpertin! Gut mitgedacht, Christopher, dass du diese junge Dame eingebracht hast." Ben lachte herzhaft. „Die anderen werden gar nicht wissen, was ihnen geschieht."

Margot blickte zu ihnen hinüber. „Was ist denn da los? Unsere Starfotografin wird uns helfen, diese Weicheier mit UV-Bomben fertig zu machen?"

„Nur in der ersten Planungsphase", knurrte Christopher. „Sie hat keinerlei Kampfausbildung."

Ben zuckte die Achseln, und Alice wollte gerade etwas dazu sagen, als Margot ihr leicht auf den Arm tippte und sanft den Kopf schüttelte. Alice sah Christopher von der Seite an und errötete. Dann wandte sie sich wieder den Plänen zu und verschob die Münzen auf der Zeichnung, um das Ganze aus einem anderen Blickwinkel zu betrachten. Das Licht des Lüsters über ihnen verlängerte die Schatten unter ihren Augen, als ob sie bereits tot wäre.

Nein, nicht sie. Bloß nicht sie. Christopher lief durch den Raum, um etwas Abstand zu Alice zu gewinnen. Er wusste, dass es egoistisch von ihm war, wenn er versuchte, sie so wenig wie möglich in die Sache einzubeziehen. Er musste ständig daran denken, dass es eigentlich Sinn der Sache gewesen war, Alice am Leben zu erhalten, als er sie zum Vampir machte. Nun half sie dabei, einen Krieg vorzubereiten.

Danny blickte von seiner Diskussion mit Valerie, ob man eventuell versuchen sollte, einige von Rhys' Nachkommen vor der Schlacht zu ihrer Sache zu bekehren, auf, als Christopher sich näherte. Danny stieß ihm gut gelaunt in die Rippen.

„Hey, Chris. Gib es zu, es ist doch schön, dass wir alle zusammen sind."

„Auch, wenn ich euch alle vielleicht in den Tod führe?", fragte Christopher.

„Auch dann."

„Ich freue mich, uns alle als Familie zusammen zu sehen, aber...", Christopher seufzte, „neulich habe ich aus Versehen Margot mit einem unbeabsichtigten Befehl zum Schweigen gebracht. Dieser verdammte *Hortari* macht mich zu einer Gefahr für euch alle."

„Ich finde, Margot mal dazu zu bringen, für einen Moment die Klappe zu halten, ist gar nicht *so* schlecht." Danny wich einem Kerzenhalter aus, der mit beeindruckender Geschwindigkeit auf ihn geschleudert wurde. „Hey, ich mache nur Spaß." Er hob ergeben die Hände. „Es *muss* aber nicht so sein. Ich habe Gerüchte gehört, dass es einigen Vampiren gelungen ist, den *Hortari* zu überwinden."

„Und genau das ist der Knackpunkt, es sind nur Gerüchte." Christopher raufte sich verzweifelt sein kurzes, dunkles Haar. „Der *Hortari* kann nicht gebrochen werden, und Rhys

wird ihn benutzen, um alle um sich herum zu versklaven."
Christopher blickte um sich. Wie viele von seinen Leuten
würden noch leben, wenn alles vorbei war? „Wir müssen
alle zusammenrufen, alle unsere Verbündeten."

„Meine Nachkommen haben auch schon Nachkommen", sagte Danny. „Exponentielles Wachstum hat wirklich
Vorteile."

Christopher rammte ein Messer in die vor ihm liegende
Zeichnung. „Wir brauchen jeden Vorteil, den wir kriegen
können."

ALICE STARRTE AUF DAS MESSER, das tief im Tisch steckte. Es
schnitt den Thron in zwei Teile. *Nicht gerade ein beruhigendes
Bild.* Christopher und seine Nachkommen sprachen noch
über Schlachtpläne und sichere Rückzugsmöglichkeiten.
Obwohl Christopher immer Menschen umgewandelt hatte,
die er als Künstler schätzte, waren sie doch alle zu guten
Kriegern geworden und hatten lange genug gelebt, um
einiges über Strategie zu lernen.

Ich will bei der Schlacht mitmachen.

Sie war sich ihrer Sache auf einmal ganz sicher. Natürlich hatte sie von Anfang an mithelfen wollen, aber
tatsächlich an einem Angriff teilnehmen? Es war kaum
vorstellbar. Vielleicht war sie sich sicher, seit sie gesehen
hatte, wie besorgt Christopher durch den Raum gelaufen
war, mit einem Ausdruck der Angst in den Augen. Oder
seit er mitten unter seinen Leuten, die ihm zu Gehorsam
verpflichtet waren, die gar keine Wahl hatten, gestanden
und sie um ihre Unterstützung *gebeten* hatte. Christopher
war ein guter Mann, und die Nachkommen, die er
erschaffen hatte, waren die nettesten und klügsten Leute,

die sie jemals kennengelernt hatte. Der Gedanke, dass einem von ihnen etwas passieren könnte, machte ihr Angst.

Alice verschob ihre Münzen auf der Zeichnung des Thronsaals und rückte sie zurecht. Sie knabberte an ihrer Lippe. Es gab so viele Variablen, die man beim Anbringen der Blitzbomben in Betracht ziehen musste. Die Zeichnungen zeigten, wie hoch der Raum war und wo sich die Fenster befanden, aber es könnte da noch jede Menge unvorhergesehener Einrichtungsgegenstände geben, welche die Reichweite der UV-Strahlen behindern könnten.

„Ich muss mit euch gehen", sagte Alice.

Danny und Margot waren gerade dabei, lautstark die Vorteile der Verwendung von Speeren im Krönungssaal gegen ihre Nutzlosigkeit in den engen Fluren des Schlosses aufzuwiegen.

Alice musste die Stimme erheben, um sich Gehör zu verschaffen. „Ich werde mit euch zur Krönung kommen."

„Das ist doch lächerlich", sagte Christopher.

Danny und Margot hielten in ihrer Diskussion inne. Margot drehte sich mit zusammengepressten Lippen zu Alice um.

„Du bist gerade erst verwandelt worden, Alice", sagte Margot. „Das macht dich schwächer als jeden anderen Vampir dort. Du wirst mit den Jahren sicher eine gute Schwertkämpferin werden, aber du bist noch lange nicht so weit, Schätzchen."

„Ich habe dich nicht verwandelt, damit du eine Woche später getötet wirst", sagte Christopher mit entschlossener Stimme.

„Du verstehst das nicht", sagte Alice. „Es geht um die UV-Bomben. Ihr braucht mich, um ihre Reichweite zu optimieren."

„Ben kann das machen. Er hat sie erfunden", wandte Christopher ein.

Ben hob die Hand. „Eigentlich kann Ben das nicht." Christopher blickte ihn zornig an. „Ich baue diese Dinger nur. Ich überlasse es eurer Fachkenntnis, sie so wirksam wie möglich einzusetzen. Meine Kenntnis erstreckt sich auf chemische Reaktionen und Mechanik, nicht auf Beleuchtung."

„Auf gar keinen Fall", erwiderte Christopher. Er sah sie alle an. „Und das ist mein letztes Wort."

„Aber-" begann Alice.

Christopher hielt die Hand hoch. „Hör auf."

Alices ganzer Körper wurde steif und ihr Mund verschloss sich, als Christophers Kontrolle sie übermannte.

Sie kämpfte so stark dagegen an, dass ihr der Schweiß auf der Stirn stand. Dann konzentrierte sie sich auf den genauen Wortlaut des Befehls. *Er sagte 'Hör auf', nicht 'Hör auf zu reden'.*

„Mein Herr, darf ich dich kurz sprechen?" Es kostete sie große Mühe, die Worte zu formen, aber da sein Befehl so ungenau gewesen war, schaffte sie es gerade.

Christopher fuhr sich mit den Fingern durchs Haar und er atmete tief durch. „Ja, entschuldige. Wir können uns draußen unterhalten." Er ließ seinen Blick über die anderen schweifen. „Ihr wisst, was zu tun ist. Wir treffen uns morgen, um unsere Zahlen zu vergleichen und unseren Plan zu vervollständigen."

Seine Nachkommen tauschten bedeutsame Blicke miteinander und verließen dann den Raum. Christopher hielt Alice die Tür auf und ging neben ihr her, bis sie auf der vorderen Terrasse waren. Ihr Auto, das sie am Vortag dort abgestellt hatte—es fühlte sich an, als ob das schon Ewigkeiten her war—stand noch immer in der Einfahrt.

Alice wartete bis die anderen wegfuhren und sie mit Christopher allein war. Dann drehte sie sich zu ihm um.

„Du brauchst mich dort. Wenn ich nicht mitgehe, bringst du die anderen in Gefahr."

Christopher schüttelte den Kopf. „Willst du unbedingt sterben?" Mit jedem Wort wurde seine Stimme lauter.

Alice trat zu ihm, entschlossen, ihn zu beruhigen. „Du hast mich unsterblich gemacht, damit ich die Gelegenheit habe, in dieser Welt etwas *Gutes* zu tun. Genau das tue ich, wenn ich mithelfe, deinen Bruder aufzuhalten."

„Rhys ist mein Problem, nicht deins. Du. Darfst. Nicht Sterben." Christopher kam ihr so nahe, dass sein Atem ihre Wange streifte. Ihr ganzer Körper war wie elektrisiert, wenn sie in seiner Nähe war. Jeder Muskel pulsierte vor Verlangen ihn zu berühren: ob ihn zu liebkosen oder zu ohrfeigen; da war sie sich nicht so ganz sicher.

Sie legte ihre Hand an seine Wange. „Es ist meine Entscheidung. Ich gehe mit euch."

Er zog sie an sich und presste in plötzlicher Verzweiflung seinen Mund auf ihren. Seine Zunge schob sich zwischen ihre Lippen. Sie öffnete den Mund und hielt sich an seinen Schultern fest, um ihn noch näher an sich zu ziehen. Seine Hand vergrub sich in ihrem Haar und verwirrte sich in den Strähnen, während die andere ihren Hintern umfasste. Sie erbebte vor Lust.

Bei ihm zu sein fühlte sich so *richtig* an, sein Körper war perfekt, wie für ihren gemacht. Den ganzen Tag hatte sie sich bemüht, nicht an die Nacht zu denken, die sie zusammen verbracht hatten, aber als sie seine Hände spürte, seinen Duft einatmete, und jede Kleinigkeit noch durch ihre neuen Vampirsinne verstärkt wurde, da kamen die Erinnerungen wie eine Flut über sie.

Er unterbrach den Kuss, hielt sie aber noch immer im

Arm. „Verstehst du denn nicht? Ich kann es nicht ertragen, dich zu verlieren. Du bedeutest mir so viel, viel mehr als mir jemals jemand bedeutet hat. Ich will dich in Sicherheit wissen." Sie wollte protestieren, doch er sah ihr tief in die Augen. „Steige jetzt in dein Auto, Alice. Fahr los und lebe dein Leben, so wie du es willst, aber versuche nicht, mich zu finden. Ich werde nie wieder in deine Nähe kommen. Das ist mein letzter Befehl an dich. Geh." Er trat von ihr weg.

„Nein!" Aber es war zu spät, der *Hortari* hatte bereits die Kontrolle über sie gewonnen. Jeder einzelne Muskel in ihrem Körper zwang sie, zu ihrem Auto zu gehen. „Christopher, tu das nicht!" Mit aller Kraft versuchte sie, sich gegen die Macht zu wehren, die sie ergriffen hatte. Ihr Geist schrie, während sie versuchte, ihren Körper zu kontrollieren, der gegen ihren Willen einen Fuß vor den anderen setzte.

Christopher stand hinter ihr. Er hatte Tränen in den Augen und sein Schmerz zeichnete sich deutlich auf seinem Gesicht ab, aber er kam nicht näher.

Albtraumartige Bilder gingen ihr durch den Kopf. Sie stellte sich vor, wie das helle Licht der UV-Bomben wichtige Bereiche des Raumes nicht erhellte, und wie Rhys' gesichts- und willenlose Handlanger über Christopher und seine Nachkommen herfielen. Von ihren Fängen troff das Blut wie in einem billigen Horrorfilm. All das geschah, weil sie nicht da war. Danny tot. Valerie tot. Ben tot. Margot tot.

Christopher tot.

„Nein! Ich muss bleiben!" Sie schlang die Arme um einen Laternenpfahl am Rande der Einfahrt und hielt sich mit aller Kraft daran fest. Mit jeder Sekunde, die sie versuchte, der Macht des *Hortari* zu widerstehen, verspürte sie mehr Schmerzen. Ihre Schultern taten höllisch weh, als ihr Unterleib sich unerbittlich in Richtung Auto bewegen wollte. Von ihren Füßen aus stieg eine heiße Schwere durch ihre Beine hoch in ihren Bauch, es fühlte sich an, als ob ihre Gliedmaßen sich mit Magma füllten. Mit ihren Armen klammerte sie sich fest um den Laternenpfahl, während ihre Beine vor Schmerzen brannten, weil sie versuchten, weiter zu laufen. Langsam ließ sie sich, Hand über Hand, auf den Boden niedersinken, bis sie flach auf dem Bauch lag und ihre Füße nur noch treten konnten, ohne Halt zu finden.

„Was machst du denn?", fragte Christopher. Er kam näher und sah sie neugierig und fasziniert an.

Alice schloss die Augen und versuchte den Schmerz zu ignorieren. Eine gewaltige Wut stieg in ihr auf, die langsam über das heiße Magma, das ihr bereits bis in die Brust und in den Hals hochstieg, Überhand gewann und es zurückdrängte. Alice schrie laut auf und durchbrach damit den Schmerz.

„Das ist so ein *Blödsinn!*" Eine nie gekannte Wut durchfuhr sie. Das hier war *ihr* Körper. Es war ihr *Wille*. Sie musste diese Kraft *brechen*.

Erinnerungen wirbelten durch ihren Kopf. Christophers Küsse. Christopher, der sie zu seinem Bett trug. Die Höhepunkte, die ihren Körper durchrasten während sie wieder und wieder kam, weil sein Mund ihr solche Lust bereitete. Christophers Gesicht, als er ihr sagte, dass sie niemals zusammen sein könnten, weil es sein Blut war, das sie zum Vampir gemacht hatte. Alles in ihrem neuen Leben war perfekt, könnte perfekt sein, wenn es gelang diesen Fluch zu brechen.

Die Schmerzen waren schier unerträglich, aber sie überließ sich ihnen. Tief in ihrem Inneren sah Alice dem Schmerz ins Gesicht, konfrontierte ihn, gab sich ihm hin. Wenn das ein verdammter, höllischer Wettbewerb war, dann würde sie keinen Zentimeter nachgeben.

Ich kann das schaffen.

Einer in einer Million schaffte es, den Hortari zu brechen, warum sollte nicht sie die Eine sein.

Der Schmerz versuchte sie zu erobern, durchdrang sie. Sie schrie noch einmal, einen durchdringenden Schrei der Verzweiflung, der aber keine Niederlage zulassen wollte.

Ich kann es schaffen.

Ihr wurde schwarz vor Augen und Alice fühlte sich, als ob sie ohnmächtig würde. *Nein, das ist der Hortari.* Sie kämpfte heftig dagegen an und blickte auf in Christophers Gesicht. Er lächelte jetzt, ja er lachte beinahe und Tränen strömten ihm über die Wangen.

„Ich kann es nicht fassen", sagte er. „Du bist unglaublich."

Sie kämpfte weiter, verdrängte die sie umhüllende Schwärze und konzentrierte sich auf sein Lächeln.

Der *Hortari* zerbrach.

Sie sackte auf dem Boden in sich zusammen.

Der Schmerz verschwand und hinterließ nur ein Gefühl der Schwäche in ihren Gliedern, nach der fürchterlichen Anstrengung. Aber der Drang zu gehen war verschwunden.

Erschöpft und zitternd stand sie auf und wischte sich Sand und Staub von ihren Armen und ihrem Körper.

„Gib mir irgendeinen Befehl", sagte sie atemlos, voller Hoffnung und Erwartung.

Christopher schüttelte den Schock ab. „Eh, ich weiß nicht. Berühre deine Nase."

Sie wartete eine Sekunde ab, ob sie irgendeinen Drang verspürte, aber es kam nichts. Alice ließ ihre Finger frei und unbekümmert vor Christophers Gesicht tanzen.

„Nein! Mach ich nicht!" Sie lachte, sprang in seine Arme und küsste ihn wie wild. Er erwiderte ihren Kuss voller Freude, zog sie fest an sich und trug sie dann ins Haus, ihre

Beine um seine Taille und ihre Arme um seinen Hals geschlungen.

„Niemand ...", sagte er, während er abwechselnd ihren Mund, ihren Hals und ihre Wangen küsste. „Niemand hat jemals so hart für mich gekämpft. Das hätte ich nie für möglich gehalten."

Sie zog seinen Kopf hart an den Haaren zurück, drückte ihre Brust fest an seinen Körper und rieb ihre harten Brustwarzen an seiner Jacke.

„Es war nicht nur für dich. Ich habe für meine Freiheit gekämpft." Sie legte ihren Mund wieder auf seinen und stöhnte, als seine Lippen sich öffneten und seine Zunge die ihre fand. „Und hierfür." Ihre Hand wanderte tiefer und streichelte seinen harten Schwanz, der sich an ihren Bauch presste.

Er blickte um sich. Sie waren noch immer mitten in der Einfahrt. Die anderen könnten jeden Moment mit Verstärkung zurückkommen.

„Wer als Erster im Schlafzimmer ist", rief sie herausfordernd, sprang auf die Füße und raste mit Vampirgeschwindigkeit zurück ins Haus.

„Unfair! Du hast Vorsprung!"

Alice war schon so weit vor ihm, dass sie seine Worte kaum hörte. Sie raste die Treppe hinauf und den Flur entlang, so schnell, dass sie die wunderschönen Gemälde und Dekorationen nur ganz verschwommen wahrnahm. Sie trat die Schlafzimmertür auf, drehte sich sofort um, warf sich in Christophers Arme und nutzte seinen Schwung, um ihn direkt aufs Bett zu befördern. Er fiel gegen die Kopflehne und sie sprang auf ihn, riss sich ihre Bluse und ihren BH mit einem Ruck herunter und drückte ihre Brustwarze an seine Lippen. Er begann sofort daran zu saugen und zu lecken. Lust durchfuhr ihren ganzen Körper. Christopher riss sich das Hemd vom Leib, ohne den Kontakt zu brechen. Er wechselte von einer Brust zur anderen und leckte und saugte ihre Nippel bis sie steinhart vor Verlangen waren.

Sie konnte jede Unebenheit auf seiner Zunge, jedes Haar an seinen Armen, die sie umfassten, intensiv spüren. Der Duft seiner Erregung machte sie feucht zwischen den Beinen und sie wollte ihn ganz nahe bei sich spüren. Dank ihrer neuen Kräfte, war es ein Kinderspiel, ihm seine Hose vom Körper zu reißen, die Stoff riss wie Papier. Ihre eigene Hose folgte, dann waren sie beide nackt.

„Alice, du bist-"

„Sei still." Sie drückte ihn in die Matratze und setzte sich über ihn, dass ihre Muschi direkt über seinem Gesicht war. „Ich bin immer noch sauer auf dich, weil du mir *befohlen* hast zu gehen."

„Jetzt unterliege ich deinem Befehl. Ich tue was immer du willst, ich gehöre dir. Für immer." Er packte ihre Hüften und zog ihre feuchte Möse zu sich hinunter, bis er ihren Kitzler lecken konnte. Seine Zunge fuhr in langen Strichen über ihren Schlitz und erforschte jede Falte. Jedes Mal, wenn seine Zunge ihre Klitoris berührte durchfuhr sie eine Welle der Erregung.

„Ja, so", keuchte sie atemlos.

Er leckte wieder ihren Kitzler. Alice bewegte instinktiv die Hüften, bis sie sein Gesicht in wilden, kreisenden Bewegungen ritt und ihre Klitoris sich an seinem Mund, seiner Nase und seinen Lippen rieb. Die Gefühle, die er bei jeder Berührung in ihr auslöste waren stärker als alles, was sie jemals vorher empfunden hatte; sie erreichten ihr Innerstes und trieben sie weiter an.

„Oh ja, ich komme!", schrie sie, als er seine Zunge tief in sie hineinstieß und sie damit vögelte und seine Finger mit ihrem Kitzler spielen ließ. Sie kam in langen Wellen, Blitze zuckten um sie herum und sie erbebte auf seinem Gesicht. Als die Wellen langsam verebbten, lehnte sie sich zurück. Sein Gesicht glänzte von ihrer Nässe und er leckte sich die Lippen. Sie beugte sich vor und schmeckte ihren eigenen Saft auf seinem Mund. Unter ihr drängte sich sein riesiger Schwanz gegen ihren Hintern.

Alice konnte ihm nicht widerstehen. Sie drehte sich und leckte genüsslich seinen Schaft und umschloss die Spitze seines Schwanzes mit ihren Lippen. Christopher krallte sich so fest in die Laken, dass der Stoff zu zerreißen drohte.

„Langsam, ich bin schon kurz davor", sagte er atemlos.

Sie nahm seinen Schwanz in die Hand, befeuchtete ihre Handflächen mit seinem Liebestropfen und begann seinen Schaft in langsamen, regelmäßigen Bewegungen zu massieren. Sein Schwanz zuckte unter ihren Fingern. Sie leckte die Eichel, mit leichtem Druck an der Unterseite und strich dann mit der Zunge nach oben. Seine Brust zitterte vor Anspannung zwischen ihren Schenkeln. Kurz bevor er kommen konnte, ließ sie seinen Schwanz los. Sie kniete sich neben ihn und betrachtete ihn. Er sah wunderschön aus, wie er so dalag. Er war das schönste Wesen, das sie je gesehen hatte. *Und er gehört mir.*

Er streckte die Arme nach ihr aus. „Sag mir was du willst", sagte er.

Alice krabbelte näher und setzte sich rittlings auf ihn. Sie sah ihm tief in die Augen und ließ sich auf seinen Schwanz niedersinken und ihn tief in sich eindringen. Er war so groß, dass er ihre Scheidenwände dehnte und sie ganz ausfüllte.

„Dich. Ich will dich ganz und gar."

Er stöhnte. Seine Hände kneteten ihre Brüste. Er hob die Hüften und drang tiefer und tiefer in ihre warme, feuchte Höhle ein.

Sie beugte sich vor und biss ihn in die Lippe. Sie ließ ihre Hüften kreisen, so dass sich ihre Klitoris bei jeder Bewegung an seinem Bauch rieb. Sein Schwanz fühlte sich in ihr unbeschreiblich gut an. Er war ganz tief in ihr, sie waren vollständig miteinander verbunden. Auf einmal erinnerte sie sich deutlich an ihre letzte Nacht als Mensch und wie perfekt er sich da schon in ihr angefühlt hatte. Aber dieses Mal, war es nicht ihre letzte Gelegenheit zusammen zu sein, dieses Mal war es der Anfang.

Als sie kam, schrie sie Christophers Namen voller Leidenschaft heraus. Die Lust durchdrang sie bis in jedes Glied und sie ertrank in Wonne. Christophers Stöße unter ihr wurden härter, drängender und dann stöhnte er laut auf und ergoss seinen Samen in einem heißen Strahl in sie hinein.

„Jaaa." Alice sank erschöpft und glücklich auf ihm zusammen und spürte, wie er langsam in ihr weich wurde. Sie streichelte sein Gesicht. „Das hier es so was von wert."

Er küsste sie zärtlich. „Ich wünschte, ich könnte dich in Sicherheit wissen."

Alice lächelte und drückte einen Kuss auf seine Nasenspitze. „Das ist lieb von dir, aber wenn es bedeutet, dass du mir meinen Willen nimmst, um mich zu beschützen, dann bekommen wir beide echte Probleme."

Er grinste. „Na ja, auch wenn der *Hortari* nicht mehr funktioniert, könnte ich dich immer noch hier anbinden, damit du dich nicht in die Schlacht stürzen kannst."

„Haha, wenn wir so argumentieren wollen, dann sollte ich vielleicht *dich* hier festbinden, damit *dir* nichts passieren kann." Sie wackelte leicht mit den Hüften.

„*Das* ist ein Gedanke, der mir ganz gut gefällt." Seine Hände liebkosten ihren Rücken. „Wir könnten uns mit den Fesseln abwechseln..." Seine Hände legten sich um ihre

Handgelenke und schoben sie hinter ihrem Rücken hoch, so dass sie den Rücken wölbte und er sich nur vorzubeugen brauchte, um ihre Brüste zu küssen.

Sie lachte. „Wenn du so weitermachst, kommen wir hier nie weg."

Er leckte über ihre Brustwarze. „Das wäre vielleicht das Beste." Christophers Lächeln erlosch. Er lehnte sich zurück in die Kissen und ließ ihre Handgelenke los. „Aber leider ist Rhys ein Problem, um das ich mich kümmern muss."

„Warum musst du das denn unbedingt tun?" Alice stieg von ihm herunter und kuschelte sich eng an seine Seite. Sie zog das Laken hoch, so dass der weiche Stoff sie beide bedeckte.

„Rhys und ich sind mehr als nur verwandelte Nachkommen des gleichen Vampirs. Wir sind echte Brüder durch Geburt. Solange ich mich erinnern kann, war er selbstsüchtig und machthungrig, und ich habe mich immer verpflichtet gefühlt, andere vor ihm zu schützen. Wir wurden nicht reich geboren, unsere Familie waren Schafhirten und Rhys schämte sich dafür. Eine besonders deutliche Erinnerung an meine menschliche Vergangenheit geht zurück in die Zeit als ich sechzehn oder siebzehn Jahre alt war, und Rhys fünfzehn. In unserem Dorf gab es ein Mädchen mit einer Hasenscharte, die ihr Gesicht verunstaltete. Sie war ein nettes Mädchen und eine sehr gute Weberin." Christophers Atem stockte. „Rhys redete den anderen Dorfjungen ein, dass das Mädchen böse sei, und dass sie ihre Männlichkeit beweisen konnten, indem sie ihr wehtaten. Ich habe alles getan, was in meinen Kräften stand, um sie beschützen, aber sobald dieses dumme Gerücht sich verbreitet hatte, konnte man die Angriffe auf sie nicht mehr aufhalten. Mir ist es schließlich gelungen, sie heimlich aus der Stadt zu schmuggeln und bei entfernten Verwandten

unterzubringen. Ich fand es furchtbar, dass Rhys' Grausam-
keit ein Menschenleben so einfach ruinieren konnte. Das
war das erste, aber noch lange nicht das letzte Mal." Christopher lehnte sich zurück in die Kissen und schloss die
Augen. „Jetzt, da unser Erzeuger gestorben ist, sind Rhys
und ich die ältesten, noch lebenden Vampire. Ich kann es
nicht zulassen, dass er das Schicksal unseres Volkes
bestimmt und ich bin der Einzige, der stark genug ist, es mit
ihm aufzunehmen." Sein Atem strich leicht über ihr Haar.
Alice kuschelte sich noch enger an ihn. Die Traurigkeit in
seiner Stimme tat ihr weh.

„Dann brauchst du alle Hilfe, die du kriegen kannst, um
ihn zu besiegen." Sie nahm seine Hand und zog sie sich um
die Taille bis sie auf ihrem Bauch liegenblieb.

Er nahm ihre Hand. „Das stimmt. Ich war egoistisch und
hatte Angst um dich. Ich wollte dich in Sicherheit wissen,
und damit den Erfolg unseres Kampfes aufs Spiel setzen.
Du hast Recht. Du hast ein Talent, das für unsere Schlacht
sehr wichtig ist. Ohne dich könnten meine Nachkommen
verletzt werden oder sogar sterben." Christophers Finger
streichelten sanft über ihren Bauch. „Nur... ich habe fürchterliche Angst, dass dir etwas geschehen könnte."

„Warum?"

Er stützte sich auf einen Arm und blickte auf ihr Gesicht
hinunter. „Du möchtest, dass ich es ausspreche,
nicht wahr?"

„Wir ziehen in einen Krieg", erinnerte sie ihn und
drehte ihm das Gesicht zu, so dass sie jetzt auf Augenhöhe
waren. „Wenn es etwas gibt, das du noch auf dem Herzen
hast, dann solltest du es jetzt loswerden."

Er küsste sie mit wilder Leidenschaft und zog sie ganz
nah an sich. Er legte ihr Bein um seinen Körper, so dass sie
eng zusammen auf der Seite auf dem Bett lagen. Sein

Schwanz drängte sich bereits an ihre Möse und alles was er tun musste, war seine Hüfte leicht anzuwinkeln, um in einem, gleichmäßigen, langen Stoß in sie einzudringen. Er begann sie langsam und sanft zu stoßen und hielt sie dabei so fest an sich gedrückt, dass sein Schwanz sich kaum bewegen musste, um an ihrem Kitzler zu reiben.

„Ich liebe dich, Alice. Ich liebe dich mehr als meine Unsterblichkeit, mehr als alle Schönheit in der Welt, mehr alle Dinge oder Personen, die mir in tausend Jahren begegnet sind." Mit jedem Stoß trieb er sie zu höherer Ekstase. Sie rollte sich herum, so dass sie auf dem Bauch lag. Er packte ihren Hintern und zog sie an den Hüften hoch, so dass er noch tiefer in sie eintauchen konnte.

Ihr Atem kam in kurzen Stößen. „Ich liebe dich auch. So sehr."

Sie kamen gleichzeitig, so schnell, wie Alice es nie für möglich gehalten hätte. Sie stöhnten beide laut auf, als sie gemeinsam von ihrem Höhepunkt überwältigt wurden.

Christopher lehnte seine Stirn an ihre. Seine Atmung wurde langsam wieder normal. „Was immer auch geschehen mag, wir sind zusammen."

Alice nickte. „Für immer."

CHRISTOPHER LAG auf dem Bauch auf dem Dach des Schlosses und sah auf die Uhr. Er zählte die Sekunden, bis die Zünder eingestellt waren, um den Eingang des Schlosses in die Luft zu sprengen. Margot und ihre Truppe waren abseilbereit am Dach entlang aufgestellt. Die Seile waren an den Wasserspeiern am Dach befestigt und bereits mit den Gurten an ihrer Taille verbunden. Sie hatten zwar die Sicherheitskameras mit Endlosschlaufen harmloser

Bilder außer Gefecht gesetzt, aber Christopher befürchtete dennoch, dass sie im offenen Gelände auffallen würden. Margot fing seinen Blick auf und nickte ihm ermutigend zu. Ihr Gesicht leuchtete vor Erwartung. Er wünschte, er könnte ihre Erregung teilen.

Sie hatten ihre Streitkräfte unter Christophers vier Leutnants aufgeteilt. Jeder hatte seine spezifische, zeitlich genau festgelegte Aufgabe: Bens Team würde die Flure des Schlosses und den Thronsaal vor der Krönung infiltrieren und so viele UV-Bomben wie möglich anbringen. Danny sollte so viele von Rhys' Truppen wie möglich in die entlegensten Winkel des Schlosses locken, soweit es ging aus der Reichweite von Rhys' Stimme entfernt. Valeries und Margots Truppen würden durch die alten Buntglasfenster des Thronsaales springen und von beiden Seiten angreifen, um den Raum zu sichern und Unschuldige heraus zu bringen, bevor Christopher kam, um Rhys zu unterwerfen. Alles hing von ihrem Vorteil gegenüber Rhys' Truppen ab: ihr bedingungsloses Vertrauen zueinander und ihre Fähigkeit zu improvisieren.

Dieser Plan hatte Alice in Bens Team gebracht. Sie half dem Erfinder, seine Geräte so wirkungsvoll wie möglich zu platzieren. Es war offensichtlich, dass Alices Fachkenntnis hier wirklich gebraucht wurde, aber Christophers Hände zitterten bei dem Gedanken, dass die einzige Möglichkeit für ihn zu wissen, ob es ihr gut ging, die stündlich ausgetauschten Textnachrichten über Anzahl und Platzierung der Bomben waren. Während jeder Sekunde, die zwischen zwei Textnachrichten verging, wurde er von Ängsten heimgesucht, dass Rhys Alice gefangen nehmen, sie dann an die Wand seines Thronsaales fesseln und Christopher zwingen würde, dabei zuzusehen, wie er sie in Stücke riss. *Wenn Rhys sie in seiner Gewalt hat, dann wird er es mich sofort wissen lassen.* Christopher klammerte sich an diesen, nicht gerade beruhigenden, Gedanken und riss sich zusammen.

Drei...zwei...eins.

Eine enorme Explosion, deren blauweiße Flammen heiß emporschossen, sprengte die Türen des Schlosses. Aus dem Inneren des Schlosses erklangen Schreie und das Geräusch flüchtender Füße in den Fluren, als Personal und Krönungsgäste in Panik einen Fluchtweg suchten. Christopher meinte, Rhys' Stimme, die den Leuten laute Befehle zuschrie, inmitten des Lärms zu hören.

Eine zweite Explosion ertönte vom Ostflügel, wo Margots Team und Christopher warteten. Die Explosion war zwar kleiner als die am Haupttor, aber die Hitze war noch immer so intensiv, dass Christopher sie noch in zwanzig Meter Höhe im Gesicht spürte.

Von Alice, die im Thronsaal versteckt war, kam sofort eine Textnachricht an die Leutnants aller Teams: *„Die Hälfte von Rhys' Wachen haben den Saal zur Erkundigung verlassen. Die meisten Gäste sind schon raus."*

Margot zögerte keine Sekunde. Sie gab mit der Faust das verabredete Zeichen und ihre zwanzig Vampire und Christopher seilten sich an der Seite des Gebäudes ab, traten die Buntglasscheiben ein und sprangen in den riesigen Thronsaal.

Die Krönungszeremonie hatte bereits begonnen. Der Hauptsaal war mit Reihen langer Holzbänke bestückt und Rhys stand auf einer Empore davor. Er trug die feinsten Gewänder des Königs und grinste hämisch. Ein Priester, der aussah wie Rhys' Nachkomme mit dem Stacheldrahttattoo, stand vor ihm, die Hand zum Segen erhoben, mit einem leeren, wie ferngesteuerten, Ausdruck im Gesicht. Die Krone des Vampirkönigreichs stand noch immer auf dem Zeremonientisch und glitzerte gefährlich.

„Dieser Mann ist nicht euer rechtmäßiger König", rief Christopher laut.

Die wenigen Krönungsgäste, die noch nicht geflohen waren, drehten sich um und beobachteten Christopher, der den Mittelgang des Thronsaals hinaufschritt. Christopher sah viele bekannte Gesichter von Vampiren, die die königliche Familie schon seit Jahrhunderten kannten.

Margots Truppe stand schützend im Halbkreis um Christopher und hielt ihm den Weg zu Rhys frei. Während er sich ihm näherte, kamen Bens Leute aus den Alkoven des Raums hervor, um die Lücken der Reihen zu füllen. Aus dem Augenwinkel sah Christopher Alice. Sie war ganz in schwarz gekleidet und mit einem Schwert bewaffnet. An einem Gurt trug sie UV-Granaten quer über der Brust. Sie schloss sich der Gruppe an, die ihn umringte. Er verdrängte die Sorge um sie, die ihn verrückt machte. *Wenn ihr in dieser Schlacht etwas passiert, werde ich mir das niemals verzeihen.*

„Nanu, Bruder", sagte Rhys mit gespieltem Vorwurf in der Stimme. „Neid steht dir aber nicht gut zu Gesicht."

„Ich werde nicht tatenlos dabei zusehen, wie dein Machthunger unser Volk zerstört." Besorgte Ausrufe wurden unter den Krönungsgästen laut. Einige versuchten noch immer zu fliehen, aber viele der älteren Gäste blieben, um zu sehen, wie es weiterging.

„Sei doch nicht so dramatisch, Christopher", sagte Rhys ruhig. Er nahm die Krone von ihrem Tisch und setzte sich den filigranen goldenen Ring auf den Kopf. Dann lehnte er sich lächelnd auf seinem Thron zurück. „Ich möchte nur das sein, was du nie sein wirst: ein starker Anführer."

Ein klickendes Geräusch in den Deckenbalken verriet Christopher, dass die Kameras, die Ben überall im Raum installiert hatte, jetzt eingeschaltet waren. Alles was von nun an im Thronsaal passierte, wurde sofort an alle Vampirfernsehsender weltweit übertragen.

„Ein Anführer ist normalerweise jemand, dem die Leute folgen *wollen*. Du aber willst nur durch *Hortari*, Einschüchterung und Angst herrschen."

„Du willst selbst nur den Thron für dich", grollte Rhys. „Du bist bereits seit *Jahrhunderten* hinter der Macht unseres Erzeugers her und hast ständig versucht ihn zu beeinflussen, alles in Frage zu stellen, was es bedeutet, ein Vampir zu sein."

Durch die offenen Fenster konnte Christopher das Klirren von Waffen und Geschrei hören. Eines seiner Teams kämpfte gegen Rhys' Handlanger. Er schickte ein schnelles Stoßgebet an alle Gottheiten, die ihn erhören würden, dass keiner von seinen Leuten verletzt würde.

„Und was ist es, das uns zu Vampiren macht, Bruder?", fragte Christopher.

Rhys stellte sich in seiner ganzen Größe vor den Thron und reckte die Hände über den Kopf. „Blut und Stärke!"

Viele der Gäste brüllten ihm anerkennend zu und man hörte sogar vereinzelte Jubelrufe und Zustimmung von Rhys' Wachleuten, die an den Wänden standen.

„Und doch stehst du hier, ohne Blut zu vergießen", entgegnete Christopher. „Meine Nachkommen kämpfen für mich aus ihrem eigenen, freien Willen heraus, weil sie mich kennen, weil sie mit mir arbeiten und weil sie wissen, dass die Vision, die ich für unser Königreich habe, aus der ehrlichen Absicht entstammt, unser Volk zu Fortschritt und Wohlstand zu führen. Kannst du das gleiche von dir behaupten, Bruder?"

„Du stellst meine ehrbaren Absichten in Frage?" Rhys hob die Hände, wie bei einem Segen. Die Menge war fasziniert und sah von Rhys, der sicher auf seinem Thron saß zu

Christopher, der von bewaffneten Kämpfern umringt war. Christopher erkannte plötzlich, wer hier wie der Thronräuber aussah. *So wird das nicht funktionieren.*

„Du kannst es beweisen." Alice hatte sich durch die ihn umgebenden Truppen an ihn herangeschlichen. Sie hatte die Stimme zu einem leisen Flüstern gesenkt, aber er konnte sie deutlich über das Sausen seines Blutes in den Ohren hören.

„Nein, das kann ich nicht", erwiderte Christopher.

„Doch, du kannst es." Alice zog ein Messer aus ihrem Stiefel und machte einen langen Schnitt entlang Christophers Arm.

Überrascht sprang er zurück, geschockt, dass ausgerechnet Alice die Erste war, die ihn angriff. Sein Blut glänzte rot im Kerzenlicht des Thronsaales und der Geruch kitzelte seine Nase. Margot nahm einen Fächer, der mit rasierklingenscharfen Krallen besetzt war, aus ihrem Gurt und wedelte damit, so dass der Geruch von Christophers Blut sich im Raum verteilen konnte.

Das war es.

Christopher hielt seinen blutenden Arm hoch und wandte sich an die Leute. „Ihr wollt meine Absichten wissen? Hier sind sie. Blut kann nicht lügen." Er drehte sich zu Rhys um. „Wenn euer Möchtegern-König nichts zu verbergen hat, dann wird er es mir doch sicher gleichtun, um seine Absichten offen zu legen."

Zustimmendes Gemurmel erklang aus der Zuschauermenge. Einige der älteren Vampire näherten sich Christopher und verbeugten sich respektvoll vor ihm. Andere, die noch zu weit entfernt waren, um sein Blut riechen zu können, gaben die Nachricht an ihre Nachbarn weiter, bis die ganze Menge fragende Blicke auf Rhys warf. Christophers Blut gab eine klare Aussage über seine Absichten für den Thron und sein Volk. Diese Kampagne war unschlagbar.

„Du willst mich *verletzen*? Das ist eine Bedrohung und ein Angriff auf den zukünftigen König", knurrte Rhys wütend. „Wie kannst du es *wagen*, mich mit deinen Spießgesellen so zu beleidigen. WACHEN!" Er stieß einen schrillen Schrei aus, der von den Wänden und hohen Decken des Thronsaals widerhallte. „Tötet sie! Schneidet ihnen die Köpfe ab und werft sie mir in SÄCKEN vor die Füße!"

Die verbleibenden Gäste rannten schreiend in alle Richtungen und schubsten und stießen sich gegenseitig in dem verzweifelten Versuch Rhys' Soldaten zu entkommen.

Rhys' Wachleute konnten dem *Hortari* in seinem Befehl nicht widerstehen. Sie stürmten auf Christopher und seine Leute zu und hielten ihre Waffen empor, so dass sie auf den Hals ihrer Opfer zielten. Christopher empfand nur Mitleid für sie. Den meisten konnte man die Angst an den weitaufgerissenen Augen ablesen. Christopher wagte gar nicht, daran zu denken, zu welchen Gräueltaten Rhys die Armen bereits gezwungen hatte, seit sie Vampire geworden waren.

„Jetzt!", schrie Christopher. Sofort holten Ben und Margots Leute schwere Umhänge und Sonnenbrillen aus ihren Taschen und bedeckten jeden Zentimeter ihrer Haut.

Alice zögerte nicht. Sie zog den Zünder aus ihrem Ärmel und drückte den Knopf mit einem Ausdruck tiefster Befriedigung in ihrem Gesicht. Rhys' Wachleute hatten Christopher schon fast erreicht als helle Lichtblitze durch den ganzen Raum zuckten. Christopher rückte seine Sonnenbrille zurecht. Er war stolz, dass Alice alles perfekt berechnet hatte. Es gab keinen Zentimeter im Thronraum, der nicht perfekt mit UV-Licht ausgeleuchtet war.

Rhys und seine Leute schrien auf, als das Licht sie traf. Ihre Haut begann leicht zu rauchen, als die UV-Strahlen das empfindliche Fleisch trafen. Viele von denen, die Rhys umringten, wurden voll von dem Blitz getroffen und fielen ohnmächtig zu Boden.

„Steht auf! Ich befehle euch, sie alle zu töten! Als euer Erzeuger verlange ich es von euch!", schrie Rhys hysterisch, sich auf dem Boden wälzend. „Tötet sie für euren König!"

Die Wachmänner, die sich noch bewegen konnten, zogen sich in die Höhe, wie Marionetten an Schnüren. Die meisten hatten einen Ausdruck purer Angst und Panik im Gesicht. Ihre Arme zuckten in spastischen, unkontrollierten Stößen auf und nieder und sie bewegten sich wie aufgezogene Spielzeuge auf Christopher und seine Gefolgsleute zu.

„Verteilt euch!", rief Margot und gab die Befehle, die sie und Christopher vorher vereinbart hatten, damit er nicht versehentlich den *Hortari* gegen seine Leute anwenden konnte. „Versucht, sie nicht zu töten. Sie haben keine Wahl!"

Die Truppe um Christopher trennte sich in kleinere Gruppen. Margot blieb in Christophers Nähe, während die anderen in die Ecken des Raumes liefen und Rhys' Leute in kleine, getrennte Gruppen zerspalteten, die dann von Bens Team in den Dachbalken mit Lähmungspfeilen beschossen wurden. Sie fielen reihenweise um und man konnte die Erleichterung von ihren Gesichtern ablesen, als die Lähmungspfeile ihre Bewegungen verhinderten. Margots und Bens Bodentruppen ketteten die gelähmten und bewusstlosen Wachleute fest an, bevor die Wirkung der UV-Bomben und der Lähmungspfeile nachließ.

„Hol Verstärkung!", brüllte Rhys einem seiner Wachmänner zu, der sich hinter dem Thron versteckt hatte. „Sag allen, dass ich ihre Nachkommen bei lebendigem Leibe verspeise, wenn sie mir nicht gehorchen!", schrie er wütend.

„Bruder, bedenke was du sagst!", rief Christopher ihm zu. „Du fügst deinem eigenen Volk Schaden zu!"

Margot war in einen harten Kampf mit einer von Rhys' besseren Soldatinnen verwickelt, einer 1,80 m großen, muskulösen Frau mit knallrosa Haaren. Sie bewegten sich so rasend schnell, dass Christopher nicht wagte einzugreifen, aus Angst, Margot zu verletzen. Um sie herum hatte sich ein leerer Raum gebildet und ihre aufeinander hämmernden Äxte ließen Funken fliegen.

„Mein Volk existiert nur, um mir zu dienen!", brüllte Rhys.

Sein Gebrüll lenkte Margots Gegnerin für eine Sekunde ab. Margot lachte triumphierend und landete einen wohlgezielten Tritt, der die Frau zu Boden schickte. Margot presste ihr Knie fest auf den Rücken von Rhys' Soldatin und legte ihr schwere Handschellen an.

„Die wollte ich immer schon mal außerhalb des Schlafzimmers ausprobieren", sagte Margot zwinkernd.

„Jetzt ist wirklich nicht der Moment für-", begann Christopher, brach aber ab, als er Alice auf der anderen Seite des Raumes erblickte.

Alice stand mitten im Kampfgetümmel. Sie gab laute Befehle an das Team, das weitere UV-Bomben platzierte und sah dabei umwerfend aus. Christopher raste zu ihr, um ihr zu helfen, als Alice einer schwingenden Axt auswich und dann unbeeindruckt ihre Arbeit fortsetzte. Der Soldat, der sie angegriffen hatte, konnte nicht älter als zwanzig Jahre gewesen sein, als er verwandelt wurde. Sein Gesicht würde für die Ewigkeit von Aknepickeln entstellt bleiben.

Mein Bruder ist bösartig.

„Halt dich von ihr fern." Christopher stellte sich zwischen den Jungen und Alice.

„Kann nicht, Sir", sagte der Junge zwischen zusammen gebissenen Zähnen. „Ich muss töten."

„Du kannst dagegen ankämpfen!", rief Alice ihm zu,

sicher hinter Christophers Rücken geborgen. „Ich habe den *Hortari* besiegt. Du kannst es auch."

Der Junge schluckte und ließ eine Sekunde lang seine Axt sinken. Christopher hielt den Atem an und hoffte auf ein Wunder, aber dann sauste die Axt weiter und Christopher wich ihr aus. Die Axt verfehlte seine Schulter nur um Haaresbreite.

„Es tut mir so leid!", weinte der Junge. „Ich kann es nicht aufhalten!"

Alice ergriff eine der Granaten aus ihrem Gurt und zog die Nadel. Sie warf sie auf den Jungen und hüllte sich selbst und Christopher schnell in ihren schützenden Umhang. Das gefährliche Licht blitzte auf und der Junge fiel und ließ seine Axt fallen. Christopher sprang vor und legte ihm Handschellen an, bevor er seine Waffe erneut ergreifen konnte.

„Danke", sagte der Junge erleichtert und rollte sich auf dem Boden zusammen.

Die Kampfgeräusche außerhalb des Thronsaales verklangen und an ihrer Stelle hörte man den Siegesgesang von Christophers Leuten, die triumphierend seinen Namen sangen. Verstärkung kam noch hinzu, als Valeries Team die letzte Tür gesichert hatte und in den Ballsaal strömte, um die letzten von Rhys' Truppen, die noch standen, zu unterwerfen.

Dannys Team war das letzte, das siegessicher in den Raum stürmte.

„Wir haben dreißig von ihnen in einen Container gesperrt!", rief Danny.

„Großartig!", antwortete Christopher. „Wir sollten -" Bevor er den Satz beenden konnte, flog eine Axt so nah an seinem Kopf vorbei, dass er den Luftzug an seiner Wange spürte.

Rhys stand nur eine Armeslänge von ihm entfernt. Er hatte das Gesicht zu einer bösartigen Grimasse verzogen und wirbelte in jeder Hand eine Streitaxt, so schnell, dass sie einen silbernen Kreis an jeder Seite bildeten.

„Glaubst du etwa, du hast gewonnen? Du bist ein Nichts!", brüllte Rhys. Seine Arme bewegten sich blitzschnell und die Äxte zielten mit tödlicher Sicherheit auf Christophers Hals.

„Ich habe ihn im Visier, ich kann ihn abschießen", erklang Bens Stimme aus den Deckenbalken. Das Licht reflektierte von seiner Pfeilspitze.

„Nein, er gehört mir!", rief Christopher nach oben. In einer schnellen Bewegung hatte er sein Messer gezückt und sich die Streitaxt des gefallenen Jungen, der Alice zu Füßen lag, aufgehoben. Christopher umkreiste seinen Bruder wachsam und wartete auf das verräterische Zucken in seinem Gesicht, das anzeigte, wann er angreifen würde.

„Pass auf, was du sagst, Bruder", mokierte Rhys sich. „Vielleicht zeigst du ja aus Versehen mal, dass du Eier in der Hose hast und gibst einem deiner geliebten Nachkommen einen Befehl." Er griff ohne Vorwarnung an. Seine wirbelnden Äxte kamen Christophers Hals gefährlich nahe.

Christopher blockierte und wich aus. Er wusste, dass sein Bruder in einem Kampf Mann gegen Mann auch bereit war, zu unfairen Mitteln zu greifen.

Es sei denn..."Hörst du, dass die Kameras laufen, Bruder?" Christopher duckte sich gerade rechtzeitig, bevor die Äxte seinen Kopf zerspalten konnten und rollte sich zwischen Rhys breit gespreizten Beinen durch. „Alle werden wissen, was hier geschieht."

„Was redest du da für einen Mist?"

Christopher sprang auf die Füße und trat Rhys hart in den Rücken. Darauf war dieser nicht vorbereitet und er verlor sein Gleichgewicht. „Du bist ein bösartiger, gieriger Lügner, der den *Hortari* ausnutzt, um seine Nachkommen als Kanonenfutter zu verwenden."

Rhys wich Christophers Hieb aus und ließ seine Äxte wieder wirbeln. „Ich habe sie *gerettet*. Du hast ja keine Ahnung wie kaputt diese Leute waren, als ich sie fand, wie sehr sie die Entscheidungen bereuten, die sie getroffen hatten." Er machte mit einer Axt eine Finte zur Rechten und schlug mit der Linken so schnell zu, dass Christopher nicht schnell genug ausweichen konnte. Die rasiermesserscharfe Klinge der Axt zog einen langen Schnitt entlang Christophers Unterarm, aus dem viel Blut floss.

„Ich gab ihnen *Unsterblichkeit*", röhrte Rhys. „Und ich nahm ihnen die Qual der Entscheidung."

„Sie *töten* andere." Christopher bewegte seinen verletzten Arm. Der Schnitt brannte und würde genäht werden müssen, aber durch den Adrenalinrausch spürte er keinen Schmerz.

Rhys verdrehte die Augen. „Du kapierst es einfach nicht. Sie *wollen* es so. Sie haben keine Konsequenzen zu fürchten. Sie befolgen einfach nur Befehle. Keine Schuldgefühle. Keine Strafen."

„Dann hast du ihnen ein Trugbild verkauft." Christopher ging drohend auf seinen Bruder los. Sein Messer und seine Streitaxt flogen in einer Folge komplizierter Bewegungen, so dass Rhys ihm rückwärts ausweichen musste. „Alle unsere Taten haben Konsequenzen." Er stieß sein Messer auf Rhys' Magen zu und zielte mit seinen Tritten auf Rhys' Knie. Rhys konnte gerade noch aus dem Weg springen, aber zum ersten Mal zeigte sein Gesicht Furcht. „Alles andere sind nur Ausreden."

Wie aus weiter Ferne hörte er die Menge untereinander

murmeln. Köpfe nickten in Übereinstimmung und verständnisvolle Stimmen umringten sie.

Christopher lächelte. „Das gesamte Königreich sieht dich, wie du wirklich bist."

„Ich bin ein *König*! Ich bin der Retter unseres Volkes!"

„Du bist ein schwacher, verängstigter Feigling."

Rhys kreischte in hysterischer Wut und schwang seine Axt in einem wilden, weiten Bogen. Christopher hob einen Arm und blockte den Schwung von Rhys' Axt auf ihrem Weg nach unten mit seiner stählernen Armbewehrung. Gleichzeitig sprang er in einen Roundhouse-Kick und traf Rhys hart am Kopf.

Das Krachen von Rhys' Körper, der auf den Boden schmetterte, was das schönste Geräusch, das Christopher seit langem gehört hatte. Christopher legte ihm schnell die Handschellen an und trat zurück. Rhys lag bewusstlos auf dem Boden wie eine zerbrochene Puppe.

„Lang lebe der Vampirkönig", erklang Margots begeisterte Stimme peinlich laut in dem stillen Thronsaal.

„Ist es vorbei?", fragte Danny, der noch mit einem der Wachleute rang.

„Wir haben es geschafft!" Alice lief zu Christopher und schlang ihre Arme um seinen Hals. Sie stellte sich auf die Zehenspitzen und küsste ihn.

Er lächelte an Alices Mund. Dann drückte er sie an sich. Seine Zunge erforschte ihren Mund und seiner Hände erforschten jeden Zentimeter ihres Körpers.

„Kommt, wir bringen den Ex-Prinz und die anderen Gefangenen ins Verlies", rief Margot lachend in den Raum. „Unser neuer König hat alle Hände voll zu tun."

ALICE FAND SCHNELL GEFALLEN DARAN, auf dem Thron zu
sitzen. Seit Margot sich um die Inneneinrichtung geküm-
mert hatte, war der Thronsaal traumhaft schön geworden.
Alice hätte nie gedacht, dass sie sich so schnell hier
heimisch fühlen würde. Es hatte einige Monate gedauert,
sich daran zu gewöhnen, das Land zu regieren, besonders da
Christopher und seine Nachkommen eifrig damit beschäftigt waren, eine neue Politik auszuarbeiten, die letzten von
Rhys' Anhängern aufzuspüren und neue Verbündete zu
finden, um seine Herrschaft zu festigen. Wenn Christopher
über seine Regentschaft sprach, konnte Alice immer noch
nicht fassen, dass es dabei um *Jahrhunderte* ging. Es gab
Momente, da konnte sie es kaum glauben, dass sie vor
einigen Monaten noch eine Fotografin gewesen war, deren
größter Traum es war, von ihrer Kunst leben zu können.
Jetzt war sie die *Königin der Vampire*. In ihrem alten Job ihre
Kündigung einzureichen, hatte ihr fast so viel Befriedigung
verschafft wie dabei zu helfen Rhys zu besiegen.

Eine Gruppe von Vampiren kniete mit gebeugten Häup-
tern vor ihrem Thron. Eine Vampirin, die aussah als sei sie
höchstens Mitte zwanzig, die aber wahrscheinlich älter war
als Alices Urgroßmutter, trat vor. Sie machte einen kleinen
Schnitt an ihrem Finger und hielt Alice die blutende
Wunde hin. Seit Alice bei der Krönung diese spontane Idee
gehabt hatte, die Rhys' böse Absichten bewies, war es bei
Hofe gang und gäbe, Blut vorzuweisen, wenn man ein
Anliegen vortrug.

„Wir wollen einen formellen Antrag stellen unseren
Hortari aufzuheben." Das Blut der Frau roch schrecklich
nach Terror, langer Leidenszeit und einem nahezu gebro-
chenen Willen. Die anderen Frauen, die sich hinter ihrer
Anführerin drängten, wiesen ebenfalls ihre blutenden

Schnitte vor. *Nur Frauen*, stellte Alice besorgt fest. Seit bekannt geworden war, dass Alices Wille nicht mehr Christopher untergeordnet war, kamen immer mehr Vampirfrauen auf sie zu und baten sie um Hilfe, um ihre eigenen Verpflichtungen zu brechen.

„Leider bin weder ich noch irgendjemand anderer in der Lage, den *Hortari* einfach aufzuheben", sagte Alice. „Mir ist es gelungen meinen *Hortari* zu brechen, weil ich verzweifelt war und meinen Freunden unbedingt helfen wollte. Mit genügend Willenskraft und Übung könnt ihr das auch schaffen."

„Bitte, *bring es uns bei*", sagte die Anführerin. „Unser Erzeuger ist ein sadistischer Bastard. Wir haben ihn ausgetrickst und ihn gefesselt und geknebelt zurückgelassen, um zum Schloss kommen zu können. Wir müssen unsere Verpflichtung ihm gegenüber brechen, bevor er uns findet." Die anderen nickten bestätigend.

Alice fühlte sich mutlos. Es gab noch so viel zu tun, so viel gutzumachen. Da niemand jemals zur Rechenschaft gezogen worden war, hatten die Erzeuger freie Hand gehabt und konnten ungestraft ihren Nachkommen die schlimmsten Dinge antun. Der erste Schritt, um deren Schicksal zu verbessern war, Gesetze zu erlassen, wie Erzeuger ihre Nachkommen zu behandeln hatten. *Wie gut es ist, dass wir Zeit haben.*

„Ihr habt hier Schutz und könnt bleiben so lange es nötig ist", sagte Alice. „Und ich werde euch alles beibringen, was ich weiß." Sie winkte einen der Diener herbei, um die Frauen zum Gästeflügel zu bringen, den sie extra zu diesem Zweck eingerichtet hatte. „Bring sie in saubere Zimmer und sammle alle Informationen über ihren Erzeuger und darüber, wer sonst noch unter seinem Befehl steht. Wir werden Danny mit einem Team losschicken, um den Erzeuger zu befragen und zu verhaften."

Alice bemühte sich, einen Ausdruck königlicher Würde zu bewahren, bis die letzte Frau den Raum verlassen hatte, und sank dann in sich zusammen.

„Das hast du sehr gut gemacht", sagte Margot und kam aus der Ecke heraus, aus der sie das Gespräch verfolgt hatte.

Alice massierte sich die Stirn. „Ich weiß immer noch nicht, warum ich hier sitze und mich um diese Dinge kümmere. Ich war es ja schließlich nicht, die den bösen Bruder bekämpft hat, um König zu werden." *Und dieser böse Bruder würde für mindestens die nächsten tausend Jahre im Verlies schmoren,* dachte Alice für sich. Einzig und allein Christophers Gutgläubigkeit, dass Rhys sich eines Tages bessern würde, hatte ihn vor der Todesstrafe wegen Verrats bewahrt.

Margot klopfte Alice auf die Schulter, aber so fest, dass sie einen blauen Fleck bekommen hätte, wenn sie noch ein Mensch gewesen wäre.

„Du bist ein Naturtalent. Und alles was nötig ist, wirst du lernen. Christopher ist unterwegs, um sein Volk kennenzulernen und seine neuen Gesetze einzuführen. Nur er hat die jahrhundertelange Erfahrung das zu tun. Und du bist ein Neuling im Vampirleben, du hast nicht den ganzen Ballast, den wir anderen mit uns herumschleppen."

„Wahrscheinlich hast du Recht." Alice blickte Margot an und sah nichts als Verständnis in ihren warmen, braunen Augen. „Ich vermisse ihn nur so sehr."

„Jeder, der dir erzählt hat, dass es ein Kinderspiel ist, eine verstreute Nation von blutsaugenden Unsterblichen zu regieren, hat dich ganz schön verarscht."

„Haha. Sehr witzig."

„Ganz zufällig habe ich aber auch gehört, dass ein

gewisser König vor einigen Minuten durch einen Seiteneingang eingetroffen ist und jetzt das ganze heiße Wasser verbraucht, um sich für seine Königin schön zu machen."

„Christopher ist zurück?" Alice sprang vom Thron und lief zur Treppe. Kurz davor drehte sie sich noch einmal um und sah Margot an. „Warum hast du das nicht gleich gesagt?"

Margot grinste. „Das ist mein Vorrecht als Prinzessin des Nachrichtendienstes. Ich kann entscheiden, wann und wie du Nachrichten bekommst. Glaube mir, er braucht ein paar Minuten, um sich zu waschen, bevor er dir unter die Augen treten kann."

„Du bist *Leiterin des Nachrichtendienstes*", sagte Alice verwirrt.

„Ja, und mein Erzeuger ist König, also bin ich eine Prinzessin." Margot gab Alice durch einen Wink mit der Hand zu verstehen, dass sie entlassen war.

Alice machte sie nicht die Mühe, sie zu tadeln. Margot hatte sowieso meistens Recht. Und Christopher wartete.

Alice lief die Treppe hinauf und erinnerte sich daran, wie sie das erste Mal als Vampir mit Christopher um die Wette zum Schlafzimmer gelaufen war. Sie trat die Schlafzimmertür auf.

Christopher stand in der Mitte des Raums und trug nur ein Handtuch um die Hüfte. Als er sie sah, strahlte er sie an. Er streckte die Arme nach ihr aus, das Handtuch fiel zu Boden und Alice sprang ihm so heftig in die Arme, dass ihr die Krone vom Kopf fiel und unter das Bett rollte.

Er küsste sie heftig, mit der gleichen Leidenschaft wie beim ersten Mal. Dann murmelte er an ihrem Mund. „Ihr seht wunderschön aus, Eure Majestät. Tragt ihr etwas, das zu kostbar ist, um es Euch vom Leib zu reißen? Ich will Euch nämlich sofort nackt haben."

„Hmm, langsam, langsam, ich will es genießen." Sie ließ ihre Hände über seinen Körper wandern, der noch leicht feucht von der Dusche war. „Du siehst viel zu sexy aus für einen König." Sie griff sich seinen nackten Hintern und konnte es wieder nicht fassen, dass sie so einen perfekten Mann hatte. „Bist du sicher, dass du nicht ein rebellischer Aktivistenprinz bist, der die Welt verändern will?"

„Das war letztes Jahr. Was sagtest du noch einmal, als wir uns zum ersten Mal begegnet sind? Auch Dinge, die in der Zeit eingefroren sind, können durch einen anderen Zusammenhang eine neue Bedeutung erlangen."

Sie lachte. „Das hört sich ganz nach mir an."

Er küsste sie wieder, öffnete den Reißverschluss ihres Kleides und streichelte ihren nackten Rücken. „Es hört sich klug an, also hört es sich *genau* nach dir an." Seine Hand fühlte sich an der kühlen Haut ihres Rückens göttlich an.

Alice lehnte sich zurück um ihm ins Gesicht zu sehen. „Ich liebe dich mehr als alles andere in dieser Welt, Christopher."

Er hielt inne. „Es gibt da etwas, das ich mit dir besprechen wollte, Alice."

„Oh? Bedeutet das, dass ich mich nicht ausziehen soll?" Sie musste einen Anflug von Nervosität bekämpfen.

Er lachte leise. „Um Himmels willen, nein. Bist du wahnsinnig? Niemals würde ich dich davon abhalten, dich auszuziehen." Noch während er sprach, zog er ihr das Kleid aus, öffnete ihren BH und betrachtete voller Bewunderung ihre nackten Brüste. Er führte sie zum Bett, hob sie auf und legte sie in die Kissen. Dann setzte er sich mit ernsthaftem Gesicht neben sie und spielte mit ihren Brustwarzen, bis sie steinhart aufrecht standen.

„Alice", er sprach ihren Namen wie ein Gebet aus und legte seine Lippen auf ihre Brust, während seine Finger ihren Bauch entlang tiefer wanderten, bis sie ihren Venushügel umfassten. Sie wölbte den Rücken und schmiegte sich in seine Berührung, zog ihn an den Haaren näher an sich heran. „Du hast mich als Königin in den letzten Monaten vertreten, aber du bist die Königin meines Herzens seit wir uns begegnet sind." Er nahm seinen Mund von ihrer Brustwarze und legte ihn auf ihre Lippen. „Bitte, mach mich zum glücklichsten Mann aller Zeiten und werden meine echte Königin, meine Frau. Heirate mich."

Eine freudige Erregung erfüllte Alice. Sie rollte sich auf Christophers nackten Körper, küsste ihn voller Leidenschaft auf den Mund und bedeckte dann seinen Hals mit Küssen.

„Ich habe den *Hortari* gebrochen, um mit dir zusammen sein zu können." Sie leckte den salzigen Schweiß von seiner Haut und liebkoste voller Verlangen ihren perfekten König. „Ich möchte dich als meinen Ehemann."

Er bog den Hals zurück und bot seine Kehle ihren spitzen Zähnen dar. „Dann nimm mich. Nimm mich, meine Geliebte." Bei diesen Worten senkte sie ihre Zähne in sein Fleisch und trank durstig von seinem Blut. Christophers ganzes Wesen floss mit seinem Blut in sie hinein: sein Glück, ihr Glück, seine Liebe, ihre Liebe. Sein Schwanz glitt in ihre warme, feuchte Höhle und sie bewegten sich gemeinsam wie ein Wesen. Sie stöhnte vor Glück, als er in ihre Schulter biss und ihre Gefühle sich vermischten, während sie voneinander tranken und sich liebten bis die Wellen der Lust wie ein Sturm über ihnen einschlugen.

Sie kamen im gleichen Moment. Alice fühlte sich als schwebte sie in ihrer gemeinsamen Ekstase. Keuchend kam sie an seiner Brust zur Ruhe. Draußen in der Welt würden noch viele Schlachten auf sie zukommen. Die Ungerechtigkeiten wären nicht allein damit beendet, dass ein neuer König an der Regierung war. Vor ihnen lagen Jahre harter

Arbeit, aber auch Zeiten unbeschreiblichen Glücks, wunderbarer Dinge und besonderer Momente.

Alices Hand tastete nach der Kamera, die neben dem Bett lag. Sie machte ein Bild von Christophers friedlich schlafendem Gesicht. Dann betrachtete sie das Bild und seufzte zufrieden. Vielleicht würde sich die Welt um dieses Bild herum ändern, aber eines würde sich niemals ändern: sie liebte Christopher, und würde ihn immer lieben, so lange sie unsterblich war.

DIE HÖHLE DES VAMPIRS

ast du Schiss?", rief Danny über die Theke hinweg. *Worauf lasse ich mich hier nur ein?* Der über zweieinhalb Meter große Troll kam auf Dannys Tisch zugestampft, während Danny an seinem Glas mit o positiv Blut nippte und versuchte, so cool wie möglich auszusehen, obwohl Panik in ihm hochstieg.

Der Troll nahm eine drohende Haltung ein; die Steine, die wie Haar auf seinem Kopf wuchsen, stellten sich senkrecht auf.

„Was hast du zu mir gesagt?" Er spuckte jedes Wort aus und sprühte Speichel und Stückchen, die aussahen wie Baumrinde, über die Platte von Dannys Tisch.

Trolle waren riesige Kreaturen, die selten kleiner als zwei Meter waren. Dieser jedoch war sogar fast drei Meter groß, und sein Kopf streifte die Decke der Kneipe. Blagfor hatte einen beeindruckenden Flechtenbewuchs an seiner ganzen linken Körperhälfte, beginnend an seinen Schultern bis hinunter zur Taille. Er sah aus wie aus einer Felsklippe gemeißelt.

Danny ballte die Fäuste und versuchte seine Nerven zu beruhigen. *Du hast schon Schlimmeres geschafft*, redete er sich selbst gut zu. In seiner Eigenschaft als Vampirprinz und Ermittler für den Vampirkönig hatte er schon zahlreiche Vampirgangster zur Strecke gebracht, mitgeholfen, das Königreich von einem bösen Tyrannen zu befreien, und es war ihm sogar einmal gelungen, die letzte Fritte vom Teller seines Erzeugers zu stibitzen. Aber irgendwie hatte nichts davon sich so furchteinflößend angefühlt wie dieser wandelnde Felsklotz, der jetzt auf ihn hinunter starrte.

„Ich *sagte*...." Danny kippte den Rest seines Drinks in einem Schluck runter und ließ das Glas auf den Tisch knallen. „Nimmst du es im Armdrücken mit mir auf?"

Die Augen aller Anwesenden in der Bar richteten sich

sofort auf ihn. Einen Moment lang herrschte absolute Stille. AUDREY'S Bar war nicht gerade als elegant zu bezeichnen: ein hohes, hölzernes Gebäude mitten im Nirgendwo, mit ramponierter Einrichtung und keinem besonderen Ambiente, aber es war *der* Treffpunkt für übersinnliche Kreaturen. An diesem Abend war es knallvoll mit Elfen, Yetis, Hexen, Werwölfen und einigen Typen mit Stacheln, die nicht einmal Danny identifizieren konnte. Alle waren begeistert von der Vorstellung zuzusehen, wie ein alberner, reicher Idiot von einem Troll fertiggemacht wurde.

Und genau das war seine Absicht.

„Denkst du wirklich, du kannst es mit *mir* aufnehmen, kleiner Mann?" Der Troll grinste hämisch mit den wenigen Zähnen, die er noch im Mund hatte. „Ich bin der mächtige Blagfor!" Seine Trollfreunde brüllten ihm so begeistert zu, dass die Wände wackelten.

„Ich weiß, dass ich das kann. Tatsächlich ..." Danny zog ein Bündel Hundertdollarscheine aus der Innentasche seiner Lederjacke und ließ sie auf den Tisch knallen. „... bin ich sogar bereit darauf zu wetten." Danny ließ seine Gesichtszüge entgleisen und schwankte in seinem Stuhl hin und her, um den richtigen Effekt zu erzielen.

Dumm, betrunken und steinreich. Danny ließ sich diesen Leitspruch immer wieder durch den Kopf gehen. *Sie müssen glauben, dass ich dumm, betrunken und reich bin.* Er hatte sich noch nie für einen begabten Schauspieler gehalten, aber der Erfolg seiner Ermittlungen hing davon ab, dass er das verwöhnte Millionärssöhnchen mit großem Treuhandfond überzeugend spielte.

Blagfor breitete die Arme aus und wandte sich an seine Freunde. „Das ist echt leicht verdientes Geld, Leute." Er schüttelte sich und ließ seine Knöchel, alle auf einmal, mit einem fürchterlichen Geräusch knacken.

Danny setzte seinen Ellbogen auf die Tischplatte auf und rutschte absichtlich ab, sodass er beinahe mit dem Gesicht aufschlug, fing sich aber in letzter Sekunde mit seiner freien Hand ab und richtete sich wieder auf. Die Trolle grölten vor Lachen und schlugen sich gegenseitig auf die Schultern. Ihre Augen waren fest auf das Bündel Geldscheine gerichtet.

Blagfor setzte seinen Ellbogen Danny gegenüber auf und ergriff seine Hand. Danny musste ein Lachen unterdrücken, weil die Handfläche des Trolls überraschend weich und zart war.

„Drei", sagte Blagfor.

„Zwei." Dannys Hand umschloss Blagfors Handfläche mit stählernem Griff.

„Eins!", brüllten sie beide im Chor und begannen mit aller Kraft zu drücken.

Blagfors rechte Seite spannte sich. Die Muskeln in seinen steinharten Armen schwollen, als er kämpfte um die überhand zu gewinnen.

Er hatte jedoch keine Ahnung, dass Danny ein Vampir war.

Für die Trolle sah Danny aus wie ein hochgewachsener, asiatischer Mensch in den Zwanzigern, fit aber nicht sehr muskulös. So konnte man leicht übersehen, dass es in Wirklichkeit kein fairer Kampf war.

Danny täuschte Anstrengung vor. Mit seiner Vampirkraft hielt er Blagfors Hand gefährlich knapp über der Tischoberfläche. *Halte dich an den Plan*, ermahnte Danny sich selbst. Langsam ließ er es zu, dass sein Arm von dem des Trolls zurückgedrängt wurde. Er gab etwas Gegendruck, damit es nicht offensichtlich war, dass er das Spiel absichtlich verlor. Er stieß einen stillen Seufzer der Erleichterung aus, als Blagfor seine Faust auf die Tischplatte drückte. Der

Knall hallte in der Kneipe wider und wurde dann vom Jubel der Zuschauer übertönt.

Lichter blitzten auf, als rundherum Fotos mit Handykameras aufgenommen wurden. *Perfekt,* dachte Danny und unterdrückte ein triumphierendes Lächeln. Die sozialen Medien waren manchmal wirklich eine Himmelsgabe für schlaue Privatermittler.

Blagfor stieß ein Siegesgebrüll aus, hob die Arme und füllte den Raum mit seinem beeindruckenden Gestank. Noch mehr Handykameras blitzten auf.

Danny, der den Achselhöhlen des Trolls am nächsten stand, musste ein Würgen unterdrücken, als er ihm das Bündel Banknoten zuschob. Er täuschte ein tapferes Lächeln vor. „Das war gar nicht so schlecht, Troll."

Blagfor beugte sich zu ihm: „Du hättest mich beinahe geschafft, Vampir. Vielleicht lieferst du mir beim nächsten Mal einen *echten* Kampf", flüsterte er.

„Das nächste Mal", sagte Danny und zwinkerte ihm zu. Blagfor lächelte, steckte das Geld ein und schlurfte wieder zu seinen Freunden zurück.

Jetzt muss ich noch einen drauflegen.

Danny sprang auf seinen Barhocker und balancierte auf dem wackligen Stuhl. „Keiner soll Prinz Danny Dal nachsagen, dass er ein schlechter Verlierer ist. Die nächste Runde geht auf mich!" Er deutete auf die Bardame, deren Kopf Hunderte langer, schwarzer Zöpfchen umgaben, die in einem geheimnisvollen Rhythmus zu tanzen schienen. „Und gib ihnen das gute Zeug, Lola!"

Weitere Blitzlichter wurden auf Danny abgefeuert, und der Vampirprinz sprang wieder auf den Boden zurück. Bären- und Drachenwandler schlugen ihm auf die Schulter und einige Hexen hielten anerkennend ihre Daumen hoch, als die ganze Meute zur Theke drängte, um die Runde zu bestellen.

Der Alkohol floss in Strömen. Blagfor schmiss auch eine Runde und verkündete laut, dass es ja Dannys Geld war Danny blickte zum zweiten Mal in dieser Stunde auf die Uhr. *Meine Güte, auffälliger könnte ich mich gar nicht mehr benehmen. Wo bleiben sie nur?*

Wenn sie nicht bald auftauchten, müsste er die Karaoke-Anlage anschmeißen. Normalerweise jagte er in seinem Job als Privatdetektiv Ehebrecher und Betrüger. Aber dieser Auftrag war etwas Anderes. Sein Erzeuger, der Vampirkönig Christopher Dal, hatte ihn beauftragt, Ermittlungen über ein Gerücht des Missbrauchs in einem Vampirfreudenpalast, der „Blutoase", anzustellen. Es handelte sich wahrscheinlich nur um Klatsch, und Danny glaubte eigentlich nicht, dass da etwas dran war, aber es fühlte sich gut an, im offiziellen Auftrag des Palastes zu ermitteln.

Jedoch war es schwierig, den Ort zu *finden,* den er unter die Lupe nehmen sollte. Der Standort der „Blutoase" war streng geheim und man wurde nur mit Einladung dort eingelassen. Danny versuchte, sich zu entspannen. Dieser geheimnisvolle Club hatte doch bestimmt jemanden abgestellt, um leichte Beute in den sozialen Medien zu finden?

„Ich habe hier tausend Mäuse für denjenigen, der mich beim Pfeilwerfen schlagen kann!", rief er in den Raum und zog eine Handvoll Pfeile aus der Zielscheibe, die neben ihm hing.

Warme Finger schlossen sich um Dannys Hand und die Pfeile.

„Es ist keine gute Idee in Ihrem Zustand spitze, gefährliche Dinge herumzuwerfen", erklang die Stimme einer Frau hinter seinem Rücken. „Besonders wenn so viele Leute mit Handykameras Videos machen."

Der weibliche Duft der Menschenfrau strömte auf ihn ein wie die geheimnisvollen Aromen eines edlen Weines. Es war nicht nur ihre Haut — eine süße Vanillenote vor einem Hintergrund von Erde und Moos — sondern auch die Gefühle, die aus ihrem Blut aufstiegen. Der in seinen Augen wunderbarste Vorteil des Vampirdaseins war, dass man die Gefühle der Nicht-Vampire riechen konnte, auch wenn die Erkenntnisse manchmal nicht gerade schmeichelhaft waren. Sie war aufgeregt und etwas ängstlich, aber hauptsächlich verärgert. *Wahrscheinlich meinetwegen,* dachte Danny. Obwohl er wusste, dass er nur vortäuschte ein völliger Depp zu sein, machte es ihm doch etwas aus, dass *sie* ihn für total bescheuert hielt.

Sie war atemberaubend: eine große Brünette mit heller Haut und goldgesprenkelten, braunen Augen. Als er sie ansah, fühlte Danny sich als hätte er im Dunkeln eine Treppenstufe verpasst und ihm stockte der Atem. Er stand ganz still und bemühte sich, die Maske des gleichgültigen, reichen Bubis zu behalten, die ihm unter ihrem durchdringenden Blick zu entgleisen drohte.

„Prinz Dal?" Die Frau ließ seine Hand los und legte die Pfeile, die sie ihm abgenommen hatte, auf den Tisch. „Mein Name ist Robin Ballard. Ich würde gern etwas mit Ihnen besprechen." Sie führte ihn zu einem abgelegenen Tisch in der hinteren Ecke der Bar, weit genug von Lärm der Menge entfernt.

Danny wollte sich erst von ihr losreißen, um seinen ursprünglichen Plan, nämlich so auffällig wie möglich Geld zu verlieren, weiter zu verfolgen. Aber irgendetwas an dieser Frau faszinierte ihn. *Die „Blutoase" braucht sowieso etwas Zeit, um ihre Leute zusammen zu trommeln,* sagte er zu sich.

Er sah sich vorsichtig um und stellte fest, dass niemand

in Hörweite war. „Fräulein Ballard", sagte er und hörte auf, den Betrunkenen zu spielen. „Ich habe leider nicht viel Zeit. Wie kann ich Ihnen helfen?" Sie saß kerzengerade in ihrem Stuhl. Ihre perfekte Haltung und der Schnitt ihres schwarzen Kostüms machten einen sehr geschäftsmäßigen Eindruck. Danny unterdrückte eine leise Enttäuschung. Wahrscheinlich wollte sie dem Vampirkönig ein Anliegen vortragen. Seit Dannys Erzeuger, Christopher Dal, zum König gekrönt worden war, hatten sich seine Abkommen aufgemacht, um alle Skandale und Missstände aufzudecken, vor denen der alte König beide Augen zugedrückt hatte.

Ein Blutcocktail wurde ihm zugeschoben und Danny nickte dankend der Bardame, Lola, zu die gerade einen Whisky mit Eis vor Robin hinstellte. Die schöne Frau bedankte sich höflich bei Lola und wandte ihren goldgesprenkelten Blick wieder Danny zu. Besorgnis toste durch Robins Blut. Er musste sich davon abhalten, ihr beruhigend die Hand auf den Arm zu legen.

„Ich weiß Ihre kostbare Zeit zu schätzen. Bitte nennen Sie mich Robin." Sie nippte an ihrem Glas und lächelte. „Ich *dachte* mir schon, dass die betrunkene Nummer, die Sie da gerade abgezogen haben, etwas übertrieben war. Ich freue mich, dass Sie Ihr Blut doch ganz gut zu vertragen scheinen." Sie spreizte die Finger auf der Tischplatte. „Da Sie in Eile sind, werde ich mich kurzfassen. Ich möchte, dass Sie mich in einen Vampir verwandeln."

Wie bitte? Danny unterdrückte ein ungläubiges Lachen. „Mir gefällt Ihre direkte Art. Aber ich werde mich auch kurzfassen und sage Nein." Er schickte sich an, aufzustehen. Danny hatte schon vor langer Zeit beschlossen, dass er nicht mehr den Erzeuger spielen wollte.

Robin legte ihre Hand auf seine und hielt ihn zurück.

„Ich weiß, wie lächerlich sich das anhört. Aber bitte setzen Sie sich. Es gibt da einiges, das Sie nicht wissen."

Danny zog eine Augenbraue hoch, setzte sich aber wieder hin. Während Sie sprach, witterte Danny einen Geruch an ihr, der ihm gar nicht gefiel: Angst.

„Ich muss sagen, jetzt bin ich neugierig geworden." Er nahm einen großen Schluck aus seinem Glas. „Sie haben meine volle Aufmerksamkeit, bis ich diesen Cocktail ausgetrunken habe."

Robins Worte überschlugen sich in ihrer Hast, ihm ihr Anliegen zu erklären. „Ich bin Naturschützerin und mein Hauptanliegen ist der Schutz des gefährdeten Narbigen Streiervogels. Er ist ein faszinierender Vogel, nur leider nicht sehr ansehnlich." Sie lachte leise. „Er sieht aus, als hätte man einen Strauß mit einem Geier gekreuzt. Außerdem ist er nachtaktiv, was ihm noch weniger Sympathien beschert. Es gibt leider nicht viel Unterstützung zur Rettung von Tieren, die nicht niedlich oder schön sind."

„Das kann ich mir vorstellen." Danny wusste nicht viel über Wildtiere und versuchte ein Lächeln zu unterdrücken, als er sich vorstellte, wie hässlich so ein Streiervogel wohl aussehen würde.

„Diese Vögel können nur in einem sehr begrenzten Habitat leben und sich fortpflanzen. Heute habe ich einen Fall gegen einen Bauunternehmer verloren, mit dem Ergebnis, dass über die *Hälfte* des Gebiets, das noch übrig ist, jetzt zubetoniert wird. Ich muss diese unglaublichen Kreaturen beschützen. Ich brauche *Zeit,* um sicherzugehen, dass sie in Sicherheit sind." Sie schlug mit der Faust auf den Tisch, dass die Gläser klirrten.

„Also dachten Sie sich, ich gehe jetzt mal in die Kneipe und schnappe mir meine Unsterblichkeit?" Danny lehnte sich in seinem Stuhl zurück. „Woher weiß ein Mensch wie Sie überhaupt, wo man einen Vampir finden kann?"

„Meine Mitbewohnerin an der Uni, Samantha, ist eine Hexe. Sie kommt aus einer großen Hexenfamilie, und ich verbringe immer meine Ferien bei ihnen." Sie strömte auf einmal Traurigkeit aus, und Danny bemühte sich um einen neutralen Gesichtsausdruck. Da er bereits Jahrhunderte unter Menschen lebte, die eine kurze Lebensspanne hatten, hatte er einiges über Trauer gelernt. Diese Frau trauerte und der Schmerz hatte sie zu diesem verzweifelten Versuch getrieben.

Robin lächelte und Dannys Herz machte einen kleinen Sprung. Trotz ihres Schmerzes so zu lächeln erforderte eine ganze Menge Kraft.

„Der Klatsch und Tratsch von Samanthas Tanten hat mir mehr über die übersinnliche Welt verraten, als ich in jahrelanger Forschung entdeckt hätte."

„Es steckt viel mehr hinter dem Dasein als Vampir als Sie durch ein bisschen Geschwätz erfahren können." Danny blickte in die dicke, rote Flüssigkeit in seinem Glas.

„Ich weiß, dass einige Vampire ihre Nachkommen erzeugen und sie dann niemals wiedersehen. Es müsste also keine lästige Verpflichtung für Sie sein." Robin legte ihre Hand auf Dannys. Ihre Berührung schickte kleine Blitzschläge an seiner Haut entlang und er erbebte. *Wer ist diese Frau?* Sie sah ihn ernst an. „Ich denke seit Langem über diese Sache nach und habe mich ausreichend informiert."

Warum sind ihr ein paar hässliche Vögel so wichtig? Dannys Neugier gewann langsam die Oberhand. „Nein." Er leerte sein Glas in einem Zug. „Einen neuen Vampir zu erzeugen, ist eine enorme Verantwortung, die ich seit Langem schon nicht mehr auf die leichte Schulter nehme." Er hatte sich einmal daran die Finger verbrannt und wollte so etwas nicht noch einmal erleben. „Sie müssen einen anderen Vampir finden, der Ihnen dabei helfen kann." Er stand auf und legte etwas Geld auf die Theke. „Die Getränke übernehme ich."

Robin errötete tief. „Sie *selbstsüchtiges* Ar...", rief sie, aber er war schon außer Hörweite. Obwohl es sich anfühlte, als ob er gegen eine heftige Strömung ankämpfen musste, als er von ihr wegging.

„Prinz Dal, Hoheit." Ein eleganter Mann in einem Nadelstreifenanzug stellte sich Danny in den Weg und verbeugte sich leicht. „Ich hörte, dass Sie hier ...nach Unterhaltung suchen."

Danny identifizierte den Mann an seinem Geruch sofort als einen Gepardenwandler. Er konnte jedoch seine Gefühle nicht wittern, ein deutliches Anzeichen, dass er auch ein Vampir war. Es war eher selten, dass sich Gestaltswandler zu Vampiren verwandeln ließen, aber Unsterblichkeit war auch für manche von ihnen eine Versuchung. Der Mann reichte Danny eine silberne Karte, auf der in blutroten Buchstaben der Schriftzug „Blutoase" zu lesen war.

Danny hätte beinahe vor Erleichterung aufgeseufzt. Anscheinend hatte die „Blutoase" ihren schnellsten Läufer losgeschickt, sobald sie Dannys Aufenthaltsort in Erfahrung gebracht hatten. Jetzt konnte er aufhören, sich wie ein betrunkener Trottel zu benehmen und endlich anfangen zu arbeiten.

Der Gepardenwandler zog eine Augenbraue hoch und grinste anzüglich. „Wenn Sie eine *prickelndere* Umgebung bevorzugen, dann würde ich Sie gern in die „Blutoase" einladen. Das ist ein Freudenpalast für Vampire, der die wildesten Vorstellungen übersteigt und nur einer sehr *ausgesuchten* Elite zugänglich ist." Er drehte die Karte um und drückte mit dem Daumen auf eine Rune, die in die Karte eingelassen war. Sofort leuchteten Lichter auf der

Karte auf. „Diese Karte ist mit einem Zauber belegt, der Sie zu der Oase führen wird."

Danny drehte die Karte in seiner Hand. Der Adresse leuchtete in blinkenden Buchstaben auf dem schweren Papier und ein Pfeil zeigte in die Richtung, in der die Blutoase lagen.

„Das hört sich sehr interessant an. Ich werde auf jeden Fall kommen", sagte Danny.

Der Gepardwandler verbeugte sich. Dann wogte eine Welle gefleckten Fells über seinen Körper und hüllte seine kleiner werdende Gestalt ein. Er verwandelte sich vor Dannys Augen, bisschließlich eine große Katze mit einem peitschenden Schwanz auf dem leeren Nadelstreifenanzug vor ihm stand. Die Katze faltete den Anzug sorgfältig zusammen und lief damit zur Tür hinaus.

Danny blickte zurück in die Ecke, wo er Robin zornig zurückgelassen hatte, aber sie war bereits fort. *Es ist besser so*, versuchte er sich einzureden, aber es klang nicht überzeugend.

DIE KARTE DER „BLUTOASE" drehte und wirbelte auf seinem Armaturenbrett, als er tiefer in den Wald hinein fuhr. Auf dem Papier leuchteten Pfeile und Wegbeschreibungen auf, die wahrscheinlich jeden beeindruckt hätten, der nicht wusste, dass es sich um einen einfachen NAVI-Zauber handelte.

Während er so dahinfuhr, bemerkte Danny einen zerbeulten, roten Wagen im Rückspiegel. *Ließ der Club ihn verfolgen?* Der Gedanke war ihm unangenehm. *Vielleicht war an den Gerüchten ja doch etwas dran.* Er schaltete die Scheinwerfer aus, fuhr an den Straßenrand und ließ den Wagen vorbeifahren, um einen Blick auf den Fahrer zu werfen.

Robin.

Er musste lachen. *Netter Versuch.* Diese Frau war wirklich fest entschlossen, einen Erzeuger zu finden. Vielleicht würde er seine eigenen Enttäuschungen in dieser Sache außer Acht lassen und ihr helfen, einen passenden Erzeuger zu finden. Aber jetzt musste er sich erst einmal um seinen Auftrag kümmern.

Die Karte der Blutoase piepste ihn ungeduldig an, weil er die Route verlassen hatte. Er setzte zurück und fuhr weiter. Hinter ihm war die Straße frei.

ROBINS FINGER UMKLAMMERTEN FEST das Steuer, als sie Danny Dals Bremslichter um die Kurve verschwinden sah. Sie dachte, dass er immer noch in Richtung der „Blutoase" unterwegs war.

Ausgezeichnet. In AUDREY'S Bar war es ihr gelungen, einen Blick auf die Karte der Blutoase zu werfen und sie hatte sich schnell die Adresse notiert. Das war ihr Glück, denn sie war nicht besonders gut darin, jemandem zu folgen. Einmal hatte sie versucht, einen Bauführer zu verfolgen, um ihm ein Bild eines Streiervogelkükens zu zeigen, aber der hatte die Bullen auf sie gehetzt. Sie warf noch einen Blick auf die Adresse und beschloss, die längere Strecke zu fahren, damit sie sich nicht vor ihm verstecken musste. Wenn Danny erst einmal kapiert hatte, dass sie ihn nicht in Ruhe lassen würde, bis sie erreicht hatte, was sie wollte, würde er vielleicht doch in Betracht ziehen, sie zu verwandeln.

Robin folgte ihrem Navi aus der Stadt heraus und in die Berge. Die Straße verengte sich von vier auf zwei Spuren, dann auf einen schmalen Asphaltstreifen mit dichtem

Baumbestand an beiden Seiten. Im kalten Mondlicht sahen die nackten Äste der Bäume wie knochige Arme aus, die sich einander entgegenreckten, als wollten sie die Straße ganz in Besitz nehmen. Als die Straße eine Kurve um eine Klippe machte, sah man die Lichter der Stadt weit unten, klein wie ein Kinderspielzeug, und die schmale Mondsichel spendete zu wenig Licht, um außerhalb ihres Scheinwerferlichts noch etwas anderes erkennen zu können.

Ihr Handy summte und ein Bild ihrer Unimitbewohnerin, Samantha, auf dem sie der Kamera den Mittelfinger entgegenstreckte, erschien auf dem Bildschirm. Robin schaltete die Freisprechanlage ein und hielt die Augen aufmerksam auf die Straße gerichtet.

„Hey Samantha, ich bin -"

Samantha fiel ihr ins Wort. „Ich weiß genau, was du vorhast, und sage dir, dass du von diesem Scheiß sofort die Finger lassen sollst."

„Du verstehst das nicht." Robin versuchte, so logisch wie möglich zu klingen. Am Vormittag war sie an der Baustelle vorbeigefahren. Zerbrochene Vogeleier lagen in der Schlepperschaufel, und sie hatte Teile toter Küken im Schmutz zwischen den Steinen gefunden. Streiervögel schliefen bei Tag, also hatte Robin nicht erwartet welche zu Gesicht zu bekommen, aber sie hätte schwören können, dass sie einen von ihnen ängstlich und verstört piepsen gehört hatte. So viele von ihnen waren jetzt tot, nur weil sie zu spät gekommen war und sich nicht genug für sie eingesetzt hatte. Sie biss die Zähne zusammen.

„Ich bin die Einzige, die sich für diese Vögel interessiert und sie in Sicherheit wissen will. Und wenn ich eine blutdürstige Unsterbliche werden muss, um das zu erreichen, dann -"

„Das ist es nicht wert", widersprach Samantha ihr.

„Möchtest du wirklich niemals alt werden, niemals Kinder bekommen und *vollkommen* dem Willen deines Erzeugers unterworfen sein? Das bedeutet nämlich der *Hortari,* meine Süße, dass du deinem Erzeuger total zu Willen bist. Du *musst* alles tun, was er dir sagt. Du konntest ja noch nicht einmal der Anleitung zum Aufbau deines Bücherregals folgen, weil du sie für blödsinnig hieltest. Wie wirst du dich erst fühlen, wenn dir dein Erzeuger befiehlt, dass du lächeln sollst, weil du dann hübscher aussiehst und sich dann deine Lippen gegen deinen eigenen Willen bewegen? Sind dir deine Vögel so viel wert?"

Robin zögerte keine Sekunde. „Ja."

Irgendwo dort draußen würden die Streiervögel jetzt langsam aufwachen. Wussten sie bereits, dass die Hälfte ihres Nistgebiets zerstört war? Wenn sie ihre zerstörten Nester fanden, würden sie laut genug schreien, dass die umliegenden Firmen hören konnten, was sie dort angerichtet hatten?

„Danny Dal ist nicht gerade der verantwortungsbewusste Typ", fuhr Robin fort. „Er wird mich einfach verwandeln und mich dann machen lassen, was ich will, solange ich ihm nicht in die Quere komme. Alles was ich heute Abend von ihm gesehen habe, macht ihn zu einem perfekten Erzeuger: reich, verantwortungslos und ein bisschen dämlich." *Und wahnsinnig heiß,* fügte sie im Stillen hinzu.

Als die Bardame, Lola, ihn ihr in AUDREY'S Bar gezeigt hatte, war Robin kurz die Luft weggeblieben und ihre Brustwarzen hatten sich in einem extremen Anfall körperlicher Erregung aufgerichtet, wie sie es noch nie zuvor erlebt hatte. Gott sei Dank war er albern und dumm gewesen. Ein kluger Erzeuger hätte nicht in ihren Plan gepasst und hätte sie von ihrer Herzensaufgabe abgelenkt.

Samantha seufzte resigniert. „Versprich mir wenigstens, dass du clever vorgehen wirst. Verbringe wenigstens so viel Zeit mit ihm, dass du einigermaßen beurteilen kannst, ob dein erster Eindruck von ihm richtig ist, denn deine Entscheidung wird dein Leben für alle *Ewigkeit* beeinflussen."

Auf dem Gipfel des Hügels tauchte ein elegantes, hohes Herrenhaus auf. Das Schild mit der Aufschrift „Blutoase" war klein und diskret in eine Steinsäule eingelassen, die den Beginn einer langen Auffahrt markierte, die sich durch den dunklen Wald schlängelte.

„Samantha, ich muss Schluss machen. Ich bin angekommen."

„Wo bist du?", fragte Samantha misstrauisch.

„Zu Hause." An der Auffahrt entlang parkten viele Autos und Robin fuhr in eine freie Lücke. Als sie die Wagentür öffnete, strich ein eiskalter Wind über ihre nackten Beine und Arme. Sie blickte hinab und war froh, dass sie noch ein zweites Outfit, zusätzlich zu dem Kostüm, das sie in der Bar getragen hatte, mitgebracht hatte.

„Du bist eine schlechte Lügnerin", seufzte Samantha. „Du gehst in eine Vampirbar, habe ich recht? Das sind eigentlich Bordelle, Robin. Das ist nichts für dich. Bitte, sag mir, dass du deinen verrückten Plan fallen lässt."

„Ich muss es tun. Tschüss, Sam."

„Warte! Sag mir, wo du bist und ich komme und hole dich. Robin--"

Robin legte auf und schaltete das Telefon ab, damit Samantha sie nicht mehr mit Anrufen bombardieren konnte.

Gestern war sie sich so sicher gewesen, dass sie den Bau des Einkaufszentrums aufhalten könnte. Die örtlichen Naturschutzämter waren auf ihrer Seite und bereit, vor Ort

Inspektionen durchzuführen. Außerdem hatte sie sich an den U.S. Fish and Wildlife Service gewandt und um Hilfe bei der Durchsetzung der Verordnung für bedrohte Tierarten gebeten. Ebenso hatte sie beim U.S. Army Pionierkorps beantragt, die Nistplätze als geschützte Feuchtgebiete einzustufen. Sie hatte der Baufirma Unterlassungsaufforderungen und ihrem Kongressabgeordneten mehr als hundert Briefe mit der Bitte um Unterstützung zum Schutz von gefährdeten Tierarten in seinem Wahlgebiet geschickt. Als sie endlich einen seiner Mitarbeiter telefonisch erreicht hatte, schien sein Büro dazu bereit zu sein, eine Pressemitteilung zum Schutz der einzigartigen lokalen Tierwelt herauszugeben.

Aber die Baufirma setzte einfach ihre Baumaschinen eine Woche früher als geplant auf dem Gelände ein, und alles war gescheitert. Sie würde eine Strafe zahlen, die sich in ihren allgemeinen Profiten kaum bemerkbar machte, und hatte bereits Artikel veröffentlicht, in denen sie sich damit brüstete „das Krankheiten übertragende Ungeziefer, welches das Gebiet verseuchte" vernichtet zu haben. Robin presste ihre Handtasche an die Brust und konzentrierte sich auf ihre Füße, um auf dem uneben gepflasterten Weg, der zu der „Blutoase" hinaufführte, nicht zu stolpern.

Sie verlangsamte ihre Schritte, als sie näherkam. Das Gebäude sah aus wie ein vornehmes Herrenhaus aus einem Jane Austen - Roman. Es war sechs Stockwerke hoch und aus weißem Stein gebaut. Zwei wunderschöne griechische Säulen zierten die Fassade und zwei geschwungene Freitreppen führten zu einer vier Meter hohen, gewölbten Eingangstür. Aus den Fenstern im Erdgeschoss drangen laute Bässe und pulsierende Lichter, während die Fenster in den oberen Stockwerken, dunkel und ruhig waren.

Wenn Samantha Recht hatte und dieses Haus tatsächlich ein Bordell war, dann machte es Sinn, in den oberen Etagen einen privaten Bereich für die Gäste zu haben, wo sie sich amüsieren konnten. Ihr Herz schlug schneller.

Vielleicht möchte Danny ja noch ein bisschen Spaß haben, bevor er mich verwandelt?

Sie schüttelte den Gedanken schnell ab, bevor ihre Fantasien, wie Dannys Hände ihre Brüste liebkosten und sein Mund ihren Hals mit Küssen bedeckte, zu lebhaft wurden.

Sie war schließlich nicht *deswegen* hier.

Robin war hier, um ein Vampir zu werden.

Sie wollte *stark* sein, um die Baumaschinen aufzuhalten, bevor sie die Nester zerstören konnten.

Sie wollte *Zeit* haben, um die Öffentlichkeit für den Schutz der Vögel zu gewinnen und ihr die Schönheit und Außergewöhnlichkeit des Streiervogels vor Augen zu führen.

Danny Dal war nur ein Mittel zum Zweck.

Ein kleines Fenster öffnete sich in der Tür und ein paar stahlblaue Augen überprüften ihr Outfit, das weniger ein Kleid als ein winziges bisschen Stoff war, das sich an ihren Körper schmiegte. Am besten gefiel ihr daran das rosafarbene Halsband, das ihren langen Hals und die hochgesteckten braunen Locken vorteilhaft zur Geltung brachte. Offiziell kam man wohl „nur mit Einladung," in die „Blutoase" hinein, doch Robin war in ihrer Unizeit in genug Clubs gewesen, um zu wissen, dass man überall hineinkam, wenn man bereit war, etwas Haut zu zeigen.

Der riesige Türsteher im schwarzen Anzug hielt ihr die Tür weit auf.

„Herzlich willkommen in der „Blutoase". Wir erfüllen all Ihre Fantasien." Seine Stimme war tief und angenehm, aber er sprach die Worte etwas tonlos aus, als würde er sie von einer Karte ablesen.

Türsteher in einer Vampirbar ist wahrscheinlich nicht der begehrenswerteste Job, den es gibt, mutmaßte Robin. *Der ganze Spaß findet drinnen statt.* Sie lächelte ihn an und er nickte ihr steif zu, bevor er die Tür schloss und den Riegel mit einem lauten Klicken einrasten ließ.

Robin lief es kalt den Rücken hinunter.

Ich muss nur Danny finden. Da sie ja einen Umweg gefahren war, um hierher zu gelangen, musste er eigentlich vor ihr angekommen sein. Sie sah sich um und konnte nicht umhin zu bemerken, dass das Haus von innen genauso so eindrucksvoll war wie von außen. Die Halle wies zwei Türen auf, die in zwei verschiedene Räume führten: Der Raum zur Rechten sah aus wie eine intime Bibliothek mit dunklen Holzpaneelen, gedämpfter Beleuchtung und Bücherregalen voller Bücher an den Wänden. Im Inneren spielte eine Jazzband. Irgendetwas an diesem intimen, sicheren Raum erinnerte sie an die Schutzgebiete der Streiervögel, die sie nachts gemeinsam mit ihren Eltern besucht hatte.

Der Raum zur Linken war offen. Große Glasfenster ließen den Blick auf die im Wind schwankenden Bäume im Park frei. Laute Tanzmusik füllte den Raum und bunte Lichter blitzten auf, während Kellner randvolle Gläsern voll bunter Cocktails anboten. Hier war es genauso wie in den Clubs, in denen sie während ihrer Studienzeit viel zu viel Zeit verbracht hatte. Die Lichter und die Musik erweckten in ihr den Wunsch, sie hätte ihre alten Gothclubklamotten eingepackt. *Wo wohl meine kniehohen Stiefel geblieben sind? Die wären perfekt für diese Bude.*

Überall tanzten oder unterhielten sich Zweier- und Dreiergrüppchen. Schwarzes Leder traf auf nacktes Fleisch, dicke Schminke wurde verschmiert und Hände fummelten überall. Die Luft war dick angereichert mit Hormonen und Lust. Robin stieg das Blut in die Wangen und zwischen ihren Schenkel wurde es feucht, als sie sich umsah.

In der dunklen Bibliothek zur Rechten, auf einer niedrigen Couch, hatte ein Mann seinen Kopf tief zwischen den gespreizten Schenkeln einer Frau vergraben. Ihre Hände wühlten in seinem Haar und sie hatte den Kopf zurückgeworfen und den Mund in einem lautlosen Schrei der Ekstase aufgerissen. Ein Mitglied des Personals fing den Blick der Frau auf, reichte ihr einen Schlüssel und zeigte auf die Treppe. Die Frau nickte, ergriff die Hand des vor ihr knienden Mannes und die beiden liefen die Treppe hinauf zu einem der Zimmer im Obergeschoss.

Ich denke, mir gefällt dieser Ort, dachte Robin.

Im Raum zur Linken, wo getanzt wurde, rieben zwei Männer, die nur mit hautengen Lederchaps bekleidet waren, sich an einer leicht bekleideten Frau. Der eine küsste ihren Hals, der andere ließ seine Hände über ihren Körper abwärts wandern, um ihre Schenkel zu liebkosen. Zwei andere Männer knutschten am Fenster; ihre Hüften bewegten sich rhythmisch mit der Musik und ihre Hände fuhren unter ihre Hemden und sie streichelten sich gegenseitig. Robin fühlte sich umringt von Leben, Sex und Spaß. Wenn das der Lifestyle der Vampire war, über den sich Samantha so große Sorgen machte, dann wollte Robin so schnell wie möglich ein Vampir werden.

Sie fand die Bar im Tanzraum und bestellte sich einen Cranberrysaft, so dass es aussah, es aussah als tränke sie einen Cocktail, aber sie behielt einen klaren Kopf. Irgendwann einmal würde sie wiederkommen und ihren Spaß hier haben, aber heute Abend musste sie einen Erzeuger finden.

„Hallo, Schönheit." Die Stimme des Mannes neben ihr

war freundlich, hatte aber die gleiche etwas tonlose Teilnahmslosigkeit, wie sie ihr bei dem Türsteher schon aufgefallen war. „Ich *musste* dich einfach ansprechen. Ich habe
eine Schwäche für Süßes."

Ihre Pupillen weiteten sich. Der Mann war ganz *sicher*
ein Vampir. Seine Eckzähne waren so lang, dass sie auf
seiner Unterlippe auflagen. Er war fast einen Kopf größer
als sie und super gebaut, doch seine Haltung war etwas
schlaff und er hatte die Arme schützend um seinen Körper
geschlungen, sodass er kleiner und irgendwie verletzlich
wirkte. Er trug Jeans und ein weißes Hemd, das bis zum
Nabel aufgeknöpft war und den Blick auf harte Muskeln
freigab. Es sollte sexy wirken, aber ihr schien es als ob ihm
kalt war.

„Bist du okay?", fragte sie besorgt.

Er richtete sich auf und seine Augen durchsuchten den
Raum. „Natürlich!" Seine Stimme hörte sich zu fröhlich an,
gezwungen fröhlich. „Ich bin glücklich, mich mit der
erotischsten Frau im Raum unterhalten zu können. Sieh
dich doch nur mal an. Rosen sind rot, Veilchen sind blau, du
bist hier im Haus die perfekteste Frau." Er hörte sich mit
jedem Wort trauriger an.

„Wie heißt du?", fragte sie, in der Hoffnung, dass
Freundlichkeit die Traurigkeit in seinen Augen lindern
würde. „Kommst du oft hierhin?"

„Mein Name ist Seyah." Er lächelte gezwungen. „Ich bin
jeden Abend hier." Er blickte nach oben und Robin
entdeckte das blinkende, rote Licht einer Kamera, die in
einer Ecke an der Decke installiert war.

„Arbeitest du hier?", flüsterte sie. Als er nickte und dabei
immer noch sein unechtes Lächeln auf den Lippen hatte,
fragte sie weiter: „Ist bei dir alles okay?"

Seyah trat einen Schritt von ihr weg. „Weißt du, ich

glaube, du bist nicht so richtig bei der Sache. Ich wünsche
dir einen wunderschönen Abend. Du wirst ganz sicher
jemanden hier finden, der deine geheimsten Fantasien
erfüllt." Er verschwand in der dichten Menge der
Tanzenden.

Zuerst wollte Robin ihm nachgehen, entschied sich
dann aber dagegen. Es war offensichtlich, dass er vor etwas
Angst hatte. Sie blickte sich wieder in dem Raum um und
etwas beunruhigte sie. Die laute Musik und die hektisch
blitzenden Lichter hämmerten in ihrem Kopf. Die Bewegungen von einigen der Tänzer wirkten abgehackt, wie
Marionetten, die an Schnüren gezogen werden. Ihre
Gesichter waren wie harte Masken, während sie mit ihren
Partnern tanzten. Mit ihrem Glas in der Hand verließ Robin
den Raum.

*Ich suche Danny und dann sehe ich zu, dass ich hier raus
komme.*

Aber vielleicht hatte er ja schon jemanden gefunden
und war nach oben gegangen? Dieser Gedanke machte sie
noch unruhiger.

In der dunklen Bibliothek war es still. Die Band machte
gerade eine Pause und die Musiker nippten in einer Ecke an
ihren Drinks. Jetzt waren weniger Leute im Raum; die
meisten Paare waren verschwunden. Robin nahm an, dass
sie Tanzen gegangen waren oder in einem der oberen
Zimmer ihren Abend ausklingen ließen. Eine Frau lag wie
hingegossen auf einem weichen Sofa und spielte mit den
langen, roten Haaren eines stattlichen Mannes, der neben
ihr saß. Sie lächelte und kicherte, als er etwas zu ihr sagte,
aber als er ihre Hand berührte, zuckte sie zusammen.

*Vielleicht hat Samantha recht. Es war ein Fehler gewesen
herzukommen.*

Eine kleine, blonde Frau sprach mit den Musikern und

brach plötzlich in perlendes Gelächter aus, das den Raum erfüllte. Es klang so fröhlich und so lustig, dass Robin sich unwiderstehlich zu ihr hingezogen fühlte. Sie trug mehr Kleidung am Leib als alle anderen Frauen im Raum zusammen, obwohl das rote Kleid, das sich an ihre Kurven schmiegte, nichts der Fantasie überließ. Als sie sah, dass Robin sie ansah, lächelte sie und winkte Robin zu sich.

„Hallo, du siehst etwas verloren aus." Die Stimme der Frau war so leicht und fröhlich wie ihr Lachen.

„Ich glaube, das bin ich auch", antwortete Robin. Sie forschte im Gesicht der Frau nach Anzeichen von Teilnahmslosigkeit oder Zurückhaltung, wie sie sie bei Seyah bemerkt hatte, aber das strahlende Lächeln der Frau erhellte auch ihre Augen. „Ich kam hierher, weil ich jemanden suchte, habe ihn aber leider nicht gefunden."

„Hat er dich sitzen lassen? Das tut mir echt leid, Schätzchen." Sie legte ihr leicht die Hand auf den Arm. „Weißt du, wie du am besten über einen Kerl hinwegkommst? Leg dich unter einen anderen." Sie lachte und zeigte auf die Musiker, die Robin mit den Augen verschlangen, als wäre sie ein saftiges Steak.

Robin ruderte schnell zurück. „Nein, darum geht es nicht." *Obwohl, wenn Danny mich so ansähe, würde ich nicht Nein sagen.* Der Gedanke schoss ihr durch den Kopf, bevor sie ihn zurückhalten konnte. Schnell sprach Robin weiter. „Eigentlich suche ich einen Vampir."

Die Frau lächelte wieder und jetzt erst bemerkte Robin die verlängerten Eckzähne.

„Nun, jetzt bist du fündig geworden." Die Frau streckte die Hand aus. „Mein Name ist Nia Ashmore."

Robin schüttelte Nia die Hand und spürte die Kraft in ihrem festen Griff. „Robin Ballard. Schön, dich kennenzulernen."

„Hast du schon die Gartenanlagen gesehen? Man sagt, dass sie bei Nacht nicht so atemberaubend sind wie am Tage, aber trotzdem sind sie wunderschön."

„Frische Luft wäre jetzt genau das Richtige. Danke."

Nia lächelte wieder ihr strahlendes Lächeln, und Robin entspannte sich in ihrer Gesellschaft. Als sie durch das Haus liefen, unterhielten sie sich angeregt über Musik, die letzten Filme, die sie im Kino gesehen hatten, wo sie zur Uni gegangen waren und misslungene Verabredungen, die sie in letzter Zeit gehabt hatte. Als sie im Garten ankamen, wusste Robin, dass sie eine super nette neue Freundin gefunden hatte. Nia war gesprächig, witzig und freundlich und hatte eine positive Weltanschauung, eine Eigenschaft, die Robin oft bei ihren Mitmenschen vermisste.

„Ich bin ja so froh, dass ich heute Abend gekommen bin", sagte Robin und legte einen Arm um Nias schmale Schultern.

„Ich auch." Nia lächelte. Sie streichelte sanft Robins Handrücken. „Ich glaube, du bist genau die Freundin, die ich gesucht habe."

Die Gartenanlagen waren genauso atemberaubend schön, wie Nia gesagt hatte: eine herrliche Aussicht auf felsige Bäche, die kreuz und quer durch den Garten flossen, ein hübscher Pavillon und jede Menge Rosen, die sich wie zu üppigen, romantischen Sträußen zusammenfügten. Robin lächelte und setzte sich auf eine der Steinbänke, die einen schönen Blick auf den Garten bot.

„Es ist so schön hier. Weißt du, dieser Garten könnte ein perfekter Nistplatz für Streiervögel sein." Robin seufzte und lehnte sich zurück. „Mit diesen Felsen und Nischen wäre es der perfekte Platz."

„Streier? Du meinst die nachtaktiven, geierartigen Vögel, die hier in der Gegend leben!", sagte Nia. Robin ergriff Nias

Hand und umarmte sie herzlich. „Keiner scheint diese Vögel zu kennen, dabei sind sie so außergewöhnlich."

„Echt jetzt?" Nia studierte aufmerksam Robins Gesicht. „Mir ist noch nie jemand begegnet, der sich so für Streiervögel interessiert." Sie lächelte und legte den Kopf auf die Seite. „Na ja, ich habe nach meinem Studium sechs Monate im Regenwald gelebt und mitgeholfen, tropische Frösche zu retten, also weiß ich wie es ist, wenn man sich für Tiere engagiert, die den meisten völlig gleichgültig sind."

„Du hast dich für tropische Frösche eingesetzt? Das ist ja großartig!" Robin wollte Nia gar nicht mehr loslassen, diese tolle Frau, die sie so vollkommen verstand. „Der Schutz der Streiervögel ist meine Lebensaufgabe. Deshalb bin ich heute Abend hierhergekommen und deshalb möchte ich einen Vampir finden."

„Oh?" Nias Lächeln war schelmisch und neugierig.

„Ja, ich möchte mich gern in einen Vampir verwandeln lassen, sodass ich eine Chance habe, den Lebensbereich der Vögel zu retten. Ich brauche jede Menge Zeit, um die Welt dazu zu bringen, sie so sehr zu lieben wie ich es tue."

„Nun, *ich* könnte dich verwandeln", sagte Nia nachdenklich. Sie lächelte Robin an. „Ich wäre liebend gern dein Erzeuger. Ich täusche mich nur selten in Menschen und ich wusste von dem Moment an, als wir uns begegnet sind, dass ich dich mögen würde. Ich habe eine große Familie von Vampiren, die ich verwandelt habe, und habe es noch keine Sekunde lang bereut."

Kann es wirklich so einfach sein? Robins Herz schlug schneller. „Das würdest du wirklich tun? Noch heute Abend?"

„Warum nicht? Es gibt keinen Grund, es nicht zu tun." Nia stand auf und hielt Robin die Hand hin. „Ich kann sofort alles für das Ritual vorbereiten."

Robin nahm Nias Hand und stand auf.

„Es gibt ein Ritual?" Samantha hatte niemals ein Ritual erwähnt. Aber anscheinend wussten auch Hexen nicht genau, wie Vampire erzeugt wurden. Sie folgte Nia zurück ins Haus. Sie gingen nach rechts und eine Treppe hinauf, die so eng und unauffällig war, dass Robin sofort wusste, dass diese Treppe nicht von den Gästen benutzt wurde.

„Natürlich haben wir ein Ritual! Wir sind doch keine Wilden", sagte Nia über ihre Schulter hinweg, als sie Robin die Treppe hinaufzog. „Einen neuen Vampir in der Unsterblichkeit willkommen zu heißen ist eine wichtige Sache, die wir natürlich entsprechend würdigen wollen."

Nia hielt Robins Hand in einem festen und selbstbewussten Griff. Sie führte sie durch einen langen Flur mit vielen Zimmern, deren Türen mit Nummern versehen waren, wie in einem Hotel. Die Geräusche, die aus den Zimmern drangen, wie Stöhnen, Schreien von „Ja! Mehr!" und das Klatschen von Fleisch gegen Fleisch, ließen keinen Zweifel daran, was auf dieser Etage stattfand. Sie errötete leicht, als sie spürte, wie sich in ihrem Unterleib wieder eine leichte Erregung bemerkbar machte.

Würde ich Dannys Stimme erkennen, wenn ich sie hier hörte? fragte sie sich, schob den Gedanken dann aber schnell beiseite. Sie brauchte Danny überhaupt nicht. Schließlich hatte sie ja jetzt Nia: die bezaubernde, umweltbewusste Nia, die sich für den Schutz von Baumfröschen einsetzte und Comicverfilmungen liebte.

Nia öffnete die letzte Tür dieses Flurs, die mit dem Schriftzug "Privat" versehen war, und hielt Robin die Tür auf.

Robin zögerte.

Wann hatte Nia das alles hier vorbereitet?

Der ganze Raum wurde von Kerzen erhellt, die an den

Wänden aufgestellt waren und einen riesigen, goldenen Altar beleuchteten, der eine gesamte Wand einnahm. Zwei Gestalten, deren Gesichter unter Kapuzen versteckt waren, standen zu beiden Seiten des Altars. Ihre Roben waren blutrot und sie hielten die Hände vor sich verschränkt. In Anbetracht der Breite ihrer Schultern vermutete Robin, dass sie Männer waren, aber sicher war sie sich nicht. Auf dem Altar befanden sich nur zwei Dinge: ein silbernes Messer mit filigranen Mustern am Griff und ein Kelch, der größer war als Robins Kopf.

„Das ist -" Robin fand nicht die richtigen Worte. *Lächerlich? Kitschig? Übertrieben? Dramatisch wie in einem billigen Film?* „...alles für das Ritual?"

Nia zog sie in den Raum und führte sie zu einem kleinen Kissen vor dem Altar. „Knie dich hier hin."

Nia flüsterte mit den Kapuzenmännern und alle drei beugten sich über das Messer und den Kelch. Sie intonierten einen leisen Singsang, dessen Worte man nicht verstehen konnte.

Heilige Scheiße, es passiert wirklich.

„Was ist denn mit dem *Hortari*? Darüber haben wir noch gar nicht gesprochen", warf Robin ein. „Zwingst du den Vampiren, die du verwandelst, deinen Willen auf?"

Nia drehte sich zu ihr um. In den Händen hielt sie den Kelch, der jetzt einige Zentimeter hoch mit dickem, rotem Blut gefüllt war. „Ich bin doch deine Freundin, Robin. Ich würde dich nie zu etwas zwingen, das du nicht willst." Sie nahm Robins Hände und legte sie um den Kelch, den sie ihr dann an die Lippen drängte.

Es geht alles viel zu schnell.

„Trink es schnell, bevor es kalt wird", wies Nia sie an. „Sei deinen Vögeln ein guter Beschützer, wie sie es verdienen."

Ja. Ich werde sie beschützen. Robin setzte den Kelch an die Lippen und nahm einen tiefen Schluck. Das Blut schmeckte wie Wasser, das durch rostige Leitungen gelaufen war, und hatte eine cremige Konsistenz wie Sahne. Sie würgte es hinunter.

„Das war alles?", fragte Robin. Ihr schwamm der Kopf und sie fühlte sich, als wäre sie unangenehm high. Als sie versuchte, die Hand zu heben, um sich einen Tropfen Schweiß von der Stirn zu wischen, war ihr Arm so schwer, dass sie ihn kaum hochbekam. Alles im Raum schwankte vor ihren Augen, und wirkte schief und unnatürlich.

„Ja, es ist geschafft, Süße", erklang eine raue Stimme von der Gestalt zu ihrer Rechten.

Wie durch einen nebligen Dunst sah sie, wie die beiden Männer ihre Kapuzen abnahmen. Obwohl ihre Gesichter sich nicht im Geringsten ähnlich waren, hatte sie doch beide den gleichen harten Ausdruck im Gesicht und das gleiche grausame Glitzern in den Augen. Der Mann zu ihrer Rechten, der sie angesprochen hatte, hatte eine lange Narbe an der Wange, die ihm ein permanentes Grinsen verlieh.

„Wer seid ihr?" Robins Mund fühlte sich an wie mit Watte ausgestopft und sie konnte keinen klaren Gedanken fassen.

Nia beachtete sie gar nicht. Sie nickte dem Narbengesicht zu. „Seth, probier sie mal aus." Ihre Stimme war nicht wieder zu erkennen. Sie war eine Oktave tiefer, hart und scharf.

Hier stimmt etwas nicht. Robin fühlte eiskalte Furcht in sich aufsteigen. Sie versuchte aufzustehen, aber jeder Muskel ihres Körpers schien mindestens fünfzig Pfund zu wiegen.

„Setz dich hin", befahl Seth.

Jede Faser ihres Körpers strebte danach sich hinzusetzen. Sie erstarrte. Ihre Knie beugten sich und gaben dann nach, sodass sie auf dem Boden landete. So sehr sie auch versuchte, dagegen anzukämpfen, es hatte keinen Zweck. Sie hatte ihren eigenen Körper nicht mehr unter Kontrolle.

„So, und jetzt hau dir selbst eine runter." Seth kicherte.

Robin beobachtete voller Horror, wie ihre eigene Hand sich gegen ihren Willen hob, ausholte und ihr eine feste Ohrfeige verpasste. Sie schrie vor Schmerz und Schock auf.

„Was ist denn hier los?", rief Robin. Sie sah Nia und Seth an. *Nia* sollte doch eigentlich ihr Erzeuger sein, und die Einzige, deren Befehlen sie folgen musste.

Seth zog den Ärmel seiner Robe hoch und zeigte ihr einen langen Schnitt an seinem Unterarm. „Du gehörst mir, Schlampe."

„Nein!", rief Robin und versuchte verzweifelt aufzustehen.

„Bleib sitzen, bis ich dir befehle aufzustehen", herrschte Seth sie an.

Robin sank zurück auf den Boden und ihre Beine verriegelten sich automatisch in einer Sitzposition. Sie versuchte mit der Hand ihren Fuß hochzuziehen, aber er war wie auf dem Boden festgeschmiedet.

Oh mein Gott. Das darf doch nicht wahr sein. Das darf doch nicht geschehen. Der Raum um sie herum wirkte noch immer verschwommen. *Was habe ich nur getan?*

Robin blickte Nia an. „Warum?"

Nias Engelsgesicht verzerrte sich zu einer bösartigen Grimasse. „Ich verschwende meine Zeit nicht mit jedem dämlichen Menschen, der hier hereinspaziert kommt. Daher habe ich einige ausgesuchte Nachkommen", sie fuhr mit dem Finger über Seths Kinn, „die sozusagen meine Geschäftsführer sind. Du und die anderen Untergebenen, ihr müsst ihnen gehorchen und mich nicht belästigen. So einfach ist das."

„Aber -", begann Robin.

„Halt den Mund," befahl Seth. Robin wollte schreien, aber ihre Zunge gehorchte ihr nicht. Das einzige Geräusch, das sie hervorbringen konnte, war ein leises Gurgeln hinten in der Kehle.

Nia tätschelte Seths Brust. „Du hast *wirklich* Glück gehabt, dass diese junge Dame heute Abend hier herein gewandert ist, nachdem du deine Letzte verloren hast."

Robin starrte die beiden an, Angst und Schrecken drehten ihr den Magen um. *Die Letzte verloren?*

Seth zuckte die Schultern. „Was kann ich dafür, wenn die Kunden es gern brutal treiben."

Nia liebkoste Seths Wange, dann wanderten ihre Finger hinunter zu seinem Hals in einer Geste, die intim, aber gleichzeitig bedrohlich wirkte. „Pass in Zukunft besser auf deine Spielzeuge auf, weil ich dir nicht immer wieder neue besorge."

Seth verbeugte sich vor ihr. „Ja, meine Erzeugerin."

Nia deutete auf die andere Gestalt und schnippte mit den Fingern. „Rick, du kommst mit mir. Du musst mich zum Schönheitssalon fahren. Ich habe in einer Stunde eine Gesichtsbehandlung." Sie warf Robin einen kurzen Blick zu und schnalzte mit der Zunge. „Amüsiere dich gut mit der da. Sie muss wahrscheinlich erst gebrochen werden, bevor man sie in Gesellschaft gebrauchen kann." Mit diesen Worten tänzelte Nia zur Tür hinaus.

Sobald sie fort war, atmete Seth erleichtert aus.

„Meine Erzeugerin hat befohlen, dass wir Spaß haben." Er löste seinen Gürtel und Nia wurde blass vor Angst. „Also, amüsieren wir uns ein bisschen."

Nein, nein, nein, nein, nein. Ihr Mund war nicht in der

Lage, die Worte zu formen. Ihr Herz hämmerte so laut, dass sie sicher war, dass Seth es hören konnte.

„Was zum Teufel ist denn jetzt schon wieder los?", brüllte Seth wütend zur Tür hinüber.

Das Hämmern war nicht nur in ihrer Brust, auch draußen im Flur war etwas los.

Plötzlich wurde die Tür nach innen aufgetreten, das Schloss explodierte und Holzsplitter regneten auf Seth und Robin hinab.

Danny Dal stürmte in den Raum. Er erblickte Robin, die auf dem Boden kauerte und Seth, der sich drohend über sie beugte.

„Was wird hier gespielt?", fragte Danny mit harter Stimme.

Robin starrte ihn an. Das war nicht der betrunkene, alberne Vampir, den sie in der Bar kennengelernt hatte. Er war ein ganz anderer Mann: Dannys Stimme war stark, voller Selbstvertrauen, und seine Haltung aufrecht.

„Das hier geht Euch nichts an, Prinz", entgegnete Seth. „Das ist eine Sache zwischen mir und meiner neuen Untergebenen."

„Untergebene?" Danny wandte sich zu Robin und sah sie mit entsetzten Augen an. „Du hast *ihn* gefragt?"

Sie wollte antworten, doch die Worte blieben ihr im Halse stecken. Sie suchte Dannys Augen und schüttelte vorsichtig den Kopf, dankbar, dass Seth ihr nur befohlen hatte, sitzen zu bleiben und nicht, dass sie sich nicht bewegen durfte.

Lautlos formten ihre Lippen das Wort „Hilfe!", und Danny presste den Mund zu einer harten Linie zusammen.

„Im Namen von König Christopher, und in meiner Eigenschaft als Vollstrecker der Gesetze Seiner Majestät gegen den Missbrauch von *Hortari*, befehle ich dir, jegliche Macht, die du über diese Frau hast, aufzugeben."

Seth lächelte. „Ihr habt keine Gewalt über mich. Meine Erzeugerin ist die Einzige, die mir befehlen kann und ihr Wille wird Euren jederzeit übertrumpfen."

„Alle Vampire unterstehen dem König." Danny kam weiter in den Raum hinein und stellte sich zwischen Robin und Seth.

„Kommt nicht näher oder Ihr habt zu verantworten, was dann geschieht", drohte Seth. „Schlampe, nimm das Messer."

Eisige Angst durchfuhr sie, als der Befehl ihren Körper in Besitz nahm. Das silberne Messer, das Seth benutzt hatte, um seinen Arm aufzuschlitzen, lag noch auf dem Boden neben dem Altar. Robins Hand bewegte sich darauf zu, ihre Finger schlossen sich um den Messergriff. Sie hielt ihre Augen auf Dannys Gesicht gerichtet und wieder formte sie lautlos Worte.

„Halte ihn auf. Bitte tu etwas."

„Das ist deine letzte Warnung, Hör sofort damit auf", knurrte Danny.

Seth grinste breit. „Ich habe nur meinen Spaß. So, du Schlampe, jetzt schlitze deine -"

Weiter kam er nicht.

Robin blinzelte. Sie konnte sich wieder frei bewegen. Zwar fühlte sie sich immer noch etwas schwer und schwach, aber sie konnte aufstehen und auf zitternden Beinen stehen.

„Was ...", begann sie, aber ihre Stimme versagte.

Ein feuchter Klumpen lag zu Seths Füßen. Eine Sekunde später sackte sein Körper in sich zusammen.

Danny steckte seine Machete, deren Schneide mit Blut bedeckt war, wieder zurück in das Halfter an seinem Schenkel.

„Du hast seinen Kopf abgeschnitten." Ihre Stimme schien aus weiter Ferne zu kommen.

„Ich habe ihn davon abgehalten dich zu zwingen, dich selbst zu verletzen. Robin, es tut mir echt leid, dass ich nicht eher hier war. Geht es dir gut?"

„Ja, ich ..." Der Raum drehte sich, ihr wurde schwarz vor Augen und sie fiel in Ohnmacht.

WÄHREND DER DREISTÜNDIGEN Fahrt zu seinem Haus hatte Danny keinen entspannten Atemzug getan. Er hatte Robin so bequem wie möglich auf den Rücksitz gelegt. Obwohl es schon einige Jahrhunderte her war, seit er verwandelt wurde, erinnerte sich Danny noch an die totale Erschöpfung, die er empfunden hatte, als sein Körper sich von einem Menschen in einen Vampir verwandelte. Robins Umwandlung war sicher schlimmer gewesen als die meisten.

Wie konnte ich die ganze Sache nur so aus dem Ruder laufen lassen. Danny konnte sich nicht erinnern, dass er jemals eine Ermittlung so vermasselt hatte. *Das passiert, wenn man Gerüchten nicht genug Aufmerksamkeit schenkt.*

Danny fuhr in seine Garage und trug Robin dann vorsichtig ins Haus. Er legte sie auf sein Bett, zog ihr die Schuhe aus und legte ihr frische Kleidung hin, die sie anziehen konnte, wenn sie aufwachte. Dann steckte er die Decke um sie herum fest. *Was kann ich noch für sie tun?* Er ging in die Küche, goss sich ein Glas Blut ein und lehnte seinen Kopf gegen die kühle Küchenwand.

Es erschreckte ihn, dass er sie fast verloren hatte. Als Danny in der „Blutoase" ankam, war er zuerst begeistert gewesen. Die Lichter, die Musik und die Fröhlichkeit, die

die menschlichen Gäste ausgestrahlt hatten, waren ihm erschienen, wie ein Ort, den er schon immer gesucht hatte. Das Vampirmädchen, das als Barfrau arbeitete, hatte Dannys Fragen nicht wirklich beantworten wollen, aber sie war auch sehr beschäftigt gewesen, Drinks zu servieren und ihren Job zu machen. Bevor er mit seinen Ermittlungen anfangen konnte, fand Danny sich auf einmal inmitten einer fröhlichen Gruppe wieder. Man fragte ihn, ob er tanzen oder die oberen Räume erforschen wollte und so gelangte er mit den anderen zusammen in den Partyraum, wo eine Junggesellinenparty von Pferdewandlerinnen stattfand. Die Damen fanden es so aufregend, einen Vampir kennenzulernen, dass ihr Wiehern die Wände erschütterte. Er hatte so viel Spaß mit den Pferden und ihren neugierigen Fragen über die Stärke der Vampire, dass Danny kaum bemerkte, wie die Zeit verflog. Erst nachdem eine Stunde vergangen war, hörte er plötzlich Robins Schrei vom anderen Ende des Flurs.

Danny schloss die Augen und versuchte die Erinnerung an den Schrecken, den er empfunden hatte, als er ihre Stimme erkannte, zu verdrängen. *Sie müsste jetzt eigentlich wach sein*, dachte er nach einem Blick auf die Uhr. Sie hatte den ganzen Tag verschlafen. Er nahm Blut aus dem Kühlschrank und stellte einige Gläser auf ein Tablett. *Ich hoffe, dass es ihr gut ging.* Leise schlich er die Treppe hoch, und zuckte bei jedem Knarren der Treppe unter seinen Füßen zusammen.

„Mist!", fluchte Danny leise, als die Gläser auf dem Tablett aneinander klirrten. Er hatte das Gefühl, dass er immer, wenn er versuchte besonders leise zu sein, eher besonders laut war.

„Ist schon in Ordnung, ich bin wach!", erklang eine Stimme auf der anderen Seite der schweren Holztür.

Danny musste grinsen. Wenigstens hörte sie sich nicht traumatisiert an. Er öffnete die Tür und hielt ihr das Tablett entgegen. „Das Frühstück ist serviert."

Robin stand am Fenster und sah im Mondlicht einfach umwerfend aus. Sie hatte die Sachen angezogen, die Danny ihr gekauft hatte: Jeans und einen waldgrünen Strickpullover mit einem verführerischen, runden Ausschnitt.

„Wie geht es dir?", fragte er sie.

„Besser. Das riecht fantastisch." Robin schnüffelte. „Ich wusste ja, dass Vampire die Gefühle eines Blutspenders im Blut riechen können, aber die Wirklichkeit ist echt der *Wahnsinn*." Sie ließ sich auf das Bett fallen und betrachtete das Tablett.

Danny lächelte und stellte das Frühstückstablett auf den Nachttisch. Als er verwandelt wurde, war er eine Woche lang mies gelaunt und müde gewesen. Aber Robin war natürlich *nett und freundlich*. Sie war wirklich etwas Besonderes.

„Ich habe es geschafft, einige Muster für dich zu besorgen." Er zog ein langes, orangenfarbenes Ding aus seiner Tasche. „... und einen lustigen Strohhalm."

Robin lachte und Danny merkte, wie die Spannung aus seinen Schultern wich. Sie nahm den Strohhalm sanft aus seiner Hand und fuhr mit den Fingern an den Windungen und Drehungen entlang.

„Das ist perfekt." Sie nahm seine Hand und er spürte die Berührung den ganzen Arm entlang. „Ich danke dir von ganzem Herzen ...für alles. Ich kann gar nicht fassen, wie *dumm* ich gewesen bin."

Er legte seine Hand auf ihre. „Du konntest nichts dafür. Es haben sich offenbar schon viele Leute vom glamourösen Schein der „Blutoase" blenden lassen. Ich war dort, um Ermittlungen anzustellen, da wir Gerüchte über erzwun-

genen Gehorsam und Missbrauch des *Hortari* gehört hatten.
Ich bin nur froh, dass ich noch rechtzeitig gekommen bin."
Danny schob Robin das Tablett hin und bemühte sich um
einen gelassenen Gesichtsausdruck. Wenn er daran dachte,
wie Robin hilflos und wie tot auf dem Boden gelegen hatte,
wollte er sie am liebsten in den Arm nehmen und fest an
seine Brust drücken. Dass er Seth den Kopf abgeschlagen
hatte, reichte ihm noch nicht. Danny wollte die „Blutoase"
erstürmen und am liebsten dem Erdboden gleichmachen.

Robin steckte den Strohhalm in das erste Glas und trank
einen großen Schluck, wobei sie ängstlich das Gesicht
verzog. Als die Flüssigkeit durch die Krümmungen des
Strohhalms verschwand, leuchtete Robins Gesicht auf, ihre
Pupillen weiteten sich und sie lächelte.

„Es schmeckt wie ..." Sie legte die Fingerspitze nachdenklich an die Lippen. „Tiefer Frieden."

Danny nickte anerkennend. „Der Spender hat meditiert,
als er das Blut spendete. Sein innerer Friede und seine Ruhe
sind in den Zellen des Blutes enthalten, das du gerade
trinkst." Er erinnerte sich voller Zuneigung an Christopher,
seinen Erzeuger, der ihm damals eine ähnliche Auswahl
verschiedener Blutsorten angeboten hatte, um ihm beizubringen, wie man eine breite Spanne an Gefühlen am
besten genießen konnte. Danny musste ein Gefühl des
Bedauerns unterdrücken. *Könnte ich doch nur so ein guter und
liebevoller Erzeuger sein wie Christopher.*

„Friede war eine gute Wahl für heute. Ich kann immer
noch nicht fassen, was letzte Nacht passiert ist." Robin
lehnte sich zurück in die Kissen und drehte das Glas mit
dem Blut in ihren Händen. „Ich war ja so dumm, die Sache
allein durchziehen zu wollen."

„Was geht dort überhaupt vor?", fragte Danny.

„Das Personal dort, die Leute, ihre Bewegungen waren

so unnatürlich, ihr Lächeln so gezwungen. Es fühlte sich alles so ... sonderbar an. So, als wollten sie eigentlich gar nicht dort arbeiten." Robin stellte ihr leeres Glas zurück auf das Tablett. „Aber dann traf ich Nia Ashmore", Robin schauderte, „und sie willigte ein, mich zu verwandeln. Ich *dachte* gar nicht mehr daran, wie seltsam sich das Personal verhielt. Dann unterhielten Nia und Seth sich über ihre Nachkommen ...als wären sie Spielzeuge, die man nach Lust und Laune gebrauchen und wegwerfen kann. Ich darf gar nicht daran denken, was passiert wäre, wenn..." Ihre Stimme verlor sich und sie wurde blass.

Danny zog sie an sich und ihr Körper schmiegte sich perfekt an seinen. Sie legte den Kopf an seine Schulter.

„Wir kriegen diese Arschlöcher ganz bestimmt", murmelte er in ihr Haar. „Dann können sie den *Hortari* nicht mehr ausnutzen, um weitere Sklaven zu erschaffen."

„Sexsklaven", sagte Robin voller Grauen. „Wir müssen ihnen helfen. Wir müssen sie alle da rausholen."

„Das werden wir." Danny zog sein Handy aus der Tasche. „Wir werden Hilfe brauchen, wenn wir es mit der ganzen Bande in der Blutoase aufnehmen wollen. Wer weiß, wie viele Vampire Nia in ihrer Gewalt hat?"

Danny war überrascht, dass Christopher schon nach dem ersten Klingeln das Telefon abnahm. Normalerweise war der König mit endlosen Besprechungen und Audienzen beschäftigt.

„Danny, was gibt es Neues?" Christopher hörte sich besorgt an.

„Alles, was wir über die Blutoase gehört haben, entspricht der Wahrheit." Danny sprudelte die Neuigkeiten hervor. „Das Bordell wird von Vampiren betrieben, die den *Hortari* benutzen, um ihre Nachkommen zur Prostitution zu zwingen. Ich habe dir bereits eine SMS mit der Adresse und einige Fotos geschickt, die ich dort heimlich aufgenommen habe."

„Ich hatte schon befürchtet, dass du so etwas herausfinden würdest, obwohl ich verzweifelt gehofft habe, dass die Gerüchte nicht stimmen. Warte mal eben." Christophers Stimme wurde undeutlich, als er sich vom Telefon abwandte und mit einer Frau sprach, die Danny an der Stimme als seine Schwester und Christophers Sicherheitschefin, Margot, erkannte. „Wir können dir einhundert unserer besten Soldaten schicken. Weil du so weit weg bist, können sie aber erst in achtundvierzig Stunden bei dir ankommen."

„Danke, Christopher." Danny legte auf und wandte sich wieder an Robin. „Alles klar. Der König schickt uns Soldaten, um die „Blutoase" zu stürmen. In zwei Tagen wird der Albtraum, den diese armen Vampire leben müssen, vorbei sein."

„Einfach so?" Robin steckte ihren Strohhalm in das nächste Glas und trank einen großen Schluck.

„Christopher ist mein Erzeuger und König. Ich vertraue ihm."

„Ich wünschte, mein Erzeuger wäre so vertrauenswürdig gewesen." Robin fing an zu kichern, ein zartes Lachen, das eine ganze Oktave hinabperlte.

„Robin?" *Hat sie etwa einen Nervenzusammenbruch?*

„Entschuldigung, ich lache dich nicht aus. Es ist das Blut." Sie nahm noch einen Schluck. „Es ist so lustig und glücklich."

Danny entspannte sich. „Das wird dann wohl von einer Elfe sein." Danny lachte. „Elfen sind fast immer guter Laune. Ich weiß auch nicht, warum." Danny machte es sich auf dem Bett bequem und sah sich in dem luxuriösen Schlafzimmer mit seinen hohen Decken und modernen

Gemälden, das Margot über die Jahre für ihn eingerichtet hatte, um. Diese schöne Umgebung brachte ihm normalerweise Ruhe und Trost, aber heute gelang es nicht. Er musste immer wieder daran denken, was Robin durchgemacht hatte.

„Robin, ich schulde dir eine Erklärung." Er atmete tief durch. „Ich muss dir erklären, warum ich mich geweigert habe, dich zu verwandeln, als du mich darum gebeten hast."

„Nein," sagte sie und legte ihre Hand auf seine. „Du musst mir nichts erklären. Ich sehe, dass du über das, was geschehen ist, sehr aufgebracht bist, aber bei allem Respekt, wie ich ein Vampir geworden bin, hat mit dir nichts zu tun. Ich wusste, dass ich ein großes Risiko eingehe und habe meine Entscheidung aufgrund aller Informationen, die mir zur Verfügung standen, getroffen."

Robin trank den letzten Schluck Blut und streckte sich aus. Ihre langen, schlanken Beine ragten über den Bettrahmen hinaus. Danny sah sie voller Bewunderung an. Sie war eine der stärksten Frauen, die ihm in über dreihundert Jahren begegnet war. Er stand auf und ging zur Tür. Wenn er nicht sofort das Zimmer verließ, würde er etwas Unüberlegtes tun, wie zum Beispiel, sie zu küssen.

„Die Nacht war lang. Du musst dich jetzt ausruhen. Christophers Leute werden Nia für das, was sie getan hat zur Rechenschaft ziehen. Du kannst dich entspannen."

Robin sprang auf. „Spinnst du? Ich bin ein *Vampir* verdammt noch mal. Ich habe mich genug ausgeruht. Lass uns ein bisschen Spaß haben."

„Möchtest du deine neuen Supersinne ausprobieren?", fragte Danny lachend.

„Eigentlich habe ich etwas *viel* Interessanteres geplant", erwiderte Robin und zog Danny zur Tür hinaus.

ROBIN WÜNSCHTE SICH, sie würde niemals ihre verschärften Vampirsinne als selbstverständlich betrachten und sich immer wieder so an ihnen erfreuen können wie heute. Noch nie war eine Nacht so klar oder Geräusche so deutlich gewesen. Die laue Brise auf ihrer Haut fühlte sich an, als ob sie in einen kleinen, sanften Wirbelwind gehüllt wurde.

Der ganze Wald war erfüllt mit Geräuschen und Farben, die sie vorher nie wahrgenommen hatte. Durch ihre geschärften Sinne war die Nacht so hell wie der Tag. Sie konnte jeden Streiervogel, der im Unterholz nach Nahrung pickte, ganz deutlich sehen.

Auf den ersten Blick machte ihre Fähigkeit, die Vögel klarer zu sehen, sie auf keinen Fall schöner. Die Streier sahen immer noch mehr wie Raptoren als Adler aus. Ihre roten, schuppigen Köpfe mit den riesigen Knopfaugen und scharfen Schnäbeln wurden nicht ansprechender nun da sie jede Schuppe und jede Feder detailgetreu quasi in höchster Auflösung sehen konnte. Bessere Wahrnehmung machte die großen, krallenbewehrten Füße und puscheligen Flügel auch nicht anmutiger.

Aber trotzdem ... je länger sie sie mit ihren scharfen Vampirsinnen betrachtete, desto mehr Einzelheiten entdeckte sie, die ihr vorher entgangen waren. Es gab so viele schöne Kleinigkeiten, die sie noch nicht bemerkt hatte, wie den Glanz ihrer Federn, die im Mondlicht smaragdgrün schimmerten. Auch die Geräusche, die sie von sich gaben, waren viel komplexer als sie sie je gehört hatte, mit Piepsern und Krächzern, die normalerweise vom menschlichen Ohr gar nicht wahrgenommen wurden und sich fast wie Sprache anhörten.

Sie hätte nie gedacht, dass sie diese Tiere *noch* mehr lieben könnte.

„Also für diese Vögel wolltest du zum Vampir werden." Danny verlagerte sein Gewicht neben ihr. „Warum bedeuten sie dir so viel?"

„Nun ja, sie sind nicht im *herkömmlichen Sinne* schön, aber das bedeutet nicht, dass sie nicht das Recht haben, zu leben." Die Worte sprudelten nur so aus ihr heraus. Sie hatte schon so viele Diskussionen mit Bauunternehmern und Bauträgern geführt, dass sie ihre Argumente immer parat hatte.

Danny sah sie mit hochgezogenen Augenbrauen an. „Das meinte ich nicht. Warum setzt du dich für gerade *diese* besondere Art ein? Warum kämpfst du nicht für den Schutz der Tausendfüßler, zum Beispiel? Du hattest kein Problem damit, auf dem Weg hierhin einen zu zertreten."

Robin wurde rot vor Verlegenheit. Sie hatte sich schon immer vor Tausendfüßlern geekelt. Als ein besonders großes Exemplar unterwegs ihren Pfad gekreuzt hatte, hatte sie instinktiv zugetreten.

„Ich *existiere* wegen dieser Vögel. Deshalb fühle ich mich dafür verantwortlich, dass sie überleben."

„Du siehst *nicht* aus, als ob du zum Teil Vogel bist." Danny lachte leise und starrte Robin an, wobei er seinen Kopf wiegte. „Das musst du mir etwas genauer erklären." Er setzte sich hin, lehnte sich an einen Eichenstamm und klopfte einladend auf den Boden neben sich. „Wenn Streiervögel magische, lebenspendende Fähigkeiten haben, dann möchte ich mehr darüber wissen."

Sie lachte, ging zu ihm, setzte sich neben ihm auf den Boden und kuschelte sich an seine Seite. Auf der anderen Seite des Nistbereichs gab einer der erwachsenen Vögel ein warnendes Krächzen von sich und drei andere Vögel kamen herbeigeeilt und trieben die Küken—runde Bällchen mit grauem Flaum, Federn und spitzen Schnäbelchen—in eine geschützte Nische, während die anderen Vögel eine Schlange angriffen, die mit tödlicher Zielstrebigkeit durch das Gras angeschlängelt kam.

„Nein, so ist es nicht. Meine Mutter liebte es, Vögel zu beobachten. Eigentlich war sie Mathelehrerin, aber Vogelkunde war ihre Leidenschaft. Sie nahm ihr Hobby sehr ernst. Überall wo sie war, hatte sie eine Kamera dabei und führte genau Buch über alle Vögel, die sie sah." Als Robin sprach, kamen die Erinnerungen zurück, wie ein Film, komplett mit dem Rascheln des Papiers, wenn ihre Mutter die Seiten ihres Notizbuches umblätterte, und dem reichen Duft der Erde, der sowohl dem Notizbuch als auch den Händen ihrer Mutter anhaftete.

Robin verschränkte die Arme vor der Brust und fragte sich zum ersten Mal seit dem Tod ihrer Eltern, was wohl aus diesem Notizbuch geworden war. Damals war es ihr nicht so wichtig erschienen. Es war ja nur eine Liste mit Vogelnahmen und den dazugehörigen Daten und Standorten. Wahrscheinlich war es mit den anderen Dingen weggeworfen worden, die man nicht behalten oder verschenkt hatte. Tief atmete Robin die Düfte des Mooses an den Bäumen und der Pilze und des Laubs am Boden ein. Aber nichts davon roch so gut wie die Hände ihrer Mutter.

„Und sie hat dir beigebracht, die Streier zu lieben?" Dannys Worte holten sie wieder in die Gegenwart zurück.

„So ungefähr. Es war die Geschichte, wie sie meinen Vater kennengelernt hat. Er besaß einige vegane Restaurants in der Stadt und war begeisterter Jogger. Er flachste immer herum, dass er deshalb so gern im Wald unterwegs war, weil sich noch nie ein Baum bei ihm beschwert hat, dass Tofu nicht wie Speck schmeckt. Dad war gerade beim

Joggen im Wald, als meine Mutter einen Wolkenwurm durch die Luft wedelte und damit unvorsichtigerweise einen ganzen Schwarm Streiervögel auf sich aufmerksam machte."

Robin lächelte bei ihren Erinnerungen. Sie konnte das Gewicht und die Glätte des Plastikgefäßes in ihren Händen, als ihre Mutter ihr zum ersten Mal ihren Vorrat an Wolkenwürmern gezeigt hatte, immer noch spüren.

Sei sehr vorsichtig mit diesen Würmern, meine kleine Robin, hatte sie gesagt, als sie sorgfältig den Deckel an einer Ecke anhob und eine winzige Öffnung auftat, damit der Geruch der Wolkenwürmer aufsteigen konnte. *Dir und mir mögen sie nicht schmackhaft erscheinen, aber glaube mir, manchmal kommt das stärkste Verlangen in den kleinsten Verpackungen.*

An dem Tag, als sich Robins Eltern begegneten, war ihre Mutter noch nicht allzu vertraut mit den nachtaktiven Vögeln und hatte gelesen, dass Streier total verrückt auf Wolkenwürmer waren. Um einen Streier anzulocken, hatte sie einen Wolkenwurm wie eine Flagge über ihrem Kopf hin und her geschwenkt. Als dann aber der ganze Schwarm auf sie niederstieß, konnte Robins Mutter nur noch den Wurm fallen lassen und um ihr Leben laufen, als die scharfschnäbeligen, fleischfressenden Vögel sie verfolgten, weil der Geruch des Wurms noch ihren Händen anhaftete. Da sie bei ihrer wilden Flucht nur auf die riesigen Vögel achtete, die hinter ihr her waren, war sie voll mit Robins Vater zusammengekracht, der ebenfalls flott unterwegs war.

Auf ihren Schrei hin: „Lauf!", hatten sie sich an den Händen gefasst und waren aus dem Wald hinaus zu seinem Auto geflohen, das in der Nähe geparkt war. Als der Vogelschwarm endlich verschwunden war, hatte Robins Vater nach der Telefonnummer der hübschen Vogelkundlerin gefragt und seitdem waren sie , bis zu ihrem Ende, immer Hand in Hand durch die Welt und das Leben gelaufen.

Robin lächelte. „Mom sagte immer, dass sie sich auf jeden Fall in ihn verliebt hätte, aber die Streier haben nun mal den Ausschlag gegeben."

„Was denken deine Eltern über deinen Streier-Kreuzzug?", fragte Danny.

„Ich habe keine Ahnung, aber ich hoffe, dass sie stolz auf mich sind, wo immer sie auch sein mögen." Es tat jetzt noch genauso weh, wenn sie an den Autounfall dachte, der ihr ihre Eltern genommen hatte, wie damals, vor fünf Jahren, als sie den Anruf aus dem Krankenhaus bekam.

Es tut uns furchtbar leid, Fräulein, aber wir müssen Ihnen etwas Furchtbares mitteilen ...

Sie blinzelte die Tränen fort und hoffte, dass Danny sie nicht gesehen hatte.

„Sie nahmen mich jeden Sommer mit auf eine Vogelkundetour, um Streier zu beobachten. Da Mom tagsüber in der Schule unterrichtete und Dad abends im Restaurant arbeitete, sind diese Ausflüge, die wir zusammen unternahmen, meine schönsten Erinnerungen."

Die Erinnerungen stürmten auf sie ein. Jahr um Jahr hatte sie an Bäume gelehnt dagesessen, in die Arme ihrer Mutter gekuschelt, während ihr Vater sie auf den Kopf küsste. Entspannt hatten sie zusammen die friedlich pickenden Vögel betrachtet und sich gegenseitig auf Einzelheiten aufmerksam gemacht, wie zum Beispiel wenn ein Streier einen besonderen Ruf ausstieß oder ein Küken auftauchte. Eines Tages hatte Robin den Behälter mit Wolkenwürmern im Auto offen gelassen und eine Gruppe Vögel hatte, beim Versuch in das Auto einzudringen, alle Fenster zerbrochen und den Lack total zerkratzt. Ihre Eltern hatten nur gelacht und Robin beruhigt, dass das kein Problem wäre, hauptsache die Vögel waren glücklich.

Danny legte seine Hand auf ihre. „Die Erinnerungen, die du jetzt wieder durchlebst, das wird mit der Zeit leichter, weißt du."

„Wie? Es ist so viel." Und dann waren da noch die anderen, neueren, schlimmen Erinnerungen, die hinter den schönen von ihren Eltern lauerten. Nias Hände, die ihr den Kelch mit Seths Blut an die Lippen drängten. Der glatte Griff des Messers in ihrer Hand und ihre hilflose Angst, als sie ihre eigene Hand sah, die das Messer zu ihrer Kehle führte, ohne dass sie sie stoppen konnte. Das dumpfe Geräusch, mit dem Seths Kopf auf dem Boden aufgeschlagen war, das Geräusch der Blutstropfen, die von Dannys Machete getropft waren.

„Robin? Alles wird wieder gut." Dannys Hand legte sich leicht und tröstend auf ihre Schulter. Seine Berührung brachte sie in die Gegenwart zurück und die Dinge und Geräusche um sie herum wurden wieder lebendig. Ein männlicher Streier zupfte zaghaft an den Flügelfedern des neben ihm stehenden Weibchens und machte leise, klagende Geräusche.

„Aber *wie* wird es alles wieder gut?" Robin blickte in seine warmen, braunen Augen. „Der Lebensraum meiner Vögel wird jeden Tag kleiner. Menschen werden gefoltert und ihres freien Willens beraubt, und wir sitzen einfach nur hier -"

Er stand auf und hielt ihr eine Hand hin, um ihr auf die Füße zu helfen. „Wir machen weiter und blicken nach vorn. Das ist unser Ding."

Robin hätte am liebsten die Augen verdreht. *Als ob es so einfach wäre.* Er ließ ihre Hand nicht los, als sie sich von den Vögeln abwandten und zurück zum Auto gingen.

„Wir werden deine Vögel retten, wir werden die Arschlöcher zur Rechenschaft ziehen, die dir wehgetan haben, und du wirst lernen, für den Moment zu leben." Er zuckte die Achseln. „Für viele von uns ist es manchmal nicht ganz leicht. Christophers Frau, Alice, wurde auch erst vor Kurzem verwandelt. Sie ist Künstlerin und behält immer die Welt um sich herum im Auge. So lebt sie eigentlich immer in der Gegenwart. Sie hat kein Interesse daran, in Erinnerungen zu leben. Ich hatte selbst schon fast vergessen, wie schwer es am Anfang ist, diese Träumereien zu verdrängen."

„Also war es für dich auch schwer?"

Danny lachte. „Ja, aber nur, weil ich mich auch nicht bemüht habe. Damals dachte ich, die Fähigkeit immer solche klaren Erinnerungen hervorzurufen, wann immer man wollte, wäre einer der größten Vorteile des Vampirdaseins. Als ich vor dreihundert Jahren verwandelt wurde, wollte ich die ganze Welt karthografieren. Ich lernte Christopher kennen, als ich bereits fünf Jahre im tiefsten Dschungel gelebt hatte, dort wo heute Indien ist. Er dachte, ich hätte die Fähigkeit, die Welt zu einem besseren Ort zu machen, wenn man mir nur ausreichend Zeit zur Verfügung stellte. Wenn man bedenkt, dass ich zu jener Zeit ein versoffener und bekennender Rabauke war, dann hat er damals mehr in mir gesehen, als ich selbst es je für möglich gehalten hätte."

Er grinste Robin an und sie errötete bis an die Haarwurzeln. Vor ihrem inneren Auge sah sie Danny als eine Art Indiana Jones des neunzehnten Jahrhunderts, der sich mit seiner Machete einen Weg durch das Unterholz des Dschungels bahnte. Nass geschwitzt. Vielleicht würde er nackt in den nächsten Fluss springen …

Sie schüttelte diese Gedanken ab. *Was hatte Danny nur an sich, dass sie dauernd solche Gedanken hatte?* Als sie zusammen durch den Wald liefen, spürte sie intensiv jede Stelle, an der ihre Körper sich beim Laufen berührten und seine Handfläche in ihrer. Beim geringsten Aneinander-prallen ihrer Hüften verspürte sie eine Erregung in sich aufsteigen, wie sie sie in ihrem ganzen Leben noch nicht verspürt hatte.

Sein Lächeln verblasste ein wenig. „Ein Forscher und Entdecker zu sein heißt nicht nur, dass man Dinge entdeckt, die noch keiner vorher gesehen hat, sondern auch dass man sie mit den Dingen, die man bereits kennt, vergleicht." Er lachte und zuckte die Achseln. „Ich wollte eine handge-zeichnete Karte der ganzen Welt erstellen, aber der Reiseweg war immer so lang, dass, wenn ich zu einem Ort zurückkam, an dem ich schon einmal gewesen war, alles sich wieder völlig verändert hatte. Und lange Zeit hat mir das sehr gut gefallen. Jedes Mal wenn ich zum Beispiel nach Konstantinopel kam, war es wie eine neue Stadt, mit neuen Tempeln, dann Kirchen, dann wieder Tempeln. Auch die Straßen und die Menschen veränderten sich. Ich habe es irgendwann aufgegeben, damit mithalten zu wollen." Er sah Robin von der Seite an. „Mir wurde auch klar, dass ich einen großen Teil meines Lebens in der Gegenwart verpasste. Wenn man immer an die Vergangenheit denkt, ist es, als würde man in einem Traum leben."

Sie nickte. Sie verstand, was er meinte, als sie an die selt-same Losgelöstheit dachte, die sie empfunden hatte, als sie neben Danny an dem Baum gesessen und gleichzeitig ein Dutzend von Erinnerungen an ihre Eltern durchlebt hatte. Wie leicht würde es in den kommenden Jahrhunderten sein, einfach die Vergangenheit zu durchleben anstatt neue Erinnerungen zu schaffen?

Nein. In diese Falle darf ich gar nicht erst hinein geraten.

Sie blickte sich nicht nach dem Wald um, als sie Dannys

Truck erreichten, sondern konzentrierte sich auf das, was vor ihr lag. Sein Auto hatte eine gründliche Reinigungsaktion bitter nötig—die Gummimatten auf dem Boden waren voller Matsch und Krümel, in den Seitentaschen steckten Taschentücher und etwas das aussah wie ein Armeespielzeug aus Plastik—aber das ganze Auto war erfüllt von Dannys Duft. Es war ein sehr angenehmer Geruch, so dass sie den Kopf gegen den Sitz lehnte und sich in die Polster sinken ließ.

Danny sah sie an, als er den Gang einlegte, und presste besorgt die Lippen zusammen. „Macht es dir nichts aus, allein in meiner Wohnung zu bleiben? Ich kann dich auch nach Hause bringen, wenn du möchtest.“

„Und wo wirst du sein?“, fragte sie.

„Na ja, die Kavallerie trifft zwar erst übermorgen ein, aber ich dachte, ich fahre noch mal zurück zur „Blutoase“. Christopher wird sicher noch mehr Infos brauchen, bevor er angreift. Ich werde schon mal alle möglichen Ein- und Ausgangsmöglichkeiten aufzeichnen, sowie die Abmessungen der Flure und die strategisch besten Wege innen und außen planen.“

„Ich möchte mitkommen.“ Der Gedanke an diesen Ort zurück zu gehen erfüllte sie mit eiskalter Furcht, aber wenn Danny dort war, dann wollte sie bei ihm sein. Der Gedanke, dass er allein an diesem höllischen Ort gefährliche Nachforschungen anstellte, während sie sich in seinem Jacuzzi entspannte, war ihr unerträglich.

„Du hast keine Erfahrung. Ich mache diese Art von Ermittlungen bereits seit Hunderten von Jahren.“

„Ich will aber mitmachen. Du weißt, was sie mir angetan haben. Wenn ich auch nur das *kleinste bisschen* dazu beitragen kann, diese Leute zu Fall zu bringen, dann werde ich das tun.“

Er seufzte und betrachtete sie. Robin bemühte sich, so cool und bestimmt wie möglich auszusehen und kniff die Lippen zusammen, damit er wusste, dass sie es ernst meinte. Seine Hände umklammerten angespannt das Steuerrad.

„Also gut. Ich könnte etwas Hilfe gebrauchen." Er sah sie abschätzend von oben bis unten an. „Aber so kannst du nicht dorthin zurückgehen."

Robin blickte an sich hinunter. Die Jeans und der Pulli, die Danny ihr gegeben hatte, als sie aufgewacht war, passten wirklich nicht in einen Vampirnachtclub. Nach Seths Enthauptung würde Nia ganz sicher hinter ihnen her sein und auf Rache sinnen.

„An was hattest du denn gedacht?"

Ein Blick in Dannys riesigen Schrank war, als ob man an den Drehort für eine Mission Impossible Porno-Parodie geraten war. An beiden Seiten hingen lange Reihen lederner Chaps und erotischer Schnürkorsetts für Männer und Frauen sowie genug Spielzeuge, um zwei Amsterdamer Sexshops komplett auszustatten.

„Wie viele Peitschen braucht ein Mann?", fragte Robin.

Danny grinste. „Die meisten hat man mir geschenkt. Meine Freunde wissen, dass ich Sammler bin."

„Also, nicht *nur* ein Weltforscher?" Robin zog die Augenbrauen hoch.

„Kann man einen Menschen auf nur eine Eigenschaft beschränken?"

Danny nahm einen schwarzen BH vom Regal und hielt ihn vor Robin hoch. Er legte den Kopf schräg und begutachtete sie. Dann legte er ihn zurück und warf ihr einen mit etwas größeren Körbchen zu. Ohne die Etiketten zu betrachten, wusste sie sofort, dass er ihr perfekt passen würde.

„Sagen wir mal, dass ich immer bereit bin, neue Dinge auszuprobieren." Er zwinkerte ihr zu.

Hölle und Teufel. Selbst wenn dieser Mann blinzelte, war das wie ein Atomfeuerwerk. Bei dieser winzigen Bewegung seiner Augenlider war ihr zwischen den Schenkeln feucht und warm geworden. Eine Hitzewelle durchfuhr ihren Körper bis zu den Zehen.

Er drang tiefer in den Schrank vor und gab Geräusche des Wiedererkennens von sich, als ob er alten Freunden begegnete, wenn er einen Bügel zurückschob, um ein Paar Chaps mit langen Fransen an der Seite zu betrachten oder ein Paar blutroter, kniehoher Stiefel mit glitzernden hohen Absätzen streichelte. Vor ihrem inneren Auge tauchte das Bild auf, wie er in diesem Outfit aussehen würde und die Wirkung war unwiderstehlich.

Alles, was er macht ist sexy, dachte Robin. *Wie gut, dass er nicht mein Erzeuger ist.* Aber sie unterbrach diesen Gedanken, bevor sie zu sehr über ihren Erzeuger nachdachte. Ihre Verwandlung war eine schlimme Erfahrung gewesen und sie war froh, dass ihr Erzeuger tot war. Nun war sie frei. Vollkommen frei.

Wenn sie Danny nicht dabei helfen wollte, Nia und die „Blutoase" außer Gefecht zu setzen, dann konnte sie jederzeit aufhören und gehen.

Wenn sie abhauen wollte, um die tiefsten Dschungel dieser Welt zu erforschen und die Streiervögel und alle herzzerbrechenden und herzerwärmenden Erinnerungen zurücklassen wollte ...dann konnte sie das tun.

Sie war ein Vampir: sie war stark, konnte Gefühle lesen, Blut trinken und war unsterblich. Seit sie verwandelt worden war, war alles um sie herum so verrückt aus dem Ruder gelaufen, dass sie noch gar keine Gelegenheit gehabt hatte, sich zurückzulehnen und sich zu freuen, dass sie es *geschafft* hatte. Sie hatte einen Vampir dazu gebracht, sie zu verwandeln! Nun hatte sie alle Zeit der Welt, darüber nachzudenken, welche Möglichkeiten sich ihr nun boten.

Beherzt schritt Robin in den begehbaren Schrank und ergriff sich jedes frivole Kleidungsstück, das ihr gefiel. Sie erinnerte sich wieder daran, wie sehr ihr die „Blutoase" gefallen hatte, als sie dort angekommen war; es versprach ein Ort der Freude, der Freiheit und des Spaßes zu sein. Egal, wie sehr Nia dieses Versprechen auch in den Schmutz gezogen hatte, Robin konnte ihr Leben so leben, wie sie es wollte.

Eine schwarze Korsage, die ihre Brüste in den Himmel hob? *Na klar.* Netzstrümpfe, die von Strapsen gehalten wurden? *Aber so was von.* Spitzenhandschuhe mit Rubinbesatz, die bis über die Ellbogen reichten? *Warum denn nicht?* Ein wenig Glitzerpuder zwischen ihren Brüsten, um alle Blicke auf ihren Ausschnitt zu lenken, und natürlich reichlich aufgetragener Eyeliner, bei dessen Anblick ihre Mutter sich im Grab umdrehen würde? *Ja sicher, und wie.*

Robin betrachtete ihr Spiegelbild. Auf keinen Fall würde Nia sie erkennen. *Robin* konnte sich selbst kaum wiedererkennen, als sie die selbstbewusste, sexy Frau im Spiegel sah. Sie zeigte die Zähne, warf ihr Haar zurück und ließ ihre Fangzähne wachsen, bis die Spitzen auf ihrer Unterlippe auflagen. Die Vampirin im Spiegel sah aus, als wäre sie bereit Nia und allen anderen, die versuchten, ihr im Weg zu stehen, die Kehle herauszureißen. Sie knurrte, und musste über den Effekt lächeln. Der nächste Bauunternehmer, der sie einen „Baum umarmenden Hippie" nannte und sie verscheuchen wollte, weil sie ein Nest vor ihm zu schützen versuchte, konnte den Schock seines Lebens erwarten.

„Verdammt heiß", ertönte Dannys Stimme hinter ihr.

Seine Blicke wanderten über ihren Körper, als könnte er nicht genug von ihrem Anblick bekommen.

„Du bist auch nicht schlecht."

Danny war auch nicht faul gewesen, als sie sich angezogen hatte. Seine Lederhosen saßen wie aufgemalt. Er trug ein seidenes Hemd und nichts darunter. Das Hemd stand offen und gab den Blick auf wohlgeformte Muskeln und ein strammes Sixpack frei. Er fing ihren Blick auf und sah sie, mit hochgezogener Augenbraue, verschmitzt an.

„Gefällt dir, was du siehst?", fragte er.

Sie trat auf ihn zu und fuhr mit dem Fingernagel über den seidigen Stoff, kitzelte die glatte Haut über seinen Bauchmuskeln und wanderte mit der Hand tiefer über seinen Bauch. „Ich bin Naturschützerin. Ich weiß eine prachtvolle Kreatur zu schätzen."

„Hmmmm." Er ließ seine Finger über ihre Schulter gleiten und liebkoste die zarte Haut oberhalb der Handschuhe an der Innenseite ihres Arms. Durch ihr gesteigertes Wahrnehmungsvermögen empfand sie jede seiner Berührungen wie prickelnde Stromstöße auf ihrer Haut. Dann küsste er ihren Hals und ihr wurde heiß, als würde ein Feuer in ihrem Unterleib brennen und die Hitze durch ihren Körper schicken.

„Als erfahrener Entdecker ist es meine Leidenschaft ..." Dannys Hände glitten ihren Rücken hinunter und umfassten ihr Hinterteil. „... neue Gebiete zu erforschen."

Er ließ sich auf die Knie sinken, schob ihre Beine auseinander und begann, die Innenseite ihrer Schenkel mit Küssen und kleinen Bissen zu liebkosen. Dann öffnete er die Strapse und fuhr mit seiner Zunge an der Kante ihrer Netzstrümpfe entlang.

„Oh ja", stöhnte sie. Danny grinste, und auf seinen Wangen erschienen schelmische Grübchen, während seine

Finger mit der empfindsamen Haut in ihren Kniekehlen und an der Rückseite ihrer Schenkel spielten. Sie hielt sich an der Wand fest, um ihr Gleichgewicht zu bewahren, da ihre Knie weich wurden. Ihre Hand fand einen Vibrator auf einem der Regale. Er war geformt wie ein Ei und erwachte zu summendem Leben, als sie ihn aufnahm und die Knöpfe an der Seite drückte.

„Oooh, eine gute Wahl", Dannys Finger glitten in ihr Spitzenhöschen und streichelten den Schlitz zwischen ihren Pobacken. Er nahm ihr das Ei aus der Hand und steckte es in ihr Höschen, sodass es durch den elastischen Stoff gegen ihre Klitoris gedrückt wurde und seine Zunge kreiste verführerisch über die Innenseite ihrer Schenkel, so nah, doch nicht nah genug, an ihrer empfindlichsten Stelle.

„Mehr." Ihr Atem kam in kurzen Stößen. „Ich will mehr."

Das warme Summen des Vibrators sandte Wellen der Lust an ihren Beinen entlang.

„Oh ja, ja!", schrie sie auf, als er den Spitzenstoff zwischen ihren Beinen beiseite schob und seine Zunge tief in ihren Schlitz steckte.

„Hmmm, das schmeckt so gut", murmelte er und klopfte gegen das Ei, so dass es auf höchster Stufe lief.

Ihr erster Orgasmus traf sie völlig unvorbereitet. Ihr Oberkörper schlug gegen die Wand, ihr Kopf stieß einen Stapel Harnesse vom Regal und ihre Schreie erfüllten den begehbaren Schrank. Sie sank auf den Klamotten zusammen und ihr schwamm der Kopf.

Vorsichtig zog er den Vibrator heraus. „Und? Hast du schon Spaß?"

„Oh, wir fangen gerade erst an." Sie nahm sein Hemd, zog es ihm über den Kopf und warf es auf den Boden. Ihr Mund legte sich um seine Brustwarzen und sie genoss, wie hart und fest sie sich anfühlten und wie er stöhnte, als sie an ihnen saugte und leckte. Alles an ihm, von seinem männlichen Duft bis zu der Glätte seiner Haut, war unglaublich viel besser als alles was sie je zuvor empfunden hatte.

Federn, die auf dem Regal neben ihr lagen, strichen leicht über ihr Gesicht. Die Berührung war so unerwartet, dass sie zurückschreckte und sich instinktiv enger an Danny schmiegte. Sein Arm umfing sie und sie legte den Kopf einladend zurück. Sofort legte er seinen Mund auf ihren und drängte seine Zunge zwischen ihre Lippen, wo seine Zunge mit ihrer spielte. Sie war noch so empfindsam von ihrem intensiven Orgasmus, dass die Gefühle gleichzeitig zu viel und nicht genug waren. Ihre Hüften drängten sich näher an ihn, bis sie seine eisenharte Erektion spürte, die sich gegen ihren Bauch presste.

Er drückte sanfte Küsse an ihrer Kinnlinie entlang bis zu ihrem Ohr und knabberte an ihrem Ohrläppchen. Sie hätte es nie für möglich gehalten, dass eine so zärtliche Liebkosung ihre Hormone so sehr in Wallung bringen könnte, dass ihre Knie vor Erregung fast nachgaben. Mit einer Hand hielt sie sich an seiner Schulter fest, und mit der anderen begann sie mit ungeschickten Fingern, da sie es so eilig hatte, ihm die Kleider vom Leib zu ziehen und seinen Gürtel zu öffnen.

Schnell zog er seine Hosen aus und befreite seinen riesigen Schwanz, der nur darauf wartete, von ihr geleckt und gestreichelt zu werden.

Robin ließ sich langsam und verführerisch auf den Boden sinken. Ihre Hände glitten langsam an Dannys Brust hinab. Ihre Finger strichen über die Rillen in seinem Sixpack, bis sie endlich ihr Ziel erreichten.

„Jetzt bin ich dran", murmelte sie.

Genüsslich betrachtete sie seinen langen, harten Schaft, der vor Verlangen nach ihr pulsierte, und freute sich über seine Erregung. Ihre Hand schloss sich um seinen Schwanz, sodass Danny vor Wollust zusammenzuckte. Robin ließ ihre Zunge in kreisenden Bewegungen an seinem harten Glied empor wandern und wurde selbst noch feuchter zwischen den Beinen, als sie den Liebestropfen schmeckte, der sich an seiner Eichel gebildet hatte.

Endlich nahm Robin ihn ganz in den Mund. Danny stöhnte leise, als sie seinen Schwanz mit der Zunge streichelte und ihn mit dem Mund vögelte. Ihre Hände liebkosten seine Schenkel, seinen Hintern und seine Eier. Sie genoss es, ihn überall zu berühren, und die Lustgeräusche, die er von sich gab, steigerten ihre Erregung ins Unermessliche, sodass ihr die Nässe die Schenkel hinablief.

Dannys Körper spannte sich, als er kurz davor stand zu kommen und Robin ließ seinen Schwanz aus ihrem Mund gleiten. *Noch nicht, erst wollen wir noch ein bisschen Spaß haben.*

„Ist es kitschig, wenn ich dir jetzt sage, dass du die schönste und tollste Frau bist, die mir seit Jahrhunderten begegnet ist und ich -"

Robin zog sich mit einem Ruck ihr Höschen aus und legte ihm die Hand auf den Mund. „Zeig es mir. Fick mich, jetzt sofort."

Sie brauchte ihn jetzt: schmutzig, dringend und umgeben von sexy Klamotten, Sexspielzeug und Symbolen dieser erstaunlichen neuen Welt, zu der sie jetzt gehörte. Sie beugte sich über einen großen hölzernen Koffer im Schrank und spreizte die Beine weit.

„Ich will dich ficken", rief er.

„JA!" Sie schob die Hüften zurück, bis sie seine Hände an ihrem Hintern und die Spitze seines Schwanzes spürte, die sich in ihre nasse Spalte schob. Er war so groß, dass er ihre Möse komplett ausfüllte. Sie stöhnte auf, weil es sich so gut und perfekt anfühlte. Langsam drang er in sie ein, um ihr Zeit zu geben, sich an seine enorme Größe anzupassen.

„Du sollst nicht vorsichtig mit mir umgehen", befahl Robin. „Ich bin ein verdammter Vampir. Besorg es mir so richtig, Danny."

„Ja, meine Geliebte." Es sagte es so leise, dass sie nicht sicher war, ob sie die Worte richtig verstanden hatte, aber inzwischen konnte sie vor Erregung auch nicht mehr klar denken. Er hatte sie leicht angehoben, bis ihre Füße den Boden nicht mehr berührten, und änderte den Winkel, sodass er sie bei jedem Stoß zu sich ziehen konnte. Dann zog er seinen Schwanz fast ganz wieder heraus, bevor er ihn hart wieder und wieder in sie hineinstieß.

Danny vögelte sie hart und gnadenlos und sie genoss es mit unbeschreiblicher Wonne. Er traf jede lustvolle Stelle in ihrem Inneren und sandte ein wahres Feuerwerk der Leidenschaft und pulsierenden Hitze bis hinunter zu ihren Zehen.

Ihre Brüste wurden gegen das harte Holz des Koffers gepresst und das Holz rieb gegen den seidenen Stoff der Korsage, die sie noch immer trug, und erregte ihre Brüste und Brustwarzen noch mehr. Danny verlagerte sein Gewicht, sodass sein Arm ihre Hüften hochhielt und er mit der anderen Hand unter ihr durchgreifen und mit ihrer Klitoris spielen konnte. Er kniff und rieb ihren Kitzler, bis sie zum Höhepunkt gelangte.

„JA! Ja, ja, ja, ja", schrie sie wieder und wieder, als die Wellen der Lust über ihr zusammenschlugen und durch ihren Körper fuhren. Ein Feuerwerk der Lust explodierte in ihrem Körper, ihre Zehen krümmten sich und ihre Hände krallten sich so fest in die Kanten des Koffers, dass das Holz zwischen ihren Fingern zersplitterte. Eine Sekunde später fühlte sie, wie sich sein Schwanz in ihr anspannte und ausdehnte, dann erbebte er über ihr und stöhnte leise.

Sie brach hilflos über dem Koffer zusammen und atmete schwer. Dannys Schwanz in ihr wurde weich und er zog ihn heraus. Noch nie hatte sie etwas so Intensives und Perfektes erfahren. Sie blickte über die Schulter zu ihrem Vampirliebhaber, der erschöpft zu Boden gesunken war. Er grinste sie so strahlend an, dass sein Lächeln die dunklen Ecken des Schrankes erhellte.

Auf dem Boden lagen die Kleider, die sie sich vom Körper gerissen hatten. Robins Wangen brannten, wo ihr Lidstrich sich mit Schweiß vermischt hatte und ihre Wangen hinabgelaufen war.

Sie musste lachen. „Sieht so aus, als müssten wir uns noch mal hübsch machen."

Auch Danny lachte. Er setzte sich auf, nahm ihr Gesicht in seine beiden Hände und küsste sie zärtlich. Dann zog er sie eng an sich, sodass sie zusammengekuschelt unter der Stange mit den Chaps saßen.

„Das war es wert. Jede Sekunde."

Robin ließ sich in seine Umarmung sinken und genoss es, seine Arme um sich zu spüren. Es war einfach perfekt mit ihm und tiefer Friede erfüllte sie. *Eine Ewigkeit mit ihm zusammen, das ist mehr als ich mir in meinen kühnsten Träumen erhofft hätte*, dachte sie und atmete den wunderbaren Duft seines Schweißes, vermischt mit dem des gegerbten Leders, ein. *Wenn er mich nicht rechtzeitig gerettet hätte ...*

Seyah und die anderen Vampire, die unter Nias Herrschaft standen, waren noch immer dort. Der Gedanke daran ließ ihr keine Ruhe. Auch als sie in tiefster, körperlicher Entspannung in Dannys Armen lag, nagte die Vorstellung, dass sie dort gefangen waren, an ihr. *Welche fürchterlichen*

Dinge haben sie heute Abend schon durchgemacht, nur weil wir abgelenkt waren?

Sie tippte Danny auf die Schulter. „Wir müssen etwas unternehmen."

Er verstand ihren ernsten Tonfall sofort und nickte. „Wir gehen."

NIE WÜRDE DANNY VERSTEHEN, wie so ein wunderschöner Ort so viel Hässliches und Böses beherbergen konnte. Sogar die Hintertür, umrahmt von Kletterrosen, war hübsch anzusehen. Er hockte versteckt links von der Tür –außerhalb der Reichweite der Überwachungskameras—und konnte hören, dass jemand von innen auf die Tür zukam. Er hatte Margot schnell eine Textnachricht geschickt und ihr berichtet, dass er zum Club zurückfuhr, um Informationen zu sammeln. Ihre Antwort war nicht sehr ermutigend gewesen: jede Menge Schimpfwörter und wütende Emoticons, die ihm zu verstehen gaben, dass er auf die Profis warten und an Ort und Stelle bleiben sollte, bis sie kamen. Aber er konnte nicht warten. Nicht, wenn er Robins gequälten Gesichtsausdruck sah und wusste, dass in der „Blutoase" noch so viele unschuldige Opfer festsaßen, die sie dort zurückgelassen hatten. Er *musste* einfach helfen.

Von innen konnte man Schritte hören. Dannys Körper versteifte sich und dadurch spannten seine Lederklamotten an einigen Stellen am Körper, was sich nicht gerade unangenehm anfühlte. Danny hielt den Atem an, als die Schritte lauter wurden, dann aber wieder verklangen.

Er atmete tief durch und nahm seine Werkzeuge zum Schlossknacken aus seinem Stiefel. Er kniete sich hin, das Schloss auf Augenhöhe vor sich, und nahm einen langen, silbernen Haken und seinen kleinsten Drehschlüssel. Er arbeitete langsam und hoffte, dass die Vampire mit ihrem verschärften Gehörsinn, eher das Lustgestöhne ihrer Gäste als das verdächtige Geräusch von Metall auf Metall hören würden.

Ein leises Klicken verriet ihm, dass er es geschafft hatte, und er schlüpfte lautlos in das Gebäude. Die hinteren Räume der „Blutoase" waren zwar nicht so luxuriös und extravagant wie die vorderen, aber trotzdem noch überwältigend. Die Flure wurden von antiken Gaslampen erhellt, die wärmer leuchteten als moderne Lampen, und die schweren, schwarzen Vorhänge an den Fenstern hatten einen samtigen Glanz. Die roten Teppiche stellten die einer jeden Filmpremiere in den Schatten.

Irgendwo vorn im Gästebereich führte Robin ihre eigenen Ermittlungen durch. Sie war angezogen, wie er es in seinen tollsten, erotischen Fantasien noch nicht gesehen hatte. Die Erinnerung an Robins befriedigtes Gesicht nachdem er sie besinnungslos gevögelt hatte, gab Dannys breitem Grinsen mehr Glaubwürdigkeit, als er den Flur entlang lief und vorgab, ein geiler Freier zu sein. Er zählte seine Schritte und streckte gelegentlich die Arme mit einem falschen Gähnen zu beiden Seiten aus, um die Breite des Flurs einschätzen zu können und so eine möglichst genaue Karte des Gebäudes in seinem Kopf anzulegen. Je mehr Informationen er Christophers Truppe liefern konnte, desto größer war ihre Aussicht auf Erfolg.

Eine Vampirin mit einem leeren Gesichtsausdruck, versteckt hinter einer dicken Schicht Make-up, kicherte und warf ihr Haar zurück. Sie war mit einem älteren Satyr zusammen, der sich schwer auf sie lehnte und unsicher auf seinen kleinen Pferdefüßchen schwankte. Sie prallten an den Wänden vor und zurück wie Flipperkugeln, während die Frau versuchte, den betrunkenen, dicken Mann aufrecht zu halten.

„Du siehst wunderschön aus, wie immer, meine Liebe", lallte er. Seine winzige Hand glitt hinab und er begrabschte den Hintern der Frau. Sie konnte ihren Ekel nicht schnell genug verbergen und Danny fragte sich, wie es möglich war, dass er diese Anzeichen nicht schon beim ersten Mal als er hier gewesen war, bemerkt hatte.

Sie kicherte. „Für dich möchte ich immer schön sein, mein Schatz." Ihr Blick kreuzte sich mit Dannys und ihre Pupillen weiteten sich, als sie ihn wiedererkannte. Dann wandte sie sich schnell ab.

Der ängstliche, flehende Ausdruck, genau wie damals Robins, in ihren Augen traf Danny mitten ins Herz. Er wandte sich zu ihr um. „Brauchst du Hilfe?", flüsterte er. „Ich kann dich hier rausholen."

„Du hast wirklich den falschen Zeitpunkt gewählt, um hier herumzuschnüffeln", flüsterte sie zurück. Sie gab es auf, den Satyr zu stützen und ließ ihn auf den Boden gleiten, wo er sofort anfing, sanft zu schnarchen. „Heute Abend ist hier echt was los. Die Wachen sind verdoppelt worden, damit keiner abhauen kann, wenn sie ihre neuen Kandidaten gefunden haben."

„Sie wollen heute Abend neue Vampire erschaffen?" *Robin ist ganz allein da draußen und sie hat keine Ahnung davon.* Angst stieg in ihm auf.

„Heute ist ein großer Galaabend, um die Naiven und Schönen anzulocken", flüsterte sie schnell. Der Satyr wurde langsam wieder wach. Er stöhnte und blinzelte verwirrt in das Kerzenlicht. „Du musst jetzt gehen. Sofort."

„Erst, wenn ich habe, was ich brauche."

„Sie sind unten im Verlies", zischte sie. Lauter, zu dem Satyr gewandt, flötete sie: „Oh Schatzilein, geht es dir gut?

Du siehst aus, als könnest du noch einen Drink gebrauchen." Sie hob den Satyr auf wie eine große Puppe und
schleppte ihn zurück in die Richtung, aus der sie
gekommen waren, weg von den Schlafzimmern.

Danny blickte lange hinter ihr her. *Sie sind im Verlies?
Was soll das bedeuten?* Das war die einzige Information, die
er hatte.

Seine Nase erfasste einen muffigen Geruch und er folgte
ihm direkt hinunter in das Verlies. Es war eher dekorativ als
bedrohlich, aber absolut ausbruchsicher. Der lange Flur,
der in einer Sackgasse endete, wies an jeder Seite eine
Reihe eiserner Türen auf, die so dick waren, dass keine
Geräusche nach außen dringen konnten. Es war kalt hier
unten, selbst für einen Vampir, und Danny wünschte, er
hätte ein etwas weniger freizügiges Outfit gewählt. Die
Wände waren in einem glänzenden Schwarz gestrichen und
der Flur wurde von elektrischen Kandelabern erhellt, die in
intimen kleinen Nischen mit gepolsterten Wänden angebracht waren, die sich perfekt dazu eigneten, sich im Stehen
gegen die Wand ficken zu lassen.

Aus dem Augenwinkel erblickte Danny das rote Licht
einer Überwachungskamera. Er kannte das Modell, eine
ACE-457. Diese bestand aus einer einzigen Kamera in einer
schwarzen Kuppel, die an der Decke angebracht war. *Nicht
gerade unauffällig.* Er schnaubte verächtlich und rollte sich
auf den Boden. So konnte er sich im blinden Winkel der
Kamera problemlos fortbewegen.

Der lange Flur war in Dutzende von Zellen aufgeteilt.
Jede war mit einem kleinen Schiebefenster versehen. Danny
zuckte die Achseln. *Manche Leute schauen eben gern zu.* Er
warf einen Blick in einige der Zellen. Viele der Zellen waren
für Sexspielchen eingerichtet und mit einer beachtlichen
Auswahl an Ketten und SM Zubehör gefüllt. Aber je näher

Danny den Zellen am Ende des Flurs kam, desto bedrohlicher wurde die Stimmung und er unterdrückte ein Schaudern. An den Wänden waren Kratzer, die aussahe, als hätten sich menschliche Fingernägel voller Verzweiflung dort eingegraben und auf dem Boden waren Blutspuren, die stark nach Angst rochen. *Das hier ist nicht nur ein reines Sexverlies.*

Der Boden bebte, als sich plötzlich schwere Schritte näherten. *Scheiße! Das kann ich jetzt überhaupt nicht brauchen.* Danny duckte sich schnell in eine offene Zelle und hielt stockstill. Er hielt den Atem an und versuchte, seinen hämmernden Herzschlag zu beruhigen.

Danny stahl einen vorsichtigen Blick aus der Zelle und verfluchte sich selbst, dass er sich so in die Enge hatte drängen lassen. Wände, Boden und Decke der Zelle waren aus verstärktem Stahl, den selbst die Kraft eines Vampirs nicht durchbrechen konnte. Der Ausgang und der einzige Fluchtweg wurden von einem riesigen, halslosen Vampir versperrt, der nur aus Muskelbergen bestand. Dieser Riese stierte in alle Zellen. Offensichtlich suchte er etwas. *Hat er mich gesehen?*

Er bekam seine Antwort sofort, und zwar in Form einer enormen Hand, die ihn vom Boden hochhob und gegen die Zellenwand schleuderte.

Ich werte das mal als ein 'Ja'. Danny stützte seine Hände fest auf den Boden und trat dem riesigen Vampir mit aller Kraft in den Solar Plexus. Er nutzte den Schwung des Tritts, um die Bewegung in einen Flip weiterzuführen und landete auf den Füßen. Jetzt war der Flur frei und er rannte mit vampirischer Geschwindigkeit so schnell auf die Treppe zu, dass er die Wände nur verschwommen wahrnahm. Die lauten Flüche des großen Vampirs erklangen hinter ihm. Grinsend ließ Danny sich auf den Boden fallen, glitt über den kalten Boden und öffnete, mit perfektem Timing, die letzte Zellentür, sodass sein Verfolger mit voller Kraft dagegen prallte. Die deutlich vampirförmige Beule in der Tür war sowohl komisch als auch sehr befriedigend anzusehen.

„Nicht schlecht", erklang eine leise Stimme, die das Letzte war, was Danny im Moment hören wollte. Er drehte sich in Richtung des einzigen Ausgangs um. Nia Ashmore stand, eingerahmt von axtbewehrten Vampiren, auf der Treppe. Sie blickte über die zerbeulte Tür hinweg und lächelte Danny an. „Es ist dir vielleicht gelungen, den sichtbaren Überwachungskameras zu entwischen, aber die versteckten Kameras haben dich voll erwischt. Ich weiß *alles*, was hier vor sich geht." Sie schnaubte verächtlich. „Prinz Dal, nehme ich an? Es ist wirklich sehr schade, dass du so viel über meine Geschäfte herausgefunden hast."

„König Christopher weiß genau, welchen Missbrauch deiner Macht du hier betreibst!", zischte Danny. „Du bist erledigt."

„Ach wirklich?" Nia legte spöttisch eine Hand auf ihre Brust. „Oh mein Gott." Sie verdrehte die Augen.

„Du wirst den König nicht missachten!" Danny sah rot vor Wut.

„Dein Erzeuger ist nicht mein König. Ich weiß nicht, ob er den *Hortari* einfach nicht anerkennt oder nur zu feige ist, ihn anzuwenden, aber ..." Sie winkte ihre beiden Männer mit dem Finger heran und sie legten ihre Äxte an Dannys Hals. „Sagen wir doch einfach mal, dass ich genau weiß, wie man mit *Schwächlingen* umgeht."

Danny bereitete sich auf den tödlichen Schlag vor und blickte Nia herausfordernd in die Augen. Er atmete tief ein und wartete auf das Ende.

„Sperrt ihn in das Verlies, Jungs", befahl Nia. „Da dir

meine Zellen anscheinend so gut gefallen, kannst du den
Rest deines kläglichen Lebens in einer verbringen. Wenn
der König über uns Bescheid weiß, dann ist es bestimmt ein
gutes Druckmittel, einen seiner Nachkommen als Geisel zu
haben." Sie rümpfte die Nase. „Außerdem will ich mir nicht
meinen schönen Fußboden mit Vampirblut versauen."

Die Äxte wurden zurückgezogen und dicke Ketten um
seine Handgelenke gelegt. Robins lächelndes Gesicht
tauchte vor seinem inneren Auge auf und Danny wurden
die Knie weich. *Nein!* Robin war in Gefahr. *Er* hatte sie
wieder an diesen Ort gebracht. Sicherlich würde Nia sie in
der Menge erkennen, besonders jetzt, da sie wusste, dass
Danny hier war. Die ganze Sache war völlig außer Kontrolle
geraten. Eine schwere Hand stieß ihn vor und brutale Arme
legten sich um seine Schultern und zogen ihn zu den hinteren, blutgetränkten Zellen.

Robin, meine Geliebte, betete er zu allen Mächten, die ihn
anhören wollten. *Hoffentlich geht es dir gut.*

ETWAS WAR SCHIEF GELAUFEN. Danny müsste eigentlich
schon längst zurück sein. Sie hatten abgesprochen, sich hier
zu treffen, sobald er seinen Plan fertiggestellt hatte. Robin
drehte eine dritte Runde durch die „Blutoase", aber Danny
tauchte immer noch nicht auf. Wieder fiel ihr auf, wie
wunderschön und aufregend dieser Ort sein *könnte.* Ein
besserer DJ, wärmeres Licht und Personal, das *freiwillig* und
gern hier arbeitete ...diese kleinen Änderungen könnten die
„Blutoase" zu einem echten Paradies für Sex und unge-
zwungenen Spaß machen.

Was sie im Moment jedoch wirklich perfekt fände, war,
wenn sie Danny finden könnte.

„Bist du auch hier um die Stars zu treffen?", fragte ein Gepardenwandler in einem gestreiften Anzug und reichte ihr einen Flyer.

Robin erinnerte sich gerade noch rechtzeitig daran, ihre Rolle als Partygirl zu spielen und wickelte sich eine Strähne ihres Haares um den Finger. „Nein. Ich will einfach nur Spaß haben!" Sie betrachtete den Flyer und ihr blieb fast die Luft weg.

„Ich hoffe, wir erfüllen alle deine Fantasien!", zwitscherte der Mann fröhlich und ging weiter zu einer extrem stark geschminkten Frau, die gerade angekommen war.

Erleben Sie mit uns eine aufregende Nacht voller ewig währender Möglichkeiten! stand in großen Buchstaben auf dem Flyer. Jetzt ergaben auch die Schilder, die sie am Eingang gesehen hatte, einen Sinn. Dieser Galaabend, um aufstrebende Schauspieler und Models vorzustellen, stand unter dem Motto „Stärke, Haltung und die Gelegenheit, Ihre Schönheit den Massen vorzustellen." *Nia sucht verzweifelt Ersatz für die Vampire, die befreit wurden, als Seth seinen Kopf verlor.* Nicht mit einem Wort wurden in diesem Flyer Vampire erwähnt. *Wissen diese Leute überhaupt, weshalb sie eingeladen wurden?*

Robin bekam Bauchschmerzen, als sie die Schilder sah, die überall in der „Blutoase" aushingen. Sie hatten noch einige Stunden Zeit, bevor das Event anfing, aber das Personal war bereits mit den Vorbereitungen beschäftigt. *Das werde ich, verdammt noch mal, nicht zulassen.*

Eine Vampirin mit einem diamantenen Nasenring und schmallippigem Lächeln lehnte an der Bar. Die Augen der Frau weiteten sich, als sie Robins Blick begegnete und sie wandte sich abrupt ab. Besorgt ging Robin auf sie zu.

„Ich habe strengsten Befehl, meinen Erzeuger in Kenntnis zu setzen, wenn ich dich sehe, Robin", sagte die

Frau schnell und trat einen Schritt zurück. „Allerdings hat mein Erzeuger nicht genau festgelegt *wann* ich es ihm berichten muss."

Robin wunderte sich nicht, dass die Frau ihren Namen kannte. Immerhin hatte Danny einen von Nias Nachkommen getötet, um Robin zu retten. Ihrer beider Namen und Gesichter waren inzwischen sicher sehr bekannt.

Robin schüttelte den Kopf. „Nein, aber Hilfe ist auf dem Weg. Ich bin mit einem Freund hier, wir werden -"

„Bitte, verrate mir nichts." Die Frau blickte sich um, aber alle Leute um sie herum waren entweder mit Tanzen oder Fummeln beschäftigt. „Hör zu, ich darf dir nicht helfen. Aber..." Sie hielt inne und wählte ihre Worte mit größter Sorgfalt. „Themawechsel – wusstest du, dass die „Blutoase" über ein Verlies verfügt? Du siehst aus, als könnten dir die *speziellen* Dinge, die wir dort anbieten, gefallen. Wenn du dir das mal ansehen willst, dann nimm die zweite Tür rechts und..." Sie gab eine komplizierte Wegbeschreibung. Robin nahm sich eine Serviette und einen Stift von der Bar und begann zu notieren, was das Mädchen ihr beschrieb. Die Frau sah sich ihre Zeichnung an und nickte zustimmend. Man sah ihr an, wieviel Angst sie hatte, den *Hortari* zu missachten. Robin küsste sie auf die Wange.

„Wir holen dich hier raus", flüsterte sie ihr ins Ohr.

„Ich hoffe, wir konnten alle deine Wünsche erfüllen", antwortete die Frau mechanisch.

Robin nickte und öffnete die Tür zu ihrer Rechten. In den Fluren hatte sie ein paar brenzlige Situationen, aber Nias Manager hatten heute wichtigere Dinge zu erledigen, als die Flure zu bewachen. Die meisten der Vampire, denen sie begegnete, wandten sich ab und begannen ein lebhaftes Gespräch miteinander. Das erfüllte Robin mit Stolz. Sie erkannte daran, dass diese armen Vampire, trotz der

Zwangsherrschaft unter der sie standen, immer noch Wege fanden, sich zu wehren.

Ich komme zurück und helfe euch, versprach sie ihnen lautlos.

Die Gerüche, die aus dem Verlies drangen, waren überwältigend: Eine Mischung aus Schweiß, Angst und Sex umhüllte sie wie eine undurchdringliche Wolke. Sie hustete und hielt sich die Nase zu, aber es hatte keinen Zweck. Die Ausdünstungen von Schweiß und Sex waren nicht so schlimm, aber der fürchterliche Gestank der Angst machte ihr eine Gänsehaut.

So leise wie möglich öffnete sie an jeder Zellentür das kleine Beobachtungsfenster, das sich auf Augenhöhe befand, und spähte hinein. In einer Zelle sah sie einen Mann, der an ein hängendes Kreuz gefesselt war und vor Wollust stöhnte, während eine Frau, die von Kopf bis Fuß in Leder gehüllt war, ihm den Hintern peitschte. In einer anderen Zelle war ein schwules Pärchen mit Handschellen in sinnlicher Umarmung vereint.

Wo zum Teufel ist Danny? Es waren nur noch zwei Zellen übrig.

Auch mit ihren geschärften Vampirsinnen konnte sie im vorletzten Raum kaum etwas erkennen: Undeutlich sah sie zwei Männer und zwei Frauen. Ihre Arme und Beine waren so eng an den Boden gekettet, dass sie sich kaum bewegen konnten. Sie waren alle mit dicken Seilen geknebelt und konnten keinen Ton von sich geben. *Was zur Hölle war das?* Robin versuchte, die Tür zu öffnen, aber sie war fest verschlossen.

Als sie am Schloss rüttelte, drehte sich einer der Männer zu ihr um. Seine Augen waren wuterfüllt. Er zog an seinen Ketten und brachte einen erstickten Schrei unter dem dicken Knebel hervor. Sie erkannte ihn sofort: Seyah.

„Warst du einer von Seths Vampiren?", flüsterte sie durch das Gitter.

Er nickte nachdrücklich und wies mit dem Ellenbogen auf die anderen, die in der Zelle gefesselt waren. Als Danny Seth getötet hatte, war seine Macht über seine anderen Nachkommen ebenfallserloschen. *Meine Vampirbrüder und - schwestern.* Robin suchte den leeren Flur nach einem Schlüssel ab. Sie fand keinen und es war auch niemand im Flur, aber das hieß nicht, dass nicht jeden Moment jemand kommen könnte, um nach den Gästen zu sehen. Auch wenn sie gewusst hätte, wie man ein Schloss knackt, blieb ihr keine Zeit, es zu versuchen.

„Ich komme zu euch zurück und hole euch raus", flüsterte sie durch die Tür und ließ das Fensterchen auf, so dass sie wenigstens etwas Licht hatten.

Schließlich öffnete sie das Fenster der letzten Zelle. Ihr Herz machte einen Sprung beim Anblick von Danny, der damit beschäftigt war, ein dickes Schloss mit seinen verlängerten Eckzähnen zu knacken. Er war in so viele Ketten mit Schlössern gewickelt, dass sie in wie eine Decke umgaben. Um ihn herum, auf dem Boden, lagen mindestens fünfzig Schlösser, die er bereits aufgebrochen hatte.

„Danny!", zischte sie durch die Tür.

Er ließ das Schloss fallen, an dem er gerade arbeitete, und sah sie wütend an.

„Was machst du hier unten? Das ist viel zu gefährlich!" Er nahm sich wieder das Schloss vor, öffnete den Mechanismus mit seinen Zähnen und begann, das nächste zu knacken. Ein Schloss nach dem anderen fiel mit einem metallischen Geräusch auf den Boden.

„Und was ist dein Plan, wenn du dich befreit hast?" Sie sah ihn herausfordernd an.

„Ich muss den Galaabend verhindern. Nias Plan für

diese Veranstaltung ist, so viele Vampire wie möglich zu erschaffen und zu versklaven. Wir haben keine Zeit, zu warten bis Christophers Armee morgen ankommt." Ein weiteres Schloss fiel auf den Haufen.

„Ich weiß. Aber wir müssen nicht auf eine Armee warten." Sie zeigte auf die benachbarte Zelle. „Wir haben Verstärkung hier."

„Wie bitte?"

„Seths Nachkommen sind in der Zelle neben deiner", erklärte Robin.

Danny warf ein weiteres Schloss zu Boden. „Neben mir?" Noch ein Schloss war geknackt. „Wenigstens *etwas* das bei dieser Sache mal richtig läuft."

Danny arbeitete sich weiter durch seine Schlösser hindurch, während Robin den gefangenen Vampiren in der Nachbarzelle erklärte, dass die königliche Armee unterwegs war, um diesen Laden niederzumachen.

„Es wird gefährlich und wir könnten eure Hilfe echt brauchen, aber ihr müsst nicht mitmachen, wenn ihr nicht wollt."

Seyah und die anderen nickten. Robin hatte nicht erwartet, dass sie so schnell zustimmen würden. Sobald Danny seine eigene Tür geöffnet hatte, brach er auch die Nachbarzelle auf und öffnete ihre Fesseln mit seinen Werkzeugen, da er jetzt die Hände freihatte. Bald standen Seths vier Nachkommen blinzelnd in der Zelle und streckten ihre Glieder.

„Wie viele Vampire haben Nia und ihre Nachkommen in ihrer Macht?", fragte Danny, als alle frei waren.

„Es sind zwanzig", antwortete eine der Frauen. Sie rieb sich die Handgelenke, die von den Handschellen aufge-schürft waren und sah sehr wütend aus. „Sie sind unter Nias verbleibenden drei Managern aufgeteilt."

„Was machen wir mit *Nia*?", fragte einer der männlichen Vampire, und sprach den Namen wie einen Fluch aus.

„Lasst Nia nur meine Sorge sein", sagte Danny. Als alle anfingen zu protestieren, hielt er beschwichtigend die Hände hoch. „Ich weiß, dass ihr ihr heimzahlen wollt, was sie euch angetan hat, aber Nia ist älter als ihr und das macht sie sehr viel stärker. Ihr habt keine Chance gegen sie, wenn es zu einem Kampf kommt."

Die Vampire murrten noch etwas, sahen es aber schließlich ein.

„Wir müssen auch noch mit ihren drei Managern fertig werden", warf Robin ein, was die anderen wieder aufmunterte. „Ihr kennt das Gebäude und die Anlagen besser als wir. Wo können wir zwanzig zwangsgesteuerte Vampire isolieren und im Zaum halten, ohne dass jemand verletzt wird?"

Als sie beobachtete, wie die Vampire einen Plan schmiedeten, musste Robin an die Streiervögel denken, die ihre Küken an einen sicheren Ort führten, während ihre Partner die Schlangen mit dem Schnabel in Stücke rissen. Sicherlich würde Danny es nicht schätzen, wenn sie ihn mit ihren Lieblingsvögeln verglich, aber der Gedanke brachte sie zum Lächeln. Auch die Vampire schützten ihr Nest mit allen Mitteln.

Sie teilten sich in drei Gruppen auf. Jede Gruppe hatte die Aufgabe, einen von Nias Managern zu finden und entweder zu töten oder auf andere Art außer Gefecht zu setzen. Der erste war leicht zu finden: Rick war an einem Vierer beteiligt, mit zwei weiblichen Gästen und einem seiner Vampire, einem Typ mit Augenbrauenpiercing und Igelschnitt. Er stand direkt hinter Rick und massierte ihm die Schultern. Rick war völlig abgelenkt, aber Robin gelang es sofort, Blickkontakt mit dem anderen Vampir aufzunehmen. Dieser erkannte Seyah und die anderen befreiten Vampire, die mit ihr im Flur standen. Seine Pupillen weiteten sich, er begann zu grinsen und legte dann seine Hände um Ricks Hals und drückte fest zu. Rick verlor das Bewusstsein, bevor die beiden Gäste merken konnten, dass etwas nicht stimmte. Der Vampir flüsterte ihnen etwas zu. Sie lächelten, zwinkerten ihm zu und machten dann miteinander weiter, als wäre nichts geschehen. Der Vampir kam zur Tür und nickte Seyah zu.

„Hast du ein Messer für mich? Er wird nur ein paar Minuten weg sein. Dieses Arschloch verdient es, einen Kopf kürzer gemacht zu werden."

Seyah wollte ihm eine Waffe reichen, die er in einer der Kerkerzellen hatte mitgehen lassen, doch Danny hielt ihn zurück.

„Nein, nehmt ihn einfach mit und sperrt ihn ein." Danny reichte dem Vampir eine lange Kette, die er aus dem Kerker mitgebracht hatte. „Der König wird ihn vor Gericht stellen, wenn er kommt."

„Das ist aber lange nicht so befriedigend", murrte der Vampir, aber er gehorchte, fesselte den bewusstlosen Rick, warf ihn sich über die Schulter und zwinkerte den anderen zu, als er sich auf den Weg zum Verlies machte.

Feehlten noch zwei.

Robin folgte der wachsenden Gruppe befreiter Vampire, die die Räume nach Nias verbleibenden Handlangern absuchte. Gleichzeitig sorgten sie dafür, dass alle Gäste sicher in den Zimmern eingesperrt wurden. Ninas zweiter Manager, Jerry, wurde mit einem Schlag auf den Kopf überwältigt und in einen sicheren Raum gezogen, bevor ihm überhaupt klar wurde, dass Seths Vampire auf seiner Etage eigentlich nichts zu suchen hatten. Den Letzten, Morty, fanden sie schließlich mitten auf der Tanzfläche.

Robin hielt inne. Sie war unsicher, wie sie ihn bekämpfen sollten, ohne unschuldige Gäste in Gefahr zu bringen. Eine von Seths Vampirmädchen, Dulcia, hatte die rettende Idee. Sie rief laut, „Sex-Party unten im Verlies!" und machte den Gästen Zeichen ihr zu folgen, wie ein leicht bekleideter Rattenfänger von Hameln. Als alle Gäste von der Tanzfläche nach unten eilten, wurde Morty mit der Menge mitgerissen und diskret in die erste Zelle, an der sie vorbeikamen, gestoßen und eingesperrt.

Obwohl nun Nias Handlanger alle außer Gefecht gesetzt waren, war Danny noch immer beunruhigt.

Robin legte ihm die Hand auf den Arm. „Hast du Nia irgendwo gesehen?"

Danny schüttelte den Kopf. „Sie *muss* oben sein. Das ist die einzige Etage, die wir nicht durchsucht haben."

Seyah hatte einige Baupläne des Gebäudes gefunden. Die obere Etage war ein wahrer Irrgarten im Vergleich zu den unteren Stockwerken. Sie war mit Absicht so angelegt, um jeden zu verwirren, der sich hier nicht auskannte und so die Bewegungsfreiheit Unbefugter einzuschränken.

„Nia ist wahrscheinlich in ihrem Apartment." Seyah deutete auf den größten Raum auf der Zeichnung.

„Du wirst Hilfe brauchen", gab Robin zu bedenken.

Danny schüttelte den Kopf. „Ich möchte, dass ihr alle aus dem Weg bleibt. Wenn sie es an mir vorbei schafft, will ich ihr keine Chance geben, jemanden zu verletzen."

Das gefiel Robin ganz und gar nicht, aber Dannys Argumente machten Sinn. Ihr Vampirprinz nahm ihr Gesicht in beide Hände; dann küsste er sie leidenschaftlich und, bevor sie noch etwas sagen konnte, lief er die Treppe hinauf und war verschwunden.

～

Danny kämpfte gegen die wachsende Unruhe an, die ihn überkam. Robin hatte sich bewundernswert tapfer und klug verhalten, aber sie war keine Kriegerin. Wenn Nia ihm entwischte, dann waren Robin und die anderen frisch gebackenen Vampire praktisch wehrlos. Er verdrängte den Gedanken und versuchte, sich auf die bevorstehende Konfrontation mit Nia zu konzentrieren.

Ich darf sie bloß nicht entwischen lassen, ermutigte er sich und kämpfte aufsteigende Zweifel nieder. Dann trat er mit einem Wutschrei die vergoldete Tür zu Nias Räumlichkeiten ein.

„Es ist vorbei!" Fest umfasste er den Griff seiner Machete und durchsuchte den Raum nach der bösen Chefin der „Blutoase". Der weißgoldene Raum war sogar noch schlimmer als Danny erwartet hatte. Felle bedrohter Tierarten bedeckten den Boden und überall sah man, auf marmornen Säulen montiert, Nias Gesicht, in Stein gemeißelt und vergoldet. Eine ganze Wand war komplett mit ihren Porträts bedeckt, und eine andere Wand war ein einziger Spiegel, der vom Boden bis zur Decke reichte. Über dem Kamin entdeckte er zwei gekreuzte Kampfäxte mit weißen Stielen, in deren silbernen Schneiden sich das Licht widerspiegelte.

Nia stand neben ihrem riesigen Bett und packte eine lederne Tasche, aus der Bargeld und Schmuck herausquollen. Als sie Danny sah, hielt sie inne.

„Du schon wieder", zischte sie wütend.

„Ja, ich." Danny wirbelte seine Machete. „Wir haben deine Handlanger überwältigt." Er ging auf Nia zu. „Der König weiß, was du verbrochen hast." Er drohte ihr mit der Machete. „Du hast keinen Ausweg mehr. Komm freiwillig mit oder ich schneide dich in Stücke."

„Schätzchen, hörst du den Hubschrauber?" Das

Geräusch der Rotoren wurde mit jeder Sekunde lauter. „Ich habe *immer* einen Ausweg." Blitzschnell ließ Nia die Tasche fallen, sprang zum Kamin und ergriff die beiden Kampfäxte.

„Scheiße!" Danny duckte sich. Eine der Äxte flog an ihm vorbei, da wo vor einer Sekunde noch sein Hals gewesen war.

Nia brüllte kriegerisch, sprang vom Kamin weg, schwang die Axt über ihrem Kopf und zielte mit tödlicher Genauigkeit auf Danny. Er rollte sich weg und es gelang ihm gerade noch der Axt auszuweichen, die sich tief in den Teppich bohrte.

„Ich habe eigentlich nie Gelegenheit, meine eigene Drecksarbeit zu machen", schnurrte Nia. Sie zog die Axt aus dem Boden, „Ich hatte schon ganz vergessen, wie viel Spaß das macht."

Danny tänzelte zurück. Er hielt die Machete schützend vor sich und umkreiste Nia wachsam.

Sie war so schnell, dass sie sehr, sehr alt sein musste. Sehr alt und mächtig. Seine einzige Chance bestand darin, sie abzulenken und zu überlisten. „Es überrascht mich, dass du überhaupt noch *irgendetwas* selbst machst. Wischen dir deine Lakaien auch den Hintern ab?"

Nia lächelte und Danny musste instinktiv daran denken, dass es bei Gorillas eine ernsthafte Drohung war, wenn sie grinsten. „Meine Lakaien machen alles, was ich ihnen befehle. Was man von deinem lächerlichen Erzeuger nicht behaupten kann. Er lässt es zu, dass seine wertlosen Bastarde mir mein Geschäft kaputtmachen machen."

„Du bist es nicht wert Christopher die Füße zu küssen." Ächzend trat Danny gegen das riesige Bett. Das zweihundert Pfund schwere Möbelstück sauste durch die Luft auf Nia zu. Mit einem ohrenbetäubenden Knall zerbarst das Bett und Nia tauchte unversehrt, zwischen dem in zwei

Hälften zerspalteten Bett, aus dem Staub auf, die Axt vor der Brust.

„Dieses Bett hat Stalin gehört!", schrie sie wütend. „Du hast ja keine *Ahnung, was mich das gekostet hat,* du Arschloch!"

Danny griff mit hoch erhobener Machete an. Er ließ die Schneide kreisen und änderte den Winkel in letzter Sekunde, sodass Nia, beim Versuch auszuweichen, ihm direkt ins Messer lief. Sie schrie auf, als die Schneide sie an der Schulter verletzte und eine dünne Blutspur hinterließ.

Danny hob witternd die Nase, um Nias Emotionen am Geruch ihres Blutes zu erkennen. Sie war *stinkwütend.* Er grinste. *Das kann ich gegen sie benutzen.*

Danny wich ihrem wütenden Axthieb aus. Seine Brust war gerade außerhalb ihrer Reichweite. „Na, du bist ja nicht gerade eine Furcht einflößende Gegnerin."

Nias Axt hieb durch die Luft, ohne ihr Ziel zu treffen. Mit jedem Hieb steigerten sich ihre Wut und ihre Frustation.

„Fick dich." Nia sprang zurück, ergriff eine ihrer goldenen Büsten und warf sie mit aller Kraft auf seinen Kopf zu. Danny wich dem Geschoss aus und schrie auf, als ihre Axt auf ihn herabsauste.

Oh, Scheiße. Danny hob gerade noch rechtzeitig den Arm um den Schlag zu parieren und die Schneide grub sich tief in seinen Unterarm. Durch den Aufprall verlor Nia das Gleichgewicht und Danny konnte sich von ihr wegrollen. Er stieß mit der Machete nach ihr und versenkte die Schneide in den hölzernen Griff der Axt. Da jetzt die Machete fest in der Axt steckte, waren sie zusammen gefangen und jeder versuchte, die Waffe des anderen wegzudrücken. Plötzlich erinnerte Danny sich an Blagfor und wie sich seine felsartigen Arme angespannt hatten, als er sich im Armdrücken mit Danny gemessen hatte. Es war kein fairer Kampf gewesen. Und Danny musste auch nicht fair kämpfen.

Er trat Nia hart in den Magen. Sie flog durch den ganzen Raum und krachte in den deckenhohen Spiegel. Das Geräusch splitternden Glases erfüllte das Zimmer und rasiermesserscharfe Scherben regneten auf sie hinunter und hinterließen blutige Schnitte auf ihrer Haut.

Als die Axt ihr aus der Hand fiel, schnellte Danny vor und kickte sie sofort aus ihrer Reichweite.

„Gib auf, Nia." Danny näherte sich ihr vorsichtig mit wachsender Unruhe. Seltsamerweise roch ihr Blut nicht mehr nach Wut oder Angst, sondern eher nach gespannter Erwartung. „Im Gegensatz zu dir, macht es mir keinen Spaß jemandem wehzutun."

Nia humpelte auf den Kamin zu und hinterließ eine rote Blutspur. „Und genau deshalb wirst du immer auf der Verliererseite stehen." Nia drückte auf ein Paneel an der Seite des Kaminsimses. Räder klickten und das Paneel, das nur etwa zwanzig Zentimeter breit war und ein Loch in der Mitte aufwies, glitt langsam in die Wand.

Was sollte das nun wieder bedeuten? Er war auf das Schlimmste gefasst: Speere oder Flammen oder sogar Granaten. Danny sprang hinter die lange, weiße Couch, kippte sie um und suchte darunter Deckung.

Totenstille.

Er spähte vorsichtig unter der Couch hervor.

Nia war fort. Ihre Kleider und ihr Schmuck lagen in einem Haufen auf dem Boden, wo sie vorher gestanden hatte.

„Nia?"

Er hörte ein Zischen vom Boden und sprang erschrocken zurück. In Nias Kleidungsstücken lag eine zusammengerollte *Kobra*.

„Du schleimige Schlampe! Du bist eine Schlangenwandlerin?" Danny zog seine Machete und kam vorsichtig näher. „Dir ist doch wohl klar, dass Macheten dazu *geschaffen* sind, um Schlangen zu töten."

„Danny!" Robin kam zerzaust, aber grinsend, in den Raum gelaufen. In der Hand hielt sie einen Plastikbehälter mit schimmernden, regenbogenfarbenen Würmern. „Sieh nur, was ich gefund--", begann sie. Doch die Worte blieben ihr im Hals stecken als Nia, die Schlange, zischte und den Kopf in ihre Richtung wandte. „Was zum Teufel ist das?", rief Robin.

„Sei vorsichtig! Das ist Nia! Sie war eine Gestaltswandlerin, bevor sie zum Vampir wurde." Danny näherte sich ihr langsam. Nur weil sie jetzt kleiner war, hieß das nicht, dass sie langsamer oder weniger gefährlich war.

Nia schlängelte auf das schwarze Loch in dem Paneel zu, das sie geöffnet hatte. Danny schleuderte seine Machete nach ihr, verfehlte sie aber um Haaresbreite. Er versuchte die Fluchtöffnung vor ihr zu blockieren und sah den kalten, tödlichen Hass in ihren kleinen, schwarzen Augen.

Aus dem Augenwinkel nahm er wahr, dass Robin den Deckel von dem Behälter nahm, zum Fenster raste und den offenen Container nach draußen hielt.

Nia glitt auf ihn zu. Ihr Kopf bewegte sich drohend hin und her. „Nun, kleiner Prinz, glaubst du wirklich, du könntest mich aufhalten?" Nias Stimme hatte in ihrer Schlangengestalt einen zischenden, rauen Tonfall angenommen. „*Hortari* ist ein Teil unseres Wesens, und er ist gut fürs Geschäft."

Danny sprang wieder vor, aber sie wich ihm aus und lachte, ein schreckliches, gackerndes Lachen. In der Ferne meinte er, vertraute, krähende Geräusche zu hören, die schnell näherkamen. Robin fing seinen Blick auf und gab ihm wortlos eine Anweisung,

„Lenk sie ab."

„Geschäft, ach ja?" Danny versuchte, die Schlange zu provozieren. „Du erschaffst Sklaven."

Die Geräusche kamen immer näher.

Nina lachte. „Wir *alle* erschaffen Sklaven. Aber ich habe den Mumm und die Schlauheit, sie auch zu benutzen."

Kreischende Vogelstimmen erfüllten den Raum und die Wände erzitterten. Robin warf den Behälter und die bunten Würmer regneten auf Nia hinab.

„Geh weg da!", schrie sie Danny zu.

Glas explodierte in tausend Stücke, als die Fenster hinter ihnen zerbarsten. Dunkle Gestalten drängten und schoben sich hindurch. Sie hatten es furchtbar eilig, hineinzugelangen.

Danny sprang wieder hinter die Couch und zog Robin mit sich. Die Fensterrahmen gaben nach und die halbe Wand brach ein.

Danny zog Robin näher an sich, als hackende und pickende Geräusche den luxuriösen Raum erfüllten.

Robin schmiegte sich eng an ihn. „Ich habe sie in der Küche gefunden. Sie sollten wohl für einen magischen Trank verwendet werden, den Nia zusammenbrauen wollte." Sie streichelte sanft sein Gesicht. „Ich hatte solche Angst um dich, als ich die Kampfgeräusche hörte."

Danny riskierte einen Blick in den Raum. Kleine Überreste der Schlange waren im Raum verteilt und die Streiervögel taten sich genüsslich an den Wolkenwürmern gütlich, an denen noch kleine Stückchen Schlange klebten. Sie flatterten gut gelaunt mit den Flügeln, sodass kleine Federwolken in die Luft aufstiegen.

„Die Vögel haben Nia für uns erledigt." Robin legte ihren Kopf auf Dannys Schulter.

„Ich glaube, sie beschützen mich auch."

ZUFRIEDEN LEGTE Robin ihre Stirn an das kühle Glas des Fensters und betrachtete die Streiervögel, die zufrieden krähend in ihrem neuen, geschützten Habitat kratzten und pickten. Die Gartenanlagen der „Blutoase" waren das perfekte Nistgebiet für Streiervögel. Es war das erste von vielen, die Robin geplant hatte. Sie und Danny waren die neuen Manager des Clubs und sie hatte jetzt Zeit. Und zwar eine Ewigkeit.

Nachdem die riesigen Vögel Nia getötet hatten, hatten einige von Nias früheren Untergebenen sich Robins Kampf zur Rettung der Streiervögel angeschlossen. Seyah war besonders militant, wenn es um die Verhinderung von Bauprojekten und Versorgungsanlagen ging, die den Lebensraum der Vögel bedrohten.

Danny ließ sich auf die gepolsterte Bank neben dem Fenster fallen. Er hatte sich eine Stunde auf der Tanzfläche ausgetobt und war ziemlich außer Atem. Als Nia unschädlich gemacht war, hatte Danny Christopher angerufen, damit er seine Truppen zurückzog. Christopher war aber noch zur „Blutoase" gekommen, um sich persönlich zu überzeugen, dass es Danny und allen anderen gut ging. Christopher war genauso, wie Robin sich einen guten König immer vorgestellt hatte: aufmerksam, eindrucksvoll und liebenswürdig. Er hatte sofort zugesagt, dass er Robins Initiative, die Streiernester zu ihrem neuen Lebensraum zu transportieren, finanziell unterstützen würde.

„Hast du schon etwas von Samantha über den Sicherheitszauber gehört?", fragte Danny und summte leise zur Musik mit.

„Er müsste jeden Moment fertig sein." Robin küsste ihn auf die Wange. Seit der großen Neueröffnung, hatten sie mehrere Zauber ausprobiert, um Personal und Gäste zu schützen. Robin war überglücklich, dass ihre Studienfreundin, Samantha, die Stelle als Sicherheitsbeauftragte angenommen hatte und nun die letzten Kinderkrankheiten bei den Schutzzaubern ausbügelte.

Robin lächelte, als ein magischer Blitz an ihr vorbeizischte und sich in das Gebäude einarbeitete. Die Tänzer auf der Tanzfläche jubelten und drängten sich noch enger an ihre Partner.

„Willst du ihn testen?", fragte Danny.

Robin schüttelte den Kopf. „Nicht nötig, ich glaube wir bekommen sofort eine praktische Demonstration." Sie deutete auf Kendry an der Bar, die gerade einem kleinen, dicken Satyr zu verstehen gab, dass sie nicht mit ihm nach oben in ein Schlafzimmer gehen würde. Das hübsche Vampirmädchen war eine der wenigen, die als bezahlte Angestellte geblieben war, da ihr die Arbeit eigentlich gut gefiel und sie leidenschaftlich gern tanzte. Aber einige ihrer früheren Freier, die sie unter der alten Herrschaft gezwungenermaßen unterhalten hatte, konnten nicht verstehen, dass sie jetzt das Recht hatte „Nein" zu sagen. Der Satyr fing an sie zu befummeln, aber sie schob ihn energisch weg. Er schwankte unsicher auf seinen Hufen und ... verschwand.

Robin drehte sich um und sah aus dem Fenster. Eine tiefe Zufriedenheit erfüllte sie. Der Satyr stand draußen vor dem Eingangstor und hüpfte wütend und schreiend auf und ab. Er hämmerte mit den Fäusten gegen die unsichtbare Sperre, die ihn davon abhielt wieder auf das Gelände zu gelangen, bis Kendra entschied, ihn wieder einzulassen.

Samantha Zauber war ein voller Erfolg, wenn es darum ging, alle die loszuwerden, die sich nicht an die Regeln hielten.

„Das neue Sicherheitssystem funktioniert einwandfrei, Leute", sagte Robin in das Walkie-Talkie an ihrer Hüfte. Dann beugte sie sich vor und küsste Danny auf den Mund. „Wir haben es geschafft!"

„Hmm, ja das haben wir. Ich habe nie daran gezweifelt." Er schmeckte nach Bourbon und Blut. Sie leckte an der Innenseite seiner Lippe entlang, sodass ihm der Atem stockte. Er zog sie näher an sich bis sie rittlings auf der Bank auf ihm saß.

„Tigerwandlerblut?" Ihr Kuss vertiefte sich und ihre Zunge glitt über die Innenseite seiner Wangen und spielte mit seiner Zunge. „Lecker. Und er war auch noch super geil." Der Geschmack des Tigerbluts auf ihren Lippen machte sie heiß. Die darin enthaltene sexuelle Erregung übertrug sich durch die winzigen Tröpfchen in seinem Mund auf sie. „Mein Liebstes."

Dannys Hände massierten ihren Hintern und er küsste ihren Hals mit so viel Leidenschaft, dass sie aufstöhnte. Ihre Brustwarzen richteten sich auf und ihre Hüften bewegten sich zum Rhythmus der Tanzmusik und drängten sich gegen ihn.

„Weißt du, was mein Liebstes ist?", murmelte er in ihren Mund.

Ihre Finger gruben sich in sein Haar. Sie zog ihn näher, bis sein männlicher Duft sie ganz einhüllte. „Soll ich wirklich raten?"

Sein steifer Schwanz war auf gleicher Höhe mit ihrem Unterleib. Durch seine Hose rieb sie ihren Kitzler an seinem Schaft entlang und genoss die Reibung.

Dannys Zunge spielte an ihrem Hals. „Nein, eigentlich nicht."

Sie lachte und küsste ihn noch leidenschaftlicher. Dann zog sie den Ausschnitt seines Hemdes hinunter und streichelte seine Brust. „Dann sag es mir, mein süßer, aufregender Liebhaber, was ist dein Liebstes?"

„Komm, ich zeige es dir." Er nahm sie bei der Hand, eilte mit ihr durch die Tür nach draußen und hielt erst an, als sie unter den Bäumen standen.

Danny legte den Arm um sie und sie lehnten sich beide an den Stamm einer mächtigen Eiche. Die Nachtluft duftete süß. Der liebliche Duft von Geißblatt und Rosen aus dem Garten vermischte sich mit den herberen Noten von Erde, Moos und Blättern. Robin lehnte entspannt am Baum. Die schönen Erinnerungen an das erste Mal, als sie Danny die Nester der Streiervögel gezeigt hatte und an die vielen Wochenenden mit ihren Eltern, strömten auf sie ein.

„Also, verrätst du mir jetzt, was dein Liebstes ist?", fragte sie und sah ihn an. Das Mondlicht betonte die scharfen Linien seines Gesichts und ließ seine Augen beinahe erglühen. Seine Haut erschien noch glatter und erweckte in ihr die Lust, sie mit Küssen zu bedecken. In der letzten Zeit war sie sehr beschäftigt gewesen: durch die Streiervögel, den Kampf gegen Nia, die Einrichtung eines neuen, sicheren Lebensraums für die Vögel und die befreiten Vampire. Durch den ganzen Stress hatte sie gar nicht mehr darüber nachgedacht, wie fantastisch ihr Geliebter war. Danny erfüllte alle ihre Träume: er war witzig, treu, unterhaltsam und interessiert. Er strich mit dem Finger sanft über ihre Wange und sie musste sich auf die Lippe beißen. Er war außerdem so heiß, dass ihr das Höschen feucht wurde.

Danny lachte leise. „Na ja, als ich dich hierhin verschleppt habe, hatte ich eine wunderbare Rede vorberei-

tet. Ich wollte dir sagen, dass du mein Liebstes bist und dass
du mich in den letzten Monaten glücklicher gemacht hast,
als ich es in den Hunderten von Jahren, die ich bereits lebe,
jemals war."

Sein Finger streichelte ihr Kinn, dann ihren Hals und
spielte dann mit der Kante ihrer Bluse und strich über ihr
Schlüsselbein unter dem Stoff. „Außerdem wollte ich dir
sagen, dass alles an dir toll ist; dein Schutzinstinkt, deine
unglaubliche Tapferkeit und die Art, wie du den Mund
verziehst, wenn du ungeduldig mit mir bist und willst, dass
ich endlich zum Punkt komme."

Robin lachte und entspannte ihren Mund, denn sie
hatte sich tatsächlich in die Wange gebissen. Sie bekam
Bauchschmerzen vor Aufregung.

„Und ich wollte über alles reden, was du mir über deine
Eltern erzählt hast, und dass die Natur für mich bis jetzt
keine besondere Bedeutung hatte, bis du mir zeigtest, dass
man alles in der Natur mit Liebe betrachten muss. Und
diese Liebe für alles, was uns umgibt, habe ich eigentlich,
trotz meiner langen Wanderungen, nie so richtig empfunden, bis ich dir begegnet bin."

Er kniete vor ihr nieder und Robin spürte, wie ihr die
Tränen in die Augen stiegen.

„Wo immer du bist, da ist mein Zuhause, ob jetzt und
hier oder irgendwo, in einigen Jahrhunderten, wenn wir
losziehen, um uns anzusehen, wie sehr die Welt sich verändert hat."

Sie schluckte. Ein glücklicher Schluchzer entrang sich
ihrer Brust. „Das alles wolltest du mir also sagen, ja?"

Er lächelte. „Ja schon, aber dann fiel mir etwas Besseres
ein." Lachend zog er einen Ring aus seiner Tasche, einen
Stein, der in einen klassischen Goldring eingearbeitet war:
Der Stein war schwarz und mit grünen Adern durchzogen,

wie der Flügel eines Streiervogels. „Ich liebe dich mehr als alles andere auf dieser Welt und ich möchte jeden Tag meines Lebens an deiner Seite verbringen."

„Ja!", rief Robin, so laut, dass die Streiervögel unten im Tal auf diesen Ruf antworteten. Sie krähten erstaunt und liefen aufgeregt suchend kreuz und quer herum, um herauszufinden, woher dieser Laut gekommen war.

„Und nun laufen wir los", sagte Robin und nahm seine Hand.

„Immer."

Sie lächelte strahlend, als sie zurück zum Haus sprinteten. Sie wusste, dass sie ihr ganzes Leben lang Hand in Hand mit ihm laufen würde.

WOLLEN *Sie mehr über Dannys Nachkommen aus der Vergangenheit wissen? Lesen Sie, was mit dem Mann, den er verwandelt hatte, geschah, und zwar in der nächsten Folge der Serie* Königliches Blut: Die Flucht des Vampirs.

DIE FLUCHT DES VAMPIRS

Oh bitte, lass heute mein Glückstag sein, betete Lauren vor dem goldumrandeten Spiegel und tupfte sich roten Lippenstift von den Zähnen. Das Kleid, das sie trug, war das gleiche, das sie bei ihrem letzten Date mit Trevor getragen hatte, aber sie hatte eine Freundin, die Schneiderin war, überredet, es auseinander zu trennen und wie neu aussehen zu lassen. Sie zuckte zusammen als eine schlecht verarbeitete Naht in ihren Rücken stach. Die Ausgaben und Gefallen, die sie allen möglichen Leuten schuldete, um den Schein zu wahren, häuften sich immer mehr, und wenn es mit Trevor heute Abend nicht klappte, dann war sie erledigt. Trevor musste der Richtige sein.

Lauren zwang sich, über die kleinen Falten hinwegzusehen, die sich in letzter Zeit um ihre Augen und ihren Mund herum gebildet hatten. Achtunddreißig war eben nicht mehr fünfunddreißig, und die letzten drei Jahre seit Nikolais Tod waren schwer gewesen. Sie konnte es sich nicht leisten, dass die harten Zeiten Spuren auf ihrem Gesicht hinterließen. Vorsichtig legte sie noch etwas Make-up auf. Der superheiße Milliardär Trevor Simm durfte nicht merken, dass sie keine siebenundzwanzig mehr war, wie sie behauptet hatte.

Sie schob ihre Brüste etwas höher in den Ausschnitt ihres Kleides und drückte sie dann aber wieder etwas tiefer. Sie wollte auf dem schmalen Grat zwischen „Dame" und „Fickmäuschen" balancieren und beides überzeugend rüberbringen. So erkannte ein Mann sofort, dass es nicht leicht sein würde, in ihrem Bett zu landen, aber dass er eventuell eine Chance hatte, es irgendwann zu schaffen. Seit sechs Monaten wurde sie von Trevor bereits aufmerksam und zuvorkommend umworben. Heute musste es einfach geschehen, dass er ihr einen Ring anbot, als Gegenleistung für die Ehre, Lauren für den Rest seines Lebens als Gefährtin zu haben.

Du schaffst das, sagte sie ihrem Spiegelbild. Darauf hast du dein Leben lang hingearbeitet. Lauren lächelte sich selbst zu, ein geübtes Lächeln, höflich und gewinnend, bei dem sie ihre Zähne nicht zeigte— Eine Dame grinst nicht wie ein Schimpanse, hatte ihre Mutter sie immer ermahnt —und ging tapfer wieder zurück in das Restaurant.

Chez Fenêtre war immer noch so schön, wie in der Zeit, als sie jeden Dienstagabend hier mit Nikolai gespeist hatte. Lauren hatte Trevor vorsichtig dahin gesteuert, dass er die Idee hatte, sie zu ihrem Sechsmonatstag hierhin einzuladen. Natürlich hatte sie vorher angerufen und das Personal vorgewarnt, dass sie vorgeben sollten, sie nicht zu kennen, aber auch um sicher zu sein, dass sie ihren Lieblingsrotwein vorrätig hatten.

Trevor stand auf, als sie sich dem Tisch näherte, höflich wie immer, mit einem kleinen, diskreten Lächeln, dass Laurens Mutter gefallen hätte. Zurückhaltend und charmant wie Clark Gable in einem alten Film, aber mit blondem Haar und Seitenscheitel wie eine Kenpuppe, und leichter gebaut. Obwohl er behauptete, Dreißig zu sein, sah er aus wie höchstens zweiundzwanzig.

Und Trevor hatte Geld.

So viel Geld. So viel Geld, dass er sich Maßanzüge und für ihn speziell angefertigte Uhren locker leisten konnte, jedes Mal, wenn er sie abholte, einen anderen Aston Martin fuhr und mit ihr in einem Privatjet nach Paris zum Dinner fliegen konnte.

Ihr verstorbener Ehemann, Nikolai, war auch sehr reich gewesen. Er war Alpha eines Bärenwandlerclans im Ruhestand, der über mehrere Milliarden Dollar verfügte. Ihre Ehe war eine geschäftliche Abmachung gewesen: Sie war seine Begleiterin und Gesellschafterin und er teilte sein luxuriöses Leben mit ihr. Obwohl keiner von beiden je behauptet hatte, den anderen zu lieben, hatte sich in den fünfzehn Jahren, die sie zusammen verbrachten, doch eine echte Zuneigung zwischen ihnen entwickelt. Lauren vermisste die kleinen Nettigkeiten, die sie bis zu Nikolais letztem Tag immer ausgetauscht hatten und die tröstliche Gewissheit, dass sie sich um nichts kümmern musste, außer um Nikolais Bedürfnisse.

Aber als er schließlich an seiner Krebserkrankung verstarb, stellte sie fest, dass Nikolais Vermögen schon längst an seinen Sohn übergegangen war. Der junge Alpha wies Lauren eine bescheidene Summe an, um sie über Wasser zu halten, bis sie sich aus eigener Kraft versorgen konnte, aber das Geld war schneller weg, als sie dachte.

Trevor zog Laurens Stuhl vor und bedeutete ihr, sich zu setzen. Der Kellner war fort, der Tisch bereits abgedeckt, aber zwei Gläser mit Champagner standen auf dem Tisch, sowie eine Flasche in einem silbernen Eiskübel. Ihr Herz schlug schneller.

Jetzt kommt es!

„Du siehst heute Abend wieder bezaubernd aus, meine Liebe." Trevor drückte sich immer etwas steif aus. Aber das verlieh ihm auch einen ganz besonderen Charme. Er hatte eine etwas altmodische und unbeholfene Art, die im Gegensatz zu Nikolais rauem Selbstbewusstsein, rührend und liebenswert wirkte.

Sie lächelte und warf ihm von unten einen dankbaren Blick zu, mit dem sie gleichzeitig überprüfte, ob seine Augen - ja, alles ok - auf ihr Gesicht gerichtet waren statt auf ihre Brüste. Kein Geld der Welt war es wert, sich betatschen zu lassen, wie ein paar Männer es versucht hatten, mit denen sie sich nach Nikolais Tod getroffen hatte. Trevor hatte sich gleich dadurch ausgezeichnet, dass er niemals körperlich aufdringlich wurde und sich sofort einverstanden erklärte als sie darauf bestand zu warten, bis sie beide sicher waren, dass es etwas Ernstes war. Sie waren nie weiter gegangen als ein paar leidenschaftliche Küsse auf dem Rückflug von ihrem letzten Tauchausflug zum Roten Meer.

Trevor war ein ausgezeichneter Küsser, mit genau dem richtigen Zungeneinsatz. Seine Hände hatten nur sanft ihre Brüste gestreift, sodass sich ihre Brustwarzen aufrichteten, aber er hatte nie rücksichtslos gegrapscht. Auch wenn sie es niemals mit Liebe verwechseln würde, so wurde ihr Lächeln, das sie ihm über den Tisch zuwarf, noch strahlender bei der Erinnerung an seine Lippen, die so gekonnt ihren Hals und ihre Brust liebkost hatten.

„Ich bin so glücklich, Trevor", sagte sie. „Ich danke dir für einen weiteren wundervollen Abend." Sie deutete auf das leere, elegante Restaurant. Er hatte das ganze Restaurant reserviert, damit er mit ihr allein sein konnte. Nur der Kellner und das Küchenpersonal waren da, doch sie hatten sich während ihres Viergangmenüs professional und diskret im Hintergrund gehalten. „Ich war noch nie so glücklich, wie wenn ich mit dir zusammen bin."

Natürlich eine Lüge. Aber es war ja nicht Trevors Schuld, dass sie ihn noch nicht liebte. Er war respektvoll und süß. Mit der Zeit würde sie ihn lieben.

Trevor lächelte. „Es freut mich sehr, das zu hören." Er stand auf, nahm eines der Champagnergläser und kniete vor ihr nieder.

Ja, ja, ja, ja. Lauren presste ihre Hände zusammen, um nicht vor Freude zu klatschen. Ich habe es geschafft! Ich habe es geschafft! Auch mit achtunddreißig hab' ich es noch drauf!

„Lauren Vaughan." Er nahm eine längliche Schachtel aus seiner Tasche, die jedoch zu groß war für einen Ring, und öffnete den Deckel.

Was? Sie starrte auf das Messer, das in der Schachtel lag. Es war mit großen Edelsteinen besetzt, einschließlich eines Diamanten so groß wie eine Walnuss. Die Schneide war nur knapp zwei Zentimeter lang und extrem scharf.

„Ähm", begann sie, aber schwieg dann. Es ist nur ein kleines Messer. Mal sehen, wie es jetzt weitergeht. Aber ihre Füße, die unter dem Tisch versteckt waren, schlüpften aus den hohen Schuhen, bereit loszurennen, wenn die Situation gefährlich wurde.

Trevor lächelte sie an. Er ritzte mit dem Messer seinen Ringfinger und ließ das Blut in seinen Champagner tropfen. Die perlende Flüssigkeit färbte sich langsam rot, als sich das Blut mit dem goldenen Champagner vermischte.

„Willst du, Geliebte, für immer und ewig meine Braut der Nacht sein?" Er hob das Glas in ihre Richtung.

Ein Vampir. Das erklärte so einiges. Seine altmodische Ausdrucksweise, seinen Reichtum, der weder einer Erbschaft noch einem hoch bezahlten Job zu entstammen schien, und dass sein Gesicht viel zu jung war, für die Art wie er sich verhielt. Sie biss sich auf die Lippe und bewahrte einen neugierigen Gesichtsausdruck, während sie schnell über die Sache nachdachte.

Nikolai hatte ihr von Vampiren erzählt, als sie sich kennenlernten und er sie in die übersinnliche Welt einführte. Sie hatte es nie in Betracht gezogen, sich von einem Vampir verwandeln zu lassen — wenn, dann hätte sie es eher getan, bevor die ersten Fältchen in ihrem Gesicht aufgetaucht waren — aber, warum nicht? Sie wurde nicht jünger und Trevor war genau der Lebensgefährte, den sie sich immer gewünscht hatte: reich, liebenswert und leicht zu handhaben.

„Ich verstehe das nicht. Was meinst du damit?" Das erste Gesetz einer Dame: Lass den Mann nie wissen, was du alles weißt. Was Trevor betraf, so ging er davon aus, dass sie keine Ahnung hatte, dass eine übersinnliche Welt mit ihren Kreaturen überhaupt existierte. Sie nahm ihm das Glas mit dem rot gefärbten Champagner aus der Hand und stellte es vor sich auf den Tisch. Er lächelte und setzte sich wieder in den Stuhl ihr gegenüber.

„Ich bin ein Vampir, meine Süße, genau wie der mächtige und legendäre Dracula. Es mag dir schwerfallen, es zu glauben, aber Hexen, Werwölfe und andere magische Kreaturen gibt es wirklich. Ich bin echt." Er öffnete die Lippen und zeigte ihr seine Zähne. Obwohl sie darauf vorbereitet war, war Lauren doch sehr überrascht, als sie sah, wie sich seine Eckzähne verlängerten, bis sie weit über seine Unterlippe ragten.

„Du bist ein Vampir?" Sie ließ ihre Stimme ungläubig klingen. „Du trinkst Blut?"

Er lächelte, wieder das gleiche distanzierte Lächeln. „Ja, ich brauche Blut zum Überleben, aber ich genieße auch die köstlichen Delikatessen und feinen Mahlzeiten, die wir zusammen gegessen haben. Du hast nichts zu befürchten, ich bekomme mein Blut von Spendern. Du bist sicher vor meinem Hunger."

Sie nickte. Seine Antwort stimmte mit dem überein, was sie schon wusste.

„Aber wir sind im Sonnenlicht spazieren gegangen. Ich dachte, Vampire könnten nicht bei Tageslicht ausgehen." Sie stellte ihm Fragen und hörte nur halb zu, wenn er antwortete, da sie wusste, wann er die Wahrheit sagte. Sie spielte die unwissende Menschenfrau, um Trevor die Gelegenheit zu geben, sie anzulügen.

„Es stimmt, wir sind schwächer bei Tag", antwortete er. „Unsere Kraft und Sinnesstärken sind bei Tag begrenzt und direktes Sonnenlicht verursacht uns Schmerzen, aber ich kann bei Tageslicht ausgehen."

Das stimmt, bestätigte sie innerlich. Es wäre für Trevor kein Problem gewesen, ihr etwas über die negative Seite des Vampirdaseins vorzulügen, aber — obwohl es offensichtlich war, dass er wünschte, dass sie sein Leben teilte — tat er das nicht.

„Das ist gut zu wissen."

Wenn Trevor überrascht war, dass sie ihm so schnell glaubte, ließ er sich das nicht anmerken. Lauren stellte in Gedanken alle Pros und Kontras gegenüber, von dem was sie von Nikolai über Vampire erfahren hatte: Enorme Kraft und verstärkte Sinne wären absolut super (obwohl sie nicht ganz sicher war, wozu sie sie brauchen könnte). Außerdem könnte sie die Gefühle anderer, nicht-vampirischer Wesen riechen (auch nicht so wahnsinnig nützlich). Ein Nachteil wäre es, dass sie niemals mehr die Sonnenstrahlen auf ihrer Haut genießen konnte, aber in der letzten Zeit hatte sie sich den hautschädigenden UV-Strahlen sowieso nicht mehr ausgesetzt.

Sie berührte ihre Wange. Ich muss mir nie wieder Sorgen um Falten machen! Die Vorteile waren natürlich, dass sie nicht mehr altern würde, Wunden schnell heilten und sie gegen alles außer Feuer und Enthauptung unverwundbar war ... aber, es gab ja auch noch den Hortari. Sie sah Trevor abschätzend an. Sie hatte ihn sich in den letzten sechs Monaten als Ehemann vorgestellt, aber als Erzeuger und Beherrscher?

Vampirerzeuger hatten die absolute Befehlsgewalt über

ihre Nachkommen, wenn sie den Hortari anwendeten. Trevors Wille würde ihren völlig beherrschen. Das dürfte nicht allzu schlimm sein, dachte sie, und biss sich auf die Lippe. In den letzten sechs Monaten hatte er nicht einmal die Stimme gegen sie erhoben und war immer höflich und großzügig gewesen.

„Wenn du mich in einen Vampir verwandelst, was bedeutet das für uns?" Sie formulierte ihre Frage absichtlich so vage wie möglich und betrachtete aufmerksam sein Gesicht, um zu erkennen, ob er ahnte, dass sie ihm ihre Unwissenheit nur vortäuschte.

Er lächelte und legte seine Hand auf ihre. „Seit ich dich zum ersten Mal gesehen habe, weiß ich, dass du die Frau bist, die ich mir für die Ewigkeit an meiner Seite wünsche. Wenn ich dich in einen Vampir verwandle, dann bin ich dein Erzeuger und das bedeutet, dass ich die Macht des Hortari über dich habe." Lauren entspannte sich, sobald er das Wort ausgesprochen hatte. Trevor hatte den Hortari aus freien Stücken erwähnt, obwohl er sie einfach hätte anlügen können.

„Der Hortari gibt mir die Macht, dich mit meinen Worten zu beherrschen, wann immer ich möchte." Trevor hielt inne, seine Finger streichelten sanft ihren Handrücken. „Aber der Hortari darf nur angewendet werden, wenn es wirklich notwendig ist, um neue Vampire davon abzuhalten, andere zu verletzen, wenn sie sich noch nicht an ihren Hunger und ihre neu erworbenen Kräfte gewöhnt haben. Ich liebe dich so sehr, Lauren, ich würde niemals etwas von dir verlangen, das du nicht möchtest."

Lauren war glücklich. Er war wirklich ein guter Mann. Ein guter Vampir. Sie hatte klug gewählt. Ich werde ewig leben! Für immer in Sicherheit. Für immer beschützt. Niemals würde sie sich Gedanken über neue Fältchen machen müssen, oder Angst haben, wegen einer Jüngeren verlassen zu werden. Sie wäre nicht mehr von der Großzügigkeit ihres Stiefsohns abhängig, der den großen Altersunterschied von fünfzig Jahren zwischen ihr und Nikolai immer missbilligt hatte.

Sie beugte sich über den Tisch und strich mit der Hand über Trevors Wange. Er sah so gut aus, wie aus einem Filmplakat entstiegen. Und er wollte sie. Die achtunddreißigjährige, verwitwete Lauren Vaughan.

„Ja", sagte sie. „Ich will deine -" Wie war noch der lächerliche Ausdruck, den er verwendet hatte? - „Braut der Nacht" sein."

„Du atemberaubendes Wesen." Er warf den Kopf in den Nacken, seine Stimme wurde tiefer. „Im Leben gibt es Dunkelheit und Licht, und du bist eines der Lichter, das Licht aller Lichter."

Schneller noch als Nikolai in seiner Bärenwandlergeschwindigkeit, schleuderte Trevor den Tisch zur Seite, sodass der Champagner und die Gläser an der Wand zerschmetterten.

Trevor bewegte sich so schnell, dass Lauren kaum wahrnahm, dass er aufstand. Seine Hände legten sich um ihr Gesicht, sein Mund presste sich auf ihren und seine Zunge drang zwischen ihre Lippen. Monate der unterdrückten Leidenschaft und Lust auf seinen männlichen Körper nahmen von ihr Besitz, und sie zog ihn enger an sich, bis sie beide vom Stuhl und auf den weichen Teppich fielen.

Sein Verlangen nach ihr erweckte eine Wollust, die sie seit Jahren unterdrückt hatte. Er riss ihr das Kleid vom Leib. Lauren war dankbar, dass sie ihren schönsten BH angezogen und das Höschen weggelassen hatte. Trevor verschlang ihren Körper mit den Augen. Sie hob die Arme über den Kopf, sodass sich ihre Brüste ihm entgegen drängten. Sie wusste, dass sie sexy aussah. Sie hatte hart dafür gearbeitet, so heiß auszusehen. Jeden Tag lief sie fünf Kilometer, seit zehn Jahren war kein Kohlenhydrat über ihre Lippen gekommen und sie zwang sich, Grünkohl zu essen, obwohl er eklig schmeckte. Aber nun, da sie das Begehren in Trevors Augen sah, war es jedes Opfer wert gewesen.

Der Mann sabberte praktisch vor Verlangen nach ihr, und sie wand sich vor Wonne. Er zog sich das Hemd vom Körper und gab den Blick auf die harten Muskeln frei, die man unter seinen perfekt geschnittenen Maßanzügen immer nur erahnt hatte.

Der verzweifelte Hunger auf seinem Gesicht erregte Lauren so sehr, dass sie feucht zwischen den Schenkeln wurde. Drei Jahre waren eine lange Zeit. Sie nahm Trevors Hand und schob sie zu ihrer Klitoris, während sie ihn leidenschaftlich küsste. Ihre Hüften rieben sich an seiner Hand und das Gewicht seines Körpers auf ihrem erhöhte die Reibung an ihrer empfindsamsten Stelle. Lauren öffnete seinen Gürtel und warf in beiseite. Er konnte es gar nicht abwarten, dass sie seine Hose aufknöpfte, sondern riss sie hinunter, zerriss seine Boxershorts und befreite seinen harten Schwanz.

Trevor massierte seinen Schwanz, während seine andere Hand ihren Kitzler so schnell rieb, dass es sich fast anfühlte wie ihr allzeit verlässlicher Vibrator zu Hause. Lauren schnurrte vor Wollust, küsste seinen Hals und streifte ihren BH ab, um ihre aufgerichteten Nippel an seiner nackten Brust zu reiben. Seine Haut fühlte sich angenehm kühl an im Gegensatz zu der Hitze, die sich zwischen ihren Schenkeln aufbaute. Es geschah alles so schnell; sie brauchte sein Verlangen, sie brauchte ihn und die Gewissheit, dass er sein Angebot ewiger Geborgenheit nicht zurücknehmen würde.

Lauren rollte sich herum, bis sie auf ihm saß, mit dem

Rücken zu seinem Gesicht. Sie beugte sich vor und küsste an Trevors Bauch entlang abwärts, bis sie ihr Ziel erreicht hatte. Ihre Lippen legten sich um seinen harten Schwanz. Dann leckte sie seinen Schaft entlang und nahm seine Eier, eines nach dem anderen, in den Mund, während ihre Finger seinen Schwanz streichelten und massierten. Er stöhnte lustvoll. Lauren drückte Trevors Finger tiefer in ihre Muschi, so konnte sie sich gleichzeitig von seinen Finger vögeln lassen und ihn blasen.

„Oh Baby, du bist so was von heiß." Trevor stöhnte. „Dein Mund ... dein heißer Mund." Lauren musste lächeln, ein Gefühl der Macht durchströmte sie wie eine Droge. Sie hatte erreicht, dass er seine gestelzte Sprechweise vergaß und völlig die Kontrolle verlor. Sonst war er so distanziert und kontrolliert, dass der Anblick seines hilflosen Verlangens, als er ihren Hinterkopf ergriff und ihren Mund voller Wollust fickte, ihr einen Schauer über den Rücken jagte.

Im letzten Moment zog er seinen Schwanz aus ihrem Mund. „Oh Mann, Baby, ich will dich so sehr." Sanft legte er sie auf den Rücken und sie öffnete die Beine für ihn. Der Schweiß, der ihm vom Gesicht tropfte, war für sie das schönste Kompliment, das sie seit langer Zeit bekommen hatte.

„Komm in mir, Trevor." Lauren rieb ihre Hüften gegen seinen Schwanz. Sie schlang die Beine um seinen Körper und presste ihre feuchte Möse gegen seine Eichel. „Bitte, ich will mehr."

„Oh Baby, du kannst mehr haben. Du kannst alles haben." Er drang tief in sie ein und vögelte sie schnell und hart. Sie schob ihm ihre Hüften mit jedem Stoß entgegen und ihre Finger glitten zwischen ihre Körper, um ihren Kitzler zu streicheln, während er sie stieß.

Wieder und wieder drang er in sie ein, und ihre Rufe

„härter" und „schneller" und „Oh Gott, ja, ja!" wechselten einander ab und wurden dann zu animalischem Stöhnen und Lustschreien, je länger Trevors Schwanz sich in ihr bewegte. Mit jeder Berührung ihres Kitzlers baute sich der Höhepunkt auf und schließlich ergoss er sich in ihr und sie kam sofort mit ihm. Als die Wellen des Orgasmus langsam abebbten, presste Trevor sein Handgelenk an ihre Lippen und sie schmeckte eine metallische, salzige Flüssigkeit auf ihrer Zunge. Sie blickte auf und sah ihm in die Augen. Er atmete schwer und bei jedem Atemzug berührte seine Brust ihre Brustwarzen.

„Trink, meine Geliebte. Trink und werde mein."

Lauren öffnete ihren Mund und trank das Blut, das ihr die Kehle hinunterrann. Sofort fühlte sie sich schwer und müde. Sie schloss die Augen.

Jetzt fängt mein Leben als Vampir an.

DIE SONNE GING UNTER. Trevors imposante Villa blockierte die letzten Sonnenstrahlen, die durch die Jalousien in Bens Labor blinzelten. Das kleine Häuschen im hintersten Winkel von Trevors riesigem Besitz, direkt hinter dem Pool, war Bens Reich und barg so einige Gefahren. Ein seltsam klingendes Geräusch, das sich anhörte wie ein Schluckauf, kam von einem Tisch am Fenster und Ben begab sich schnellstens in Deckung.

Seine neueste Erfindung gurgelte wie ein Känguru in den Wehen. Die Maschine trudelte in Kreisen durch den Raum, versprühte eine mysteriöse Flüssigkeit und gab dann eine klägliche Rauchwolke von sich. Ben lugte aus seinem Versteck hinter den aufgetürmten Werkzeugkisten hervor und strich sich nachdenklich über das Kinn, wobei er erstaunt feststellte, dass er dort einen kurzen Bart erspürte. Habe ich mich nicht heute Morgen erst rasiert? fragte er sich und warf einen Blick auf sein Handy. Vor vier Tagen. Es war schon vier Tage her, seit er sich rasiert und etwas Vernünftiges zu sich genommen hatte.

Ben kritzelte eine Notiz in sein Laborlogbuch und nahm sich einen Beutel Blut aus dem kleinen Kühlschrank. Er war wirklich dankbar, dass sein Neffe, Trevor, immer daran dachte, die Vorräte aufzufüllen. Das Blut wurde von einer älteren Pferdewandlerin nach einem Tag im Wellnesscenter gespendet und hatte daher eine entspannende Wirkung. Er ließ das Blut seine Kehle hinunterlaufen und näherte sich dann vorsichtig seiner durchgeknallten Erfindung.

Die gurgelnden Rohre und drehenden Zahnräder schienen eigentlich in Ordnung zu sein; sie waren nur mit Benzin verschmiert. „Verdammter Mist", fluchte Ben. Er nahm sich einen Lappen und wischte vorsichtig über die Verkleidung, um das ungewollte Nebenerzeugnis der Maschine abzuwischen. Den geleerten Blutbeutel ließ er achtlos zu Boden fallen.

Bens neueste Erfindung hatte das Potenzial von großem Nutzen für die Menschheit zu sein, wenn er nur den blöden Nebeneffekt loswerden konnte, dass sie überall Benzin versprühte. Der Entsalzer war ein Komponentenumkehrer, der Plastikabfall und Salzwasser in frisches, sauberes Trinkwasser verwandelte. Das einzige, unliebsame Nebenprodukt, das Ben nicht loswerden konnte, war Benzin.

„Hallo? Jemand zu Hause?", erklang eine fremde Stimme.

„Ich komme!" Ben bewegte sich vorsichtig in Richtung Tür, wobei er sich drehte und seitwärts lief, damit er mit seinen breiten Schultern nicht irgendwelche wichtigen Stapel umstieß, die überall im Raum standen. Bens diverse

Stapel von Laborlogbüchern, Büchern, Laborbechern und Werkzeugen sahen für den Unbeteiligten aus wie unorganisiertes Chaos, aber für Ben war seine Laborunordnung zweckmäßig und logisch und seine eigene geniale Erfindung.

Ein schlaksiger, menschlicher Teenager stand vor den breiten Glastüren des Poolhauses. Bens feine Vampirnase konnte die Langeweile und Ungeduld, die im Blut des Jungen zirkulierten, wittern.

„Pizzalieferung", brummelte der Pizzabote gelangweilt. Er trat von einem Fuß auf den anderen und balancierte einen Turm von sieben Pizzaschachteln, die bis an sein Kinn aufgestapelt waren.

Ben runzelte die Stirn. „Ich habe nichts bestellt … Verstehst du, wir … essen hier eigentlich nicht."

Der verwirrte Ausdruck im Gesicht des Pizzaboten verriet ihm, dass er das überhaupt nicht verstand.

Ach ja. Ein Mensch. Ben gab sich einen Klaps auf die Wange und der Junge zuckte zusammen.

„Ups …", Ben lachte verlegen und hoffte, den verdutzten Jungen ein bisschen zu beruhigen. „Ich meine, natürlich essen wir. Wir Menschen lieben gutes Essen. Es ist nur so, dass …" Ben versuchte sich lässig auf den Labortisch zu lehnen, und fasste dabei mit der Hand in eine Petrischale voller Wolkenwürmer. Er pellte sich die klebrigen Würmer von den Fingern und legte sie zurück zu ihren Brüdern, die sich in der Schale wanden. Die Augen des Jungen folgten den Würmern von Bens Hand zurück in die Schale und er wurde ganz blass.

Ben ergriff einen großen Schraubenschlüssel und begann, ihn lässig herumzuwirbeln, aber der Junge wirkte immer verschreckter.

„Ähm, Kumpel? Der Auftraggeber sagte, ich soll die

Lieferung zum Poolhaus bringen. Das hier ist das Poolhaus, oder?" Der Teenager rückte die Schachteln in seinen Armen zurecht.

Oh, Mist. Ich mache es schon wieder. Ben wurde immer etwas nervös, wenn er mit Fremden zu tun hatte. Er neigte dazu, große Gesten zu machen und seine Sätze übertrieben zu betonen, um sicher zu sein, dass er auch verstanden wurde. Einmal hatte Ben einem Gärtner fast ein Auge ausgestochen, als er mit ihm über Entsalzung diskutierte.

„Ja!", rief Ben. „Hier ist mein Labor, das direkt neben dem Pool meines Neffen Trevor liegt, also ist es das Poolhaus. Siehst du die wunderschöne gotische Villa dort oben? Da lebt er mit seiner Freundin."

Der Pizzabote bewegte sich langsam rückwärts von dem wirbelnden Schraubschlüssel fort. „Bleib cool, Mann ... cool." Dann reckte er sich zu seiner vollen Höhe auf und wurde geschäftlich. „Mann, du musst die Pizzas bezahlen, sonst zieht mein Boss mir die Summe vom Gehalt ab."

Ben ließ den Schraubschlüssel krachend fallen. „Oh natürlich, sicher doch." Er klopfte seine Taschen ab und brachte schließlich einen Schraubenzieher und eine Handvoll Schrauben hervor. Er lachte nervös. „Ich kenne mich nicht so gut mit Geld aus." Dann stöberte er in einem Schränkchen unter dem Labortisch herum und förderte eine rostige Kaffeedose zutage. „Ich bin sicher, dass da noch was drin ist." Ben hustete in der Staubwolke, die aufstieg, als er den Plastikdeckel abhob und eine Handvoll Papier und Steine herausholte. Die hielt er dem Lieferjungen hin.

„Das müssten circa tausend Dollar sein; ich weiß nicht genau wie viel in ..." Der Pizzabote ruckte die Schachteln zurecht, um besser hinsehen zu können. „Sind das Smaragde?"

„Ein paar Smaragde, ein oder zwei Rubine und etwas Piratengold." Ben seufzte. „Gute Zeiten."

„Ey, Mann, du schuldest mir $83.95. Ich kann auf Piratengold leider nicht rausgeben."

„Natürlich." Ben überlegte einen Moment. „Kann ich dich bitten ...? Würdest du vielleicht so nett sein und einfach alles behalten? Das wäre sehr hilfreich. Ich kann dann weiterarbeiten und du kannst dir was kaufen ..." Er überlegte wieder. „Ein Teleskop oder was immer ihr jungen Leute heute so haben wollt." Er nickte zufrieden; die Idee gefiel ihm. „Ja. Damit wäre das Problem doch gelöst."

„Wow, danke, Mann. Du bist komisch aber irgendwie supernett." Der Pizzabote grinste und stopfte seine Beute in die Tasche. „Wo soll ich die hinstellen?" Er deutete mit dem Kinn auf die Pizzaschachteln.

„Hier, gib sie mir." Eine strahlend schöne Frau kam um die Ecke des Poolhauses. Hatte sie dort gewartet?, fragte Ben sich.

Die Frau warf sich lässig ihr langes blondes Haar über die Schulter. Sie trug ein elegantes Kleid und eine Perlenkette, was neben Bens unordentlichem Arbeitsmaterial etwas deplatziert wirkte. Mit einer flüssigen Bewegung nahm sie dem Jungen die sieben Pizzas aus den Armen und hielt den schweren Stapel mühelos in einer perfekt manikürten Hand.

„Tschö!" Der Pizzabote verschwand so schnell er konnte über den weiten Rasen von Trevors Grundstück.

„Hallo ... Susan?" Ben versuchte zu raten. Er glaubte, dass Trevors Freundin so hieß, aber waren ihre Augen nicht von einem helleren Blau gewesen? Die Augen dieser Frau hatten das dunkle Blau einer Sturmwolke, durchzogen von Indigo.

Sie blieb im Eingang stehen und biss herzhaft in die

Pizza, wobei sie den Stapel Schachteln in einer und das Stück Pizza in der anderen Hand hielt. Schnell verputzte sie die Pizza mit Speck und Avocado, bevor sie sich über die nächste hermachte.

„Lauren", sagte sie mit vollem Mund. „Wir haben uns noch nicht kennen gelernt."

„Oh, gut. Ich heiße Benjamin Dal." Ben räumte zwei Klappstühle frei und schob ihr einen zu, während er sich auf den anderen setzte. „Es ist sehr viel einfacher, wenn man jemandem zum ersten Mal begegnet. Dann kann ich die Person noch nicht vergessen haben."

Lauren nickte ihm ihren Dank für die Sitzgelegenheit zu, setzte sich vorsichtig und nahm sich das nächste Stück Pizza. „Das hört sich logisch an." Sie biss in die Pizza und stöhnte vor Genuss. Bens Augen weiteten sich, überrascht von dem Geräusch.

„Nun, Lauren." Ben trommelte nervös auf seinen Knien herum „Ich will ja nicht unhöflich sein, aber ..." Er konzentrierte sich auf einen Tropfen Fett, der von ihrer Pizza hinunter auf den Boden getropft war. „... warum isst du deine Pizza in meinem Labor?" Trevor hatte immer eine Freundin: es waren immer blonde, große und schlanke Vampire, wie Lauren. Aber bis jetzt war noch nie eine bis zum Poolhaus gekommen. Manchmal sah er sie im Garten herumstreifen oder hörte sie nachts im Pool schwimmen, und dann waren sie irgendwann wieder verschwunden und einige Monate später tauchte eine neue Freundin auf. Es verwirrte Ben etwas, dass Trevors Geliebte immer Frauen waren, die er auch verwandelt hatte — das machte die Beziehung sicherlich ein wenig komplizierter — aber anscheinend waren solche Liebesgeschichten zwar nicht üblich aber sie kamen vor.

„Trevor lässt mich keine menschlichen Nahrungsmittel

im Haus essen." Lauren sagte das so selbstverständlich, dass Ben glaubte, er hätte sich verhört. Das war doch nicht möglich. Trevor ließ sie nicht essen? Das hörte sich aber sehr verwunderlich an.

Sie lächelte und bot ihm Pizza aus einer der Schachteln an. „Ich wusste gar nicht, dass hier jemand wohnt. Ich dachte, das Poolhaus wäre nur voller Gerümpel." Lauren riss den Deckel von einer Schachtel und bastelte ihm einen improvisierten Teller, auf den sie ein Stück Pizza mit Ahornspeck und Jalapenos legte. „Probiere das mal. Ich wette mit dir, dass es solche Köstlichkeiten noch nicht gab, als du verwandelt wurdest."

Ben führte die Pizza an den Mund und nahm einen vorsichtigen kleinen Bissen. „Ich habe mich eigentlich nie für richtiges Essen interessiert -" Er schwieg überrascht, als eine Geschmackssymphonie seinen Gaumen überflutete. Es schmeckte wie eine Mischung aus einem gemütlichen Kaminfeuer und einem gewaltigen Feuerwerk. „Oh, ist das köstlich!" Er biss mit gutem Appetit ein größeres Stück ab.

Lauren lachte, ein melodisches Lachen, das ungekünstelt aus ihrem Mund perlte. „Oh, das ist erst der Anfang. Ich ernenne dich zu meinem neuen, geheimen Pizzakumpel." Sie stieß mit ihrem Stück Pizza an seines an. „Klink. Pizzaprosit."

Ben kaute gedankenverloren. „Geheimer Pizzakumpel, ja?"

Lauren verdrehte die Augen. „Trevor sagt, da ich noch ein Neuling im Vampirleben bin, muss ich mich von meinen menschlichen Gewohnheiten entfernen. Hah, als ob ich jemals so gefuttert hätte, als ich noch ein Mensch war. Aber Trevor besteht auf einer strengen Blutdiät, sowohl für sich selbst als auch für mich."

„Aber du musst doch wenigstens etwas Blut zu dir

nehmen?", fragte Ben. Trevor war ein Nachkomme von Bens Bruder, Danny. Er war schon immer etwas anders gewesen. Aber selbst wenn sein Neffe einige seltsame Vorstellungen hatte, wie er frisch verwandelte Vampire in ihr neues Leben einführte, so würde er sie doch ganz bestimmt nicht hungern lassen.

„Natürlich!", antwortete sie und Ben entspannte sich wieder. „Aber ..." Sie deutete auf ihren schlanken Körper. „Ich habe mein Leben lang hart dafür gearbeitet, so auszusehen und das bedeutete, dass solche leckeren Sachen für mich absolut verboten waren." Lauren grinste und biss herzhaft in ein Stück Pepperoni-Pizza. „Aber jetzt sind diese Kalorien keine Gefahr mehr für mich, und das heißt, dass ich es mir so richtig schmecken lassen kann."

„Bist du deshalb zum Vampir geworden? Ungefährliche Kalorien?" Ben hielt ihr seinen Pappteller hin und Lauren legte ihm noch ein Stück Pizza darauf.

„Das war sicher einer der Gründe, sowie auch die Unsterblichkeit." Lauren lachte. „Kannst du ein Geheimnis für dich behalten?"

Ben zuckte die Achseln und blickte sich in seinem chaotischen Labor um. „Wem sollte ich es erzählen?"

Ihre Lippen zuckten etwas nervös. „Trevor hat keine Ahnung, dass ich bereits einiges über Vampire wusste, bevor wir uns kennenlernten. Mein verstorbener Ehemann war ein Bärenwandler und er hat mir sehr viel beigebracht." Sie legte einen Finger auf die Lippen. „Verrate mich bitte nicht."

„Verstorbener Ehemann? Das tut mir sehr leid." Ben beugte sich vor und berührte sanft ihre Schulter. Sie nickte. „Er fehlt dir bestimmt sehr."

„Ich weiß gar nicht, warum ich dir das alles erzähle. Ich wohne bereits seit einem Monat hier, und jetzt, da ich hier bei dir sitze, fühle ich mich ..." Sie sah sich um, als ob sie das richtige Wort suchte. „Geborgen. Zum ersten Mal seit sehr langer Zeit. Das habe ich sehr vermisst. Mir ist bis jetzt gar nicht bewusstgeworden, wie sehr." Sie sprach leise weiter. „Das Leben mit Trevor in seiner Villa ist manchmal etwas heftig." Sie rutschte auf ihrem Stuhl herum. „Dir ist sicher auch schon aufgefallen, dass er ziemlich dominant ist."

Ben nickte. „Das scheint wirklich seine Art zu sein." Er war Trevor zum ersten Mal begegnet als Christopher, ihr Erzeuger, zum Vampirkönig gekrönt wurde. Nach einem kurzen Gespräch hatte Trevor es arrangiert, dass er Bens Förderer sein wollte, sodass Ben sich auf seine Erfindungen konzentrieren konnte und sich nicht mit den Problemen des Alltags herumärgern musste. Bevor er sich versah, innerhalb von einer Woche, war Ben in das Poolhaus eingezogen und alles war geregelt. Das war vor einem Jahr gewesen und die Zeit war seitdem wie im Fluge vergangen. „Wo bist du ihm begegnet?", fragte er Lauren.

„Wir haben uns in einem Museum kennengelernt, bei einem Galaabend." Lauren winkte abschätzend ab. „Trevor war gutaussehend, charmant, reich und genau der Mann, den ich suchte."

Ben zog überrascht die Augenbrauen hoch.

„Ich schäme mich nicht, von Beruf Ehefrau zu sein," erklärte Lauren. „Manche Menschen haben das Talent Brücken zu bauen, Flugzeuge zu fliegen oder Operationen am offenen Herzen durchzuführen. Ich kann mich einfach nur gut um einen Ehemann kümmern." Sie zuckte die Achseln. „Natürlich macht es meinen Job sehr viel einfacher, wenn der Ehemann reich ist."

„Hey, ich werde nicht über dich urteilen. Wenn dir das überhaupt wichtig ist", sagte Ben.

„Danke." Lauren lächelte ihn an. „Um ehrlich zu sein, Trevor hat mich im Sturm erobert. Er war so schick und gepflegt, geistreich und witzig und fand immer das richtige Wort zur richtigen Zeit. Wenn wir uns trafen, dann überraschte er mich mit einem Flug nach Paris, oder wir verbrachten ein erholsames Wochenende auf einer tollen Jacht oder in exklusiven Hotels. Wir haben auch einen Hubschrauberflug über die Stadt gemacht ..." Sie seufzte. „Es war pure Magie. So führte eins zum anderen und jetzt bin ich ein Vampir." Sie stand plötzlich auf, legte ihre Pizza weg und lief durch den Raum. „Was ist deine Geschichte? Wie bist du zum Vampir geworden?"

Ben schluckte schnell seine Pizza hinunter, sodass er sprechen konnte, ohne Lauren mit Käsestückchen zu bespucken. „Ich wuchs in der Mitte des neunzehnten Jahrhunderts in Barbados auf. Eines Tages erwischte mich Christopher, mein Erzeuger, dabei wie ich eine kaputte Zuckerdestille reparierte. Ich wurde fast weiß vor Schreck. Ich war mir ganz sicher, dass er den Aufseher rufen und mich wieder auspeitschen lassen würde." Ben hielt seine dunkelhäutigen Hände hoch. „Menschen, die aussahen wie ich, hatten nicht das Recht, klug zu sein, und meine Besitzer neigten dazu, erst zu schießen und dann Fragen zu stellen." Laurens starrte ihn mit geöffnetem Mund entsetzt an und hatte ihre Pizza völlig vergessen. Schnell erzählte Ben weiter. „Aber Christopher tat nichts dergleichen. Er bot mir an, mich zu verwandeln und mich in Sicherheit zu bringen, so dass ich der Menschheit mit meiner technischen Begabung nützlich sein könnte."

„Dann stehst du ja ganz schön in seiner Schuld. Kein Druck, oder so", meinte Lauren.

„Nun, ich habe hier und da einige ganz nützliche Dinge entwickelt." Er pustete den Staub von der Zeichnung eines selbstfahrenden Fahrrads und zeigte sie Lauren. „Jetzt konzentriere ich mich ganz auf meine Arbeit. Ich möchte, Christophers Vertrauen in mich rechtfertigen und versuche, Lösungen für die ernsten Probleme der Welt zu finden, die immer wieder auftauchen."

„Ist denn ein Poolhaus der geeignete Arbeitsplatz für die Aufgabe, die du dir gestellt hast?", fragte Lauren.

„Die Bedingungen sind nicht gerade perfekt, aber es ist ganz praktisch. Meistens bin ich ziemlich zerstreut und ich habe so gar keinen Sinn fürs Geschäft und alltägliche Dinge." Ben zeigte auf die Rohrpost, die am Ostflügel von Trevors Haus startete und auf kleinen Stahlgerüsten am Pool entlanglief bis zur Endstation an der Wand des Poolhauses. „Trevor sorgt für alles: finanzielle Unterstützung, Laborausrüstung und dass meine Erfindungen veröffentlicht und benutzt werden. Ich brauche ihm nur eine Notiz zukommen zu lassen. Sieh mal." Ben kritzelte das Wort 'Laborgläser' auf einen kleinen Zettel und schob diesen in einen Plastikzylinder, den er in die Rohrpost legte. Mit einem zischenden Geräusch sauste der Zylinder hinüber zum Haupthaus.

Lauren sah zu, wie das Zettelchen im Haus verschwand, und wurde plötzlich ganz blass. Sie warf einen Blick auf die Uhr und sprang auf. „Trevor wird sich fragen, wo ich bin. Ich muss schnell zurückgehen. Wir sehen uns, wenn ich den armen Pizzajungen wieder zu dir schicke."

Normalerweise war er froh, wenn er Leute schnell wieder aus seinem Labor loswurde. Aber, aus irgendeinem Grunde wollte er nicht, dass Lauren ging. Sie hatte ein nettes Gesicht. Leider fiel ihm kein Argument ein, wie er sie zum Bleiben bewegen konnte.

„Bis zum nächsten Mal," sagte er daher nur.

„Bis bald, geheimer Pizzakumpel." Sie blinzelte ihm zu und verschwand.

LAUREN LÄCHELTE NOCH, als sie die lächerlich reich verzierte Tür zu Trevors Villa öffnete. Wie gut, dass sie einen sicheren Ort für ihre Pizzaorgien gesucht hatte, sonst wäre sie niemals zum Poolhaus gegangen. Wie auch immer sie sich das Poolhaus vorgestellt hatte, jemanden wie Ben hatte sie dort nicht erwartet. Sie war fest davon überzeugt gewesen, dass alle Vampire so waren wie Trevor: blass, distanziert, und so zeitlos wie ein Filmklassiker. Aber Ben war lebendig. Er steckte voller Energie, so dass er seine gestikulierenden Hände kaum bändigen konnte. Und gleichzeitig hatte er eine beruhigende, bodenständige Ausstrahlung, die Lauren mit Personal Trainern und Maniküren in Verbindung brachte.

Und — so ungern sie das auch vor sich selbst zugeben wollte — sie hatte niemals in Betracht gezogen, dass es natürlich auch schwarze Vampire gab. Aber dieser hier, Ben, hatte liebe Augen und schöne Hände--

„Wo warst du?"

Sie biss die Zähne zusammen und versuchte, nicht zusammenzuzucken. Trevors Stimme kam ihr jetzt noch knirschender und kälter vor, nachdem sie mit dem liebenswerten Ben zusammen gewesen war. Trevor kam die gewundene Treppe hinunter, umrahmt von den antiken Wandteppichen, die überall hingen. Die Kanten der alten Stoffe waren ausgefranst und die Farben schon durch den Einfluss der Elemente verbleicht.

„Ich bin im Garten etwas spazieren gegangen", erwiderte Lauren. Technisch gesehen keine Lüge. Sie war vom Poolhaus zurück zum Haupthaus gelaufen. Trevor hatte Ben noch nie erwähnt. Er hatte ihr nur gesagt, dass im Poolhaus lauter altes Zeug abgestellt wurde. Das war gewesen, als sie hier eingezogen war und er ihr sein Reich, seine gotische Villa, gezeigt und darauf bestanden hatte, dass sie sich nur hier aufhalten sollte. Damals hatte er seine Befehle noch allgemein ausgedrückt. Die Außenwelt kann gefährlich sein, also wandere besser nicht zu weit weg. Diese Worte waren vage genug, um ihr den Eindruck zu geben, dass sie frei war, hinzugehen, wohin sie wollte. Lauren lernte jedoch schnell, seine Befehle zu interpretieren.

„Ich freue mich ja so sehr, dich zu sehen, mein Geliebter. Du siehst erschöpft aus. Was kann ich für dich tun?", sagte sie schnell, bevor Trevor weitere Fragen stellte.

„Komm her." Trevor zeigte auf den Fuß der Treppe.

Laurens ganzer Körper gehorchte dem Hortari, der sie sofort in Besitz nahm, als er die Worte ausgesprochen hatte, und ihre Füße liefen wie aus eigener Kraft zu ihm. Sie versuchte, dem Befehl zu widerstehen. Sie hoffte jedes Mal, dass ihr Körper ihr gehorchen würde und nicht ihrem Erzeuger. Ihr Herz hämmerte in ihrer Brust. Laurens Füße bewegten sich unaufhaltsam durch den Raum, wie ein aufgezogenes Spielzeug, so dass sie sich fühlte als sei sie völlig aus dem Gleichgewicht geraten und eine Fremde in ihrem eigenen Körper.

So war es immer, wenn er bei ihr war. Lauren fand es leichter, sich dem Befehl hinzugeben, tief und ruhig durchzuatmen und ihre Beine, eins nach dem anderen, vorwärts schwingen zu lassen. Niemals würde sie das erste Mal vergessen, als der Hortari sie in seine Gewalt zwang. Sie war gerade erst einen Tag lang Vampir und probierte ihre neuen Fähigkeiten aus. Die große Halle war ideal für ihre Experimente. Die vier Stockwerke hohe, gewölbte Decke bot ihr ausreichend Raum, um zu sehen, wie hoch sie jetzt springen konnte.

Das Gefühl war atemberaubend toll: Es war fast wie Fliegen, mit jedem Sprung flog sie höher. Nur noch ein paar Sprünge, und sie war sicher, sie würde die Decke berühren. Doch dann war Trevor gekommen und hatte ihr gesagt, sie solle aufhören wie ein Kind herumzuhopsen und still sein. Sie war sofort wie ein Stein zu Boden geplumpst und ihre Füße standen fest auf dem Boden. Egal wie sehr sie sich bemühte, sie konnte keinen Schritt tun, bis er ihr die Erlaubnis erteilte.

Im Haus war es noch kälter als die Nachtluft draußen. Die schmalen Fenster an den grauen Wänden lagen so hoch oben, dass sie kaum Mondlicht einließen und die Kälte im Raum gefangen hielten. Es gab zwar riesige Kamine, die für knisterndes Feuer bestimmt waren, aber sie wurden nie befeuert und waren kalt und dunkel. Lauren wusste, dass Vampire keine Wärme benötigten, aber die kalte Atmosphäre in diesem Haus ließ sie innerlich und äußerlich erzittern, und es wurde im Laufe der Tage nicht besser.

Ihre Füße trugen sie durch den Raum und hielten genau an der Stelle an, die Trevor angezeigt hatte. In dem Moment, als der Befehl ausgeführt war, entspannte sie sich. Der Zwang des Hortari war bis auf Weiteres aufgehoben. Lauren lächelte ihren Freund und Erzeuger an.

„Ja, Liebling?" Der Kosename hörte sich etwas gezwungen an, aber sie schaffte es, ihm ein warmes Lächeln zu schenken, das echt wirkte. Einige ihrer Freundinnen hatten ebenfalls Männer gehabt, bei denen es ein paar Jahre gedauert hatte, bis man sie in den Griff bekam. Sie hatte schließlich noch Jahrhunderte Zeit mit Trevor, um herauszufinden, wie er tickte. Wenn sie nur lange genug durchhielt, würde sie ihn irgendwann um den kleinen Finger wickeln können.

Er wischte mit seinem Taschentuch über das hölzerne Treppengeländer und hielt ihr dann den mit grauem Staub verschmutzten, weißen Stoff hin. „Das Haus ist schmutzig. Du hast es doch früher so gern für mich sauber gehalten."

Und wann soll das gewesen sein? Lauren hatte immer ihren eigenen Kram sauber und in Ordnung gehalten, aber die vielen Räume in Trevors Palast zu putzen war ihr nie den Sinn gekommen. Ganz sicher hatte sie nie behauptet, so etwas gern zu tun.

Im letzten Monat hatte Lauren ihn zweimal nach dem Hauspersonal gefragt, aber noch kein anderes Lebewesen im Haus gesehen. Das Haus war so riesengroß, es musste einfach Personal geben, um es zu putzen, alles in Ordnung zu halten und den Garten zu pflegen. In den ersten Tagen hatte sie am Tage, wenn sie schlief, Geräusche gehört, die darauf schließen ließen, dass Reinigungskräfte am Werk waren, aber in den letzten Wochen hatte sie nichts mehr gehört und Staub und Schmutz machten sich mehr und mehr bemerkbar.

„Wenn du möchtest, höre ich mich mal ein bisschen um. Ich habe viel Erfahrung darin, gutes Personal zu finden." Sie ging näher auf ihn zu und legte sanft die Hand auf seinen Arm. Es gefiel ihm, wenn sie ihn spontan und ohne Aufforderung berührte. „Wenn dein bisheriges Personal deine Ansprüche nicht mehr erfüllt, dann kann ich dir eine gute Reinigungsfirma empfehlen. Außerdem würde ich mich gern nach Teilzeitkräften für den Garten umsehen. Vielleicht--"

„Lauren." Er tätschelte ihre Hand und beugte sich dann vor und nahm ihr Gesicht in beide Hände. „Ich möchte, dass du dich selbst um unser Heim kümmerst."

Oh Scheiße. Das ist zu ungenau. Lauren wurde blass, zwang sich aber weiter zu lächeln. Sie hatte eine schreckliche Vorahnung: wie ihr Körper für den Rest der Ewigkeit gezwungen wurde, dieses riesige, beschissene Haus zu putzen, in einem ständigen Kampf gegen Staub, ohne zu schlafen oder zu essen. Kümmern konnte aber auch als Personal einstellen interpretiert werden. Sie atmete aus. Ich werde das schon irgendwie schaffen. Er muss nur glauben, dass er derjenige ist, der alles unter Kontrolle hat.

„Selbstverständlich, mein Liebster. Wo soll ich anfangen?"

Trevor lächelte. „Mit dem Bücherregal in meinem Schlafzimmer. Dort wirst du einige meiner wertvollen Bücher kennenlernen. Staube sie ab und sorge dich um sie." Er fasste sie beim Kinn und hob ihr Gesicht an, als ob er sie küssen wollte. „Sie verdienen deinen Respekt." Kleine Speicheltröpfchen trafen ihr Gesicht, doch ihr Lächeln erlosch nicht.

„Ich verstehe." Kaum hatte sie die Worte ausgesprochen, da bewegte sich ihr Körper schon unaufhaltsam zur Treppe, nach oben zu Trevors Schlafzimmer. Hinter ihr erklang Trevors hohes und schrilles Lachen.

„Das ist mein Mädchen."

Der enorme Zwang des Hortari ließ etwas nach, als sie in Trevors Schlafzimmer ankam. Lauren hatte keine Ahnung, wo die Reinigungsmittel aufbewahrt wurden, also nahm sie sich ein Hemd aus einem beängstigend riesigen Haufen schmutziger Wäsche (sie mussten wirklich Hauspersonal einstellen, das war ja lächerlich) und wandte sich dem Bücherregal zu.

Bevor sie mit Trevor zusammengezogen war, hatte sie nicht viel über Bram Stokers Dracula gewusst, aber jetzt kannte sie das Buch besser, als sie es sich je hätte träumen lassen. Irgendwie hatte Trevor es geschafft, sich ein Exemplar aus jeder der insgesamt tausendneunundzwanzig Ausgaben zu verschaffen. Sein speziell angefertigtes Bücherregal für diese Sammlung trug den eingearbeiteten Schriftzug:

Hören Sie die Kinder der Nacht? Was für Musik sie machen!

Sie wischte mit dem Hemd über die Wörter und war froh, als der Stoff die Worte zum Teil verdeckte.

Als sie hier eingezogen war, hatte sie das Buch gelesen um Trevor eine Freude zu machen, da es offensichtlich sein Lieblingsbuch war. „Ihhh." Der kleine Ausdruck des Ekels, der ihr beim Lesen über die Lippen kam, war so leise, dass niemand ihn hören konnte, verschaffte ihr aber ein bisschen Erleichterung. Horrorbücher waren nicht ihr Ding, aber Trevor zuliebe wollte sie versuchen an seinem Lieblingsbuch Gefallen zu finden.

Staube sie ab, sorge für sie. Abstauben war leicht. Ihre Hand erledigte das von selbst. Sie fuhr mit dem Tuch automatisch an den Buchrücken entlang, über sie hinüber und über das kleine Stück Regal vor den Büchern, ohne sie groß zu berühren. Sie musste ja nicht gründlich abstauben, nur gerade genug, um den Hortari zu erfüllen. Sorge dich um sie; dieser Befehl war zu vage, um etwas Besonderes von ihr zu erwarten. Der Hortari konnte sie nicht zwingen, irgendetwas zu empfinden, und um sich um etwas zu sorgen, musste man etwas dafür empfinden. Wenn man bedachte, dass Trevor ständig den Hortari verwendete, konnte Lauren wirklich dankbar sein, dass er seine Befehle meistens so ungenau formulierte.

Das Leben könnte schlimmer sein, ermutigte sie sich selbst, während ihre Hände eine Bücherreihe nach anderen, ohne ihr Zutun, abstaubten. Zum Beispiel hatten Trevor und sie getrennte Schlafzimmer. Der Sex im Restaurant, bevor er sie verwandelt hatte, war wirklich toll gewesen, aber dann hatte ihr Körper ein paar Tage Ruhe gebraucht, um den Übergang von Mensch zu Vampir zu durchlaufen. Trevor hatte sie in einem Gästezimmer untergebracht. Ihre Glieder hatten sich angefühlt als ob jedes von ihnen Hunderte von Pfund wog, und sie konnte nur verschwommen sehen, als ob sie vollkommen berauscht war. Erst als sie ihre volle, übernatürliche Kraft erreicht hatte, über Bäume springen und Spinnen an der Decke krabbeln hören konnte, sagte er ihr, dass er warten würde, bis sie bereit war, in sein Schlafzimmer zu ziehen.

Sie wischte energisch über die oberste Buchreihe. Ich weiß, dass du irgendwann bettelnd angekrochen kommst, hatte er, mit seinem selbstherrlichen Grinsen auf den Lippen, gesagt. Sie war eigentlich mehr als bereit für heißen Vampirsex gewesen, bis er diese Worte äußerte. Es war eine gewisse Bosheit darin, die sie vorher nie an ihm bemerkt hatte und die ihr Angst machte. Dann begannen seine ständigen Befehle, und sie war dankbar für jede Gelegenheit, ihm fernzubleiben. Trotz seines ganzen Geredes über seine ewige Braut der Nacht hatten sie nicht geheiratet. Das war für sie ein weiterer Grund, Trevor so lange wie möglich auf Armeslänge von sich fernzuhalten.

Sie seufzte. Eigentlich schiebe ich nur das Unvermeidliche hinaus. Lauren wusste, wie die Sache lief. Sie lebte in seinem Haus und trank das Blut, das er ihr gab. So ein Arrangement hatte immer einen Preis, aber ohne ein festes Haushaltsgeld, mit dem sie beweisen konnte, dass sie sehr gut in der Lage war, einen großen Haushalt einwandfrei zu führen, gab es nur noch eine Sache, die sie ihm bieten konnte, um nicht rausgeschmissen zu werden.

Ich krieg das schon irgendwie hin. Mit geschlossenen

Augen stellte sie sich vor, dass ein Anderer hier bei ihr im
Raum war. Ein hochgewachsener Mann mit warmen Augen,
dunkler Haut und großen Händen, die sogar einen Schraubenschlüssel mit Respekt berührten. Einer, der jeden
Moment im Leben mit einem etwas naiven Staunen
betrachtete und der über seine schreckliche Vergangenheit
sprach, als sei sie nur ein böser Traum gewesen. Sie stellte
sich Bens Mund auf ihrer Haut vor, wie er seine ganze,
enorme Energie nur auf sie konzentrierte, wie seine Zunge
zwischen ihre Schenkel glitt und ihre Spalte leckte, wie sein
Mund an ihrer Knospe saugte ...

Ihre Hand hielt jetzt still. Sie hatte die letzte Bücher-
reihe erreicht, ohne es zu bemerken. Endlich konnte sie sich
entspannen, ihre Armmuskeln schmerzten, nach der langen
Arbeit ohne Pause. Das Abstauben war beendet, der Zwang
des Hortari aufgehoben. Sie ließ sich an der Wand hinab-
sinken und legte den Kopf auf die Knie. Es war sinnlos, sich
Ben als Liebhaber vorzustellen. Er war ein bettelarmer
Erfinder und genauso abhängig von Trevor wie sie.
Außerdem betrachtete er seine Reagenzgläser mit mehr
Zuneigung als sie.

„Aber Liebling, du musst doch nicht auf dem Boden auf
mich warten", sagte Trevor und betrat lächelnd den Raum.
Er trug einen Smoking, den Lauren von einem früheren,
sehr schicken Date wiedererkannte. Damals hatte er für sie
ausgesehen wie James Bond, aber nun — vielleicht wegen
ihrer geschärften Sinne — sah er aus wie ein schäbiger
Butler in einem billigen Krimi.

Sie schüttelte den Kopf. Trevor war ihr Geliebter, sie
wollte ihn mögen. Sie musste ihn mögen.

„Ich habe etwas für dich gekauft", verkündete Trevor.

„Oh?" Dieser Satz hatte sie sonst immer so glücklich
gemacht, warum klappte das heute nicht?

Er tänzelte zu seinem Schrank und nahm ein bodenlanges, blaues, hautenges Seidenkleid heraus, das vorn und hinten so tief ausgeschnitten war, dass es wirkte wie eine Couture-Latzhose.

„Danke." Lauren stand auf. Bei diesem Kleid würde sie einige Tricks anwenden müssen, damit es ihr nicht ständig vom Körper rutschte. Gott sei Dank hatte sie bei ihrem Einzug, in Vorbereitung auf genau solche Geschenke, ihre spezielle Unterwäsche und Körperklebebänder mitgebracht. Sie ließ ihre Hand über den glatten Stoff gleiten. Das Kleid war traumhaft schön.

„Wir gehen heute Abend in die Oper. Ich möchte, dass du dieses Kleid trägst."

Lauren lächelte ihn an. Ich möchte, das bedeutete, dass sie die Wahl hatte. Auch wenn sie nie eine besondere Opernliebhaberin gewesen war, freute sie sich über die Gelegenheit, zum ersten Mal seit ihrem Einzug, aus dem Haus zu kommen. Das war doch schon mal vielversprechend. Sie wollte sich viel Mühe geben, um diesen Abend zu einem Erfolg werden zu lassen, damit ihre Beziehung zu Trevor wieder richtig in Gang kam.

Sie nahm sich einige Stunden Zeit, um ihr Make-up, ihre Frisur und ihr Dekolleté perfekt zu gestalten. Dann fuhren sie los. Als sie aus der Limousine stiegen und Hand in Hand Treppe mit dem roten Teppich zum Opernhaus hinaufstiegen, fühlte sie sich wieder auf vertrautem Boden.

Genau das war es, worin sie richtig gut war. Sie lächelte einigen Hexen zu, die sie während ihrer Ehe mit Nikolai kennengelernt hatte, und winkte drei Tigerwandlern auf der anderen Seite des Raums zu. Diese Drei waren dafür bekannt, dass sie heftigen Sex in ihrer Loge hatten, sobald die Oper anfing.

Lauren lächelte strahlend. Seit sie ein Vampir geworden

war, war sie nie weiter gekommen als bis zum Poolhaus. Es
war faszinierend als Vampir unter Menschen zu sein. Als sie
noch mit Nikolai verheiratet war, musste sie immer warten,
wenn sie jemandem vorgestellt wurden, bis sie mit Nikolai
allein war und er ihr erzählen konnte, ob die jeweilige
Person ein verfluchter Wikinger, eine Fee oder ein Troll war.
Jetzt aber konnte sie es an ihrem Blut riechen. Und vieles
mehr. Mit einem einzigen Atemzug wusste sie, wer die Oper
einer geliebten Person zuliebe besuchte, wer vorgeben
wollte, kultiviert und gebildet zu sein und wer die Oper
wirklich liebte und schätzte (was auf mehr Personen zutraf,
als sie gedacht hatte). Die Erregung der Tigerwandler und
ihre Ungeduld, sich gegenseitig die Kleider vom Leib zu
reißen, was so deutlich, dass sie sie auf zehn Meter Entfer-
nung riechen konnte. Andererseits warfen sie sich aber
auch so heiße Blicke zu, dass man keine Vampirsinne benötigte, um zu wissen, was in der Loge passieren würde, sobald
sich der Vorhang hob.

„Meine große Liebe, Felicity, liebte die Oper", ließ
Trevor sich plötzlich vernehmen. Er sah sich in dem in Rot
und Gold eingerichteten Raum um. Sein Blick wanderte
über die Kronleuchter, die so groß waren wie ein Auto, und
die modernen Gemälde, die, wenn man sie flach auf den
Boden gelegte hätte, größer gewesen wären als der Grund-
riss des Hauses, im dem Lauren aufgewachsen war.

„Oh?"

Er drehte sich zu ihr um und fixierte sie mit seinem
kalten, blauen Blick. „Du erinnerst mich an sie. Felicity war
atemberaubend, anmutig und elegant, eine Dame durch
und durch, gelassen, ruhig und liebenswert. Felicity wusste,
was wahre Schönheit ist ..."

Laurens Gedanken schweiften ab. Er hatte seine
Exfreundin schon einige Male erwähnt, aber noch nie so

von ihr geschwärmt. Es muss an diesem Ort liegen. Auch sie
war mit Nikolai oft in die Oper gegangen, wenn er auswär-
tige Gäste aus anderen Wandlerclans ausführen musste. In
jeder Ecke lauerten Erinnerungen: wie Nikolai ihr ein Glas
ihres Lieblingsweins brachte oder wie sie seine Gäste mit
ihrem Charme betörte, wenn Nikolai in seiner derben Art
unabsichtlich jemanden gekränkt hatte. Sie spürte noch das
vertraute Gefühl von Nikolais Hand an ihrem Rücken, als
sie durch die Halle lief. Trevors Hände fummelten an
seinem Glas herum. Seine Finger streichelten das Glas,
während er in Erinnerungen schwelgte, den Blick in die
Ferne gerichtet.

„Felicity war so wunderschön in Rot, du hättest sie
sehen sollen -"

„Liebling, ich glaube, wir müssen unsere Plätze einneh-
men", unterbrach Lauren ihn. Der Gong erklang noch
einmal und verkündete, dass die Vorstellung gleich
beginnen würde. Lauren hakte sich bei Trevor ein und
führte ihn zum Theatereingang.

„Ah ja, natürlich. Danke. Du bist wirklich sehr aufmerksam, Lauren. Fast wie Felicity."

Wie passend. Sie schaffte es gerade noch, diese Worte
zurückzuhalten. Trevor hasste Sarkasmus.

Sie kamen zu ihren Plätzen: eine private Loge seitlich
der Bühne, mit einem großartigen Blick auf die gesamte
Bühne sowie (viel interessanter) auf die Seitenbühne, wo die
Schauspieler auf ihren Auftritt warteten und die Bühnen-
bilder vorbereitet wurden.

Gib dir Mühe, ermahnte sie sich selbst. Sie sah Trevor
von der Seite an und entspannte sich ein bisschen. Er lehnte
sich lächelnd in seinem Stuhl zurück und legte seinen Arm
in einer intimen Geste auf ihre Rückenlehne.

„Trevor, Liebling. Wenn ich früher mit Freunden in die

Oper gegangen bin, dann haben wir ein kleines Spiel gespielt, damit die Zeit schneller umging." Auch wenn er nichts von Nikolai wusste — der Begriff Witwe erweckte immer einen Eindruck von Alter — gab es keinen Grund, warum sie das Spiel nicht spielen sollten. Sie hob ihm ihr Glas entgegen. „Wann immer die Falltür zum Einsatz kommt, oder wenn jemand eine Note länger als zehn Sekunden hält, muss man einen Schluck trinken, oder -"

„Das ist mir zu gewöhnlich", unterbrach Trevor sie sofort. Er nahm seinen Arm von ihrer Rückenlehne. „Du darfst dieses Spiel nicht spielen."

Der Hortari machte sich sofort in ihren Händen bemerkbar. „Aber -"

„Und du wirst auch nicht darüber sprechen."

Ihre Stimme versagte und die Worte blieben ihr buchstäblich im Hals stecken.

Nicht gut, das war überhaupt nicht gut.

Endlich hob sich der Vorhang und die Aufmerksamkeit des Publikums richtete sich auf die Bühne. Lauren nahm die Sänger und die Musik kaum wahr. Sie musste gegen ihre aufsteigenden Tränen ankämpfen. Oh wie sehr vermisste sie Nikolai! Sie vermisste seine zuverlässige Stärke und seinen trockenen Humor, den er allein für sie reservierte, wenn sie zwischen Clantreffen und größeren Events mal ein paar ruhige Momente für sich allein hatten. Der Sinn des vorhin erwähnten Spiels war eigentlich nicht, ihnen die Langeweile zu vertreiben, weil keiner von ihnen Italienisch verstand oder das Theater auf der Bühne zu lange dauerte, sondern es war ein privates Spiel, das sie beide liebten und das ihnen auch inmitten einer großen Menge Momente der Zweisamkeit verschaffte.

Ben würde es verstehen. So schnell dieser unerwartete

Gedanke ihr durch den Kopf schoss, so schnell verdrängte sie ihn auch wieder.

Auf der Bühne öffnete sich eine Falltür und förderte eine Frau zutage, die einen riesigen, goldenen Kopfschmuck trug, der aussah wie ein Segelboot mit Stierhörnern.

Falltür, einmal trinken, prostete sie sich innerlich zu und hob das Glas, um einen Schluck zu trinken.

Aber ihre Hand bewegte sich nicht.

Trevor starrte finster auf die Bühne. Er hatte die Arme fest vor der Brust verschränkt.

Da der Hortari ihr das harmlose Trinkspiel verbot, konnte sie das Glas nicht an die Lippen führen. Also wartete sie einen Moment und nahm dann einen großen Schluck Wein. Na klar, wenn es nichts mit dem Spiel zu tun hat, kann ich trinken so viel ich will.

Den ersten Akt verbrachte Lauren kochend vor Wut. Zu Hause hatte sie heimlich einige Blutbeutel in ihrer Handtasche verstaut und nun goss sie sich etwas Blut in ihr Weinglas, sobald sie den Wein getrunken hatte. Sie konzentrierte sich auf den Geschmack des Blutes, das ihre Kehle hinunter rann und hoffte, sich dadurch etwas beruhigen zu können. Das Blut stammte von einer quirligen Drachenwandlerin auf Hochzeitsreise. Lauren hatte gehofft, dass das Glück neuer Liebe, das darin enthalten war, den Abend für sie etwas fröhlicher gestalten würde. Aber ihre eigenen Gefühle — am liebsten hätte sie Trevor mit einem stumpfen Gegenstand niedergeschlagen — standen in extremem Gegensatz zu dem strahlenden Glück der Drachenwandlerin. Sie ließ sich immer tiefer in ihren Sessel sinken.

Der Vorhang fiel und die Lichter gingen an. Es war Pause. Zum ersten Mal in ihrem Leben wünschte Lauren sich, dass der erste Akt etwas länger gedauert hätte.

Trevor nahm ihre Hand mit eisernem Griff und drückte ihre feinen Fingerknochen knirschend zusammen.

„Liebling, du tust mir w -", begann sie.

„Wir gehen." Er zog sie mit einem scharfen Ruck hoch und lief so schnell mit ihr los, dass sie stolperte und auf den Teppich der Loge fiel. Sie stieß ihren Ellenbogen heftig am hölzernen Geländer und der Schmerz fuhr durch ihren ganzen Körper. Trevor wartete nicht, bis sie aufgestanden war, sondern räusperte sich ungeduldig, lief weiter und rief über seine Schulter zurück, dass sie „sich doch beeilen solle."

Sofort setzte der Hortari ein und jede Bemühung um Anmut war vergebens. Lauren schleuderte ihre Schuhe fort und schob ihr Kleid zur Seite, um so schnell wie möglich aufstehen zu können. Willenlos liefen ihre Füße hinter Trevor her, der schnell vorausging. Lauren warf einen Blick zurück in die Loge. Einer der Stühle war umgefallen, als sie so schnell aufstand, und hatte eines der Gläser mit Blut umgeworfen. Ihre zurückgelassenen Schuhe waren mit dem roten Blut bespritzt, ruiniert. Sie holte Trevor erst in der Halle ein.

„Felicity hätte diesen Abend zu schätzen gewusst", brummelte er so leise vor sich hin, dass sie es ohne ihr verschärftes Vampirgehör gar nicht mitbekommen hätte. „Ich habe diese blöde Vorstellung schon tausend Mal gesehen. Ich habe das für dich getan."

Sie liefen durch die gewundenen Korridore der alten Halle, die Treppe hinunter und zum Ausgang hinaus, bevor die meisten anderen Zuschauer von ihren Sitzen aufgestanden waren.

„Gehen wir?", fragte Lauren, als sie durch die Vordertür hinausgingen. Ihre Füße wurden auf den marmornen

Stufen erbärmlich kalt, aber sie hatte Angst, sich zu beklagen. „Trevor, bitte sprich mit mir."

„Worüber sollen wir sprechen? Du hast keine Anmut, keine Klasse. Du weißt die besseren Dinge im Leben nicht zu schätzen, Felicity, die Dinge, die ich dir bieten kann. Hast du eigentlich eine Ahnung, was ich alles für dich aufgegeben habe? Weißt du gar nicht, dass das, was ich dir gegeben habe, alles was ich dir gegeben habe, ein Geschenk ist, um dir meine unsterbliche Liebe zu beweisen?"

„Trevor, du machst mir Angst. Ich bin es, Lauren." Sie musste sich beeilen, um mit ihm mithalten zu können. Vorsichtig berührte sie seinen Arm. „Trevor, ich bin Lauren."

Er warf ihr einen Blick zu und sah dann wieder weg. Er blieb erst stehen, als sie den Parkplatz erreichten und er den Chauffeur herbeiwinkte. Unsanft stieß Trevor sie auf den Rücksitz. Eine kalte Furcht ergriff Lauren.

„Sitz still und halt den Mund", befahl Trevor.

Innerlich schrie Lauren verzweifelt auf. Am liebsten hätte sie Trevor angebrüllt, dass er so ein Arschloch war, am liebsten hätte sie ihn mit scharfen Worten gemaßregelt, weil er sie vor der ganzen Gesellschaft, um deren Anerkennung sie so hart gekämpft hatte, blamiert hatte. Wie viele Leute hatten gesehen, dass sie in der Loge hingefallen war? Wie viele hatten sie barfuß zum Parkplatz laufen sehen? Wie konnte sie ihr Gesicht jemals wieder in der Öffentlichkeit zeigen?

Aber sie konnte sich nicht bewegen und kein Wort sagen. Nur ihr Herz schlug kräftig in ihrer Brust und versorgte ihren Körper mit Blut und Energie für einen Streit, den sie nicht mit Worten führen konnte.

Sie blickte aus dem Fenster, auf die Lichter, die sich über ihr in der Decke des Wagens widerspiegelten, nur nicht zu dem Mann neben ihr, der ihr gerade sagte, wie wunderschön sie heute Abend aussah, und wie schön es doch war, wenn sie sich nicht stritten.

Ich kann das nicht mehr ertragen.

„NA... hattet ihr einen schönen Abend?", fragte Ben. Er hatte Trevor und Lauren gestern Abend in ihrer Abendgarderobe gesehen, als sie das Haus verließen. Lauren hatte in dem blauen Kleid traumhaft schön ausgesehen, obwohl er sie jetzt in Pulli und Jeans beinahe noch schöner fand.

Lauren schüttelte den Kopf. „Ich will gar nicht darüber reden."

Sobald die Sonne untergegangen war, hatte sie sich zum Poolhaus geschlichen und konnte sich erst richtig entspannen, nachdem sie die Tür hinter sich geschlossen hatte. Es hatte ein paar Minuten gedauert bis Ben kapiert hatte, wie er mit seinem Handy Pizza bestellen konnte, aber eine halbe Stunde später, hatte sie ihre Pizza bekommen und lachte, weil sie ihren Pullover mit kleinen Speckstückchen bekleckert hatte.

Ben wagte kaum zu atmen und versuchte das Zittern seiner Hände zu kontrollieren, als er vorsichtig die letzte Membrane in seine Erfindung einsetzte.

„Bleib in Deckung", warnte er, da die dünne Membrane in der sanften Brise flatterte.

„Glaub mir, ich gehe nicht in die Nähe von diesem Ding", antwortete Lauren, den Mund voller Spinat-Artischocken-Pizza. Sie hatte es sich unter einem von Bens zahlreichen Labortischen gemütlich gemacht und sich eine kleine Burg aus Blechen und Kisten gebaut, nicht, um sich zu schützen, sondern um sich etwas über Bens „verrückte

Wissenschaft" lustig zu machen. Sie lugte aus ihrem Versteck heraus. „Jetzt sag mal ehrlich, wie viele interdimensionale Portale hast du schon versehentlich erschaffen?"

Ben kicherte los. „Hey, bring mich nicht zum Lachen", zischte er. Er hatte Angst, mit normaler Lautstärke zu sprechen. Wenn Lauren hier bei ihm im Labor war, kam ihm alles viel spannender und realer vor. Es war jedenfalls noch nie vorgekommen, dass er ein Experiment versaut hatte, weil er plötzlich lachen musste. Es war merkwürdig, aber es gefiel ihm.

Vorsichtig bewegte Ben die Membrane, die aus einem neuen Polymer bestand, das er extra für diesen Zweck entwickelt hatte. Es neigte dazu, sich zu entzünden, wenn es zu schnell in Wasser getaucht wurde, aber — wenn es ihm gelang, es die Membrane richtig einzusetzen—würde das die Effizienz des Rotors enorm verbessern. Er konzentrierte sich auf die Zange in seiner Hand und senkte sie langsam ab.

„Ben!", kam Trevors Stimme vor dem Haus. Dann wurde die Tür mit Schwung geöffnet und krachte gegen die Wand.

Ben zuckte zusammen, ließ die Zange los und die Membrane fiel in den Entsalzer. Eine Flamme schoss in die Höhe, knapp an Bens Gesicht vorbei, als er in Deckung ging.

Laurens Schreckensschrei wurde von der Sirene übertönt, die losheulte, als das Sprenklersystem aktiviert wurde und Wasser aus den Düsen an der Decke spritzte. Das Löschsystem durchnässte das ganze Poolhaus und löschte das Feuer. Ben vergewisserte sich schnell, dass Lauren unter dem Tisch unverletzt und sicher war. Sein Computer war mit einer Schutzfolie aus Plastik abgedeckt und alles Wertvolle war in seinem Schlafzimmer unten im Keller.

„Ein Besuch bei dir ist immer interessant, alter Junge."

Trevors langer, schwarzer Umhang, den er über seinem schwarz-silbernen Samtanzug trug, war durch und durch nass, ebenso wie die Papiere, die er mitgebracht hatte. Erst jetzt wurde Ben bewusst, dass auch er vor Nässe triefte und ihm das Wasser über das Gesicht lief. Trevor warf die durchgeweichten Unterlagen genervt in den Mülleimer.

„Eigentlich wollte ich dir einige Dokumente von den Investoren zum Unterschreiben bringen, aber so wie es aussieht, muss ich diese Formulare noch mal für dich ausdrucken."

Ben stellte erstaunt fest, dass Trevor heute sehr guter Laune zu sein schien. Lauren saß immer noch still in ihrem Versteck und hatte anscheinend keine Lust herauszukommen und ihren Geliebten zu begrüßen. Ben fragte sich, welches Licht das wohl auf seinen Neffen warf. Sie waren beide Nachkommen von Danny, aber Trevor war eine Generation jünger als Ben. Ihre ganze Nachkommenslinie war bekannt für Empathie, Kreativität und Gutmütigkeit anderen gegenüber. Das unterschied sie sehr stark von Bens Onkel Rhys und seinen Nachkommen, die alle den Hortari missbrauchten. Wenn Trevor seine Nachkommen nicht gut behandelte, dann musste Ben den König davon unterrichten. Aber er brauchte stichhaltige Beweise. Sein Bauchgefühl allein reichte nicht aus, um zu handeln. Und trotzdem ...

„Tut mir leid." Ben deutete auf die Spuren seines missglückten Experiments. „Leicht entzündliche Polymere, du weißt ja, wie das ist."

„Nein, eigentlich habe ich keine Ahnung." Trevor säuberte einen Stuhl und warf seinen Umhang mit der theatralischen Geste eines mittelmäßigen Schauspielers zur Seite. Ben musste lächeln. Das war sein seltsamer, zu dramatischen Gesten neigender Neffe. Das Unbehagen, das

Ben vorhin verspürt hatte, war wohl nur der Tatsache zuzu-
schreiben, dass Trevor einfach ein etwas seltsamer
Vogel war.

Trevor legte die Finger unter dem Kinn zusammen.
„Und, wie geht es mit deinem neuesten Projekt voran?"

„Ich bin immer noch damit beschäftigt, meinem
Entsalzer den letzten Schliff zu geben." Ben zog eine gerollte
Zeichnung aus einem Haufen von Drähten und Gummi-
schläuchen. Aus dem Augenwinkel sah er, wie Lauren sich
tiefer in ihr Versteck zurückzog. *Ihre Beziehung geht mich
nichts an*, ermahnte er sich und verdrängte das unbehag-
liche Gefühl, das ihn wieder überkam.

Trevor riss ihm die Zeichnung aus der Hand, fuhr mit
dem Finger sachverständig über die Seite und gab
Kommentare wie 'aha' und 'hmmm ... interessant' von sich.

„Trevor ..." Ben drehte den großen Papierbogen um, der
Trevors Gesicht verdeckt. „Du hältst das falsch herum."

Trevor starrte ihn an. Sein Gesichtsausdruck änderte
sich in einem Sekundenbruchteil von freundlich zu extrem
wütend.

He ho. Ben trat einen Schritt zurück.

„Wie kannst du es wagen, mir die Zeichnung falsch
herum zu geben. Du bekommst von mir alles, was du
brauchst, um an deinen Erfindungen herumzubasteln und
zum Dank willst du mich lächerlich machen?" Trevors
Stimme war wuterfüllt.

„Aber ... du hast mir die Zeichnung aus der Hand -",
stotterte Ben.

„Genug! Lass mich sehen, was du bis jetzt mit meinem
Geld geschafft hast."

„Richtig. Ähm." Ben zog seine geliebte Erfindung hervor
und polierte die glänzenden Metallteile noch einmal. „Das
hier ist bis jetzt das vielversprechendste Modell. Ich lege

etwas Plastikabfall, wie zum Beispiel diese Plastikflasche, in diese Öffnung hier." Er öffnete eine Klappe und stopfte eine zusammengeknüllte Flasche hinein. „Dann füge ich hier etwas Meerwasser hinzu." Er goss etwas Meerwasser durch einen Trichter in die Maschine. „Und voila!" Ben betätigte einen großen, roten Knopf und die Maschine begann zu rattern und furchtbare, knirschende Geräusche von sich zu geben. Die Instrumente auf dem Labortisch vibrierten im Takt mit der Maschine.

„Es dauert nur ein paar Sekunden!", schrie Ben.

„Schalte sofort diesen furchtbaren Krach ab!", kreischte Trevor und hielt sich die Ohren zu.

Ein helles „Ding!" erklang und die Maschine stand still. Ben zog zwei Glasbehälter au seiner Seitenklappe heraus.

„Hier sind unsere guten, sowie auch unsere schlechten Nachrichten", sagte Ben. „Wir erzeugen trinkbares Wasser, aber produzieren auch dieses Abfallprodukt."

Trevor nahm das Fläschchen mit dem braunen Abfall-produkt, schnüffelte daran und lächelte. „Benzin ist kein Abfallprodukt." Trevor klopfte Ben auf die Schulter. „Du hast es geschafft! Du hast einen Weg gefunden, Plastik in Benzin zu verwandeln!",

Ben verzog das Gesicht. „Ich habe einen Weg gefunden, um anhand von Plastik Meerwasser in Trinkwasser zu verwandeln."

„Richtig, richtig. Das ist fantastisch." Trevor hörte nicht auf, den Behälter mit dem Benzin zu fixieren. Sein Interesse daran machte Ben immer nervöser.

Vorsichtig nahm Ben Trevor den Glasbehälter ab. „Ich arbeite immer noch an einem Prototyp. Mit jeder Version wird die Maschine besser. Die Menge des erzeugten Trink-wassers wird ständig höher und der Benzinabfall immer weniger."

Trevor sprang auf. „Du kannst sie so lassen. Deine Maschine ist super so, wie sie ist. Wir können sie in einigen Wochen den Investoren vorführen. Mit meinem Geschäftssinn und deinem Erfindergeist, sind wir unschlagbar. Du, ich und meine Lady, wir werden damit ganz groß rauskommen, das sage ich dir."

Meine Lady. Ben musste sich beherrschen, um nicht das Gesicht zu verziehen. So wie Trevor die Worte aussprach, lief es ihm kalt den Rücken hinunter.

„Ja, wie geht es denn mit dir und deiner neuesten Lady?" Da er wusste, dass Lauren mithören konnte, wählte Ben seine Worte mit Vorsicht.

Trevor grinste. „Ich glaube, ich habe in Lauren endlich die Richtige gefunden."

„Das ist wunderbar. Aber es ist nicht das erste Mal, dass du das über eine Freundin sagst." Das hast du bei den letzten Dreien auch schon behauptet, fügte Ben in Gedanken hinzu.

„Diese blöden Tussis, denen ich vor Lauren den Hof machte, hatten keine Ahnung wie man für einen Mann sorgt. Lauren ist sehr vielversprechend. Ich bin sicher, dass ich sie zu der Frau zurechtbiegen kann, die ich brauche", sagte Trevor höhnisch.

Das muss nicht bedeuten, dass etwas nicht stimmt, versuchte Ben, sich selbst zu überzeugen. Er war Wissenschaftler. Er brauchte Beweise. „Deine letzte Freundin, Susan, glaube ich, war doch sehr nett. Sie saß manchmal singend am Pool. Was ist mit ihr geschehen?", fragte Ben vorsichtig.

Trevor drehte sich unbehaglich weg und blickte zu Boden. „Sagen wir mal, ich habe sie mit einem Strauß Blumen fortgeschickt." Er nickte und sah Ben mit hartem Blick an. „Ja. Genau so war es."

Trevors Worte schienen harmlos, aber bei seinem Ton sträubten sich Bens Nackenhaare. Mit jeder Sekunde des Schweigens zwischen ihnen, wuchs sein Unbehagen.

„Zurück zum Geschäft." Ben blickte auf seine nasse, mit Asche bedeckte Werkbank.

„Stimmt. Ich lasse dich in Ruhe arbeiten." Trevor ging zur Tür. „Ich komme mit trockenen Papieren zum Unterschreiben wieder zurück. Es ist nichts Besonderes." Mit fliegendem Umhang verließ er das Poolhaus.

„Danke, dass du mich nicht verpfiffen hast." Laurens Stimme erklang, klein und leise, unter dem Tisch.

„Kein Problem, aber ..." Ben spielte mit einigen Glaspipetten und ließ sie durch seine Finger wandern. „Warum hast du dich vor Trevor versteckt? Er ist dein Erzeuger und dein Lebensgefährte. Versteht ihr Zwei euch nicht so gut?", fragte Ben.

„Ich glaube, ich habe einen großen Fehler gemacht." Lauren strich sich das Haar zurecht und wagte es nicht, Ben anzusehen. „Ich dachte, ich wüsste, worauf ich mich einließ, als ich mich von Trevor verwandeln ließ." Sie richtete sich auf. „Aber, das Leben mit ihm ist ... schwierig." Sie lachte nervös auf. „Hm. Wenn ich noch ein Mensch wäre, könnte ich jetzt echt einen Drink vertragen."

Ben strahlte. Er freute sich, dass er für dieses Problem sofort eine Lösung zur Hand hatte. „Ich weiß was. Wir gehen zu AUDREY'S Bar. Das wird dir gefallen." Er lief zur Tür und seine nassen Schuhe quietschten auf dem glitschigen Boden.

„Das wäre toll, aber ich kann nicht mitgehen." Lauren war enttäuscht. „Ich darf hier nicht weg. Trevor hat den Hortari benutzt, damit ich das Grundstück nicht ohne Aufsicht verlassen kann." Sie zuckte die Achseln. „Ich sitze hier fest."

„Aber nicht doch." Ben geleitete sie zur Tür. „Ich werde dich beaufsichtigen. Meinst du nicht, dass der Hortari mich als verantwortungsvollen Erwachsenen anerkennt?"

„Oh doch, natürlich", antwortete Lauren mit gespieltem Ernst. Ihre Augen glänzten und die Spur eines Lächelns zeigte sich auf ihren Lippen.

„Gut. Dann komm mit. Bei mir bist du in Sicherheit." Ben hoffte, dass dies auch der Wahrheit entsprach.

LAUREN WAR seit ihrer High-School Zeit nicht mehr in einer richtigen Kneipe gewesen. Damals hatte sie sich einen gefälschten Ausweis besorgt, mit dem sie Zutritt in die Welt der Uni-Kneipen bekam. Als sie im Vorbeigehen die wackligen Stühle und fleckigen Tische sah, war Lauren sicher, dass sie sich hier entspannen konnte und es nicht nötig war, irgendjemanden zu beeindrucken. Mit Nikolai war sie nur in edle Bars gegangen, die ausschließlich dem übernatürlichen Jet-Set vorbehalten waren — seine bevorzugte Cocktail Lounge war in einem noblen Eishotel gewesen, das von einem Bärenwandler und einer Hexe betrieben wurde — aber Lauren hatte es oft als schwierig empfunden, dieses Leben mit ihm zu teilen. Ein Leben, von dem normale Sterbliche keine Ahnung hatten.

„Wo sind wir hier?", fragte sie Ben, der mit ihr auf eine kuschelig aussehende Nische im hinteren Teil des Lokals zusteuerte. Sie umklammerte fest seinen Arm, obwohl es in dem vollen Raum schwierig war, nebeneinander zu gehen.

„Wir sind in AUDREY'S Bar. Es ist eine Kneipe für Wesen wie uns und wurde von einer Hexe, der Großmutter der jetzigen Besitzerin, Audrey, eröffnet." Er blickte zu einer rothaarigen Hexe, die neben der Bardame hinter der Theke

stand und in einem riesigen, alt aussehenden Buch
blätterte.

„Es ist, hm -"

Ben lächelte und reichte ihr eine Broschüre mit den
Veranstaltungen der Woche. „Pass auf, was du sagst. Es wird
gemunkelt, dass diese Kneipe ein gewisses Eigenleben hat,
also solltest du sie nicht beleidigen."

„Das wollte ich auch nicht!" Sie hatte sagen wollen, dass
sie die Kneipe interessant fand, aber das war vielleicht nicht
der beste Ausdruck, wenn sie etwas empfindlich war. „Es ist
schön hier. Alle scheinen wirklich Spaß zu haben."

Eine Pferdewandlerin wieherte freudig auf. Sie zog eine
alte Karaoke-Anlage aus einer Ecke und stellte sie mitten in
der Kneipe auf.

Als sie sich umsah, stellte Lauren fest, dass sie noch nie
so viele übernatürliche Wesen an einem Ort gesehen hatte.
Der Raum war vollgepackt mit Kobolden, Yetis, Drachen-
wandlern, Werwölfen, Bärenwandlern und Hexen. Alle
saßen in gemischten Gruppen an den klapprigen Tischen.
Dort war sogar eine Frau, deren ganzer Körper aus Sumpf-
gras und Stöcken bestand. Sie trug einen Laborkittel, eine
Brille und nichts sonst.

Beifall erklang (zusammen mit einigen gut gelaunten
Seufzern) als die Karaoke-Anlage ansprang und die Leute
Zettel herumreichten, auf denen man sich zum Singen
eintragen konnte.

Lauren sah Ben fragend an, aber er hielt abwehrend die
Hände in die Höhe. „Glaube mir, du willst mich nicht
singen hören, ich höre mich an wie ein krankes Nebelhorn."

Eine blasse Hand glitt über den Tisch und stellte ihre
Getränke ab. „Oh Süße, denkst du, dass hier tatsächlich
gesungen wird? Sieh besser aufmerksam zu." Lola, die
Bardame — eine blasse Frau mit roten Lippen, einer Rosen-

tätowierung auf der Brust und Hunderten von schwarzen Zöpfchen, die ihren Kopf umtanzten — grinste Lauren freundlich an. Laurens Schultern entspannten sich in ihrer Nähe sofort. Die Frau war kein Vampir, aber Lauren konnte beim besten Willen nicht erkennen, was Lola wirklich war, auch als sie sich ganz nah zu ihr beugte, um ihr die Hand zu schütteln. Alles, was sie riechen konnte war etwas sehr Altes und Ungewöhnliches, das sie nicht identifizieren konnte.

Lola deutete auf das Glas, das sie vor Lauren hingestellt hatte. „Das ist mein patentierter Beruhigungssaft. Frag mich besser nicht, was drin ist."

Lauren sah auf ihr Glas hinunter. Auf jeden Fall war Blut darin. Sie konnte das Wohlbehagen und die Ruhe des Spenders riechen. Aber das Getränk war knalllila und dampfte leicht vor sich hin.

Ben blickte auf sein Glas. „Darf ich denn fragen?" Er hielt das Glas zum Licht und schnüffelte vorsichtig daran.

Lola lachte. „Keine Sorge, du hast das Übliche. Blut, das von dem Gewinner eines Wissenschaftswettbewerbs gespendet wurde, dein Liebstes. Natürlich mit einem Schuss Tequila."

„Danke!" Er schien so erleichtert zu sein, dass Lauren lachen musste.

„Hallo, alle zusammen! Ich bin heute euer Karaokemeister!" Audrey, die Barbesitzerin, stand am Mikro und hob die Arme. Alle im Raum klatschten. Sie hielt eine gläserne Schüssel hoch, in der ein Dutzend Karten lagen, die bereits ausgefüllt waren. „Ihr kennt zwar alle die Regeln, aber ich wiederhole sie noch mal kurz: Gebt eure Karten hier ab, wenn ihr mitmachen wollt, und seid keine Arschlöcher, die ihre Freunde ohne deren Einverständnis anmelden." Sie lächelte strahlend in die Runde, steckte ihre Hand in die

Schüssel und zog eine Karte. „Als Erstes kommt Shelby Meyer. Sie sing 'Niveis Incantamentum'!"

Alle klatschten, jubelten und pfiffen, als eine Tigerwandlerin in einem hautengen, schwarzen Lederoutfit vor die Menge trat.

Lauren lehnte sich zu Ben vor und flüsterte: „Von dem Song habe ich noch nie gehört. Welche Sprache ist das?"

Ben lächelte und tippte sich an die Nase. „Du wirst schon sehen."

Die Tigerwandlerin drückte Play auf dem Tablet vor der kleinen Bühne und ein Text, der aussah wie eine Mischung aus Latein und esoterischen Symbolen erschien hinter ihr an der Wand. Aus den Lautsprechern erklang Musik, ein schneller Schlagzeugrhythmus und erhebende Geigenstimmen, die eine Melodie spielten, die Lauren nicht kannte, aber die sie noch tagelang vor sich hin summen würde. Ein hüpfender Ball auf der Leinwand zählte die Sekunden, bis der Text startete. Lauren fühlte sich von den Worten wie magisch angezogen. Die Luft fühlte sich dicker an, mit seltsamen Strömungen, die an ihrem Körper entlangfuhren und gleichzeitig kitzelten und kühlten. Sie sah Ben von der Seite an, der bereits vor Begeisterung strahlte.

Die Frau begann zu singen. Sie traf die Töne nicht ganz genau, folgte aber problemlos und mit großem Selbstvertrauen dem Text, sodass es kaum auffiel, dass ihre Melodie nicht ganz mit den Geigen harmonierte. Lauren konnte den Text nicht verstehen, aber während die Tigerwandlerin sang, sank die Temperatur in der Bar. In der ganzen Bar kuschelten sich die Pärchen eng zusammen. Alle lächelten und blickten voller Erwartung nach oben.

Lauren beobachtete Ben. Er war so groß und sah so warm aus. Was würde er denken, wenn sie etwas näher an ihn heranrückte, um sich an ihm zu wärmen? Jedes Mal, wenn sie bei ihm im Poolhaus war, hatte er einen weiten Laborkittel getragen, der seinen Körper vollständig versteckte. Bevor sie heute jedoch aufgebrochen waren, hatte er sich vor ihr umgezogen. Er hatte den Laborkittel und das speckige Hemd, das er darunter trug, ausgezogen und einen unglaublich tollen Körper zutage gebracht, mit Waschbrettbauch, muskulösen Armen und einem wohlgeformten Rücken, der sich bis zur Taille in einem perfekten Dreieck verjüngte. Ihr war praktisch die Luft weggeblieben, und nun, da sie wusste, dass sich ein schöner Männerkörper unter seinen Laborkitteln verbarg, war die Versuchung groß, sich daran ein bisschen anzukuscheln.

Die Musik schwoll an, und die Tigerwandlerin wiegte sich in den Hüften. Sie bewegte die Finger im Rhythmus der Musik, als ob sie auf einem unsichtbaren Klavier in der Luft spielte.

Etwas Kleines, Weißes und Kaltes traf Laurens Nase. Sie blickte empor.

Schnee! Perfekte, kristallene Schneeflocken fielen von der Decke. Sie tanzten in Wirbeln zum Takt der Melodie durch den Raum.

„Das ist fantastisch!", rief Lauren. Ihre Stimme verlor sich im allgemeinen Jubel und Applaus, der im ganzen Raum ausbrach.

Ben grinste und rückte seinen Stuhl näher an ihren. Auf seinem Gesicht lag ein Ausdruck purer Freude. Sie musste nur eine ganz kleine Bewegung machen und schon lag ihr Kopf an seiner Schulter und sie schmiegte sich an seine Seite.

„So muss Magie sein", sagte er.

Lauren nickte. Seine Schulter strich an ihrem Gesicht entlang, als sie den Kopf bewegte. So muss Liebe sein. Der Gedanke schoss ihr, plötzlich und unbeabsichtigt, durch den Kopf. Schnell setzte sie sich auf und schob den Gedanken beiseite. So durfte sie nicht an Ben denken. Er war ihr guter Freund und sie war mit Trevor zusammen.

Der Song wurde langsamer, ruhiger. Die Tigerwandlerin senkte die Arme und ihr Gesang wurde leiser. Im Raum wurde es wieder wärmer und die Schneeflocken verschwanden, wie kleine Sterne die erloschen, als die Musik verklang. Lauren klatschte begeistert Applaus, gemeinsam mit den anderen Gästen. Sie wagte es nicht, Ben anzusehen und hoffte, dass ihr Gesicht nicht so rot angelaufen war, wie es sich gerade anfühlte.

Es kann doch nicht sein, dass ich mich gerade in Ben verliebe.

Die Tigerwandlerin ging zurück zu ihrem Tisch. Von allen Seiten klopfte man ihr anerkennend auf die Schulter und gab ihr High Fives. Audrey, die rothaarige Hexe, erschien wieder auf der Bühne und zog eine weitere Karte aus der Schüssel. Als nächste betrat die Sumpfgrasfrau die Bühne, als ihr Name aufgerufen wurde. Lauren nahm einen Schluck aus ihrem Glas und verspürte ein Gefühl tiefsten Friedens und stiller Freude, das sich in ihr ausbreitete. Dieses behagliche Gefühl erinnerte sie an Pizza, ihren Klappstuhl im Poolhaus und Bens warme Augen.

„Das hier ist ein Schlaflied meines Volkes." Die Stimme der Sumpffrau war etwas kratzig und tief, wie ein Windhauch, der durch hohes Gras streift. Nachdem sie den Play-Knopf gedrückt hatte, hörte man aus den Lautsprechern ruhige Harfentöne und etwas, das sich für Lauren wie eine Art Xylofon anhörte. Als die Frau anfing zu singen, erschienen geisterhafte Bilder über den Köpfen des Publikums. Grasbedeckte Hügel und wunderschöne Bäume vor zauberhaften Sonnenuntergängen schwebten durch den

Raum und trafen aufeinander, als ob sie in riesigen Seifenblasen gefangen waren.

„Danke, dass du mich mitgenommen hast", flüsterte Lauren Ben zu. „Ich dachte, dass ich nach all den Jahren, in denen ich die Ehefrau eines Bärenwandlers war, alles über die übernatürliche Welt und ihre Wesen wüsste, aber da gibt es noch so viel mehr."

Ben nickte. „Mehr als man in hundert Leben sehen oder erfahren kann. Mein Bruder, Danny, war über mehrere Jahrhunderte als Entdecker unterwegs und wollte die ganze Welt erforschen. Aber er stellte fest, als er um die ganze Welt gereist war, dass sich da, wo er angefangen hatte, bereits wieder alles verändert hatte. Es gibt immer neue Dinge zu entdecken. Jetzt betreibt er mit seiner Verlobten einen Nachtclub, aber er ist auch als Ermittler für unseren Erzeuger und König tätig. Deshalb reist er immer noch um die ganze Welt."

Sie wollte fragen, was seine Aufgabe als Ermittler war. Um die Welt zu reisen und Dinge zu entdecken hörte sich toll an. Aber erst fragte sie nach der Information, die ihr besonders interessant schien. „Dein Erzeuger ist der König? Das heißt, du bist ein Prinz?"

Ben zuckte die Achseln. Ein schwebendes Bild eines Gebirges, gekrönt von schneeweißen Wolken, stieß gegen seinen Kopf wie ein Luftballon und stieg dann wieder zu den anderen Bildern empor, die an der Decke tanzten. „Christopher hat mich lange, bevor er König wurde verwandelt. Er war sich seiner Verantwortung gegenüber allen Lebewesen immer bewusst und hat sehr darauf geachtet, nur Menschen zu verwandeln, von denen er glaubte, dass sie der Welt nützlich sein und gute Dinge tun würden. Das ist eine große Herausforderung und spornt mich sehr an." Gedankenverloren nippte er an seinem Glas. „Ich habe

schon jede Menge Kleinigkeiten erfunden, aber die
Maschine, an der ich jetzt gerade arbeite, wird etwas wirklich Nützliches bewirken. Wenn wir erst zuverlässig Meerwasser in Trinkwasser umwandeln können, dann gibt es
keine Dürrezeiten mehr. Alle Krankheiten, die durch verun-
reinigtes Wasser entstehen, werden ausgerottet." Er war so
begeistert, dass er kaum stillsitzen konnte.

„Du beschämst mich", sagte Lauren und lächelte ihn an.
„Du bist ein Vampir geworden, um der Welt einen Dienst zu
erweisen. Ich habe es nur getan, weil ..." Sie schwieg.

„Nun, warum denn?" Er lächelte sie freundlich an und
legte ihr den Arm um die Schultern und zog sie näher an
sich. Sie ließ sich in seinen Arm sinken und spürte seine
Muskeln durch ihren Pullover. Lauren hätte sich gern noch
enger an ihn geschmiegt, hielt sich aber zurück, sodass es
bei einer, wie sie hoffte, rein freundschaftlichen Umarmung
blieb, wenn es so etwas überhaupt gab.

„Na ja, ich wurde nicht gerade dazu erzogen, die Welt zu
verbessern. Das ist keine Entschuldigung, sondern es ist die
Wahrheit. Sobald ich laufen konnte, stopften mich meine
Eltern in Kleider mit Puffärmeln und schleppten mich auf
alle möglichen Schönheitswettbewerbe. Ich war nicht
besser als ein preisgekröntes Schwein auf einer Landwirt-
schaftsausstellung."

Lauren verzog den Mund bei der besonders schmerzhaften Erinnerung, dass ihre Kopfhaut ständig von heißen
Lockenstäben verbrannt wurde. Die Schmerzen hielten
immer einige Tage an, aber egal wie herzzerreißend sie auch
weinte, ihre Mutter sagte ihr immer, da müsse sie durch und
Gott sei Dank könne man die Wunden ja unter ihrem
dichten Haar nicht sehen.

„Die Preisrichter beurteilten, wie niedlich ich war, wie
strahlend ich lächeln konnte, und ob mein Kostüm die rich-

tige Mischung zwischen minderjähriger Versuchung und Pädophilie war." Sie hörte die Bitterness in ihrer eigenen Stimme und atmete tief ein. Die sanfte Stimme der Sumpffrau am Mikrofon beruhigte sie, bis sogar ihre Zehen sich entkrampften. „Als ich sieben oder acht Jahre alt war, drehte ich einige Werbespots, für Frühstücksflocken, Zahnpasta und so weiter. Das Geld dafür sah ich allerdings nie. Meine Eltern erzählten der Familie und Freunden, dass alles was ich verdiente, für mein Universitätsstudium gespart wurde, aber in Wirklichkeit ging das Geld nicht weiter, als bis zum nächsten Schnapsladen. Immer wenn sich die Schulden häuften, wurde ich wieder losgeschickt, um Geld zu verdienen. Unser Überleben hing davon ab, wie hübsch ich war."

Bens Augen waren voller Mitgefühl, als er sie ansah. Er drückte tröstend ihre Hand. „Du hast so viel mehr zu bieten, als das."

Lauren zuckte die Achseln. „Ich wünschte, das hätte mir jemand vor Jahren gesagt. Als ich neunzehn Jahre alt war, starben meine Eltern bei einem Skiunfall, und ich hatte keine Ahnung, wie ich mich über Wasser halten sollte. Also griff ich einfach auf das zurück, was ich schon immer gemacht hatte." Sie lächelte schwach.

Audrey stand wieder auf der Bühne und kündigte die nächste Darbietung an. Lauren war überrascht. Sie hatte sich so in ihren Erinnerungen verloren, dass sie gar nicht bemerkt hatte, dass die Sumpffrau ihr Lied beendet hatte und die schwebenden Bilder verschwunden waren, als hätten sie nie existiert. Als Nächstes kam ein riesiger Troll auf die Bühne, dessen Kopf bis an die Decke ragte. Er sang ein mitreißendes Trinklied, das zum größten Teil aus regelmäßig eingeflochtenen Grunzern und „Juhuus" zu bestehen schien. Es gab keine schönen Bilder oder Magie in der Luft, aber der ganze Raum sang lautstark mit und die Kneipe erbebte unter den stampfenden Füßen.

Ben berührte ihre Schulter. „Sollen wir rausgehen? Weg von den Radaubrüdern hier?"

Lauren nickte. Die Musik hatte sie von ihren Erinnerungen abgelenkt, aber sie war noch nicht so weit, dass sie hätte mitsingen wollen.

Die Nacht war ruhig. Hinter einer Baumreihe erstreckte sich ein langes Feld. Brandspuren im Gras und vereinzelte Löcher im Boden ließen vermuten, dass AUDREYs Hinterhof am Tag für andere Zwecke benutzt wurde, aber jetzt war es ruhig. Dank Laurens vampirischer Sehkraft war das Mondlicht für sie taghell. Sie fühlte sich hier im Freien sicher und atmete tief durch.

Ben streckte seine Hand nach ihr aus. Sie ergriff sie und sie gingen in vertrautem Schweigen zur Mitte des Feldes. Dort legten sie sich, Seite an Seite, auf den Boden und betrachteten die Sterne. Es war wie in ihrer Jugend. Als Teenager hatte sie sich manchmal aus dem Haus geschlichen und sich mit einem Jungen getroffen. Die Stille der Nacht hatte damals lauter aufregende Erwartungen in ihr geweckt. Jetzt lag Ben stark und ruhig neben ihr. Seine sonst so unbändige Energie war einer entspannten Ruhe gewichen.

„Ich weiß ja, dass es mich eigentlich nichts angeht …", begann er.

„Was denn?"

„Na ja, deine Eltern müssen ziemlich schrecklich gewesen sein."

Lauren prustete los, ein sehr wenig damenhaftes Lachen, das ihre Mutter sofort kritisiert hätte. „Ja, ziemlich." Sie seufzte. „Sie haben mir das beigebracht, was sie für richtig hielten. Meine Mutter hat mir immer wieder gepre-

digt, wie sehr sie die Frauen bedauerte, die 'sich gehen
ließen' wenn sie ungeschminkt zum Supermarkt gingen.
Vater brachte mir bei, dass man Tunichtgute sofort an tiefsitzenden Jeans oder Tätowierungen erkennt." Das hatte
Lauren allerdings nicht davon abgehalten, mit so vielen
tätowierten 'Tunichtguten' in tiefsitzenden Jeans wie
möglich auszugehen, aber das war eine andere Geschichte.
„Mir wurde ständig vorgehalten, dass ich sofort verhungern
und verkommen würde, wenn ich nicht immer dünn,
hübsch, strahlend und beliebt war."

Sogar jetzt noch, obwohl sie wusste, dass sie nicht mehr
altern konnte, juckte es sie in den Fingern, ihre Haut im
Spiegel auf neue Falten zu untersuchen. Sie hatte tatsächlich geschafft, was ihre Mutter ständig mit Gesichtsstraf-
fungen und Botox erreichen wollte: Lauren hatte es
geschafft, ihren Körper für immer in einem perfekten
Zustand reifer Jugendlichkeit zu erhalten. Diese Tatsache
machte sie allerdings nicht so glücklich, wie sie eigentlich
erwartet hatte.

Ben schüttelte den Kopf. „Ich weiß auch, wie es ist, wenn
man nur nach seinem Äußeren beurteilt wird. Schließlich
war ich während der letzten Jahrhunderte ein Schwarzer in
Amerika. Aber ich hatte immer einige Leute um mich, die
zu schätzten wussten, was ich sonst noch zu bieten hatte."

Lauren schenkte ihm ein zaghaftes Lächeln. „Ich weiß,
dass ich mein Leben nicht mit deinem vergleichen kann. Ich
habe niemals wirkliches Elend gelitten. Nikolai, mein erster
Ehemann, war sehr gut zu mir. Er war ein Freund meiner
Eltern, den ich flüchtig kannte, als ich noch kleiner war.
Sein Sohn war bereits erwachsen und aus dem Haus, also
bot Nikolai mir ein Heim und finanzielle Sicherheit an,
wenn ich seine Frau würde. Ich nahm an. Und er hielt sein
Wort: Er sorgte für alles. Er kaufte unser Haus, ich benutzte

seine Kreditkarten. Mit der Zeit verstanden wir uns immer besser. Diese Jahre zählen mit zu den glücklichsten meines Lebens. Als er starb, fühlte ich mich völlig ... verloren. Zum ersten Mal in meinem Leben, war ich auf mich allein gestellt. Die drei Jahre, bevor ich Trevor begegnete, waren sehr hart für mich. Ich hatte furchtbare Angst für alles selbst verantwortlich zu sein."

„Nun, heute ist die Gelegenheit. Im Moment sagt dir keiner, was du tun sollst. Was möchtest du gern machen?", fragte Ben.

Die Hintertür der Bar wurde plötzlich geöffnet und die Musik von innen strömte hinaus in die Nacht. Eine langsame Melodie erklang in der Dunkelheit, begleitet von einer rauchigen und verführerischen Männerstimme.

Lauren stand auf und streckte Ben beide Hände hin, um ihm aufzuhelfen. In einer fließenden Bewegung stand er neben ihr.

„Tanz mit mir." Ihre Eltern ließen sie nur ihre Stepptanznummern für die Schönheitswettbewerbe tanzen. Nikolai hatte eine kranke Hüfte gehabt und hielt immer nur ihre Hand, während er den Kopf im Takt zur Musik wiegte. Sie hatte noch nie nach Lust und Laune, so wie sie wollte, tanzen können.

„Sehr gern", antwortete Ben. Er nahm ihre Hand und legte die andere Hand an ihre Hüfte. Seine Berührung war zart und er überließ ihr die Führung.

Die Musik wurde lauter. Aus der geöffneten Tür drangen blinkende Lichter, die auch noch die Farbe wechselten. Diese Lichter verwandelten sich in regenbogenfarbene Pünktchen, die aufstiegen und schimmerten, bis sie den Himmel bedeckten. Die Musik kam nun aus den Lichtern heraus. Sie umspielten Ben und Lauren, und erhellten Bens Gesicht in blauen und goldenen Farbtönen, die seinen schönen Mund und seine strahlenden Augen zur Geltung brachten.

Lauren lächelte zu den Lichtern empor und schloss die Augen. Sie ließ die Musik durch ihren Körper fließen, vom Kopf bis zu den Zehenspitzen. Der Rhythmus pulsierte in ihrer Brust und floss in ihre Beine und Arme. Sie ließ sich von der Musik verzaubern und liebkosen. Sie streckte die Arme über dem Kopf aus und wiegte sich in den Hüften. Ihre Füße drehten und hoben sich in Schritten, die sie nie gelernt hatte und die sich absolut richtig anfühlten. Sie schüttelte ihr Haar zur Musik, wild und frei, drückte eine Hand gegen Bens und drehte sich weg von ihm und wieder zurück, bis sie die Hitze seines Körpers spürte, und wirbelte wieder weg. Sie kickte mit den Füßen, fühlte den Luftzug als Ben von ihr wegtanzte, sich hinter ihr bewegte, aber nahe bei ihr blieb. Seine Hände berührten sie, um Körperkontakt zu halten und nicht, um sie zu führen.

Zum ersten Mal war es ihr völlig, egal wie sie aussah, ob sie gut oder beschissen tanzte, ob Ben mitmachte oder sie nur anstierte. Es war total egal. Das hier war ihr ureigener Tanz, es gab nur sie und die Musik, und jeder Ton war süß.

Das Lied ging weiter. Mit jeder Strophe wurde die Musik intensiver, bis sie den Trommelschlag in jedem Knochen spürte und ihre Füße sich rasend schnell bewegten. Sie stieß sich vom Boden ab und sprang hoch, hoch und höher in die Luft. Sie legte ihre ganze Vampirkraft in den Sprung, bis ihr Kopf die schimmernden Lichtpünktchen erreicht und diese einen Moment lang ihr Gesicht, wie alte Freunde umringten.

Ben klatschte und feuerte sie an. Sie hörte auf zu springen, um ihn anzusehen. Er hatte seine Arme wie sie in die Höhe gereckt und sprang und tanzte mit wilder Begeisterung, ohne Technik nur mit purer Freude. Sie lachte und

machte seine Bewegungen nach. Sie fühlte eine glückliche
Wärme bis in die Fußspitzen, als er sich drehte, wie sie es
einen Moment zuvor getan hatte. Sie berührten sich nicht,
aber sie konnte seine Bewegungen fühlen. Es war, als ob
Elektrizität ihre Körper verband. Die Musik vereinte ihre
Hände, ihre Füße und ihre Hüften, sodass sie sich unter den
blinkenden Lichtern bewegten, wie ein einziges lachendes,
tanzendes Wesen.

Die Musik wurde langsamer und die Lichter dunkler.
Dann waren sie wieder allein unter dem Sternenhimmel.
Lauren näherte sich Ben. Seine Schritte spiegelten ihre
wider, bis sie so nah zusammenstanden, dass ihre Körper
sich bei jedem Atemzug berührten.

Keiner schreibt dir jetzt vor, was du tun sollst. Was willst
du gern tun?

Sie erinnerte sich an Bens Worte, die ihr wie eine
Herausforderung vorkamen. Sie sah in sein Gesicht. Es war
so voller Verlangen und Sehnsucht, dass ihr der Atem
stockte. Sie leckte ihre Lippen um sie zu befeuchten, dann
wanderten ihre Hände zu seinen Schultern und streichelten sie zart. Die Chemie zwischen ihnen fühlte sich an
wie etwas Lebendiges, das sie zueinander führte. Sie ließ es
geschehen und sehnte sich nach seiner Umarmung. Sie
wollte ihre Lippen auf die Lider über seinen warmen
Augen drücken, mit dem Finger über seine lächelnden
Lippen streichen. Sie wollte seine Hände auf ihrem Körper
spüren, wollte, dass diese Hände sie streichelten, in sie
eindrangen.

Das Zersplittern einer Flasche in der Bar ließ beide
aufschrecken.

Sie trat hastig einen Schritt zurück und stolperte in dem
hohen Gras. Ich gehöre zu Trevor. Ich darf nicht weiter
gehen.

Ben beugte sich vor, um sie zu stützen, aber sie hob ablehnend die Hände.

„Wir dürfen das nicht", sagte sie.

Ben nickte. „Ich bringe dich zurück."

Auf dem Nachhauseweg sprachen beide kein Wort, nur ein schnelles „Tschüss", bevor Lauren im Haus verschwand. Was hätte sie auch sagen sollen? Danke für die vielleicht schönste Nacht meines Lebens. Das hörte sich abgedroschen und falsch an, solche Sachen pflegte sie zu Trevor zu sagen. Ich glaube, dass ich mich gerade in dich verliebe. Das war zu viel, zu wahr und sie durfte es nicht sagen. Hinter diesen Worten lauerte eine unbestimmte Furcht, und sie war sich nicht sicher, wie sie sie ausdrücken sollte. Lauren lehnte den Kopf gegen die Glastür der Veranda und hörte das Klicken von Bens Labortür, die auf der anderen Seite des Pools geschlossen wurde.

Ich habe Angst vor dem, was Trevor uns antun wird, wenn er es herausfindet.

Ich hätte sie küssen sollen. Ich darf sie eigentlich gar nicht küssen wollen. Bens Gedanken wirbelten durcheinander, als er sein Labor betrat. Er war wütend auf ihre Eltern und auch auf ihren verstorbenen Ehemann, auf alle, die mitgemacht hatten, ihr einzureden, dass ihr Wert nur von ihrem Aussehen abhing. Ben wollte sie beschützen, sie in den Armen halten und sie vor allem bewahren, nicht nur vor der ganzen Welt, sondern auch vor dem Gift, das ihr eingetrichtert worden war. Sie ist so eine tolle Frau.

Ben war schon mitten im Raum, als er auf einmal etwas Seltsames bemerkte. Seine Bücher, die sonst ordentlich gestapelt waren, lagen verstreut auf dem Boden. Seine technischen Zeichnungen, die normalerweise aufgerollt und der Ecke zu einer Pyramide übereinandergelegt waren, lagen überall im Raum herum. Seine Pipetten lagen nicht mehr auf ihrem Platz und sein Laborlogbuch war fort.

Jemand hat was in meinem Labor angestellt.

Als er hörte, wie jemand ein Glasröhrchen zertrat, drehte sich Ben sofort in Richtung dieses Geräusches um. Trevor war fast schon an der Tür. Er hatte eine Hand auf der Türklinke und mit der anderen drückte er einen Stapel Zeichnungen an seine Brust. Außerdem erkannte Ben die Umrisse seines Laborlogbuchs, das Trevor sich hinten in den Hosenbund gesteckt hatte. Hatte dieser Kerl denn gar keinen Respekt?

Ben räusperte sich. „Kann ich dir irgendwie behilflich sein?"

Trevor drehte sich um und klammerte die Zeichnungen noch fester an sich. „Ich wollte nur digitale Sicherheitskopien von deiner Arbeit machen. Als es neulich hier brannte, habe ich mit Schrecken festgestellt, dass deine ganze Arbeit hier in Papierform liegt. Natürlich wollte dich fragen, aber du ähm ..." stammelte Trevor. „.... du warst nicht hier. Also dachte ich, na ja, weil ich das ja alles hier sowieso bezahle, könnte ich ..." Er zuckte die Achseln.

Ben wollte ihm eigentlich gern glauben. Er hätte ihm auch geglaubt, wenn nicht Trevors Adamsapfel so nervös auf und ab gehüpft und ihm nicht der Schweiß die Schläfen hinunter getropft wäre.

„Aber dann brauchst du doch nicht heimlich hier herumzuschleichen." Bens Stimme war leise und misstrauisch.

Trevor hielt inne und nickte. „Richtig. Richtig." Ben musste beinahe lachen. Zu beobachten, wie Trevor versuchte, seine Gedanken zu ordnen, war, als ob man

einem Zug zusah, der mühsam einen steilen Berg hinauf-
kroch. Ben konnte beinahe Dampf aus seinen Ohren
aufsteigen sehen, so sehr bemühte er sich. „Jedenfalls ... da
du gerade hier bist ...“

Trevor sah sich verzweifelt um. Da fiel sein Blick auf die
Papiere, die er am Tag vorher mitgebracht hatte. Er nahm
sie aus dem Abfalleimer und strich die oberen Seiten glatt,
die inzwischen getrocknet und zum größten Teil lesbar
waren.

„Du musst diese Unterlagen noch unterzeichnen. Es ist
nicht so wichtig, aber wenn du so nett wärst ...“ Er blätterte
bis zur letzten Seite und zeigte auf die leere Unterschriften-
zeile. „Dann ist es erledigt.“

Ben zog den Stapel Papiere näher zu sich, sodass er die
Seiten lesen konnte, die bis jetzt durch Trevors Hand
verborgen gewesen waren. Als er sah, was dort stand,
weiteten sich seine Augen ungläubig und der Mund blieb
ihm offen stehen.

„Was soll das denn heißen, Trevor? Hier steht, dass ich
sämtliche Besitzansprüche an meiner Entsalzungsmaschine
aufgebe. Das bedeutet, dass du allein die Entscheidungsge-
walt hast, wie und wo die Maschine eingesetzt wird. Die
Gewinne aus eventuellen Verkäufen gehen an dich und du
bist offizieller Inhaber dieses Patents.“ Ben ballte die Fäuste
und zerknüllte das betrügerische Dokument. „Was soll
das?“, schrie er wütend.

Trevor seufzte genervt. „Das ist Geschäft. Ich bin derjenige, der weiß, wie man mit deinen Erfindungen Geld
machen kann. Kannst du dir vorstellen, was manche Länder
und manche riesigen Konzerne bezahlen würden, damit
diese Maschine niemals auf den Markt kommt und eingesetzt wird?“ Trevor lief hektisch auf und ab, ein irres
Lächeln erschien auf seinem Gesicht. „Billionen. Die

Antwort lautet Billionen von Dollar." Er blätterte zurück zur Unterschriftenseite. „Wenn du hier unterschreibst, dann werden wir reicher sein, als man es sich überhaupt vorstellen kann."

„Nein", antwortete Ben leise, aber bestimmt. „Wir haben das schon einmal besprochen. Du wolltest mir helfen, meine Erfindungen zu vertreiben. Meine Maschine wird sauberes Wasser für alle liefern, die es brauchen." Er riss den dicken Papierstoß mit einem Ruck mittendurch und warf die Hälften in einen Metalleimer, der vor ihm stand. „Ich werde es nicht zulassen, dass du meine Erfindung wie ein Zuhälter an Ölkonzerne verhökerst." Ben ergriff seinen Behälter mit den Polymeren und warf diese in den Eimer. „Meine Erfindung ist für alle zugänglich. Sie ist online erhältlich für alle, die sie brauchen."

Trevor schüttelte verächtlich den Kopf und beachtete ihn nicht. Schnell ergriff Ben die Kanne mit dem Meerwasser, goss es in den Eimer und entzündete dadurch das Polymer in einer prasselnden Flamme, sodass Trevor in Panik zur Tür lief.

„Du bist total irre, weißt du das?" Trevor eilte hinaus, aber Ben war ihm dicht auf den Fersen. Ben war älter und schneller. Er holte Trevor ein und riss ihm die Zeichnungen aus der Hand. Im Poolhaus sprang die Sprinkleranlage an, aber das war ihm egal. Er hielt die Hand auf.

„Mein Laborlogbuch, bitte." Ben deutete befehlend auf die rechteckige Beule an Trevors Hinterteil.

„Ist ja gut." Trevor zog das Laborlogbuch aus seiner Hose und reichte es Ben. „Ich bin schon stinkreich. Ich habe es nicht nötig von der Großzügigkeit anderer zu leben und die Familie auszunutzen. Du bist ein mitleiderregender Idealist."

„Du bist ein Ekelpaket, Trevor. Ich habe keine Ahnung,

warum Danny dich damals verwandelt hat. Du bist egoistisch und hinterhältig und behandelst Lauren wie einen Fußabtreter."

„Hey!" Trevor unterbrach Ben mit einem einzigen, scharfen Wort. „Ich dulde dich und die zerstreuter-Professor-Nummer, die du so gern abziehst, nur weil du mein Onkel bist und ich keinen Bock habe, dass mir Danny auf den Sack geht. Aber Lauren ist meine Freundin." Er trat dichter an Ben heran. „Ich bin schließlich nicht dämlich. Sie macht ihre kleinen Spaziergänge und wenn sie zurückkommt, stinkt sie nach Pizza und Meerwasser. Du traust mir nicht mit deinen Spielzeugen hier? Nun, ich traue dir nicht mit meiner Frau. Halt dich von Lauren fern, und ich lasse deine Erfindungen in Ruhe. Abgemacht?" Trevor schlug die Tür hinter sich zu und stampfte wütend zurück zum Haus.

Ben blickte ihm nach. Er versuchte einen Blick auf Lauren im Haus zu erhaschen, rief sich dann aber zur Ordnung. Trevor war ein Arschloch, aber er hatte in einem Punkt recht. Lauren war mit ihm zusammen. Sie hatte ihre Wahl getroffen.

Er seufzte. „Abgemacht."

LAUREN HÖRTE im Kopf noch immer die Musik aus den funkelnden Lichtern. Sie zog ihr Outfit aus, das sie in AUDREY'S Bar getragen hatte und stopfte es zuunterst in ihren Wäschekorb. Dann schlüpfte sie in ein langes Spitzennachthemd, das aussah wie aus einem Gruselroman. Sie nahm sich ein Putztuch und tänzelte hinüber zu Trevors Bücherregal. Staubwischen war eine leichte Arbeit, erforderte keine Aufmerksamkeit und schien Trevors Ansprüche voll und ganz zu erfüllen.

Leise summte sie eine Melodie vor sich hin. Ihre Füße tanzten wie von selbst dazu und sie wiegte sich in den Hüften, während sie sich reckte, um die oberen Bücherreihen zu erreichen. Wenn sie die Augen schloss, konnte sie sich wieder dorthin zurück träumen: die kühle Abendluft auf ihrer Haut und Bens geliebte, beschützende Gestalt an ihrer Seite.

Plötzlich lief es ihr kalt den Rücken hinunter. Sie spürte, dass sie beobachtet wurde. Sie stand stockstill und die Melodie erstarb auf ihren Lippen. Natürlich wusste sie, schon bevor sie sich umgedreht hatte, wer dort an der Tür stand. Sein lauernder Blick war so beklemmend, dass sie ihn durch den ganzen Raum fühlen konnte.

„Ich hatte gerade ein sehr interessantes Gespräch mit Ben." Trevor lehnte sich gegen den Türrahmen und verschränkte die Arme vor der Brust. Lauren verspürte einen kalten Angstschauer. Sein Gesicht war kalt und verschlossen. So wie er dort im Schatten stand, sahen seine Augen aus wie leere, schwarze Löcher.

„Ach ja?" Sie versuchte gelangweilt zu klingen, aber ihr Herz hämmerte in ihrer Brust. Sie war erstaunt, dass ihre Hand, die weiterhin mit dem Staubtuch über die Buchrücken glitt, nicht zitterte.

„Anscheinend glaubt er, dass ich dich nicht gut behandele." Seine Stimme war ein leises, böses Knurren.

„Warum sollte er so etwas Lächerliches glauben," sagte sie, mit ganz normaler Stimme. „Du hast ein wunderschönes Haus. Ich habe alles, was ich mir nur wünschen kann, und das Wichtigste ist, ich habe dich. Ich habe wirklich kein schlechtes Leben." Schnell ergriff sie einen der gebundenen Ausgaben von Dracula und drehte sich zu Trevor um. „Bevor ich in dieses Haus kam, hatte ich noch nicht einmal Dracula gelesen. Stell dir das mal vor. Es ist so ein großartiges Buch und erst durch dich habe ich es kennengelernt, mein Schatz."

Trevor trat vor, nahm ihr das Buch aus der Hand und stellte es zurück ins Bücherregal, Seite an Seite mit den anderen.

„Dracula ist eine der schönsten Liebesgeschichten aller Zeiten." Seine Stimme war rau und er atmete unregelmäßig. „Seine Frau kam durch den Verrat seiner elenden Feinde ums Leben. Er wollte nicht ohne sie leben, deshalb wählte er die Unsterblichkeit, in der Hoffnung, dass ihre Liebe stark genug war, sodass seine Frau eines Tages wiedergeboren würde, um zu ihm zurückzukommen." Er beugte sich näher zu ihr. „Selbst ihre Verlobung mit einem anderen Mann konnte sie nicht von ihrer wahren Liebe abhalten, ihrer ewigen Liebe zu dem Mann, der Jahrhunderte darauf gewartet hatte, wieder mit ihr zusammen zu sein." Mit jedem Wort neigte Trevor sich weiter über sie.

„Ich dachte ..." Lauren musste schlucken. „Diese unsterbliche Liebe, ... kommt die in dem Buch überhaupt vor?" Das tat sie nicht. Die Liebesgeschichte war erst für die Filmversion von 1990 erfunden worden und wurde dann immer wieder wiederholt. Sie hatte viele Stunden im Internet verbracht, um sich über Dracula schlau zu machen und ihrem neuen Freund zu imponieren. Sie wusste genau: der Vampir in der Originalversion von Dracula war schlicht und einfach ein Monster. Er liebte nicht und sehnte sich auch nicht nach menschlicher Nähe. Alles was er wollte war töten, fressen und beherrschen.

„Was weißt du schon?" Trevor trat zurück. „Du weißt nichts über Vampire, und du hast keine Ahnung von Liebe."

Vor ihrem geistigen Auge tauchte Bens Gesicht auf. Sogar Nikolai erschien für einen Moment, obwohl das eine andere Art von Liebe gewesen war. Ich weiß, was Liebe ist. Ich kann nur dich nicht lieben. Sie biss sich auf die Zunge.

„Vielleicht nicht. Ich muss wahrscheinlich noch viel über die Liebe lernen." Sie bemühte sich, ruhig zu klingen, aber sie war so angespannt, dass sie mit zusammengebissenen Zähnen sprach. „Aber wir können zusammen lernen. Liebe bedeutet auch, dass man miteinander redet und versucht, sich gegenseitig zu verstehen."

Trevor beobachtete sie. Er lief zwischen dem Bett und ihr hin und her, wie ein gefangenes Tier.

„Manchmal ist es gar nicht so einfach, miteinander zu reden. Weißt du was, ich fange einfach mal an." Lauren holte tief Luft. „Die Hortari-Befehle. Ich habe das Gefühl, ..." Sie betonte, die Floskel Ich habe das Gefühl, die von sämtlichen Eheberatern empfohlen wurde. „... dass der Hortari dazu benutzt wird, dass ich Dinge tun soll, die ich sowieso gerne von allein für dich tun würde, wenn du mich nett fragst." Sie trat vor und legte ihre Hand auf seinen Arm. „Ich würde mich wirklich freuen, wenn du damit aufhörst. Das ist nicht nett."

„Nicht nett? Ich bin dein Erzeuger!", brüllte Trevor und trat von ihr weg. „Es ist mein Recht dich zu formen, dir beizubringen, wer du sein sollst!"

„Und wer soll ich sein?", fragte sie. Nicht gut, das war gar nicht gut. Ihr Herz klopfte zum Zerspringen.

„Meine große Liebe!" Er raufte sich die Haare und lief immer gehetzter im Zimmer hin und her, wie ein Tiger im Käfig. „Du bist meine Felicity, verstehst du? Deine Anmut, deine Stimme, dein Haar. Du bist es. Wiedergeboren, um mit mir zusammen zu sein!"

Lauren wich vor ihm zurück und stieß gegen das Bücherregal. Sie machte einen kleinen Schritt zu Seite und versuchte, langsam und unauffällig in die Nähe der Tür zu gelangen. „Was redest du da?"

„Du bist die Richtige! Du bist dazu geboren, mich zu lieben! Mir zu gehorchen! Dieses Mal wirst du tun, was ich dir sage!"

„Nein. Es ist aus zwischen uns, Trevor. Ich habe keine Ahnung, wer diese Felicity war und was zwischen euch gewesen ist, aber ich bin nicht sie. Ich bin ich. Und wenn du nicht einsehen kannst, dass es unrecht ist, den Hortari zu missbrauchen, um mein Leben zu beherrschen, dann ist es wirklich vorbei mit uns." Sie versuchte, so schnell wie möglich zur Tür zu sprinten.

Aber Trevor war schneller. „Du Schlampe!" Sein Arm umklammerte ihre Taille und er hob sie hoch. Lauren schrie und wehrte sich verzweifelt.

„Lass mich sofort runter! Hör auf!"

„Du bist meine einzige Liebe!" Trevor warf sie quer durch den Raum. Lauren schlug hart gegen die Wand, sodass das Gemälde eines rumänischen Schlosses in einem Glasregen auf den Bogen fiel. Sie prallte von der harten Oberfläche ab und landete auf der Seite in den vielen Glassplittern auf dem Teppich.

„Du solltest für mich brennen", knurrte Trevor.

Alles tat ihr weh. Sie war so hart gegen die Wand geschlagen, dass das Fenster zersplittert war. Ihre Handflächen waren mit Glassplittern gespickt. Lauren stöhnte, rappelte sich mühsam auf und zog die Scherben aus ihren Händen. Die Wunde schloss sich sofort, aber der Schmerz blieb. Dort wo ihre Rippen gebrochen waren, formten sich Blutergüsse und eines ihrer Beine war unnatürlich verdreht.

Lauren funkelte Trevor wütend vom Boden aus an. „Du bist ein Monster."

Wenn er sie gehört hatte, ließ er es sich nicht anmerken.

Er kam auf sie zu, legte zwei Finger unter ihr Kinn und zog sie hoch, bis sie auf zitternden Beinen vor ihm stand. Sein Gesicht war ganz dicht vor ihrem. „Du wirst deine Lektion schon lernen. Du wirst brennen. Brenn die ganze Nacht hindurch, mein Liebling."

Der Hortari übernahm die Kontrolle und Lauren schrie auf. Die schlimmsten Schmerzen, die sie je in ihrem Leben erfahren hatten, entflammten auf ihrer Haut. Es brannte wie Feuer, jeder Zentimeter ihres Körpers fühlte sich an, als stünde er in hellen Flammen.

Brenn die ganze Nacht hindurch, hatte er gesagt. Die Nacht dauerte noch Stunden. Nein!

Mit der Kraft der Verzweiflung stieß sie Trevor von sich fort, drehte sich um und sprang aus dem zersplitterten Fenster, zwei Stockwerke hinunter in den hinteren Garten. Um sie herum regnete es Glassplitter, aber die Schnitte waren nichts gegen das imaginäre Feuer, das sie verzehrte. Schreiend und weinend stolperte Lauren durch den Garten und sprang in den Pool.

Das Wasser umfing sie mit tröstender Kühle, aber das Brennen hörte trotzdem nicht auf. Ihr Nachthemd umschwebte sie wie eine Wolke. Selbst die zarte Spitze schmerzte auf ihrer empfindsamen Haut. Rasch warf sie das Nachthemd ab und sank auf den Boden des Pools. Vampire konnten schließlich nicht ertrinken. Unter Wasser war es ganz still.

Dann hörte sie ein Platschen über ihrem Kopf und wusste, dass sie nicht länger allein im Wasser war. Sofort setzte ihr Überlebenswille ein. Voller Panik riss sie die Poolleiter aus ihrer Verankerung und bereitete sich auf Trevors Angriff vor.

Aber Trevor war nicht da. Ben stand vor ihr, nur bekleidet mit einer Schlafanzughose, die mit Eisenbahnen bedruckt war. Er hob beschwichtigend die Hände. „Lauren, ich bin es."

„Ben." Sie ließ die Leiter klatschend in den Pool fallen, lief zu ihm und warf sich in seine Arme. Seine Berührung auf ihrer Haut schmerzte zwar nicht, linderte aber auch nicht ihre Schmerzen. „Trevor ist total verrückt!" Sie zog ihn näher an sich, drückte ihre nackten Brüste gegen seine Brust und schlang ihre Beine um seine Taille.

„Lauren -" Er zögerte. Erst einige Stunden zuvor hatten sie sich mühsam zurückgehalten, um Trevor nicht zu hintergehen.

Sie ignorierte ihn und drückte ihre Lippen auf seinen Mund. „Trevor und ich sind nicht mehr zusammen." Er zuckte überrascht zusammen und verschmolz dann mit ihr. Seine Hände strichen über ihren nackten Rücken, legten sich auf ihren Po und zogen ihre Hüften dicht an seinen Körper, sodass sie durch den dünnen Stoff seiner Pyjamahose fühlte, wie sein Schwanz an der Innenseite ihrer Schenkel hart wurde.

„Seit wir uns begegnet sind, will ich dich." Sie umschlang ihn noch fester mit den Beinen, nahm seine Hände von ihrem Hintern und legte sie auf ihre Brüste. Er stöhnte und erfüllte ihr Verlangen, indem er ihre aufgerichteten Brustwarzen streichelte und liebkoste. Laurens Finger wanderten hinunter zu seiner Pyjamahose. Sie zog sie hinunter und massierte seinen harten Schwanz im Wasser.

„Ooooh, wie gut. Ja, mach weiter." Er stöhnte und schob ihr seine Hüften entgegen.

„Ich habe Trevor verlassen und deshalb lässt er mich brennen." Aber stimmte das überhaupt? Ihre Haut brannte nicht mehr vor Schmerz. Sie brannte vor Verlangen und Lust, sie brannte vor Leidenschaft.

Oh Hortari, du raffinierter Fluch. Der Schlüssel liegt

immer in der Interpretation. „Ben, ich brenne für dich. Seit ich dich kenne. Liebe mich. Ich brauche dich so sehr." Sie seufzte und knabberte an seinem Ohrläppchen. Die Lust durchfuhr ihren ganzen Körper. Das Wasser plätscherte bei jeder Bewegung spielerisch an ihre nackte Haut.

„Lauren, meine Liebste, ich brenne auch für dich." Seine Zunge glitt in ihren Mund und seine Hand wanderte langsam an ihrem Körper abwärts, bis sie ihre heiße Spalte erreichte. Er fand ihre Lustknospe und rieb sie mit langsamen, kreisenden Bewegungen. Sie schob ihre Hüften vor und drängte sich an seine Hand, während sie seinen Schwanz im gleichen Takt mit seinen Bewegungen massierte. Es fühlte sich wunderbar an, seinen festen Körper an ihrem zu spüren, Brust an Brust. Sie brauchte sich nur leicht vorzubeugen, um ihn zu küssen, während seine Finger magische Gefühle an ihrem Kitzler auslösten, und dann in sie eindrangen und unaufhörlich ihre empfindsamste Stelle liebkosten und reizten.

In der Ferne konnte Lauren aus der obersten Etage des Hauses hören, dass Trevor in voller Lautstärke OneRepublic und Timbaland's „Apologize" hörte, wie ein schmollender Teenager, aber Trevor war ihr jetzt total egal. Bens Atem an ihrem Ohr jagte Schauer der Wonne durch ihren Körper, sie empfand alles viel stärker als sonst. Der Duft seiner Haut erweckte in ihr den Wunsch, ihn überall zu küssen und abzulecken. Bens intensiver Blick ruhte die ganze Zeit auf ihrem Gesicht. Er liebte den Ausdruck der Lust auf ihren Zügen und liebkoste ihre Brust noch mehr, um ihre Wonne noch zu steigern. Ihr Atem wurde schneller, als die Erregung sie in Wellen überflutete. Das Wasser plätscherte gegen ihre Beine und an ihre Brust. Die Lust wurde so intensiv, dass sie schreiend kam und in Bens Schulter biss, um ihren Aufschrei zu dämpfen.

„Gut so, meine Liebste." Er streichelte mit ruhigen Bewegungen ihren Rücken, während sein Schwanz in ihrer Hand zuckte. „Ich liebe es, die Erfüllung in deinem Gesicht zu sehen."

Lauren küsste seine süßen Lippen, zog ihn näher an sich und führte mit der Hand seinen Schwanz in ihre Möse ein — er war so groß, dass er ihre Scheidenwände in lustvollem Schmerz dehnte und sie perfekt ausfüllte — dann begann sie ihn zu reiten.

Ben stöhnte. „Oh Mann, das ist so geil." Er hielt sie dicht an sich gepresst und trug sie zum Ende des Pools, sodass sie mit dem Rücken an der Wand lehnte und er besser in ihre nasse Wärme eindringen konnte. Er steckte seinen Schwanz in schnellem Rhythmus tief in sie hinein und zog ihn fast ganz wieder heraus.

Sie klammerte sich so fest an ihn, dass sie befürchtete, ihn mit ihren Fingernägeln zu verletzen, aber er lächelte nur voller Leidenschaft und stieß immer härter und schneller zu. Sie liebte dieses Gefühl, dass er beim Vögeln jegliche Kontrolle verlor, dass sie ihren sonst so klugen und besonnenen Liebhaber mit ihrer Leidenschaft um den Verstand brachte.

Ben zog sie zum flachen Ende des Pools und legte sie auf den leicht abfallenden Boden. So konnte er in einem anderen Winkel in sie eindringen und sein Schwanz streifte ihren Kitzler bei jedem tiefen Stoß. Wieder baute sich die Leidenschaft in ihr auf, noch stärker als beim ersten Mal. Sie verkrampfte die Zehen und warf den Kopf zurück, als ein noch gewaltigerer Höhepunkt sie bis ins Mark erschütterte. Sein Schwanz versteifte sich und zuckte, und dann kam auch er und ergoss sich mit aller Macht in ihr.

Einen Moment lang blieben sie reglos Seite an Seite im flachen Wasser liegen. Aber ihre Haut brannte noch immer vor Verlangen. Brenn die ganze Nacht. Oh, Mann. Lauren blickte zum Mond empor. Sie hatten noch einige Nachtstunden vor sich. „Ben ... ich brauche ...“

„Keine Angst. Ich weiß, was du brauchst.“ Er hob sie auf und trug sie zum Poolhaus. Beide waren triefend nass und tropften alles voll. Das Labor war zu eng, um sie zu tragen, aber er nahm ihre Hand und führte sie zum hinteren Teil des Raumes. Das Labor roch nach Meerwasser und versengtem Papier, aber darüber lag noch ein leichter Duft nach Pizza und Lauren musste lächeln. Sie streichelte liebevoll Bens nackten Rücken und genoss seine Nähe. Sie vertraute ihm mehr als allen anderen Personen, die ihr in ihrem ganzen Leben begegnet waren. Bei ihm fühlte sie sich sicher und geliebt und sie liebte ihn.

Er fegte mit einem Tritt einen Teppich zur Seite, öffnete eine im Boden verborgene Tür, schaltete ein Licht an und führte sie eine kurze Treppe hinunter in sein Schlafzimmer. Es war genauso, wie sie es von Ben erwartet hatte: zweckmäßig, mit einem Doppelbett, dass offensichtlich nie gemacht wurde, aber frisch roch. Ein kleiner Kleiderschrank und ein Poster des Periodensystems der Elemente waren die einzigen Dekorationsgegenstände.

„Tut mir leid. Es ist nicht gerade der reine Luxus. Aber, hm ... wenn ... du bei mir bleibst, kann ich hier umdekorieren. Eine meiner Schwestern ist Innenarchitektin und sie könnte -“

Lauren brachte ihn mit einem Kuss zum Schweigen. „Es ist perfekt so, wie es ist“, sagte sie. „Ich bin bei dir. Es ist mir scheißegal, wie das Zimmer aussieht.“

Er grinste sie mit seinem unwiderstehlichen Lächeln an und vertiefte dann den Kuss. Sein Mund lag heiß und verlangend auf ihrem. Lauren schob ihn zum Bett und die beiden fielen auf die zerknüllten Laken. Ihre Beine verschlangen sich ineinander und ihre Hände wollten sich überall gleichzeitig berühren. Bens Lippen fanden ihren Hals. Er küsste eine glühende Spur abwärts, an ihren Brüsten vorbei, über ihren Bauch, bis sein Mund sich fest um ihre Klitoris legte. Lauren schrie auf. Ihre Hände wanderten wie von selbst nach unten und vergruben sich fest in seinem Haar, damit er bloß nicht aufhören konnte, sie dort, an ihrer empfindsamen Stelle zu lecken und zu küssen.

„Du schmeckst so wahnsinnig gut." Er leckte sie in langen, genüsslichen Strichen. „Ich möchte immer meine Essenz an dir schmecken", flüsterte er an ihrer Muschi.

Sie wölbte den Rücken und presste ihren Kitzler fester an seine Zunge. „Ooooh, mach weiter. Hör jetzt bloß nicht auf."

„Meine Liebste, ich werde dich lecken, bis die Sonne aufgeht."

Sie hätte nie gedacht, dass es möglich wäre, so oft zu kommen. Nach dem fünften Orgasmus hörte sie auf zu zählen. Eine Stunde später war er wieder hart genug, um sie wieder zu vögeln. Sie ritt ihn, solange es ging, dann drehte sie sich um, so dass er sie von hinten nehmen konnte, aber sie ließ nicht zu, dass er zum Höhepunkt kam, bis sie ihn in den Mund nahm und schluckte und sein salziger Samen zwischen ihren Lippen hervor tropfte. Sie war süchtig danach, ihn zu berühren und alles an ihm zu küssen und zu streicheln. Selbst als die Sonne aufging, und das ständige Brennen des Hortari langsam nachließ, konnte sie nicht aufhören, ihn zu küssen. Es war bereits später Vormittag bevor sie erschöpft, dicht an Ben gekuschelt, einschlief, seine Hand auf ihrer Brust.

Es war schwer, in Bens Keller zu erraten, wie spät es war, aber nach ihrem knurrenden Magen zu urteilen, musste es bereits Nachmittag sein, als Lauren erwachte. Sie rollte sich auf die Seite und blickte direkt in die verliebten Augen von Ben, der bereits wach war und sie mit einem Ausdruck seligen Staunens im Gesicht betrachtete.

„Ich denke die ganze Zeit, dass ich träume und wenn ich die Augen aufmache, bist du nicht mehr da", sagte er.

„Ich werde leider auch nicht hierbleiben können", sagte sie. „Trevor hat immer noch Macht über mich und er wird mich nicht so einfach gehen lassen."

Ben nickte und ließ seine Hand zärtlich über ihre Hüfte kreisen. Lauren lächelte. Ben konnte einfach nicht stillhalten, selbst im Bett nicht. „Ich weiß. Es gibt Orte, wo du in Sicherheit bist. Mein Erzeuger, Christopher, hat es sich zur Aufgabe gemacht, Missbräuche von Hortari aufzudecken und die Täter zur Verantwortung zu ziehen. Ich kann dich zum Schloss bringen, wenn du möchtest."

Lauren lachte. Das war besser, als in Tränen auszubrechen. Es hatte also die ganze Zeit einen Ausweg gegeben? Sie hätte sofort nach dem Operndrama abhauen können. Sie hätte fliehen können, als er ihr das erste Mal seinen Willen aufgezwungen hatte. Klar, er hatte befohlen, dass sie das Haus nicht ohne Aufsicht verlassen durfte, aber sie hätte einen Weg gefunden, den Befehl zu umgehen. Sie hatte ja auch eine Möglichkeit gefunden, um mit Ben zu AUDREY'S Bar zu gehen.

„Komm mit." Sie nahm seine Hand und hielt sie an ihre Brust. „Trevor ist ein Monster. Er wird dich genauso schlecht behandeln wie mich. Bleib bei mir." Sie hatte die abschätzende Behandlung ihrer Eltern überlebt. Sie hatte Trevors Gemeinheit überlebt. Sie hatte das Gefühl, am ganzen Körper in Flammen zu stehen, überlebt. Sie hatte bewiesen, dass sie alles allein und aus eigener Kraft über-

stehen konnte. Aber sie wollte nicht alles allein durchma-
chen müssen.

Sie blickte tief in Bens schöne Augen. „Ich liebe dich,
Benjamin Dal."

Ben legte die Hände um ihr Gesicht. „Und ich liebe dich,
Lauren Vaughan, mit jeder Faser meines Seins. Wo immer
du auch hingehen und was immer du auch tun willst, ich
werde mit dir gehen."

Der Rest des Tages verging wie im Flug. Sie sagten sich
immer wieder, wie sehr sie sich liebten, erinnerten sich an
die gestohlenen Momente, als sie zusammen Pizza gegessen
hatten und versuchten, genau den Augenblick zu bestimmen, wann jedem von ihnen klargeworden war, dass er den
anderen liebte. Ben sagte, es war, als sie ihm das erste Mal
ein Stück Speckpizza in die Hand gedrückt hatte; Lauren
gab zu, dass sie sich ihrer Gefühle erst in AUDREY'S Bar
bewusstgeworden war. Sie liebten sich wieder, bis Lauren
darauf bestand, dass sie unter die Dusche gingen, um sich
frisch zu machen, wo sie sich natürlich wieder liebten.

Erst als die Sonne am Horizont versank, öffnete Ben die
Falltür zu seinem Labor. Er sah sich vorsichtig um, ob
Trevor auch nirgendwo lauerte. Aber der hatte anscheinend
die ganze Nacht beleidigt in voller Lautstärke Liebeskum-
mer-Musik gehört, die noch immer aus dem Fenster des
oberen Stockwerks dröhnte und wahrscheinlich alle Geräusche übertönt hatte, die Ben und Lauren letzte Nacht im
Pool gemacht hatten.

Das ist jetzt nicht mehr mein Problem.

Lauren hatte sich von Ben Jeans und ein Shirt geliehen,
die sie mit einem Gürtel an ihrem schlanken Körper befestigte. Die Klamotten waren ihr viel zu groß und ließen sie
unförmig aussehen, aber das war ihr egal.

Sie würden von hier abhauen. Zusammen schlichen sie

aus dem Poolhaus und hielten sich im Schatten der Mauer versteckt. Ben zog eine Art Fernbedienung aus der Tasche und richtete sie auf sein Häuschen. Es schimmerte einen Moment lang in der Luft und schrumpfte dann auf die Größe einer Münze.

Lauren war verblüfft. Sie war in diesem Haus gewesen. Sie hatte darin geschlafen. Fasziniert betrachtete sie die erstaunliche Vorrichtung Bens Hand. Heilige Scheiße. Das einzige was übriggeblieben war, war die Rohrpost, die vom Poolhaus zum Haupthaus geführt hatte, wie eine Hand, die ins Nirgendwo greift. Ben lief zurück, nahm das knopfgroße Häuschen und steckte es in einen kleinen Plastikbeutel, den er aus der Hosentasche zog.

„Du hast ja keine Ahnung, wie oft ich mein Haus bei Nässe fallen gelassen und geflutet habe." Er blinzelte ihr zu und tippte sich an die Nase. „Deshalb der Plastikbeutel."

Lauren kicherte und verdrehte die Augen. „Komm, machen wir, dass wir hier wegkommen."

TROCKENE ÄSTE KNIRSCHTEN unter Bens Stiefeln. Er und Lauren liefen mit Vampirgeschwindigkeit den Waldweg am hinteren Ende von Trevors Besitz entlang. Am liebsten hätte Ben vor Freude geschrien und Luftsprünge gemacht.

Lauren sah ihn von der Seite an und lächelte. Ihr glückliches Gesicht erhellte die Nacht mehr als der volle Mond. Sie hatten bereits einen Punkt erreicht, an dem sie sich ohne Worte verstanden. Ich liebe dich, strahlte ihr Gesicht. Ich liebe dich auch, gab Ben ihr mit einem Händedruck zu verstehen. Alles war perfekt. Nun ja, fast.

Sie mussten schnell von hier verschwinden, bevor Trevor merkte, dass sie nicht die Absicht hatten, zurückzukommen. Lauren hatte keine Lust, sich irgendwelchen Schikanen auszusetzen, die dieser Idiot für sie bereithielt.

Aus Vorsicht schlugen sie einen anderen Weg ein als den, den sie zu AUDREY'S Bar genommen hatten, falls Trevor ihnen auflauern sollte. Sie liefen unter den Bäumen hindurch zu dem weniger bewachten Hintereingang der Garage.

Lauren wurde langsamer und hielt auch Ben an. „Ich kann nicht mehr... nach dieser Nacht." Sie keuchte. „Lass uns ein Stück gehen." Sie schlang ihren Arm um seine Taille und lehnte sich an ihn, als sie in gemäßigtem Tempo weitergingen.

„Hey, das ist schön." Ben seufzte. „Ich lebe schon so lange in diesem Poolhaus und habe es eigentlich immer nur verlassen, wenn Christopher mich brauchte. Ich war so sehr auf meine Arbeit konzentriert, dass ich mir nie die Zeit genommen habe, das Grundstück zu erforschen. So hätte ich beinahe verpasst, wie viel Schönheit es in dieser Welt gibt." Er wandte seinen Blick nicht von Lauren ab.

Lauren errötete und blickte zu Boden. „He, was ist das. Ich hätte nie gedacht, dass Trevor sich mit Gartenarbeit beschäftigt."

Sie versuchte das Thema zu wechseln und Ben war enttäuscht. Konnte sie denn nicht akzeptieren, wie viel sie ihm bedeutete? Wie gut, dass ich alle Zeit der Welt habe, um sie zu überzeugen.

Lauren kniete neben einem breiten Beet von gelben Blumen mit violetten Punkten. „Kannst du dir vorstellen, wie er, mit einem breitkrempigen Hut auf dem Kopf, mit einer Schaufel in der Erde herumwühlt?" Sie beugte sich vor, um an einer der Blumen zu riechen.

„Nein!" Ben sprang vor und riss Lauren in seine Arme.

Er war so in die Betrachtung von Laurens wunderschönem Gesicht versunken gewesen, dass er die Blumen erst gar nicht beachtet hatte. Es lief ihm vor Angst kalt den Rücken hinunter, als er die Blumen ansah, die er vorher in seinem Leben erst einmal gesehen hatte.

„Geh nicht zu nahe an diese Blumen heran. Sie sind gefährlich für uns."

„Wirklich?" Lauren trat einen Schritt zurück und begutachtete die Blumen mit zusammengekniffenen Augen. „Davon habe ich noch nie gehört. Ich weiß, dass wir Vampire durch Enthaupten und Feuer getötet werden können. Aber Flower Power?"

„Diese Blumen heißen Kkot. Sie sind sehr selten. Es bedarf einiger, bestimmter Mühen sie zu ziehen." Er schluckte seinen Zorn hinunter. „Sie werden dich nicht töten, aber der Kontakt mit Kkot versenkt Vampire in einen tiefen Schlaf. Wenn man die Blume verzehrt, berührt oder auch nur daran riecht, haut das den stärksten Vampir um."

Sie sah ihn aufmerksam an und zog besorgt die Augenbrauen zusammen. „Das ist noch nicht alles, oder? Warum sollte Trevor Blumen anpflanzen, die ihm schaden könnten?"

Ben schüttelte den Kopf und nahm noch mehr Abstand von den Blumen. Er hielt Laurens Hand fest in seiner. Es sind so viele. So furchtbar viele.

Lauren drückte auffordernd Bens Hand. „Erzähle es mir." Sie nickte ihm aufmunternd zu. „Ich will es wissen."

„Ich habe erst einmal in meinem Leben so etwas gesehen: mein Onkel Rhys hatte ein Massengrab angelegt, in dem alle seine Feinde begraben waren." Ben schluckte und wandte sich Lauren zu. „Kkot wächst nur in Erde, wo sehr viele Vampire zusammen beerdigt sind." Er sprach langsam. Die volle Bedeutung dessen, was Trevor getan hatte, was für ein Monster Trevor geworden war, während Ben einfach nicht darauf geachtet hatte, wurde ihm jetzt erst langsam klar und ihm wurde eiskalt ums Herz. „Diese Blumen sind Trophäen. Um solche Anhäufungen von Kkot zu bekommen, musste er die toten Vampire alle dicht zusammen hier begraben, und die Blumen erinnern ihn daran, was er getan hat."

Es hätte mir schon eher auffallen müssen. Seine vielen Freundinnen. Ich hätte ihn aufhalten müssen. Ich hätte es Danny und Christopher sagen müssen. „Hier, in diesem Boden zu unseren Füßen liegen Dutzende toter Vampire."

Lauren keuchte entsetzt, ihre Hand fuhr zu ihrer Kehle und sie musste schlucken. „Oh, mein Gott." Sie lief hinter Bens Rücken auf und ab. „Ich wusste ja, dass Trevor ein sadistisches Arschloch sein konnte, aber das hier ist verrückt. Mord?" Sie sah Ben fragend an.

Ben wünschte, er könnte ihr etwas Tröstendes sagen, dass alles bestimmt nur ein dummes Missverständnis war und dass sie nicht gerade an einem Massengrab toter Vampire standen. Er wollte sie in den Arm nehmen und ihr versichern, dass alles in Ordnung war.

Ich habe bei einem Serienmörder gewohnt, habe mit einem Serienmörder zusammengearbeitet. Ben schloss die Augen und zwang sich dann, sie wieder zu öffnen und sich die Blumen noch einmal anzusehen. Es war nicht seine Schuld, dass Trevor zu solch einem Monster geworden war, aber seine Schuld lag darin, dass er seine Zweifel immer wieder verdrängt hatte.

„Ich kann nicht zulassen, dass Trevor so weitermacht. Mein Gott, du wärest vielleicht die Nächste gewesen ..." Allein der Gedanke, dass Trevor Lauren so etwas angetan hätte, dass sie hier in diesem kalten Grab liegen könnte, versetzte Ben einen Schlag in den Magen. Er stolperte zurück.

„Wir müssen ihn aufhalten." Lauren ballte die Fäuste. „Er darf nicht einfach Frauen verbrauchen und sie dann wie zerbrochene Puppen wegwerfen."

Ben nickte. „Ich muss ihn aufhalten. Ich bin älter und deshalb stärker als er. Ich werde seinen Erzeuger, Danny, und den König unterrichten, aber wir dürfen nicht riskieren, dass Trevor merkt, dass wir beide geflohen sind. Ich muss zurückgehen." Er nahm Laurens Hand. „Du bist frisch verwandelt und unterstehst noch seiner Befehlsgewalt. Du solltest fortgehen, dich irgendwo verstecken und auf mich warten. Ich werde dich finden. Wenn es mir gelingt, Trevor auszuschalten, steht uns nichts mehr im Wege. Dann sind wir sicher und können zusammen sein."

Er kannte Laurens Antwort bereits, bevor sie den Mund aufmachte. Sie war so eine starke Frau. Sie würde sich nicht verstecken.

„Du spinnst wohl." Sie zog Ben an sich und küsste ihn leidenschaftlich. Ihre Zunge fuhr tief in seinen Mund. „Ich bleibe bei dir. Wir werden dieses Arschloch zusammen fertigmachen."

Ben drückte Lauren eng an sich. Sein Blick schweifte noch einmal über das Grab und die Kkotblumen, das einzige Mahnmal an die vielen Leben, die ausgelöscht worden waren. „Ich habe eine Idee."

LEISE SCHLICH SICH Lauren durch das Gras auf ihrer Runde um das Haus. Sie stahl einen Blick in jedes Fenster und entdeckte schließlich Trevors Schatten, der im oberen Stockwerk in seinem Schlafzimmer auf und ab lief. Der Anblick allein ließ sie stockstill stehen wie ein Reh, das im

Scheinwerferlicht eines herannahenden Lastwagens gefangen ist.

Wir müssen ihn aufhalten. Diese Worte, die sie gerade erst zu Ben gesagt hatte, brachten wieder Leben in sie. Sie schlich sich zum Eingang am Ostflügel. Ihre Handflächen waren schon schweißnass vor Angst, bevor sie hineinschlüpfte.

Trevors Haus war ihr schon immer unheimlich gewesen, aber nun, da sie wusste, dass es das Haus eines Serienmörders war, erschien ihr seine erdrückende Dunkelheit noch beängstigender. Die Gewölbebögen in der Decke erinnerten sie an Rippen und die hohen, dunklen Fenster waren wie Augen, die jede ihrer Bewegungen genau verfolgten.

Das Luftrohr der Rohrpost kam im Ostflügel an, der auch den Fitnessraum beherbergte. Lauren fragte sich, ob der Fitnessraum schon immer zum Haus gehört hatte, weil niemand der hier wohnte, eigentlich Sport treiben und sich fit halten musste. Als er ihr das Haus erstmals gezeigt hatte, hatte Trevor ihr sogar davon abgeraten, die Fitnessgeräte zu benutzen. Damals hatte sie geglaubt, dass er damit die Vorteile des Vampirdaseins betonen wollte, aber war vielleicht mehr daran gewesen? Wollte er, dass ich schwach bleibe, um mich nicht wehren zu können?

Lauren verdrängte diese Gedanken. Sie wollte auch nicht mehr daran denken, dass sie Sex mit einem Serienmörder gehabt hatte. Die Erinnerungen an die Momente der Lust auf dem Boden des Restaurants, als sie noch an eine glückliche und sichere Zukunft mit Trevor glaubte, waren für sie jetzt so vergiftet wie die von dem Kkotgift durchdrungene Erde. Die Galle kam ihr hoch und sie riss sich zusammen, bevor der Geruch ihres Ekels Trevor verriet, wo sie war.

Denk an Ben, denk an seine Güte, denk daran, wie wir diese Ratte Trevor fertigmachen werden.

Fast wäre sie über Trevors Tauchflaschen gestolpert, die an der Spiegelwand des Fitnessraums aufgestellt waren. Sie hatten diese Flaschen auf einer fantastischen Tauchreise in Sharm el Sheikh in Ägypten benutzt. Damals hatte er ihr vorgemacht, ein Mensch zu sein, der unter Wasser atmen musste.

Wieso habe ich nicht gemerkt, was für ein Monster er war? Es musste doch irgendwelche Anzeichen gegeben haben. Es gab lange Gespräche über Kunst, Geschichte, Musik, und darüber, was sie in den nächsten Monaten alles unternehmen wollten. Meistens redete Trevor und Lauren lächelte und nickte, und stellte ab und zu eine kleine Zwischenfrage, um Trevor am Reden zu halten. Allerdings redete er immer nur über Dinge, die ihn interessierten und niemals über sich selbst. Sie hatten sich nie über vergangene Beziehungen unterhalten. Lauren hatte auch immer versucht, das Thema zu vermeiden, aus lauter Angst, dass sie, nach einem Glas Wein zu viel, über ihre erste Ehe sprechen würde.

Ich wollte, dass er mein Retter ist, deshalb habe ich keine Alarmglocken gehört.

Sie rieb sich die Augen und wandte den Blick von den Tauchflaschen ab. Sie erinnerten sie zu sehr daran, wie sie - in ihrer Verzweiflung jemanden zu finden, der für sie sorgte — sich selbst verraten hatte.

Lauren fand den Hebel für das Luftrohr der Rohrpost genau da, wo Ben gesagt hatte: ein roter Hebel hinter einer Kiste mit Klamotten, die aussahen wie Kostüme für eine Shakespeare-Aufführung. Triumphierend stellte sie den Schalter am Bedienpult von automatisch auf manuell. Die Uhr im Turm des Ostflügels schlug achtmal und Lauren setzte schnell ihre Gasmaske auf, bevor die Schläge verklangen. Ein zischendes Geräusch kam aus dem langen Rohr. Sie lächelte.

Im wiederhergestellten Poolhaus hatte Ben die Blütenblätter der Kkot-Blumen, die sie zusammen vorsichtig gepflückt hatten, zermahlen und mit einer seiner Erfindungen in Gas umgewandelt. Vom Poolhaus aus konnte er zwar das Gas durch die Rohrpost zum Haupthaus pumpen, aber dort musste jemand die Klappe öffnen, um zu gewährleisten, dass das Gas auch wirklich ins Haus gelangte und Trevor in einen tiefen Dornröschenschlaf versetzte.

Wenn Bens Berechnungen stimmten, dann würde das Gas Trevors Zimmer ziemlich schnell erreichen und es in unter dreißig Sekunden füllen, bevor es sich im Rest des Hauses verteilte. Kkot hatte eine durchschlagende Wirkung: Nur ein Atemzug reichte aus, um ihn für Stunden bewusstlos zu machen. Bei dem Gedanken lächelte Lauren grimmig. Es war nur eine kleine Vergeltung für die armen Verstorbenen, aber ihr gefiel der Gedanke, dass gerade die Blumen, die ein Symbol für Trevors Opfer waren, zu seinem Untergang beitragen würden.

Sobald sie die Rohrpost eingeschaltet hatte, sah der Plan vor, dass Lauren so schnell wie möglich das Haus verließ. Wenn Ben dann das Haus mit dem Gas gefüllt hatte, würde er die Pumpe ausschalten und Trevor holen, um ihn zum Schloss zu bringen, wo man über ihn urteilen sollte.

Lauren war schon an der Hintertür angelangt, da hielt sie auf einmal inne und zog ihre Hand vom Türgriff zurück. Sie betrachtete die Treppe und wurde von der Erinnerung überflutet, wie ihre Füße auf Trevors Befehl hin, ohne ihr Zutun und völlig seinem Willen ausgeliefert, den Raum durchquert hatten.

Sie musste Trevor bewusstlos sehen. Bevor Ben ins Haus

kam und alles in die Hand nahm, wollte sie Trevor hilflos, und durch ihren Plan besiegt, zu ihren Füßen liegen sehen.

Schnell lief sie, solange sie noch den Mut hatte, die Treppe hinauf zu Trevors Zimmer und durchsuchte den Raum mit den Augen nach seinem bewusstlosen Körper. Aber er war nicht in seinem Zimmer, er war auch nicht in der Bibliothek, ihrem Zimmer oder in einem der Badezimmer. Lauren zog sogar die Duschvorhänge beiseite. Ihr Herz hämmerte vor Angst und sie fühlte sich wie in einem Horrorfilm, in dem jeden Moment etwas Fürchterliches passieren kann.

Aber nichts geschah. Alle Räume waren leer.

Ist er entwischt? Wenn er es geschafft hatte aus dem Haus in den Garten zu gelangen, dann war Ben jetzt vielleicht in Gefahr. Sie lief so schnell sie konnte und überprüfte noch einmal alle Zimmer, um sicher zu sein. Das Gas müsste jetzt bis in alle Räume des Hauses gelangt sein - Ben hatte die Rohrpostleitung an die Lüftungsöffnungen angeschlossen, um alles abzudecken.

Lauren war schon halb durch den letzten Lagerraum durch, als ihr etwas auffiel. Sie ging zurück mit dem Gefühl, dass sie etwas Wichtiges übersehen hatte. Im Fitnessraum angelangt, ließ sie ihren Blick über die Tauchflaschen schweifen und zählte sie.

Eine fehlte. Ein Staubrand zeigte deutlich an, dass dort noch vor Kurzem eine Flasche gestanden hatte.

Oh Scheiße.

Eine plötzliche Bewegung, die sie aus dem Augenwinkel wahrnahm, war die einzige Warnung. Lauren ließ sich sofort auf den Boden fallen, um dem Schlag mit der Tauchflasche auszuweichen.

Trevor holte wieder mit der Flasche aus. Lauren rollte sich aus dem Weg und sprang auf die Füße, als das Metall hart auf den Holzboden aufschlug. Sie sprang über einen Treppensteiger und ergriff vier Kugelhanteln vom Regal an der Wand. Adrenalin raste durch ihren Körper.

Trevors Gesicht verzog sich zu einer hässlichen Grimasse. In Lauren stiegen Erinnerungen hoch, wie er sie in der Oper gedemütigt hatte, wie er sie quer durch sein Schlafzimmer gegen die Wand geschleudert hatte, und wie er ihr das Gefühl aufgezwungen hatte, bei lebendigem Leibe zu verbrennen, und nun wuchs ihre Wut ins Unermessliche. Die Hanteln fühlten sich dank ihrer Vampirkraft auf einmal so leicht an wie Kieselsteine und sie schleuderte sie mit aller Kraft auf Trevor. Eine traf ihn an der Schulter, die andere an der Brust, aber zwei flogen an ihm vorbei, ohne ihn zu verletzen, und gruben sich in die gegenüberliegende Wand.

Er brüllte vor Wut und raste auf sie zu. Sie duckte sich und rollte unter seinen ausgestreckten Armen durch. Als sie unter ihm hindurch rutschte, verpasste sie ihm einen festen Boxhieb in die Leiste. Er krümmte sich vor Schmerz, riss sich aber sofort zusammen und wich ihr aus, als sie versuchte, ihm die Maske abzureißen, die ihn vor dem Kkot-Gas schützte.

Lauren konnte sehen, dass Trevors Lippen sich in der Tauchmaske bewegten. Der gehässige und arrogante Ausdruck in seinem Gesicht ließ sie vermuten, dass es sich um Befehle handelte.

Lauren lachte und zeigte auf die Ohrstöpsel in ihren Ohren. „Ich kann dich nicht hören, du blödes Arschloch!"

Seine Schocksekunde war alles, was sie brauchte. Lauren sprang vor und riss ihm die Maske vom Gesicht. Er schloss sofort den Mund und hielt sich die Nase zu. Sein triumphierendes Grinsen sagte ihr, was er nicht laut

aussprechen konnte: Vampire brauchen nicht zu atmen, du
Dummchen.

Lauren nahm die Tauchflasche und schwang sie mit
aller Kraft. Die Flasche krachte gegen Trevors Schädel mit
einem solchen Knall, dass er im Raum widerhallte und die
Spiegel an den Wänden klirrten. Trevor keuchte vor Schock
bei dem heftigen Schlag und atmete einen tiefen Zug Kkot
ein. Er fiel um wie ein gefällter Baum und lag still. Lauren
stand über ihm.

Am liebsten hätte sie ihm ins Gesicht getreten aber sie
beherrschte sich. Ich bin nicht so wie er. Sie benutzte die
Ketten der Trainingsgeräte und fesselte seine Hände und
Füße hinter seinem Rücken zusammen. Mit einem zufrie-
denen Seufzer nahm sie die Stöpsel aus ihren Ohren.

Eine Sekunde später stürmte Ben durch die Tür, ebenfalls mit einer Gasmaske ausgerüstet.

„Ich hörte Kampfgeräusche. Ist alles in Ordnung?",
fragte er, schloss sie in die Arme und betrachtete Trevor, der
langsam und friedlich atmete.

„Besser als in Ordnung." Lauren lächelte strahlend. „Ich
habe gewonnen."

„SCHULDIG IN ALLEN ANKLAGEPUNKTEN!" Die Stimme des
Richters schallte durch den königlichen Gerichtssaal und
wurde sofort vom Jubel der Menge übertönt.

Ben zog Lauren in seine Arme und wirbelte sie herum.
Sie lachte und schmiegte sich an ihn.

„Trevor wird dir und anderen nie wieder etwas antun
können." Ben stellte sie wieder auf den Boden und drückte
sie fest an sich.

„Da hast du, verdammt noch mal, recht", erwiderte

Lauren, schlang ihre Arme um Bens Hals und zog ihn näher, um ihn ausgiebig zu küssen. Sie trug ihr Haar heute offen und wild; es kitzelte ihn an der Nase und ihr überglückliches Lächeln wärmte ihm das Herz.

„Hey, hier im Gerichtssaal wird nicht rumgeknutscht!" Sie wurden von einer lauten Stimme unterbrochen.

Ben drehte sich um und erblickte Danny Dal, Hand in Hand mit seiner Verlobten Robin, die durch den Gang auf ihn und Lauren zukamen.

„Wie schön, dich zu sehen." Danny schüttelte Ben die Hand. „Ich kann es noch gar nicht fassen, dass Trevor so ein schlimmer Finger ist." Er seufzte. „Ich wusste zwar, dass er einige merkwürdige Vorstellungen von Dracula hatte und so, aber das hier ..." Er zeigte auf die Beweismittel, die noch an der Tafel befestigt waren: die Gesichter der sechsundfünfzig Frauen, die Trevor im Laufe der Jahrhunderte getötet hatte.

Trevor hatte während der Gerichtsverhandlung alles zugegeben. Ben hatte den leisen Verdacht, dass der egomanische Niemand schon lange den Drang gehabt hatte, über seine „dunkle Liebesgeschichte", wie er sie nannte, zu sprechen und es jetzt genoss, im Mittelpunkt zu stehen. Damals, als er noch ein Mensch war, hatte sich Trevor in eine Frau namens Felicity verliebt. Sie aber wollte überhaupt nichts mit ihm zu tun haben, deshalb hatte Trevor Danny angefleht, ihn zu verwandeln, in der Hoffnung, dass Felicity in als 'Wesen der Nacht' attraktiv finden würde. Als das aber auch nicht funktionierte, verwandelte Trevor in den nächsten Jahrhunderten immer wieder Frauen, die aussahen wie Felicity und zwang sie, die verrückten Vorstellungen zu erfüllen, die er vom Leben mit seiner „wahren, großen Liebe" hatte. Wenn eine der Frauen von seinen

Fantasien abschweifte, dann tötete er sie und verwandelte eine andere.

„Ich bin dir so dankbar, dass du ihn vor Gericht gebracht hast", sagte Danny ernst. „Ich hätte ihn niemals verwandeln dürfen oder hätte ihn wenigstens besser beobachten sollen."

„Ich habe ihn nicht allein zu Fall gebracht." Ben legte den Arm um Laurens Taille. „Das hier ist Lauren, das wirkliche Gehirn hinter der ganzen Operation." Er legte den Zeigefinger auf sein Kinn. „Und die Muckis auch, wenn ich so recht darüber nachdenke."

Robin stieß Danny mit dem Ellbogen an. Ihr helles Lachen zauberte endlich ein Lächeln auf Dannys ernstes Gesicht. „Das glaube ich. Es ist gar nicht so einfach, diese tollen Männer hier in Schuss zu halten, nicht wahr?"

„Eine immerwährende Aufgabe, das stimmt." Laurens Ton war ernst, aber sie grinste über das ganze Gesicht.

„Was habt ihr zwei denn nun vor?", fragte Danny. „Trevors Haus steht auf meinen Namen. Es gehört euch, wenn ihr es wollt. Ihr könnt aus dem Poolhaus ausziehen und es euch mal so richtig gut gehen lassen."

„Danke, aber wir bleiben lieber im Poolhaus", entgegnete Lauren.

Ben zog einen durchsichtigen Plastikbeutel aus der Tasche und hielt ihn auf Augenhöhe hoch. „Wir nehmen es einfach mit." Das verkleinerte Poolhaus war in der Tüte. Allerdings hatte es jetzt eher die Größe eines Tennisballs als die eines Knopfes. Ben hatte einige Räume hinzugefügt, als es so klein war — viel einfacher und billiger auf diese Art - und Lauren war begeistert von dem schönen Heim, das er ihr gebaut hatte.

„Aha, das erklärt dann auch dein Outfit." Danny konnte sein Lachen nicht mehr unterdrücken.

„Was?" Ben blickte an sich hinunter auf seinen kompletten Kaki-Anzug. Er hatte alles gekauft, was er nach Jahrhunderten der Abenteuerlektüre, als die richtige Ausrüstung betrachtete. Der breitkrempige Hut war ein bisschen zu groß für seinen Kopf, und das Fernglas, das er in eine der riesigen Taschen gesteckt hatte, war etwas zu schwer, aber noch nie in seinem Leben war er so glücklich und aufgeregt gewesen.

„Ich finde, er sieht zum Anbeißen aus." Lauren drückte liebevoll seinen Arm. „Wir machen eine Weltreise und fangen mit einer Safari an. Bens Entsalzer hat so vielen Menschen in so vielen Ländern geholfen, dass ich denke, er verdient es, selbst zu sehen, wie viel Gutes er damit getan hat. Und ich freue mich wahnsinnig darauf, frei durch die Welt zu streifen. Da wir ja unser Haus in einer Plastiktüte mit uns herumtragen, können wir hingehen, wo immer wir wollen und wann immer wir wollen."

Ben warf sich stolz in die Brust. Als er seinen Entsalzer fertiggestellt hatte, hatte ihm Lauren dabei geholfen, die genauen technischen Spezifikationen online zu stellen, so dass überall auf der Welt die Menschen ihre eigene Maschine danach bauen konnten. Nun gab es überall dort sauberes Trinkwasser, wo es bis jetzt immer nur ein Luxus gewesen war.

Lauren verschlang ihre Finger mit Bens und flüsterte ihm ins Ohr. „Ich liebe dich, weißt du."

„Ich liebe dich auch." Ben umarmte sie fest. Er hatte eine Superidee für einen Heiratsantrag, wenn sie erst in Kenia waren, aber er war nicht sicher, ob er noch so lange warten konnte.

Arm in Arm verließen sie den Gerichtssaal, fort von Trevor und dem Wagen, der ihn zu dem Loch in der Erde brachte, wo er die nächste Zukunft verbringen würde. Alles, was jetzt zählte waren Lauren und Ben, und ihre gemeinsame Zukunft.

„Lass uns tanzen gehen", schlug Ben vor.

Lauren küsste ihn. „Mit dir? Immer."

Die Abenteuer unserer Vampire kommen zum Abschluss in der spannenden, letzten Folge der Serie Königliches Blut, Die Entscheidung des Vampirs.

DIE ENTSCHEIDUNG DES VAMPIRS

Valerie Dal knirschte mit den Zähnen und musste sich mühsam davon abhalten, zum dritten Mal in fünf Minuten auf ihre Uhr zu schauen. Das Letzte, was sie jetzt gebrauchen konnte, war eine plötzlich einberufene Besprechung im Palast. Sie hatte wahnsinnig viel dringende Arbeit zu erledigen. Eine unerwartete Menge Regen hatte für enorme Verspätungen in ihrem neuesten Bauprojekt gesorgt, und der Stress wuchs ihr langsam über den Kopf. Die Baustellen waren so überflutet, dass auch die härtesten ihrer Bauarbeiter sich weigerten, zur Arbeit zu kommen.

Valerie seufzte. Ihre Baumannschaft hatte natürlich recht, und sie würde sie auch nicht zwingen, unter Bedingungen zu arbeiten, die normalerweise als 'Monsun' galten. Aber Valerie wollte das Projekt wirklich gern vorantreiben. Es war für sie viel persönlicher als sie zugeben wollte.

Ihr Handy summte. *Noch* eine wütende Textnachricht von ihrem Vorarbeiter. Er wollte wissen, auf wann sie das Treffen mit dem ortsansässigen Hexenzirkel verschieben wollte. Valerie antwortete, dass sie sich so schnell wie möglich mit dem Zirkel in Verbindung setzen würde und betrat, vor Wut kochend, den Besprechungsraum, der ihr immer mehr wie ein Gefängnis vorkam.

Wenn die Hexen sich von dem Projekt zurückziehen, dann schuldet mir Christopher aber echt was. Und wie. Als Nachkomme des Vampirkönigs müsste sie doch *eigentlich* einige Vorteile genießen dürfen. Valerie benötigte nur ein kleines bisschen Magie, um mit den Bauarbeiten fortfahren zu können. Die Zauberkraft der Hexen sorgte dafür, dass in der Innenstadt, in einem Klima, in dem es selten kühler als 20 Grad wurde, ein ganzes Hotel aus purem Eis bestehen konnte. Sie würden daher sicher auch Valerie mit ihrem kleinen Regenproblem helfen können. Vor allem, weil es ja auch um eine gute Sache ging: Seit Monaten wurde im Palast vielen Opfer von *Hortari*-Missbrauch Unterschlupf gewährt, und so langsam wurde der Platz eng. Für sehr viele Vampire war das Schloss der einzige Ort, an dem sie vor ihren grausamen Erzeugern, die ihnen ihren Willen aufzwangen, sicher waren. Aber das Schloss war leider nicht groß genug für alle, und deshalb musste Valerie eine andere Lösung finden.

Einen Moment lang war Valerie erfüllt von Dankbarkeit, weil ihr Vampirerzeuger und König, alle seine Untergebenen zu dieser Besprechung im Schloss gebeten und *nicht* befohlen hatte.

Valerie biss sich auf die Lippe und bemühte sich, ihre Ungeduld zu verbergen. Sie setzte sich auf einen Stuhl im hinteren Teil des langen Raums mit den steinernen Wänden, den König Christopher in einen Besprechungsraum verwandelt hatte. Er und seine Königin hatten einiges im Schloss verändert, seit sie vor zwei Jahren Christophers niederträchtigem Bruder Rhys die Macht entrissen hatten. Christophers Bruder, so wie auch sein Vater vor ihm, hatten kein Interesse daran, Räume zu schaffen, in denen man gemeinsame Entscheidungen traf. Ihre Herrschaft beschränkte sich auf dicke Steinwänden und starke Ketten. Christopher war ein ganz anderer Herrscher. Er bevorzugte es, verschiedene Meinungen und Gesichtspunkte zu betrachten, bevor eine Entscheidung getroffen wurde.

Und das bedeutete natürlich, dass sein innerer Kreis häufig zu Besprechungen zusammenkommen musste.

„Du könntest wenigstens so *tun,* als würdest du dich freuen, uns zu sehen", sagte Valeries Nachkommensschwester Margot und stieß Valerie mit dem Ellbogen an, als sie sich neben sie setzte. „Wir haben dich seit Monaten nicht mehr gesehen." Margot sah Valerie aufmerksam an.

Ihr Gesichtsausdruck wurde immer besorgter, je länger sie Valerie betrachtete. Valerie musste sich beherrschen, um sich nicht unter Margots durchdringendem Blick zu winden. „Du siehst aus, als könntest du ein Dutzend starke Drinks und ein Paar muskelbepackte Masseure gebrauchen, meine Süße."

Valerie zwang sich, ihre Schwester anzulächeln. Die schöne, dunkelhäutige Margot trug einen engen, schwarzen Hosenanzug und üppigen Perlenschmuck, der, wie Valerie vermutete, wahrscheinlich für Margot von einem bis jetzt noch unbekannten genialen Designer entworfen worden war, den sie in ihrer Galerie der Öffentlichkeit vorstellte.

Margot legte den Arm um Valeries Schultern und diese hätte sich am liebsten in die tröstliche Umarmung ihrer Schwester geschmiegt. Es wäre so leicht, die bedingungslose Liebe ihrer Schwester anzunehmen und sich zu entspannen und so zu tun, als ob alles normal wäre. Aber so ein Trost stand nur denen zu, die ihn verdienten.

„Mir geht es gut", log Valerie. „Ich habe einfach nur wahnsinnig viel zu tun. Ich glaube, ihr braucht mich hier gar nicht wirklich, oder?" Valerie stand auf und wollte gehen.

Margots fein geschwungene Augenbrauen hoben sich unmissverständlich, und Valerie ließ sich wieder auf ihren Stuhl sinken. Christopher hätte sie ja nicht gebeten zu kommen, wenn er sie nicht brauchte.

Eine fröhliche Männerstimme erklang vom Eingang her: „Willst du uns etwa schon verlassen?"

„Nein, eigentlich nicht", antwortete Valerie ihrem Bruder Danny, der den Raum mit seiner Frau Robin betrat. Beide waren in hautenge, schwarze Lederoutfits gekleidet, die ihre Körper wie eine zweite Haut umhüllten. Dannys Oberteil war vorn tief ausgeschnitten und zeigte viel mehr

Haut als Valerie an einem Mann, den sie als ihren Bruder betrachtete, sehen wollte. Robins Bustier schob ihre Brüste hoch aus ihrem Spitzentop hervor. Die beiden sahen genau so aus, wie man sich die Eigentümer eines Vampirnachtclubs vorstellt, und Valerie musste eine Spur von Neid auf das lässige Selbstvertrauen unterdrücken, das die beiden so selbstverständlich ausstrahlten.

„Danny, lass' sie doch in Ruhe", rief ihr anderer Bruder, Ben, vom anderen Ende des Tisches hinüber. „Ich wäre auch lieber in meinem Labor, als hier herumzusitzen und über *Politik* zu sprechen." Er schüttelte sich. Seine Verlobte, Lauren, die neben ihm saß, kicherte und lehnte sich an ihn. Sie flüsterte ihm etwas ins Ohr und er lachte leise und zog sie an sich.

Valerie wandte ihren Blick von dem frischgebackenen Paar ab. Valerie war zwar nicht eifersüchtig auf das Glück ihrer Geschwister, aber manchmal tat es eben weh zu wissen, dass sie selbst sich dieses Glück nie erlauben würde.

Christopher und Alice kamen als Letzte herein. Obwohl sie schon seit zwei Jahren zusammen waren, konnten der König und die Königin der Vampire noch immer nicht die Finger voneinander lassen.

Wie es Christophers Art war, setzte er sich nicht an den Kopf des Tisches, sondern in die Mitte, so dass er inmitten seiner Nachkommen saß. Valerie spürte, wie Margot zusammenzuckte, und folgte Margots besorgtem Blick, der auf Christophers Hand gerichtet war. Wie immer, hielt er Alices Hand, die auf dem Tisch lag. Sofort machte sich Valerie ernsthafte Gedanken. Normalerweise hielten Alice und Christopher ganz entspannt Händchen, und manchmal streichelte einer die Handfläche des anderen. Heute jedoch waren ihre Hände fest ineinander verkrampft, die Knöchel weiß vor Anspannung.

„Danke, dass ihr alle heute gekommen seid. Ich weiß, dass ihr sehr beschäftigt seid und eure Arbeit eure ganze Aufmerksamkeit erfordert, deshalb freue ich mich, dass ihr mir eure Zeit schenkt." Christophers Stimme war fest, wie immer, aber Valerie sah aus dem Augenwinkel, dass Danny, Ben und Margot sich gespannt vorbeugten. Sie alle kannten Christopher gut genug, um die Anspannung in seiner Stimme hinter den ruhigen Worten zu hören.

„Ich habe euch alle einberufen, weil wir eine dauerhafte Lösung für ein Problem finden müssen, das die Vampire seit ihrer Entstehung plagt. Der *Hortari*."

„Was?", stieß Valerie entsetzt hervor. Um den ganzen Tisch herum wurden überraschte und verwirrte Stimmen laut. Der *Hortari* war ein Fluch, dem alle Vampire bedingungslos unterlagen. Jeder Vampir, der einen neuen Vampir erzeugte, hatte die komplette Macht und Kontrolle über den neuen Vampir, den er oder sie verwandelt hatte. So war es immer gewesen. Dem Befehl eines Erzeugers musste Folge geleistet werden, wie Valerie zu ihrer Schande nur allzu gut wusste. Das einzige Beispiel in der Geschichte der Vampire, dass ein Vampir sich von der Macht des *Hortari* befreit hatte, saß hier bei ihnen am Tisch: Alice, Christophers Frau.

Christopher fuhr fort. „Seit wir die Herrschaft übernommen haben, wurde die Regierung mit Berichten bombardiert über Erzeuger, die ihre Macht missbrauchen und ihre Untergebenen zwingen, Taten gegen ihren Willen auszuüben. Wir gewähren denjenigen Schutz, die eine Möglichkeit gefunden haben, solchen Missbrauch anzuzeigen." Er nickte Valerie zu. „Wir haben ihre Forderungen untersucht und die Erzeuger, die nachweislich Missbrauch ausübten, vor Gericht gestellt." Er blickte zu Danny, seinem Chefermittler. „Jeder an diesem Tisch weiß, wie schrecklich der Missbrauch des *Hortari* ist und alle tun ihr Bestes, um diesen Missbrauch zu stoppen."

Am Ende des Tisches kuschelten sich Lauren und Ben eng zusammen. Valerie kannte nicht die ganze Geschichte, über all das, wozu Lauren gezwungen worden war, aber Valerie wusste genau, dass Laurens Erzeuger tief unten in den Verliesen des Schlosses gefangen war, sodass er ihr nichts mehr antun konnte.

Christopher beugte sich in seinem Stuhl vor. Seine Augen leuchteten voller Enthusiasmus. „Aber das ist nicht genug. Es gibt noch immer viele Vampire, die dem Beispiel meines Vaters und meines Bruders folgen und mit den von ihnen verwandelten Vampiren machen, was sie wollen. Eine Zeit lang dachten wir, dass wir mehr Vampiren beibringen könnten, wie man den *Hortari* brechen und sich befreien kann, aber ..." Er sah zu Alice und bedeutete ihr fortzufahren.

„Wir hatten keinen Erfolg", sagte Alice. „Ich habe mit Dutzenden von Vampiren gearbeitet, mich durch Tausende von Jahren Geschichten und Legenden geackert, aber nichts funktioniert. Wir haben keine Ahnung, wie es mir gelungen ist, den *Hortari* zu brechen, der mich mit Christopher verband, also ist es unmöglich, es anderen beizubringen."

Valerie rutschte auf ihrem Stuhl nach vorn. Die Vampirkönigin hörte sich erschöpft an. Sie hatte dunkle Ringe unter ihren Augen. In den letzten zwei Jahren, seit Christopher König war, waren mehr als hundert unterdrückte Vampire ihren Erzeugern entkommen. Valerie kannte viele der Vampire, die unter Christophers Schutz standen. Sie arbeitete mit ihnen zusammen, um ihnen neuen Häuser zu bauen. Sie fühlte sich vielen dieser Leute verbunden, hatte sich ihre Geschichten und Träume von der Zukunft angehört. Sie alle sahen zu Alice auf, voller Vertrauen, dass sie diejenige war, die ihnen helfen konnte, sich zu befreien. Aber wenn selbst *Alice* die Hoffnung aufgab ... Valerie schüttelte den Kopf. Es musste doch irgendeine Lösung geben.

Alice drückte ihre Handflächen fest auf den Tisch. „Während meiner Nachforschungen entdeckte ich einige interessante Theorien über den *Hortari*. Eine hörte sich besonders vielversprechend an. Was, wenn der *Hortari* nicht fester Bestandteil unseres Wesens ist? Was, wenn er zum Beispiel nur ein Fluch oder ein Zauber ist, den man lösen kann?"

Alle um den Tisch, Valerie und die anderen, sahen einander verwirrt an. Valerie war fassungslos. Der *Hortari* war Teil des Vampirdaseins wie Blut trinken, die Sonne meiden und für alles unverwundbar zu sein, außer Feuer und Enthaupten.

„Aber, das ist doch unmöglich--", begann Valerie.

„Vielleicht", entgegnete Alice. Sie griff in die neben ihr stehende Aktentasche und entnahm ihr vier umfangreiche Ordner. „Ich habe vier Personen gefunden, die diese Theorie vertreten. Einige von ihnen haben sich auch schon an frühere Könige gewandt und um Hilfe gebeten, den *Hortari* komplett zu zerstören." Sie verteilte die Ordner um den Tisch, einen für Ben und Lauren, einen für Danny und Robin, einen für Margot und einen für Valerie.

Valerie öffnete die dicke Mappe. Darin befand sich ein Bericht über einen Vampir namens Mickey Shive, zusammen mit einem verschwommenen Schwarz-weiß-Foto eines bärtigen Mannes mit langem, schmutzigem Haar, der in Lumpen gekleidet war. Hätte er noch einen Helm aus Alufolie getragen, hätte er einer der Irren sein können, die immer an Straßenecken herumstanden und Schilder mit der Aufschrift „Das Ende ist nah" trugen.

„Ist das euer Ernst?", fragte Valerie.

Die Akte war prall gefüllt mit offiziellen Berichten, ausgedruckten E-Mails der letzten Jahre und einem Stapel handgeschriebener Briefe aus den letzten Jahrhunderten. Alle baten Christopher oder einen seiner Vorfahrenslinie um eine Audienz, weil Mickey angeblich eine „weltverändernde" Entdeckung über den *Hortari* gemacht hatte und ihre Hilfe benötigte.

„Sie machen auf den ersten Blick einen etwas bescheuerten Eindruck, aber es besteht immer die Möglichkeit, dass ihre Ideen vielleicht einen guten *Ansatz* bieten könnten", sagte Alice. „Wir schulden es den Vampiren unseres Königreichs—und allen Vampiren, die in der Zukunft dazukommen—diese Leute wenigstens anzuhören. Es ist die Sache wert, wenn wir einen Weg finden, den *Hortari* zu zerstören."

„Irgendwelche Einwände?", fragte Christopher.

Alle schüttelten den Kopf. Die Paare hatten bereits die Köpfe zusammengesteckt und schmiedeten Pläne, während sie durch ihre Ordner blätterten. Christopher klopfte auf den Tisch, um die Besprechung zu beenden und seine Familienmitglieder erhoben sich.

Valerie schloss die Akte mit einem Knall. Durch ihren Kopf wirbelten Dutzende gegensätzlicher Gedanken auf einmal. Jeder wusste doch, dass es unmöglich war, den *Hortari* zu zerstören. Er war ein fester Teil des Vampirwesens.

Und doch ...

„Was meinst du?" Margot wandte sich Valerie zu, als sie zusammen hinausgingen. „Hat Christopher nicht mehr alle Latten am Zaun?"

Valerie schüttelte den Kopf. „Wir haben alle schon lange genug gelebt, um zu wissen, dass die Welt ein komplizierter Ort ist. Was, wenn der *Hortari* wirklich ein reiner Zauber wäre? Die anderen übernatürlichen Wesen sind schließlich nicht solchen Zwängen unterworfen."

Margot hielt ihre Akte hoch. „Die Person, um die ich mich kümmern soll, wurde zuletzt im Jahre 1867 gesehen. Auf dem Foto hat sie total verrückte Augen, die auch durch den Sepiaton nicht gemildert werden. Ihre Adresse ist eine *echte* Irrenanstalt. Wenn so was als eine der vielversprechenden Spuren betrachtet wird, dann möchte ich nicht wissen, wie die anderen, nicht so vielversprechenden, aussehen."

Aus dem oberen Stockwerk hörte man undeutlich weibliche und männliche Stimmen. Es war eine der Etagen, die Valerie im letzten Monat schnell umgebaut hatte, um den vielen Opfern des Hortari, die gekommen waren, um Asyl zu erbitten, Wohnraum zu verschaffen. Es kamen jeden Tag neue, je mehr es sich herumsprach, dass es hier einen sicheren Zufluchtsort für sie gab.

Valerie zuckte die Achseln. Sie traute ihrer Stimme nicht, so gleichgültig wie Margot über dieses Thema zu sprechen. Valerie wünschte sich zu sehr, dass Alice recht hatte. Sie wünschte es sich so sehr, dass es ihr wie ein Gewicht auf der Brust lag, das mit jedem Schritt schwerer wurde. Wenn es ihnen gelang, den *Hortari* für immer zu zerstören ... Wenn Valerie dazu beitragen könnte, dass dieser Zwang vernichtet würde ... vielleicht könnte sie sich dann endlich selbst verzeihen.

Eine Sekunde lang war es Valerie, als wäre sie wieder in ihrem alten Büro. Die Erinnerung war so klar und deutlich, als wäre sie dort nur von einem Mittagsschlaf aufgewacht. Die Zahlen in ihren Geschäftsbüchern verschwammen vor ihren müden Augen, die Federn ihrer Angestellten kratzten auf dem Vellumpapier. Und dort war ihr Nachkomme, Nolan, noch am Leben. Er lächelte auf sie herab und sagte ihr, dass er noch ein paar Stunden zu tun hätte und sich dann schlafen legen wollte. Valerie verkrampfte sich, als sie sich an die unüberlegten Worte erinnerte, die sie ihm zugerufen hatte, als sie zur Tür hinausging. Und die schrecklichen Folgen.

Valerie schüttelte den Kopf und verdrängte die Erinnerungen. Sie atmete die kühle Nachtluft tief ein. Der Regen, der ihre Baustellen in einen Suppentopf verwandelte, war hier nicht so stark. Sie verabschiedete sich von ihrer Familie, suchte Mickey Shives Adresse heraus und eilte zu ihrem Auto. Mickeys Haus war ein kleiner Ort mitten im Nirgendwo, versteckt in den Bergen und fernab jeder Zivilisation.

Wenn es auch nur die kleinste Chance gab, dass sie dazu beitragen konnte, den *Hortari* zu zerstören, damit er niemandem mehr schaden konnte, dann musste sie es versuchen. Das schuldete sie all den armen Seelen, die Unterschlupf im Schloss suchten—und natürlich Nolan, der vor Jahrhunderten zu Tode verbrannt war, weil sie ihre Worte unbedacht gewählt hatte—sie musste ihr Bestes tun.

Sie schickte schnell einige Textnachrichten an ihren Assistenten, dass ihr Vorarbeiter die Besprechung mit dem Hexenzirkel übernehmen sollte. Wenn ihre Reise völlig vergeblich sein sollte, so wollte sie auf keinen Fall die Hexen noch mehr verärgern.

Die Stunden vergingen. Valerie fuhr aus der Stadt hinaus auf die einspurige Straße, die zu der letzten bekannten Adresse von Mickey Shive führte. Um nicht zu viel nachzudenken, spielte sie laute, röhrende Heavy Metal Musik, die ihre ernsten Gedanken übertönte.

Drei Stunden nach ihrem Aufbruch gingen die ersten Textnachrichten von den anderen ein.

„Meine Zielperson ist seit fünf Jahren tot", lautete die erste Gruppennachricht von Danny. „Er wurde von seinen Nachkommen enthauptet, nachdem er sie jahrhundertelang gezwungen hatte zu lügen, dass sie den *Hortari* besiegt hätten."

Valerie drehte den Ton lauter und sang kreischend mit der Musik mit.

Die nächste Textnachricht kam eine Stunde später von Ben. Den Nachkommen seiner Zielperson war es gelungen, den Zwang des *Hortari* zu brechen, aber sie hatten nicht die geringste Ahnung, wie sie das geschafft hatten. Ben versprach, sie zum Schloss zu bringen und dort mit Alice zu besprechen, wie man die Erfahrung dieser Vampire nachvollziehen könnte. Aber anscheinend waren sie der Vernichtung des *Hortari* noch nicht einen Schritt näher.

Vier Stunden, fünf Stunden, sechs Stunden fuhr Valerie die Landstraße entlang. Mit jedem Kilometer entfernte sie sich mehr von den Bergen der Arbeit, die sie eigentlich erledigen müsste und jeder Kilometer brachte sie näher zu dem seltsamen Irren, der am Ende des Wegs auf sie wartete.

Als sie eine kleine Pause einlegte, um etwas Blut zu trinken und sich die Beine zu vertreten, sah sie sich noch einmal die Akte an. Mickey Shives kurze Personenbeschreibung war nicht gerade Vertrauen erweckend. Sie zog eine Grimasse, als sie sah, wer sein Erzeuger war: Rhys höchstpersönlich. Rhys und Christopher waren Brüder, die von dem gleichen Vampir erzeugt wurden. Jedoch von dem Moment an, als sie verwandelt wurden, hatten sie ihre neuen Kräfte völlig unterschiedlich eingesetzt. Christopher wählte seine Nachkommen danach aus, welche Vorteile sie in die Welt brachten, und er behandelte sie mit Freundlichkeit und Respekt. Rhys hingegen war von Anfang an ein wahnsinniger Diktator gewesen. Seine Nachkommen waren meist die kräftigsten, bösartigsten Speichellecker, die er finden konnte; halslose Dummköpfe, die ihre eigenen Nachkommen ebenfalls misshandelten. Mickey war einer der ersten Vampire gewesen, die Rhys vor über einem Jahrtausend verwandelt hatte. Aus der Akte war nicht erkennbar, wodurch Mickey die Aufmerksamkeit von Rhys überhaupt erregt hatte. Jedenfalls war eine der ersten Taten, zu denen Rhys Mickey unter der Macht des *Hortari* gezwungen hatte, gewesen, dass er seine eigene Frau ermorden musste.

Also war auch er ein Opfer des *Hortari,* eines der ersten, wenn die Angaben in der Akte stimmten. *Kein Wunder, dass er irgendwo am Arsch der Welt lebt. Der arme Kerl. Keiner verdient so eine Behandlung.* Mickey hatte einen Brief nach dem anderen an den Palast geschrieben und immer wieder darum gebeten, dass jemand aus Christophers Nachkommenslinie ihn besuchen möge, um ihnen seine Entdeckung bezüglich des *Hortari* zu demonstrieren. Mickey war Rhys schon vor langer Zeit entkommen, lange bevor dieser an die Macht kam, und hatte die letzten Jahrhunderte quasi als Einsiedler gelebt.

Valerie verzog das Gesicht. Anscheinend verdiente er Geld, um seine Rechnungen zu bezahlen, indem er als Fernwartungstechniker bei einer IT-Firma arbeitete. Wenn man allerdings Mickeys hohes Alter betrachtete, dann verwirrte es Valerie, dass er einen normalen Job ausübte. Die meisten Vampire, die sie kannte, arbeiteten aus Spaß an ihren Berufen und nicht, weil sie das Geld brauchten. Wenn man lang genug lebt, zahlen sich Investitionen meist aus, Talente entwickeln sich bis zur Meisterschaft und Kitschkram, den man in seiner Jugend mal für ein paar Pfennige gekauft hat, ist irgendwann als Antiquität Millionen wert. Mickey musste also entweder verschwenderisch, verrückt oder völlig kaputt sein, wenn er es nötig hatte, einen Job wie diesen auszuüben.

Als sie Mickeys primitives Haus sah, fühlte sie sich auch nicht gerade besser. Sie hatte einige Meilen entfernt parken und den Rest des Weges über die unmarkierten Waldwege zu Fuß zurücklegen müssen, mit ihrem GPS als einzigem Wegweiser. Sie überprüfte die Koordinaten zweimal, als sie sich dem Haus näherte. Nur die gut gewartete Satellitenschüssel neben dem Haus ließ darauf schließen, dass jemand hinter den vier schiefen Wänden unter dem eingesunkenen Dach lebte. Das ganze Gebäude wies zahlreiche Löcher auf, was es für einen Vampir sehr unangenehm machen musste, darin zu leben, wenn bei Tag die Sonne hineinschien, und das Dach sah aus, als ob ein starker Windstoß in einen Sturm es mühelos davontragen könnte.

Ihr Telefon summte. Margots Zielperson war ebenfalls kein Erfolg gewesen. Ihr Vampir war nachgewiesen geisteskrank. Zusätzlich zu seiner Behauptung, dass er eine Lösung zur Zerstörung des Hortari gefunden hatte, war er fest davon überzeugt, dass er häufig persönliche Gespräche mit der Sonne führte.

Das bedeutete, dass Mickey Shive ihre letzte Chance war.

Valerie atmete tief durch, nahm ihren ganzen Mut zusammen und rief das Wort, das jeder Horrorfilmdarsteller ausruft, kurz bevor er auf den Irren in der düsteren Waldhütte im finsteren Wald trifft.

„Hallo?"

～

Die Anruferin war der Hysterie nahe. Mickey kannte diesen mühsam beherrschten Tonfall nur zu gut und konnte ziemlich genau bestimmen, wann sie explodieren würde.

„Hallo? Hören Sie mir *überhaupt* zu?"

Mickey wusste, dass er irgendetwas zu der aufgebrachten Kundin sagen musste, die wahrscheinlich einfach nur übersehen hatte, dass ihr Drucker nicht eingesteckt war. Allerdings ließ sie ihm keine Chance, ein Wort dazwischen zu bekommen. „Haben Sie versucht, Ihren Computer neu zu starten?"

Seine Haustür knarrte. Er sah auf und vergaß sein Telefongespräch in der gleichen Sekunde. Er ließ das Telefon sinken und stierte die Vision im Türrahmen an.

„Sind Sie Mickey? Mickey Shive? Ich bin im Auftrag des Königs hier." Die Frau kreuzte die Arme vor der Brust, musterte ihn von oben bis unten und presste die Lippen zusammen.

Er hatte Jahrzehnte damit verbracht, sich über die Familie Dal zu informieren, in der Hoffnung, dass eines Tages einer von ihnen auf seine Bitten reagieren würde. Valerie Dal war viel schöner als alle Bilder, die er von ihr gesehen hatte: Sie war eine Latina, klein aber stark, und ihr dunkelbraunes Haar fiel lang und üppig über ihre goldbraunen Schultern. Sogar in Jeans und einem einfachen, langärmligen T-Shirt wirkte sie selbstbewusst und „königlich".

„Ja, ich ..." Mickey schluckte. „Das bin ich. Ich." Er hob das Telefon und sprach hinein. „Vielen Dank, dass Sie Technical Solutions angerufen haben. Leider sind alle unsere Mitarbeiter im Moment im Gespräch. Versuchen Sie es später noch einmal. Danke." Er knallte das Telefon zurück

auf die Station, so dass die Stifte und leeren Teetassen auf
seinem Schreibtisch klapperten.

„Ich bin Valerie Dal." Sie kam näher und streckte die
Hand aus.

„Ich weiß. Ich bin Mickey. Mickey Shive." Mickey schüttelte ihr die Hand und war ganz erstaunt, wie selbstverständlich der körperliche Kontakt sich nach den vielen
Jahren der Einsamkeit anfühlte. *Leicht drücken, heben und
senken, heben und senken.* Er führte sich zu Bewusstsein, wie
diese einfache Geste funktionierte. Mit zunehmendem
Selbstvertrauen in seine Erinnerung schüttelte er Valeries
Hand mit wachsender Begeisterung.

„Okay, das reicht jetzt." Valerie entzog ihm ihre Hand
und trat einen Schritt zurück. „Ich habe Ihre Briefe gelesen.
Sie haben Informationen über den *Hortari*?"

„Ja!" Mickey sprang von seinem Stuhl auf. „Ich bin ja so
froh, dass ich endlich eine Reaktion vom Schloss bekomme.
Sie können sich gar nicht vorstellen, wie schwierig es für
mich war." Er zog eine Jacke an und ging zur Tür.
„Sollen wir?"

„Mr. Shive, eigentlich würde ich lieber erst Näheres
hören, bevor ich Ihnen in den dunklen Wald folgte." Valeries Blick unter hochgezogenen Augenbrauen traf Mickey
mit unerwarteter Kraft.

Ich muss ja aussehen wie ein totaler Irrer. Mickey fuhr mit
der Hand durch seinen Bart. Seine Finger verhedderten sich
in den Knoten, erfühlten Blätter und den Schlüssel zu
seiner Haustür, den er in seinem Bart festgebunden hatte,
um ihn nicht zu vergessen. *Ich hatte schon total vergessen, dass
der hier drin ist,* dachte er für sich.

„Ich versuche schon seit Langem, Ihren Erzeuger zu
erreichen. Einige Male wurde ich auch schon aus dem Palast

geschmissen. Na ja ... herausgezerrt." Er rieb sich die Schulter bei dieser schmerzhaften Erinnerung. Nun, um fair zu sein, er *hatte* ziemlich laut herumgebrüllt. „Ich *weiß, wie man den Hortari besiegen kann*. Es ist ein Zauber. Ein Fluch, um genau zu sein. Keiner ist bis jetzt darauf gekommen. Es ist eine Art Prüfung, die seit Tausenden von Jahren besteht, und bei der wir alle versagt haben, so lange man sich erinnern kann." Er biss sich auf die Lippe. Wie oft hatte er geübt, seine Theorie plausibel zu erklären? Tausend Mal? Millionen Mal? Aber nun, da diese umwerfenden braunen Augen auf ihn gerichtet waren, brachte er nur unzusammenhängenden Blödsinn hervor. „Sie müssen mir glauben. Ich habe den Ursprung gefunden. Er ist da draußen." Er zeigte aus der Tür heraus. Valerie folgte seinem Finger mit den Augen in die dunklen Wälder und trat von einem Fuß auf den anderen.

„Die Königin hat eine ähnliche Theorie." Sie schüttelte den Kopf. „Ich kann nicht fassen, dass ich das tue. Also gut. Wohin gehen wir?" Valerie folgte Mickey zur Tür hinaus. „Mein Auto steht unten an der Straße."

„Das brauchen wir nicht." Mickey deutete auf den Berg. „Wir gehen hinauf. Der Ursprung des *Hortari* ist dort oben."

„Und Sie wohnen direkt in seiner Nähe?" Der zweifelnde Ausdruck erschien wieder auf ihrem Gesicht.

„Er war sehr schwer zu finden." Mickey hörte die Rechtfertigung in seiner eigenen Stimme. Schnell ergriff er die Tasche, die er stets an der Tür für seine Expeditionen zu der *Hortari* Höhle bereithielt. Der Pfad war deutlich zu sehen, nach all den Jahren, die er ihn benutzt hatte. „Nach Jahrzehnten vergeblicher Suche, dachte ich mir, nun da ich ihn endlich gefunden habe, kann ich mich auch hier niederlassen." Er warf keinen einzigen Blick zurück auf die schiefe Hütte, als er bergan schritt. Wenn alles gut ging, würde er keinen Tag mehr in ihren schiefen Wänden verbringen müssen.

Mickey lauschte dem Knirschen der Zweige und Steine unter Valeries Füßen. Sie blieb dicht hinter ihm, nahe genug, dass die leichte Brise ihm ihren Duft zuwehte. Sie benutzte ein blumiges Shampoo, das ihn an ein besseres und gesünderes Leben erinnerte, das er seit Jahrhunderten nicht mehr gelebt hatte. Hinter diesen Erinnerungen wollten sich andere hervordrängen, die er seit jeher unterdrückte. Die Schreie seiner Frau. Ihr Blut unter seinen Fingernägeln. Er beschleunigte den Schritt, konzentrierte sich die auf Felsen und Äste auf dem fast senkrecht ansteigenden Pfad, die es zu überwinden galt.

„Erzählen Sie mir mehr über Ihre Theorie." Valeries Stimme riss Mickey so plötzlich aus seinen Gedanken, dass er fast den Halt an einem Felsen verlor. Ein hundert Meter tiefer Fall die Klippe hinab würde ihren Fortschritt definitiv aufhalten. Er atmete tief, um sein rasendes Herz zu beruhigen.

„Als die Götter vor etwa zweitausend Jahren die ersten Vampire erschufen, erschufen sie gleichzeitig etwas anderes. Einige Geschichten nennen es einen Fluch, andere eine Notwendigkeit und wieder andere beschreiben es als den Preis, den wir für unsere Unsterblichkeit bezahlen müssen."

„Der *Hortari*." Valerie wich einem Ast aus. Ihre Stimme war gepresst.

„Ja. Er begleitet uns seit unseren Anfängen. Der *Hortari* ist ein sehr mächtiger Zauber, der in ein physisches Objekt, eine Statue, eingeschlossen wurde. Die Legende besagt, dass die Götter den Quell des *Hortari* tief in der Erde verbargen und ihre ganze Macht einsetzten, um ihn so zu schützen, dass nur die ihn finden können, die sich als würdig erweisen. Viele haben es versucht, aber keinem gelang es, ihn zu finden, und nach und nach gaben die Vampire es auf. Irgendwann geriet der Quell des *Hortari* in Vergessenheit und das Versteck der Götter verlor sich in der Geschichte. Bis ich es gefunden habe." Er war so überwältigt von der Erinnerung an den Moment, als er den alten Text gefunden hatte, der seine Theorie bestätigte, dass er einen falschen Schritt machte und über eine Baumwurzel stolperte. Er fiel hilflos dem felsigen Boden entgegen, aber eine Hand erwischte gerade noch einen Zipfel seiner Jacke.

„Vorsichtig." Valerie ließ seine Jacke los und Mickey fand seinen Halt wieder. Sie wandte sich ihm zu und studierte von der Seite sein Gesicht. „Sie denken also, Sie haben den Quell des *Hortari* gefunden. Und es ist eine Statue. Erschaffen von den Göttern." Mit jedem kurzen Satz klang ihre Stimme zweifelnder. „Warum haben Sie den *Hortari* dann nicht sofort zerstört, als Sie ihn fanden?"

„Wenn ich es allein hätte schaffen können, dann wäre dieser Albtraum schon seit Jahrhunderten vorbei." Mickey seufzte. *Muss ich das wirklich alles noch mal durchkauen?* „Ich brauche ein Mitglied der Dal-Familie, um überhaupt in die Nähe des Quells zu kommen." *Ich habe dem König Tausende von Malen geschrieben.* „Der *Hortari* ist in einer Höhle versteckt, die sich nur durch einen Tropfen Blut von je einer Nachkommenslinie verfeindeter Brüder öffnen lässt. Ihr Erzeuger ist Christopher und meiner ist ..." Mickey atmete tief ein. „Mein Erzeuger ist *Rhys.*" Er spuckte den Namen zornig aus. „Ich brauche einen aus eurer Linie, um die Höhle zu öffnen."

„Das könnte auch einer von Rhyses langfristigen Racheplänen sein, um Christopher eins auszuwischen. Wie kann ich sicher sein, dass Sie nicht für Ihren Erzeuger arbeiten?" Sie schien nicht gerade überrascht, zu hören, wer sein Erzeuger war, stellte Mickey enttäuscht fest. Er war erstaunt, dass sie sich überhaupt in seine Nähe gewagt hatte. *Dieses blöde Arschloch Rhys.*

„Meiner Sie, *irgendjemand* könnte Rhys mehr hassen, als seine eigenen Nachkommen?" Mickey trat nach einem Stein und beobachtete, wie er über die Klippe rollte und einige hundert Meter tiefer in einen See platschte. „Rhys ermordet seine Nachkommen und *lacht* darüber", stieß Mickey hervor. Er stützte sich an einen Baum; die raue Borke grub sich in seine Handflächen. „Sie haben die Geschichten von Rhyses Horrortaten *gehört*, vielleicht auch einige gesehen, als Sie ihn zusammen mit ihrem Erzeuger bekämpften." Er wandte sich wieder dem Pfad zu und stapfte den Berg hinauf. „Ich habe das alles *gelebt*."

Valeries leise Schritte folgten ihm, während sie über Felsen und durch Bäume hindurch über den Pfad liefen, den er schon Hunderte von Malen gewandert war. Er war wütend über sich selbst, dass es ihm noch immer so weh tat, dass er mit Rhys verbunden war, und dass er so die Kontrolle verlor, wenn man nur den Namen dieses verhassten Mannes erwähnte. So lange Rhys mit seinem Blut verbunden war, konnte Mickey nicht frei sein. *Es sei denn, ich kann den* Hortari *besiegen.*

Die Sonne ging langsam auf und die ersten Strahlen prickelten auf seiner Haut. „Wir sind fast da, keine Angst." Er drehte sich um, um Valerie zu beruhigen.

Valerie wickelte sich ihr Tuch um den Kopf, um ihre Haut vor den Sonnenstrahlen zu schützen. „Es tut mir leid, wenn ich vorhin taktlos war, was Rhys angeht." Sie lächelte ihm zaghaft zu, das erste Lächeln, seit Mickey ihr begegnet war. Es erhellte ihr Gesicht und sie sah plötzlich so wunderschön aus, dass er beinahe wieder gestolpert und hingefallen wäre. „Manchmal kann ich ein ziemliches Arschloch sein."

„Ich bin immer ein Arschloch." Mickey grinste sie an. „Ich weiß Ihr Vertrauen wirklich zu schätzen: dass Sie gekommen sind, obwohl Sie wissen, wer mein Erzeuger ist." *Aber, wenn sie wüsste, was ich getan habe, dann würde sie mich wahrscheinlich die Klippe hinunter stoßen.* „Es ist schon sehr lange her, dass jemand das Risiko eingegangen ist, mir und meinem Wort zu vertrauen." Er hielt sich an einem Felsvorsprung fest und zog sich mit aller Kraft hinauf. „Das bedeutet mir viel."

Mit einem geschmeidigen Sprung landete Valerie neben ihm auf dem Felsvorsprung an dem Berghang, wo sich der Eingang der Höhle befand.

Sie lächelte grimmig. „Es wird noch viel mehr bedeuten, wenn wir den *Hortari* zerstören können."

Valerie betrachtete die Höhlenwand, die vor ihnen aufragte. Von weitem hatte die Öffnung im Fels ausgesehen, wie ein ganz normaler Felsspalt. Aus der Nähe betrachtet, war der Alkoven jedoch zu glatt und zu genau gearbeitet, um natürlich zu sein. Ein Bogen aus faustgroßen Steinen war an dem Berg errichtet. Eine klarere Ansage von 'Eingang' hatte Valerie selten gesehen. Der flache Stein im Bogen sah zwar nicht anders aus als die anderen Steine, die ihn umgaben, aber er summte förmlich vor Magie.

Mickey reichte ihr sein Taschenmesser. „Hier. Du musst nur einen Tropfen Blut auf diese Tür träufeln." Er zeigte auf die glatte Steinwand vor ihnen.

Valerie betrachtete erst ihren Gefährten, dann das Messer. „Du willst dass ich ... was denn?" Sie wusste zwar nicht *allzu* viel über Magie, aber ihr war durchaus klar, dass alle Zauber, die mit Blut zu tun hatten, meist ziemlich gefährlich waren.

„Ich mache es zuerst." Er bebte vor Ungeduld.

Valerie starrte ihn an. Ihr erster Eindruck von Mickey hatte sich während ihrer gemeinsamen Wanderung durch die Wildnis geändert: von komischem Kauz zu ungeschicktem Idealisten. Selbst mit dem Bart, der aussah, als sei er seit dem Bürgerkrieg nicht mehr gekämmt worden, hatte er eine ernsthafte Art an sich, die beinahe liebenswert war.

Er drückte das Messer in die Kuppe seines kleinen Fingers und schmierte sein Blut an die Wand. Dann hielt er ihr das Messer mit einem fast verzweifelten Ausdruck im Gesicht hin. Aufmerksam betrachtete sie ihn und die Steine. Die Hoffnung, die sich in ihr geregt hatte, als Alice ihre Theorie äußerte, war stärker geworden, je höher sie den Berg hinauf gewandert war. Aber konnte die Erlösung einfach in der Zerstörung einer Statue liegen?

Sie schüttelte den Kopf, als er ihr das Messer darbot, und biss ein kleines Loch in ihren Finger. Dann rieb sie ihr Blut direkt neben Mickeys roter Blutspur auf den Stein. Die Steine, die den Bogen bildeten, begannen sich zu drehen und bohrten sich tiefer und tiefer in den Berg hinein. Valerie sprang zurück. Das magische Summen der Steine steigerte sich ins Hundertfache, als der Berg langsam erwachte. Über dem Eingang zu den Höhlen erschienen Worte, in uralten Buchstaben und Dutzenden von Sprachen, von denen Valerie einige erkannte, bis sie schließlich in ihrer Sprache verharrten.

DAS BLUT ZWEIER VERFEINDETER FAMILIEN IST ANGENOMMEN.

„Wow", sagte Valerie und blickte Mickey von der Seite an. Sein Grinsen, teilweise verdeckt durch seinen Bart, war

so breit, dass es sein Gesicht erhellte. Nun erschienen flie-
ßende, neue Worte, in goldener Farbe, unter den ersten.

EUER FLUCH IST HIER VERBORGEN.

Valerie blieb die Luft weg. *Es stimmt wirklich.*

„Ich wusste es!", rief Mickey aufgeregt. Er hob triumphierend die Faust in den Himmel. „Nach all den Jahren.
Ich *wusste* es!"

Ein neuer Text leuchtete auf.

DREI TÖDLICHE PRÜFUNGEN MÜSST IHR
BESTEHEN:

EINE DER STÄRKE,

EINE DER TAPFERKEIT,

UND EIN OPFER.

Valerie starrte auf die Wörter. *Tödliche Prüfungen? Opfer?*

„Was weißt du über diese Prüfungen?", wandte Valerie
sich fragend an Mickey. Sie ließ die leuchtenden Wörter an
der Wand nicht aus den Augen.

„Nur, dass noch keiner, der es versucht hat, jemals
wieder zurückgekehrt ist." Valerie hatte erwartet, dass
Mickey sich ängstlich anhörte, aber er sprach mit einer
Entschlossenheit, die ihre Achtung vor ihm um einiges
ansteigen ließ.

Ein Geräusch von Stein gegen Metall erklang aus dem
Inneren des Berges und die glatte Steinwand vor ihnen
füllte sich mit Dunkelheit. Leuchtende Worte rahmten den
Eingang ein.

SEID GEWARNT, ALLE DIE HIER EINTRETEN.

FREIHEIT HAT IHREN PREIS.

WENN IHR VERSAGT, WIRD SICH DIESER WEG
FÜR HUNDERT JAHRE VERSCHLIESSEN.

Mickey lief auf das dunkle Loch in der Wand zu und
Valerie packte ihn am Arm. „Was hast du vor?", fragte
sie ihn.

„Wir müssen dadurch gehen, um den *Hortari* zu brechen." Er zeigte auf den Eingang. Sie hielt ihn noch fester am Arm fest. „Lass mich los!", rief er.

„Nein. Ich bin ein Mitglied der königlichen Familie. Es ist meine Aufgabe, unser Volk zu retten. Du hast deine Aufgabe erfüllt, indem du diesen Ort gefunden hast. Du solltest dich jetzt in Sicherheit bringen. Es gibt keinen Grund, warum wir uns beide opfern sollten. Die Warnung war klar und deutlich. Das hier ist eine Reise ohne Rückfahrkarte." Valerie wollte nicht sterben. Aber sie hatte so viele Jahrhunderte damit verbracht, Vergebung für eine Tat zu suchen, die einfach unverzeihlich war, dass nichts und niemand sie jetzt aufhalten konnte.

Mickey wehrte sich gegen ihren eisernen Griff. „Der Sinn meines Lebens liegt hinter dieser Tür. Du kannst mich nicht davon abhalten, mit dir zu kommen." Sie erkannte die Verzweiflung in seiner Stimme als ihre eigene. „Diese Prüfungen sind für verfeindete Linien, die zusammenarbeiten müssen. Wie konnten nur zusammen hineinkommen; vielleicht können wir auch nur gemeinsam die Prüfungen bestehen."

Valerie war nicht überzeugt, dass ein verrückter IT-Kundendienstler eine große Hilfe gegen magische Prüfungen, die von den Göttern entworfen worden waren, sein könnte, aber vielleicht hatte er nicht ganz unrecht.

„Also gut, aber habe noch einen Moment Geduld." Sie zog ihr Telefon aus der Tasche. „Wir müssen klug vorgehen." Wenn sie nicht zurückkehrte, dann mussten Christopher und die anderen königlichen Nachkommen wissen, was geschehen war. Sie schickte eine schnelle Textnachricht an alle Mitglieder ihrer Familie.

Ortet mein Telefon, um mich zu finden. Shive hat den Eingang zur uralten Quelle des Hortari- *Fluchs gefunden. Wir*

*gehen jetzt rein, um ihn zu zerstören. Wenn ich nicht zurück-
kehre, beendet meine Bauprojekte. Ich liebe euch alle.*

Mickey explodierte schon fast vor Ungeduld, als sie die
Nachricht sendete und ihr Telefon in einer kleinen Nische
im Felsen versteckte, nachdem sie sich vergewissert hatte,
dass das Signal ausreichend stark war, sodass ihre Familie
das Telefon orten konnte.

Valerie nahm Mickeys Hand. Gemeinsam liefen sie
durch die dunkle Tür, bevor sie die Gelegenheit hatte
darüber nachzudenken, wie ihre Familie auf die Nachricht
reagieren würde. Die Dunkelheit strich über ihre Haut wie
Eis, das mit Blitzen gefüllt war. Eiskalte Magie knisterte und
pulsierte auf ihrer Haut und bereitete ihr eine Gänsehaut.
*Wenn ich diese Höhle nicht überlebe, wird meine Familie mich
umbringen.*

Mickeys Hand in ihrer war die einzige Wärme in der
Eiseskälte, die sich vor ihnen erstreckte und dann plötzlich
verschwand. Sie stolperte in den riesigen Raum, der sich auf
einmal vor ihnen auftat. Valerie fluchte laut, als sie
versuchte, ihr Gleichgewicht zu halten. Schnell ließ sie
ihren Blick durch den Raum wandern.

Es gab keine Tür hinter ihnen; sie standen bereits gute
zehn Meter im Raum, als ob sie von oben hineingefallen
wären. Neben ihr atmete Mickey schnell und aufgeregt.
Seine Augen wanderten über die dreißig Meter hohen
Decken, die direkt in den Berg hineingeschnitzt schienen.
Riesige Stalaktiten hingen von der Decke wie messerscharfe
Zähne, die sie durchbohren wollten. Magische Luftblasen
schwebten umher und wichen den scharfen Spitzen aus. Sie
erhellten die ganze Höhle mit taghellem Licht, das aber die
Vampirhaut nicht verbrannte.

Der Raum war gute fünfzig Meter breit und über die
ganze Länge mit schwarz-weißen Steinen gefliest. Eine

hölzerne Tür an der gegenüberliegenden Wand war die einzige Unterbrechung in der steinernen Wand. Magie pulsierte in der Luft, abwartend und beobachtend.

„Die Prüfung unserer Stärke?", flüsterte Mickey fragend.

Wieder erschienen leuchtende Worte in der Luft vor ihnen.

SEID LEICHTFÜSSIG.

DIE FREIHEIT WARTET.

Die goldenen Worte verschwanden und Valerie sah sich um. „Das war ja nicht gerade hilfreich." Sie zog eine Grimasse.

Der Raum war leer. Wo war die Herausforderung? Sie trat einen Schritt vor und sprang erschrocken zurück, als eine langstielige Sense plötzlich vom Boden emporschoss und auf Halshöhe schneidend durch die Luft sauste.

„Verdammter Mist!", fluchte Valerie. Um sie herum erwachte der ganze Raum zum Leben, Dutzende von Sensen erhoben sich vom Boden, schnitten durch die Luft, verschwanden und kamen wieder empor. Sie duckte sich und schrie Mickey eine Warnung zu, der gerade einer sausenden Sense auswich. Sie duckte sich, wand sich, und versuchte in dem ganzen Chaos ein Muster zu erkennen. Weiße Quadrate, schwarze Quadrate, egal wo sie hintrat, die scharfen Schneiden zischten unaufhaltsam um sie herum. Jede Sense rotierte in einem festgelegten Rhythmus, aber sie waren nicht synchronisiert. Wenn sie also abwartete, um den Takt der Schneide vor ihr zu bestimmen, bedeutete das Gefahr von der Sense hinter ihr.

Ein scharfer Schmerz stach ihre Schulter. Sie konnte gerade noch der Sense ausweichen, die ihren Hals nur um wenige Zentimeter verfehlt hatte. Eine enorme Wut erfüllte Valerie. Sie würde sich *auf gar keinen Fall* schon jetzt am Anfang geschlagen geben. Es stand zu viel auf dem Spiel.

Mickey schrie auf. Er war schlimm geschnitten worden. Blut sickerte durch seine Hose und lief ihm das Bein hinab. Er humpelte weiter und schaffte es nur noch mit größter Mühe, den wirbelnden Sensen auszuweichen.

Aus dem Augenwinkel nahm Valerie eine Bewegung wahr, doch statt sich zu ducken, beugte sie sich vor und rammte ihre Schulter gegen den hölzernen Stiel der auf sie niedersausenden Sense und brach ihn in zwei Stücke. Sie schnappte sich die abgebrochene Sense aus der Luft, bevor sie wieder im Boden verschwinden konnte. Das Gewicht der Schneide fühlte sich gut in ihrer Hand an. Die Sense war gebogen, wie die Krummsäbel, die sie im Kampf benutzt hatte, als sie noch jünger war.

Eine Sense kam auf sie zu. Valerie sprang ihr entgegen und zerteilte den hölzernen Stiel in der Mitte, sodass der rotierende Stiel sich weiter am Boden entlang drehte, aber ohne die tödliche Waffe an seiner Spitze.

„Ja!", rief sie und lief auf den humpelnden Mickey zu, wobei sie eine nach der anderen Sense köpfte und einen freien Weg hinter sich schuf. Als sie Mickey erreicht hatte, legte sie seinen Arm um ihre Schulter, um das Gewicht von seinem verletzten Bein zu nehmen. Obwohl das Blut, das durch sein Hosenbein floss, nach Angst roch, war Mickeys Gesicht fest entschlossen.

„Wir schaffen es!", rief sie und köpfte eine weitere Sense, während sie ihn zu der Tür am anderen Ende des Raums zog und sich den Weg freikämpfte. „Wir haben schon die Hälfte des Wegs hinter uns."

„Geh allein weiter! Ich halte dich doch nur auf", sagte Mickey.

„Hör auf--" Sie konnte den Satz nicht beenden. Ein Knall ertönte und eine Flamme schoss vor ihnen aus dem Boden in die Höhe. Mickey konnte sie gerade noch rechtzeitig zurückziehen, aber sie spürte die sengende Hitze an ihrer Nase.

Feuerfontänen schossen überall vor ihnen in unabsehbaren Abständen aus dem Boden. Das knallende Geräusch war die einzige Warnung, kurz bevor eine meterhohe Flammensäule emporsauste.

Feuer und Enthaupten, die einzigen Gefahren, die einen Vampir töten können, und sie waren von allen Seiten von ihnen *umzingelt*.

„Kannst du laufen?", fragte Valerie Mickey.

Er belastete sein verletztes Bein. „Mir bleibt nichts anderes übrig", antwortete er mit zusammengebissenen Zähnen.

„Dann lauf los!" Aber nach drei Schritten stellte sie fest, dass er nicht mithalten konnte. Der Schnitt an seinem Bein fing zwar schon an zu heilen—Vampire heilten schnell—aber es waren zu viele Muskeln in seinem Schenkel durchtrennt worden. Valerie ergriff seinen Arm, stützte seine verletzte Seite und sprintete los. Ihre Seiten waren so eng aneinandergepresst, dass sie seinen schnellen Puls an ihrem Brustkorb spürte.

Zu ihrer Rechten erklang das warnende Knallen und sie zog ihn aus der Reichweite einer weiteren Flammensäule. Sie hatten nur noch zehn Meter zurückzulegen, da ertönte plötzlich ein zischendes Geräusch über ihren Köpfen. Valerie schubste Mickey zu Boden und sie rollten gemeinsam dem Ausgang zu, als jede Menge Feuerbälle aus den Spitzen der Stalaktiten schossen und auf sie hinab regneten.

„Flammende Titten!", fluchte Mickey und Valerie verspürte eine Art Galgenhumor. Sie musste lachen und zog ihn hoch. Dieser Ort war komplett verrückt. Sie hielt die Sense hoch über ihren Kopf und sie rannten weiter.

Als sie die Tür erreichten, hielt sie sich nicht mit der Türklinke auf, sondern trat die Tür mit aller Kraft ein, sodass sie krachend ins Scharnier flog und den Blick auf einen dunklen Korridor freigab.

„Lauf!" Sie schob ihn durch die Tür und wich einer letzten Sense aus, die aus dem Boden emporschwang. Dann ließ sie sich auf die Bodenplatten des langen Flurs vor ihnen fallen und presste ihre Sense fest an sich.

Die Tür hinter ihnen verschwand in einer massiven Wand, sodass jede Hoffnung auf Rückkehr vergeblich war.

Mickey stützte die Hände auf die Knie und beugte sich keuchend vornüber. „Ich hätte mehr trainieren sollen", stöhnte er. Er untersuchte die Wunde an seinem Bein. Sie sah schon etwas besser aus, hätte aber eine Behandlung nötig, für die er jetzt keine Zeit hatte. Er blickte an sich hinab und zuckte zusammen. Eine der sausenden Sensen hatte ein großes Stück aus seinem Bart geschnitten und seine Brust und seinen Hals viel zu knapp verfehlt.

Valerie stand stark und stolz vor ihm. Ihr war kein Haar gekrümmt worden. Sie zwirbelte die gefährlich aussehende, scharfe Schneide locker in der Hand, eine kriegerische Prinzessin vom Scheitel bis zur Sohle.

„Flammende Titten? Im Ernst?" Sie lächelte belustigt.

Mickey zuckte die Achseln. „Das ging mir gerade so durch den Kopf."

Sie sah aus, als wüsste sie nicht, ob sie lachen oder den Kopf schütteln sollte, und zuckte dann nur die Achseln. „Kannst du laufen?"

Er nickte, richtete sich mühsam auf und hielt den Kopf hoch. Bei den nächsten Prüfungen würde er ihr *keine* Last mehr sein. Er hatte viele Jahrhunderte auf diesen Moment gewartet und würde jetzt nicht aufgeben.

Valerie ging vor ihm den engen, steingepflasterten Flur entlang und Mickey beeilte sich, sie einzuholen.

Der Flur machte eine Kurve und Mickey wappnete sich im Geiste für die nächste tödliche Gefahr, die sie um die Biegung erwarten würde. Doch der Flur endete in einem *Wald*, einem echten *Wald*, mit Zypressen, Eichen und Spanischem Moos, das wie lange Bärte von den Ästen herabhing; all das im Inneren einer riesigen Höhle. Es sah aus, als ob die Vegetation vom Berghang beschlossen hatte, ins Berginnere umzuziehen, und zur Hölle mit der Fotosynthese. Mickey erkannte viele der Bäume, Moose und sogar einige Pilze wieder, die im Wald um seine Hütte herum wuchsen.

„Heilige Scheiße." Valerie blickte zu dem grauen Felshimmel empor, der weit über ihre Sichtweite hinaus verlief. Eine enorme Lichtkugel schwebte in der Luft über ihnen und beleuchtete den ganzen Raum. Sie schloss die Augen und grinste. Dann schob sie ihre Ärmel hoch und streckte ihre nackten Arme aus, als wollte sie sie den Sonnenstrahlen darbieten. Das Licht betonte die winzigen Sommersprossen auf ihrer Nase, die Mickey vorher noch nicht bemerkt hatte.

„Das hier sieht wirklich nicht nach einem Tapferkeitstest aus." Mickey trat vorsichtig aus dem Schatten der Bäume hervor. Er war auf den Schmerz vorbereitet, den die Sonne normalerweise verursachte, und blinzelte vorsichtig, bereit beim ersten Anzeichen von Schmerz in den Schatten zurückzuweichen. Aber das Licht, das über seine blasse Haut tanzte, war warm und angenehm. Er spürte weder Schmerz, noch Schwäche, die seinen Körper überflutete.

„Was ist das?", fragte er erstaunt.

„Es ist eine magische Höhle." Valerie grinste. „Also muss das auch eine magische Sonne sein." Sie strich mit der Hand über die Rinde eines Baumes. „Ohne Licht könnten diese Pflanzen nicht existieren." Sie blickte sich um. „Ich glaube nicht, dass uns hier die nächste Prüfung erwartet. Sonst hätten wir doch schon längst unsere leuchtenden Anweisungen bekommen, oder?"

Mickey zuckte die Achseln. „Wie können wir sicher sein? Wenn wir überleben, sollten wir auf jeden Fall hierhin zurückkommen und ein Urlaubsresort für Vampire eröffnen."

Mickey schwieg abrupt. *Wenn wir überleben.* Er hörte seine eigenen Worte und es fiel ihm wieder siedend heiß ein: ob sie erfolgreich waren oder nicht, sie würden diesen Ort nicht mehr verlassen. Er hatte viele Jahre mit Nachforschungen verbracht und davon geträumt, den *Hortari* zu beenden. Er konnte sich jetzt nichts vormachen. Es würde kein Happy End geben und erst recht keine aufregende, neue Zukunft voller Projekte mit Valerie an seiner Seite.

Valerie räusperte sich. „Der Wald wird dort drüben ziemlich dicht. Bist du sicher, dass du mit deinem verletzten Bein laufen kannst?" Sie legte sanft die Hand auf seinen Arm.

Oh Gott, ich hoffe, dass Valerie lebend hier herauskommt. Mickey nickte und lief zu dem gepflegten Weg, der sich vor ihnen erstreckte. *Valerie wird hier herauskommen,* versprach er sich selbst, obwohl er wusste, dass es unmöglich war. *Sie muss es schaffen.*

„Also, in deiner Akte steht, du arbeitest als Kundendienstmitarbeiter für eine IT-Firma", sagte Valerie.

Mickey räusperte sich auch. „Na ja, weißt du, mit meiner Forschungsarbeit über den *Hortari* konnte ich überraschenderweise meine Rechnungen nicht bezahlen." Er erwähnte nicht, dass er einen Job gewählt hatte, der für ihn die schlimmste Strafe war, die er sich vorstellen konnte. „Reisen zu entlegenen Klöstern, Bestechungsgelder für Museumswärter und Erstausgaben alter Bücher sind nicht gerade billig. Ich kann mir gerade noch meine alte Hütte leisten und selbst die habe ich selbst gebaut."

„Das ist--" Valerie hielt plötzlich inne und sah sich aufmerksam um.

„Was ist los?", fragte Mickey. Der Wald öffnete sich auf einen kleinen See, in den ein wunderschöner Wasserfall plätscherte. Das Licht schimmerte auf dem Wasser des Sees, der still und flach wie ein Spiegel dalag.

„Wir sind vorhin schon mal an diesem Wasserfall vorbei gekommen." Valerie nagte an ihrer Unterlippe.

„Vielleicht waren die Götter nicht allzu kreativ, als sie diesen Ort erschufen. Hast du dir schon mal alte Zeichentrickfilme genau angesehen? Sie haben immer den gleichen handgezeichneten Hintergrund."

Valerie sah Mickey skeptisch an. „Ich glaube nicht, dass das hier der Fall ist." Sie hob ihre Sense und schlug eine tiefe Kerbe in die Rinde eines der Bäume.

„Hey! Der arme Baum kann doch nichts dafür, dass wir uns verlaufen haben", meinte Mickey.

„Es wird dem Baum nicht schaden. Ich möchte nur diese Stelle markieren. Wenn wir das nächste Mal an diesen Wasserfall kommen, sehen wir uns diesen Baum am. Wenn er markiert ist, dann gehen wir im Kreis herum. Wenn nicht, dann ist deine Zeichentrickfilmtheorie vielleicht richtig. Was macht dein Bein?"

Mickey strich über die Kerbe an seinem Schenkel. Sein Bein fühlte sich noch ein bisschen steif an, aber die Wunde war schon ziemlich gut verheilt und die Schmerzen waren fast verschwunden. „Ziemlich gut."

Valerie nickte und lief weiter den Pfad entlang. „Komm mit."

Mickey stolperte hinter ihr her. Valeries Schultern waren angespannt.

„Irgendetwas beschäftigt dich doch, mal abgesehen von der Endlosschleife. Was ist los?", fragte er, und sprang über einen Baumstamm, um zu ihr aufzuschließen.

Sie sah ihn von der Seite an und blickte dann zu der magischen Sonne hinauf, die durch die Blätter schien. „Ich denke nur über Verschiedenes nach." Einen Moment lang erschien es Mickey, als wolle sie nichts mehr sagen, aber dann machte sie eine ausholende Geste mit dem Arm, die die Höhle, den magischen Wald und die verschiedenen Prüfungen einschloss. „Dieser Ort ist wunderschön. Die Bäume, der Wasserfall. Sogar der Raum mit den Sensen und dem Feuer auf eine seltsame, verrückte Art beeindruckend. Dieser Ort scheint eine Art ..." Sie berührte mit dem Finger ein herabhängendes Blatt. „... Gnade auszustrahlen. Alle, die bisher hierhin gekommen sind, sind gestorben. Und das hier ist der letzte Ort, den sie jemals sehen werden." Sie schüttelte den Kopf. „Ich bin wirklich froh, dass unter all den Spuren, die meine Familie verfolgt hat, ich das Glück hatte, bei dir zu landen."

Sie hörte sich so traurig an, dass Mickey sie am liebsten in die Arme geschlossen und nie wieder losgelassen hätte. In all seinen Nachforschungen, die Mickey über die Familie Dal gemacht hatte, war ihm Valerie immer als die Geheimnisvollste von allen erschienen. Ihre Vergangenheit war unbekannt und ihr tägliches Leben widmete sie komplett der Hilfe und Unterstützung von Opfern des *Hortari*. Er hatte keinerlei andere Interessen oder Hobbys in ihrem

Leben entdecken können. Das erinnerte ihn an sein eigenes Leben und erfüllte ihn mit Mitleid.

„Sind alle deine Geschwister im Moment mit der Aufgabe beschäftigt, wie man den *Hortari* brechen kann?", fragte er, in der Hoffnung, sie von ihren traurigen Gedanken abzulenken.

„Deine Behauptungen zu untersuchen, war so etwas wie ein letzter Strohhalm. Der König hat den *Hortari* mit allen Mitteln bekämpft, die ihm zur Verfügung stehen und wir hatten langsam die Nase voll, immer zu verlieren."

„Ich weiß, dass ich manchmal wie ein armer Irrer rüberkomme." Mickey lächelte. „Es bedeutet mir sehr viel, dass Christopher den Hortari bekämpfen bekämpfen will. Ob es ihm gelingt, oder nicht."

Valerie seufzte. „Seine Königin, Alice, hat es als Einzige geschafft, den *Hortari* für sich zu brechen. Sie sagte, es war so, als würde man aus einem aktiven Vulkan hinausklettern und dabei in jeder Hand ein brennendes Holzscheit tragen." Valerie duckte sich unter einem tief hängenden Ast hindurch. „Es ist uns immer noch nicht gelungen herauszufinden, wie sie es geschafft hat und alle anderen so kläglich versagen."

Mickey erstarrte. *Ich hätte also die ganze Zeit frei sein können?* Mickey hatte Legenden von Vampiren gehört, denen es gelungen war, den Bann des *Hortari* zu brechen, aber er hatte sie immer als Märchen abgetan. *Wenn man jedoch Hortari-Befehlen durch reine Willenskraft Widerstand leisten konnte ...* Er erschauderte. *Dann ist es meine eigene Schuld.*

„Bist du okay?" Valerie legte ihm die Hand auf die Schulter. Ihre warmen, braunen Augen betrachteten ihn besorgt.

„Alles in Ordnung", brachte Mickey mühsam hervor. Etwas Feuchtes lief über seine Wange und er stellte erstaunt fest, dass er weinte. „Hey, ist das nicht wieder der gleiche Wasserfall?" Mickey zeigte auf die vor ihnen liegende Lichtung und war froh über die Ablenkung. Der Wasserfall und der klare, breite See glitzerten wie Juwelen durch die Bäume. Und da sahen sie es: die Kerbe, die Valerie in den Baum geschlagen hatte.

„Wir gehen *tatsächlich* im Kreis herum! Verdammter Mist!", rief Valerie wütend.

„Oooh." Eine vorwurfsvolle Stimme erklang über ihnen. „Was für eine Ausdrucksweise, Eure Hoheit." Ein orangefarbener, pelziger, kleiner Mann schwebte auf einem Ast, der über dem Weg hing.

Der kleine Kerl war höchstens drei Fuß groß, angezogen wie ein altmodischer Bankier, mit Melone und Spazierstock. Seine dichten, orangefarbenen Haare quollen unter dem Hut hervor und endeten in den buschigsten Koteletten, die Mickey jemals gesehen hatte. Auch unter seinen Manschetten wuchs sein Pelz hervor.

„Oh Gott, was ist denn nun los?", seufzte Valerie. „Wer bist du denn?"

„Oh *Gott*, nun wirklich." Der kleine Mann kicherte ausgiebig. „Ich bin Elvy, der Hüter dieser Höhlen." Er verbeugte sich höflich.

„Das sind gute Neuigkeiten!" Mickey versuchte ebenfalls, sich zu verbeugen, schaffte es aber nur, dabei über seine eigenen Füße zu stolpern. „Wir haben uns etwas verlaufen. Kannst du uns den Weg zur nächsten Prüfung zeigen?"

„Ihr befindet euch hier in einem Übergangsbereich. Und diese Wälder sind noch nicht mit euch beiden fertig." Elvy zeigte auf die Sensenschneide in Valeries Hand. „Hast du eine Vorstellung davon, *wie viel* Arbeit es ist, die erste Prüfung in perfektem Funktionszustand zu halten? Klar wird hier alles mit Magie betrieben, aber es muss ja auch *jemand* dafür sorgen, dass die Sensen geschärft und die Feuerspeier mit Brennmaterial versorgt werden." Elvy schnippte mit den Fingern und Valeries Sense erschien in seiner Hand. Er ließ seinen Finger an der Schneide entlang laufen und zog ihn blutend wieder zurück. „Oder wäre es euch *lieber*, von stumpfen Schneiden zu Tode gehackt zu werden? Bei eurer Stärke könnte es Tage dauern bis ihr erledigt seid."

„Wir hoffen, du hast Verständnis dafür, dass wir dir nicht gerade dankbar sind, dass du versucht hast, uns zu töten." Valerie verdrehte die Augen.

„Die Götter stellen die Regeln auf. Ich sorge nur dafür, dass sie eingehalten werden." Er sprang in die Luft und hopste so schnell von Ast zu Ast, dass Mickey beim Zusehen schwindlig wurde. „Ihr beide, na ja, hauptsächlich Ihre Hoheit", Elvy nickte Valerie zu, „habt zwölf meiner Sensen zerbrochen. Die muss ich jetzt wieder reparieren und perfekt einstellen. Das geht mir total auf den Sack. Ihr habt mir den Tag versaut, jetzt ruiniere ich im Gegenzug euren Tag." Die Bäume schwankten, während er sprach. „Als Strafe dafür, dass ihr mir zwölf Sensen kaputtgemacht habt, wird sich eure Reise um zwölf Stunden verzögern." Und wie der Blitz war er weg.

„Jetzt bleibt ihr erst mal hier und denkt darüber nach, was ihr angestellt habt", erklang Elvys körperlose Stimme, als die Bäume wieder still waren.

Valerie betrachtete verwirrt die Stelle, an der Elvy verschwunden war. „Warte hier auf mich und ruhe dein Bein aus. Ich muss etwas nachprüfen." Sie rannte mit höchster Vampirgeschwindigkeit den Pfad hinunter, so schnell, dass man sie kaum noch sehen konnte. Mickey konnte ihre leisen Flüche aus der Richtung, in die sie verschwunden war, hören. Dann war auf einmal alles still, bis er ihre herannahenden Schritte aus der anderen Richtung hörte.

„Na toll." Valerie ging zum See hinüber und spritzte sich Wasser in Gesicht. „Es ist wirklich ein Kreis. Es gibt keinen Weg hinaus, also stecken wir hier fest."

Mickey zuckte die Schultern. „Es ist ja nur für zwölf Stunden." Das kühle Wasser lockte ihn. Sie hatten Zeit. *Wann habe ich das letzte Mal geduscht?* Er war sich nicht sicher. Eine leichte Brise rauschte durch die Blätter und Mickey nahm seinen eigenen Körpergeruch wahr. „Oh, das riecht nicht besonders gut." Sein eigener Gestank war ihm sehr unangenehm. „Ich werde jetzt erst mal ein Bad nehmen, wenn du nichts dagegen hast." Mickey lief auf das entfernteste Ende des Sees zu.

„Tu dir keinen Zwang an!", rief Valerie ihm lachend nach. Sie hörte sich so erleichtert an, dass Mickey errötete. *Wie schlimm habe ich die ganze Zeit gestunken?*

Schnell zog er sich aus, glitt in das kühle Wasser und tauchte bis auf den Steinboden des Sees hinab. Es war still und friedlich unter Wasser. Er schrubbte sich gründlich ab und tauchte wieder auf. Sein langes Haar und sein dichter Bart klebten an seinem Gesicht, gerieten ihm in die Augen und in den Mund. *Das muss alles weg.*

Mickey schwamm zurück zu seinen Kleidern und zog ein Taschenmesser aus seiner Jeans. Er wartete, bis sich die Wasserfläche beruhigt hatte und still wie ein Spiegel dalag. Dann schabte er mit dem Taschenmesser sein Gesicht, um den Bart abzurasieren, denn er jahrelang wie eine Maske getragen hatte. *Igitt, so hat Valerie mich die ganze Zeit gesehen? Dafür sollte ich mich wirklich entschuldigen.* Als er sich so gründlich rasiert hatte, wie es mit einem Taschenmesser möglich war, hackte er mit der Klinge seine dunklen Locken ab, die während seiner Einsamkeit sehr lang gewachsen waren.

Das Gesicht, das ihn aus dem spiegelnden Wasser ansah, wirkte vertraut, wie ein alter Freund, den er aus den Augen verloren hatte. Er lächelte und zog sich wieder an.

Valerie saß am Seeufer und betrachtete versonnen den Wasserfall. Sie hatte die Hosenbeine aufgerollt und plätscherte mit den Füßen im seichten Wasser. Sie sah in diesem Licht wunderschön aus, obwohl sie ein sehr ernstes Gesicht machte.

Valerie Dal. Er konnte es noch immer nicht fassen, dass sie hier bei ihm war. Jedes Mal, wenn er sie betrachtete, war es wie eine Offenbarung. Ihre Nase war etwas krumm, als wäre sie einige Male gebrochen gewesen und nicht richtig verheilt. Das überraschte ihn nicht. Sie war eine erstaunliche Kriegerin, obwohl sie die meiste Zeit ihres Lebens auf Baustellen verbracht hatte. Ohne sie hätte er die erste Prüfung niemals überlebt.

Ich muss mir mehr Mühe geben.

Sein Fuß stieß gegen einen Stein. Valerie zuckte zusammen und drehte sich blitzschnell nach ihm um. Als sie ihn sah, entspannte sie sich und lehnte sich wieder zurück. „Ich hätte dich fast nicht wiedererkannt!" Sie ließ ihre Hand ins Wasser gleiten und spritzte ihn nass. „Eine Sekunde lang dachte ich, du wärst die zweite Prüfung, die unerwartet auf uns losgelassen wird."

Mickey fuhr mit der Hand über seine Bartstoppeln am Kinn. Er hatte sich so gut wie möglich rasiert, mit den beschränkten Mitteln, die ihm zur Verfügung standen, aber das Ergebnis schien nicht besonders gut zu sein.

„Es war Zeit für den Bart zu verschwinden." Er trat unbehaglich auf dem Felsboden von einem nackten Fuß zum anderen. „Das Image vom verrückten Einsiedler hat langsam ausgedient."

„Da kann ich nur zustimmen." Valeries Ton war beinahe kokett. Sie ließ ihren Blick über seinen Körper und sein vom Bart befreites Gesicht wandern, und zwar mit einem faszinierten Gesichtsausdruck, der ganz neue Gefühle in ihm weckte.

Bilde ich mir jetzt zu viel ein? Es war schon sehr, sehr lange her, dass eine Frau ihn so interessiert angesehen hatte.

Valerie grinste. „Wir haben elfeinhalb Stunden Zeit, bevor wir diesen Ort verlassen dürfen. Hast du einen Vorschlag, wie wir uns die Zeit vertreiben können?"

„Wir sollten uns am besten etwas ausruhen", entgegnete Mickey.

Valeries sah plötzlich enttäuscht aus. „Wahrscheinlich hast du recht." Sie seufzte und beugte sich vor, um ihre Hose auszuziehen. „Ich möchte schwimmen gehen", erklärte sie. Sie zog sich ihr Shirt über den Kopf und schüttelte ihr langes, lockiges Haar.

Heilige Scheiße. Ihm wurde auf einmal klar—nachdem er bereits einen langen Blick auf ihren nackten Bauch und die süßen Sommersprossen auf ihrer Brust geworfen hatte— dass er eigentlich wegschauen sollte. Nur mit ihrem schwarzen BH und Höschen bekleidet, sprang Valerie ins Wasser, wobei sie kaum Spritzer verursachte.

Vielleicht bilde ich mir ihr Interesse ja doch nicht ein. Mickey schlüpfte aus seiner Hose und seinem Hemd, wartete, bis sie wieder an der Oberfläche auftauchte, und sprang dann hoch in die Luft, um mit einer perfekten, explosiven Arschbombe im stillen See zu landen. Sogar unter Wasser konnte er Valeries überraschten Ausruf und dann ihr Lachen hören.

„Sehr anmutig", spottete Valerie, als Mickey an die Oberfläche kam.

Mickey beugte galant den Kopf. „Nur das Beste für Sie, edle Dame."

„Prinzessin Valerie, Herrin der Baustellen." Sie breitete die Arme im klaren Wasser aus. „Das hört sich gar nicht so schlecht an."

„Lass das bloß nicht Elvy hören. Er würde dich sofort an die Arbeit setzen und du müsstet die kaputten Sensen reparieren", gab Mickey zurück. „Als ich Nachforschungen über deine Familie anstellte, las ich, dass du im Baugeschäft bist. Für eine Bürotante kennst du dich allerdings ziemlich gut mit fliegenden Sensen und sprudelnden Feuerfontänen aus."

Valerie wurde rot. „Ich war nicht immer im Baugeschäft. Zu der Zeit, als ich verwandelt wurde, musste man sich, um sich zu schützen, eine gewisse Geschicklichkeit mit scharfen Klingen aneignen. Auch jetzt noch, bemühe ich mich, meine Geschicklichkeit zu bewahren und übe, so oft ich kann. Außerdem helfe ich ziemlich oft auf den Baustellen aus. Du kannst dir nicht vorstellen, wie oft ich schwingenden Kränen, fallenden Hämmern und Strom führenden, losen Kabeln ausweichen muss."

Mickey schwamm dicht neben Valerie. „Habe ich mich eigentlich schon dafür bedankt, dass du mir vorhin das Leben gerettet hast?"

Valerie legte ihre Arme um Mickeys Hals und spielte mit den Enden seiner abgehackten Haare. „Nein, hast du noch nicht." Sie schmiegte sich an ihn, drückte ihre Brüste an seine Brust und flüsterte, „Aber du kannst mir jetzt gern zeigen, wie dankbar du bist."

Mickeys Herz hämmerte zum Zerspringen in seiner Brust. Er fuhr mit den Fingern durch ihr nasses Haar, legte seine Handfläche an ihre Wange und streichelte sie sanft mit seinem Daumen. Dann legte er seinen Mund auf ihre Lippen und schmeckte ihre Süße.

Sie öffnete ihre Lippen für ihn und Mickeys Zunge spielte mit ihrer in dem wunderschönen, ewigen Rhythmus. Seine Hände glitten über ihren Körper und fühlten die festen Muskeln unter ihrer glatten Haut. Sie stöhnte auf und er wusste, dass sie beide mehr wollten.

„Valerie, es ist schon sehr lange her, seit ich--", begann er, aber sie unterbrach ihn mit einem leidenschaftlichen Kuss.

„Ich auch." Sie lächelte ihn etwas schüchtern an. „Wir haben nur noch uns an diesem seltsamen Ort. Und ich *mag* dich, Mickey Shive. Du hast an all das hier geglaubt, als keiner dich unterstützt hat. Du bist sehr mutig und ..." Sie streichelte mit der Hand über sein stoppliges Kinn. Sein Mund legte sich auf ihren, und Valeries Hände wanderten tiefer, legten sich um seinen Hintern und zogen ihn näher an sich heran. Sein Schwanz war groß und steinhart und presste gegen ihren Schenkel.

Mickey hob Valerie aus dem Wasser und legte sie auf die glatten Felsen, die das Ufer umgaben. Er beugte sich über sie und sog ihren zauberhaften Anblick in sich auf. Ihr Haar war wirr und nass, ihre Haut noch glatt vom Wasser und ihre Brust hob und senkte sich vor Erregung.

„Du bist so traumhaft schön", sagte er bewundernd. „So stark und klug." Mickey umarmte sie und öffnete den Verschluss ihres BHs. „Ich will dich überall berühren."

Langsam glitten seine Hände wieder zurück, um ihren Körper herum und er ließ den seidigen Stoff über ihre Haut streichen, bis sie erbebte. Dann begann er ihren Hals zu küssen und ihn zart zu beißen. Als seine Erregung wuchs, verlängerten sich auch seine Eckzähne und die scharfen

Spitzen strichen über ihre Haut. Valerie fuhr mit den Fingern durch sein Haar, als er sie liebkoste, und sie zog ihn enger an sich.

Langsam und zärtlich wanderte Mickeys Mund tiefer und hinterließ eine Spur von Küssen, bis er ihre Brüste erreichte. Er erregte Valeries harte Brustwarzen mit seiner Zunge und wanderte mit fast qualvoller Langsamkeit von einer Brust zur anderen. Dann sog er einen Nippel in seinen Mund und reizte und leckte die rosa Knospe mit seiner Zunge.

„Oh Gott, ja", wimmerte Valerie und zuckte erregt unter Mickeys Berührung zusammen. Beim Anblick ihrer durch die Erregung verlängerten Vampirzähne regte sich sein männlicher Stolz und machte seinen Schwanz noch härter.

Mit einem lustvollen Grinsen rutschte Mickey an ihrem glatten Körper tiefer und tiefer, bis sein Mund ihre Scham erreichte. Mit den Händen streichelte er die Innenseite ihrer Schenkel, während seine Lippen sich auf ihre feuchten Schamlippen legten. Sie war warm und weich und öffnete sich weit für ihn, als er mit langen Streichen seiner Zunge ihre intimste und empfindlichste Stelle liebkoste und leckte. Sie schrie vor Erregung auf, als er seinen Mund auf ihre Klitoris legte und begann, daran zu saugen und sie mit der Zunge zu stimulieren.

Valerie bebte vor Wollust. Mit einer Hand streichelte sie ihre Brust, mit der anderen führte sie sanft Mickeys Kopf Ihre Lustschreie hallten von den Wänden der Höhle wider.

Mickey steckte erst einen, dann zwei Finger in ihre feuchte Öffnung und dehnte sie vorsichtig, bevor er begann sie auf und ab zu bewegen. Er ließ seine Finger in ihrer nassen Höhle ein und aus gleiten und liebkoste mit dem Mund ihren Kitzler. Je heftiger sie stöhnte und schrie, desto schneller wurden seine Bewegungen.

Valeries Scheidenwände zogen sich um Mickeys Finger zusammen, als sie kam. Sie schrie und wand sich vor Lust und fiel zurück gegen den Uferboden, als die Wellen der Leidenschaft langsam verebbten.

Sie zog Mickey an sich und küsste ihn zärtlich. Er spürte unter seinen Händen, wie ihr Puls noch raste. Ihre Haut war weich und rosig nach dem Orgasmus. *Ich möchte sie immerzu so glücklich machen*, dachte er.

Valerie rollte Mickey auf den Rücken und zog ihm schnell die letzten Kleidungsstücke aus. „Jetzt bist du dran."

Sie hockte sich mit ihrer feuchten Muschi über Mickeys pochenden Schwanz und ließ sich langsam auf ihn hinab. Ihre weiche Wärme hüllte Mickey komplett ein und er musste sich kontrollieren, um nicht sofort heftig in sie hinein zu stoßen. Jetzt sollte sie das Tempo bestimmen.

Als Valerie seine volle Länge in sich aufgenommen hatte, beugte sie sich vor und stützte sich mit den Händen an seinen Schultern ab. Ihre Brüste rieben sich an seiner, als sie begann, sich erst langsam und dann immer schneller auf ihm zu bewegen. Dann setzte sie sich gerade auf, sodass er sie in voller Schönheit betrachten konnte, während sie ihn ritt.

Valerie ließ ihre Finger durch ihr Haar gleiten und sie dann an ihrem Körper hinabwandern. Sie hielt ihre Brüste in beiden Händen, während sie sich auf seinem Schaft auf und ab bewegte. Mickey stöhnte bei ihrem erotischen Anblick vor Lust und versuchte, seinen Höhepunkt so lange wie möglich hinauszuzögern. Seine Hand fand Valeries Kitzler und er reizte und rieb ihn in ihrem Rhythmus, schneller und schneller, bis sie beide gleichzeitig vor Erregung aufschrien. Valerie erbebte um seinen Penis und rief seinen Namen. Da konnte er sich nicht länger zurückhalten. Nach ein paar heftigen Stößen ergoss Mickey seinen

Samen in ihre warme Scheide und zog sie fest an seine Brust.

„Mmm." Valerie kuschelte sich an seine Seite. „Das war ..." Ihre Finger spielten mit Mickeys Brusthaar. „... atemberaubend."

„Du bist atemberaubend." Mickey schlang seine Arme um sie. „Du riskierst *alles,* um den *Hortari* zu besiegen, obwohl du selbst der Gefahr des Missbrauchs durch den *Hortari* gar nicht ausgesetzt bist. Du weißt ja gar nicht, wie unglaublich das ist." Er wollte sich vorbeugen, um sie zu küssen, aber sie wandte sich ab.

Valerie lehnte sich zurück, entfernte sich von ihm. Sie hatte den Blick gesenkt und saß für einen langen Moment schweigend und still da.

„Ich hatte selber einen Nachkommen erschaffen." Ihre Stimme war ein leises Flüstern. „Ich wollte nicht ... Ich hatte nie die Absicht ..." Sie hob den Blick und sah Mickey an. In ihren Augen schimmerten Tränen. „Ich wusste, dass man seine Worte vorsichtig wählen muss, wenn man mit einem seiner Nachkommen zusammen ist, damit man nicht unbeabsichtigt einen *Hortari*-Befehl erteilt. Ich dachte, dass es kein Problem wäre, dass ich vorsichtig sein könnte, so wie Christopher, wenn er mit uns zusammen war. Aber an einem Abend war ich müde und abgelenkt und ich erteilte, ohne es zu wollen, einen *Hortari* Befehl, der meinem Nachkommen das Leben kostete. Es war so *dumm.*"

Mickey setzte sich auf und legte ihr einen Arm um die Schultern. „Das ist doch nicht deine Schuld."

Valerie wischte sich die Tränen ab. „Es *war* aber meine Schuld. Ich hatte die Befehlsgewalt und die Kontrolle. Es war nicht so wie bei dir--" Erschrocken hielt sie sich den Mund zu.

Heilige Scheiße. Sie weiß es. Mickey versuchte, einen

neutralen Gesichtsausdruck zu bewahren. „Wie meinst du das, wie bei mir?" Sein Magen protestierte nervös.

„Ich habe deine Akte gelesen, bevor wir uns kennenlernten. Es stand nicht allzu viel darin, aber ich weiß von deiner Frau, und dass Rhys dich gezwungen hat, ihr das anzutun. Wenn der *Hortari* die Kontrolle übernimmt, kann man ihn nicht aufhalten. Du hattest keine Wahl. Du hättest nichts tun können."

„Hör auf", krächzte Mickey. *Sie hatte es die ganze Zeit gewusst? Sie wusste, dass sie mit einem Mörder unterwegs war, und hat kein Wort darüber verloren.*

„Es ist *nicht* deine Schuld. Es war die Schuld von Rhys. Und die Schuld des *Hortari*s, weil er letztendlich Rhys diese Macht über dich gab. Genau deshalb sind wir hier." Sie deutete auf die Höhle. „Um uns zu befreien."

„Königin Alice konnte sich selbst befreien." Mickey zitterte am ganzen Leib. „Alice war stark genug, den *Hortari* zu brechen. Verstehst du das nicht?" Mickey raufte sich die Haare. „Ich hätte es auch schaffen müssen, ihn zu brechen. Wäre ich stark genug gewesen, hätte ich mich Rhys und seinem Befehl widersetzen können." Er ließ sich zu Boden sinken. „Ich hätte mich davon abhalten können, meine Frau zu töten." Mickey blickte auf seine Hände hinab, als er diese Worte ausstieß.

„Nein." Valerie nahm seinen Kopf in beide Hände. „Du bist genau so stark wie Alice. Ich glaube, es gehört mehr dazu, den *Hortari* zu überkommen als reine Willensstärke." Sie umarmte ihn tröstend und liebevoll. „Ich weiß, dass du Fürchterliches mitgemacht hast, aber du musst mir glauben. Es war *nicht* deine Schuld." Sie streichelte sein Haar. „Wir werden es schon schaffen."

Mickey schmiegte sich in Valeries Wärme und versuchte, ihren Worten Glauben zu schenken. *Wir werden es schon schaffen.* Er nickte und versuchte, sich zusammenzureißen. *Wir haben noch eine große Aufgabe vor uns.*

„Danke, das habe ich gebraucht." Mickey nahm sein Hemd vom Boden. „Wir haben nur noch einige Stunden Zeit, um uns auf die nächste Prüfung vorzubereiten." Er zwang sich zu einem Lächeln und zwinkerte ihr zu. „Aber ich werde mich auf Nichts konzentrieren können, solange ich deinen wunderschönen, nackten Körper im Blickfeld habe."

„Haha." Sie spritzte ihn mit Wasser nass, nahm sich aber ihr Shirt von einem Stein und zog es sich über den Kopf.

Gemeinsam suchten sie ihre verstreuten Klamotten und zogen sich an, wobei sie sich immer wieder küssten. Als sie endlich angezogen waren, setzten sie sich auf die Felsen am Ufer des Sees.

„Was meinst du, was wird unsere nächste Prüfung sein?" Valerie legte ihren Kopf an Mickeys Schulter.

„Hoffentlich etwas Einfaches", antwortete Mickey.

„Na ja, es ist eine *Prüfung der Tapferkeit*? Also wird es wohl nicht allzu einfach." Plötzlich ertönte ein gurgelndes Geräusch aus den Tiefen des Sees vor ihnen. Mickey beugte sich vor.

„Was zum Teufel ist denn jetzt los?" Die Oberfläche des Sees warf Blasen, als ob das Wasser anfinge zu kochen.

Valerie sprang auf und packte Mickey am Hemd, um ihn vom Rand des Sees weg zu ziehen.

Das Wasser im See fing an zu sprudeln, überflutete die Ufer und begann zu brodeln und zu rollen, als würde ein riesiges Wesen unter der Wasserfläche erwachen und sich regen. Mickey und Valerie liefen schnell vom Ufer weg.

Seilartige Wasserstränge krochen aus dem See; lange, tentakelähnliche Fangarme legten sich um ihre Taillen und Handgelenke und zogen sie beide ins Wasser zurück.

Mickey schrie Valeries Namen und kämpfte gegen die Zugkraft des Wassers an, das sich wie ein eiskaltes, eisernes Band um seine Taille anfühlte. Er wehrte sich, trat aus und wand sich, aber nichts half gegen die Macht des Wassers. Einen Moment lang fühlte er sich in das Verlies von Rhys zurückversetzt, in der Hand ein Messer, das er nicht loslassen konnte, während sein Geist seinen Körper beschwor aufzuhören, aber seine Finger ihm nicht gehorchten und unbeirrt weiter Rhyses Befehl ausführten. Der See lag direkt vor ihm und kam mit jeder Sekunde näher und näher.

„Nein!", schrie er, aber dann füllte sich sein Mund mit Wasser. Im nächsten Moment hörte er, dass Valeries Körper ins Wasser fiel und wie das Wasser aufgewühlt wurde, als sie kämpfte und sich wehrte. Magische Kräfte zogen ihn tiefer und tiefer, und das Wasser um ihn herum bildete einen Strudel, der sich schneller und schneller bewegte, bis alles um ihn herum schwarz wurde.

~

Valerie öffnete die Augen und blinzelte in dem plötzlichen, hellen Licht. Mickey stand neben ihr in einer riesigen Bibliothek. Sie waren beide angezogen und trocken und standen neben einem Buntglasfenster, das fast die ganze Wand einnahm. Durch das bunte Glas konnte Valerie nur Steinwände auf der anderen Seite der Scheibe wahrnehmen. Es war, als hätte man eine alte Universitätsbibliothek komplett tief in einen Berg versenkt. Sie rieb sich ihre schmerzenden Rippen und versuchte, das Gefühl an den Stellen wiederzuerlangen, wo die eisigen Tentakel sie umschlungen und ins Wasser gezogen hatten.

„Geht es dir gut?", fragte sie. Mickey lehnte sich schwer gegen eines der Bücherregale. Sein Gesicht war aschfahl.

„Ja, mir sind nur ein paar alte Erinnerungen hochgekommen." Sein Herzschlag, den sie unter ihrer Hand spürte, war viel zu schnell. Valerie zog ihn an sich, bis sie eng umschlungen dastanden.

Als er von seinem Bad zurückgekehrt war, und so unwiderstehlich sauber und strubbelig ausgesehen hatte, hatte Valerie eine große Lust empfunden, ihren Körper an seinen zu schmiegen. Der Adrenalinschub der Prüfung, die Angst vor dem, was noch vor ihnen lag und die beängstigenden Folgen, wenn sie versagten, das alles steigerte ihr Verlangen nach seiner Berührung nur noch mehr. Jedoch von dem Moment an, als sie seinen Körper an ihrem spürte, hatte sich etwas in ihrem Inneren verändert. Es ging nicht nur um Lust und Verlangen; es ging um *ihn*. Mickey Shive. Der linkischen, leidenschaftlichen, ernsten und engagierten Mickey Shive. Seine Zunge an ihrer Möse hatte sie erbeben lassen, seine glühenden Augen, die ihren Körper verschlangen, ließen sie brennen. Sein Schwanz in ihr hatte sich fantastisch angefühlt; er passte perfekt zu ihr und berührte sie an allen richtigen Stellen. Sie wollte jede Nacht spüren, wie sich sein heißer Samen in sie ergoss, wollte jede Nacht seine Hände an ihren Brüsten und seine Lippen auf den ihren fühlen.

Er zitterte. Sie ließ ihre Finger beruhigend durch sein Haar gleiten. „Ich bin bei dir. Wir werden das zusammen durchstehen", tröstete sie ihn.

Er zog den Kopf so weit zurück, dass er sie küssen konnte. „Ja. Wir schaffen das. Wir werden den *Hortari* ein für alle Mal abschaffen."

Sie musste lächeln, als sie die wilde Entschlossenheit in seiner Stimme hörte. Das war ihr Mickey. Er hatte mit seiner Angst zu kämpfen, ließ sich aber nicht davon unterkriegen. Sie ließ ihre Hand auf seinem Rücken liegen und untersuchte mit den Augen den Raum, der vor ihnen lag.

An allen fensterlosen Wänden standen hohe, mit Büchern angefüllte Regale, die bis an die gewölbte Decke reichten. Es gab keine Tische und bequemen Sessel, wie Valerie das sonst aus Bibliotheken kannte. Der Boden des Raums war leer, abgesehen von Steinfliesen, die mit einem seltsamen Symbol versehen waren und in gewundenen Linien über den Boden bis zu einer Tür an der gegenüberliegenden Seite führten.

„Na, was meinst du, mehr Sensen?", fragte Mickey.

Valerie schüttelte den Kopf. „Nur, wenn die Götter echt nicht viel Fantasie haben." Sie warf einen Blick auf die Bücher, aber die Schriften auf den Buchrücken waren alle in einer Sprache, die sie nicht kannte. „Wahrscheinlich wird es dieses Mal komplizierter als ducken und rennen."

„Wie Recht Sie haben, Prinzessin!", erklang eine vertraute Stimme von hoch oben auf einem Bücherregal. Elvy saß auf der obersten Sprosse, in fast zehn Metern Höhe, und baumelte mit den Füßen. Seine Melone saß kokett schief auf seinem Kopf und er sah Valerie und Mickey mit viel mehr Interesse an, als bei ihrer ersten Begegnung. „Ihr beide seid echt in Ordnung. Ich mag euch wirklich."

„Danke?", sagte Mickey und blickte von Valerie zu Elvy.

„Soll das bedeuten, dass du uns helfen wirst, durch diese Prüfung zu kommen?", fragte Valerie aufgeregt.

Elvy blickte ernst drein. Das Fell in seinem Gesicht sträubte sich etwas und stand in drolligen Büscheln von seinem Kinn ab. „Nun, die magischen Grenzen, die mich hier einschließen, halten mich natürlich auch davon ab, euch zu *helfen,* versteht ihr. Das nehmen die Götter sehr genau. Sie wollen, dass ihr euch euren Weg hindurch verdient." Er zwinkerte ihnen zu. „Schließlich ist das doch der Sinn der Sache, oder nicht?"

Valerie sah zu ihm hinauf. *Wenn er uns nicht helfen darf, warum ist er dann hier?* „Kannst du uns denn wenigstens sagen, worum es in dieser Prüfung geht? Das kann man doch nicht als ‚helfen‘ betrachten?"

Elvy lächelte. „Dieser Raum ist tückisch, und die Magie, die darin enthalten ist, kann schon etwas nerven." Er breitete die Hände aus und goldene Buchstaben erschienen in der Luft. Er las die Schrift laut vor. Seine piepsige Stimme stand in starkem Kontrast zu den unheilschwangeren Worten. *„Um diesen Weg weiter zu gehen, muss der Folgende führen und der Führende muss blind folgen."*

„Das ergibt keinen Sinn", brummte Mickey.

Valerie betrachtete die Runen auf den Steinplatten. Sie *bewegten* sich. Das immer gleiche Symbol tanzte in einem sich windenden Pfad über den Boden, verlor sich alle paar Sekunden und tauchte wieder auf. Sie sah sich im Raum um. Die vielen Bücher an der Wand schienen keine große Hilfe zu sein. Aber da gab es noch etwas anderes: Auf einem der unteren Regalbretter lag eine einzige, blutrote Augenbinde.

„Doch, es macht Sinn", sagte sie und hob die Augenbinde auf. „Wir müssen dem Runenpfad folgen. Derjenige von uns, der vorangeht, muss die Augenbinde tragen, sodass er nichts sehen kann, und die Person, die ihm folgt, muss dem anderen sagen, wohin er treten soll."

Elvy klatschte begeistert in die Hände. „Gut gemacht! Das letzte Paar hat *ewig* gebraucht, um das herauszufinden. Vielleicht seid ihr zwei gar nicht so dumm, wie ich dachte."

„Was passiert, wenn die Person, die vorausgeht, vom Pfad abkommt?", fragte Valerie.

„Wenn ihr daneben tretet ..." Elvy nahm ein Buch aus dem Regal und warf es auf den Boden, auf eine der unmarkierten Fliesen. Die Fliese verschwand und gab den Blick auf einen tiefen, tiefen Abgrund frei, an dessen Grund sich rot glühende Lava befand. Schwefelgeruch drang in Valeries Nase und sie musste ein Würgen unterdrücken. *Von da gibt es keinen Weg zurück.*

„Oh, was ihr noch wissen müsst ... wenn ihr die Augenbinde abnehmt, bevor ihr die andere Seite erreicht habt, dann sterbt ihr beide. Viel Glück!" Elvy verschwand.

Valerie wollte sich die Augenbinde umbinden, aber Mickey nahm sie ihr aus der Hand.

„Nein, die sollte ich tragen." Er trat näher, bis sein Gesicht so nah vor ihrem war, dass sie nur den Kopf heben musste, um ihn zu küssen. Seine Verwandlung vom abgerissenen Irren in der Baracke zum rauen, heißen Typen erstaunte sie jedes Mal aufs Neue, wenn sie ihn ansah. Sie legte eine Hand an seine Wange und entspannte sich sofort, als sie seine Haut an ihrer fühlte.

„Die Anweisungen waren ziemlich klar. Der Anführer muss folgen", sagte Valerie.

Mickey schüttelte den Kopf. „Nein, das ist zu gefährlich. Ich vertraue dir bedingungslos. Ich sollte vorausgehen. Du kannst mich da hindurchführen." Seine leise und ernste Stimme verursachte ihr eine kribbelnde Gänsehaut. Sie hätte ihn am liebsten umarmt und geküsst, wie am Wasserfall, ihn in sich und überall gespürt. Sie hatte sich so viele Jahre eine Bindung versagt, dass sich jetzt jede Sekunde mit ihm doppelt wertvoll anfühlte, weil sie wusste, dass ihr Ende nahelag.

„Ich möchte *nicht* für deinen Tod verantwortlich sein,

verstehst du das nicht?" Sie fühlte die Tränen in sich aufsteigen. „Außerdem bist du von uns beiden, *eher* der Typ, der folgt als der, der führt. Wir müssen uns an die Anweisungen halten."

Mickeys Stimme zitterte ein wenig. „Du hast recht. Ich kann nur nicht ..." Er wandte sich ab. „Was ist, wenn ich es nicht schaffe?"

„Dann haben wir Pech gehabt. Wir machen es so, wie es sein soll." Sie gab ihm einen Klaps auf den Po. „Ich weiß, dass du das kannst. Ich vertraue dir." Sie zog die Augenbinde aus seinen Händen und wickelte sie sich dreimal um den Kopf, bis sie nichts mehr sehen konnte. Als sie vollkommen blind war, schärften sich ihre anderen Sinne und der Gestank nach Schwefel stieg ihr noch stärker in die Nase. Sie fühlte Mickeys Körperwärme direkt neben sich. Seine Finger strichen ihren Arm entlang und hinterließen eine Gänsehaut. Dann hielt er ihr Gesicht in beiden Händen. Sie beugte sich vor und ihre Lippen berührten sich.

„Ich werde dich nicht fallen lassen. Wir schaffen das." Seine Stimme war fest, doch er stand ihr so nahe, dass sie den hämmernden Herzschlag in seiner Brust hörte.

„Ich weiß."

Valerie stand mit verbundenen Augen ganz still vor ihm und wartete auf seine erste Anweisung.

„Fangen wir an." Valerie musste total verängstigt sein, aber ihre Stimme war fest.

Sie vertraut mir. Mickey schüttelte den Kopf. *Das hier ist wichtig. Konzentrier dich.*

Die Buntglasfenster der Bibliothek und die hölzernen Bücherregale erinnerten ihn an die Universitäten, an denen er viele seiner Studien über den *Hortari* durchgeführt hatte. Vor seinem geistigen Auge sah er eine Doktorandin mit Ringen unter den Augen und einem starken Kaffee in der Hand, die jeden Moment einen Bücherkarren über die Fliesen rollen würde.

„Mickey?" Valerie tappte ungeduldig mit dem Fuß.

„Ich bin hier." Er stellte sich hinter sie und legte beide Hände auf ihre Schultern, so dass er sie mit den Händen und seiner Stimme steuern konnte. Sie entspannte sich bei seiner Berührung und lehnte sich einen Moment lang an ihn, was ihn daran erinnerte, dass ihr runder Hintern ganz nah an seinem Unterleib war.

Das Symbol blinkte mal hier und mal dort im Raum auf, ohne dass man ein Muster erkennen konnte.

Mickeys Kopf drehte sich. Er fühlte sich, als ob die Angst ihn bei den Eiern gepackt hatte. Sein Magen verkrampfte sich und er hätte sich am liebsten hingelegt und abgewartet, bis er sich besser fühlte. Aber Valerie brauchte ihn. Und alle Opfer des *Hortaris* dort draußen brauchten ihn auch.

„Legen wir los", sagte Mickey laut und entschlossen.

Valerie nickte. „Führe mich in die richtige Richtung." Ihr Vertrauen half, dass seine Hände aufhörten zu zittern. Er führte sie zum Anfang des Pfads. „Hier geht es los. Mach einen Schritt nach vorn und dann stehst du genau darauf."

Ihr rechter Fuß berührte das erste Symbol und der Raum um sie herum wurde erschüttert, der Boden bebte und von oben erklang ein grollendes Geräusch.

„Was ist passiert?", fragte Valerie.

„Nichts, nichts. Alles okay." Er verkniff sich einen lauten Fluch, bevor Valerie merkte, dass sie jetzt echt in der Scheiße steckten. Der Raum sah jetzt überhaupt nicht mehr

aus wie eine Bibliothek. Die Bücherregale und die Buntglasfenster waren verschwunden. Alle Bodenfliesen ausge-
nommen derer, die ihren mit dem Symbol markierten Pfad
kennzeichneten, waren fort. Es blieb nur ein gewundener
Felsstreifen, ungefähr so breit wie ein Schwebebalken, der
sich über einen Abgrund voller glühender Lava wand.

Um Himmels willen.

„Warum ist es auf einmal so heiß hier?", fragte sie.

„Mach dir keine Sorgen. Alles ist gut. Mach jetzt drei
Schritte vorwärts", sagte Mickey und ließ seine Hände fest
auf ihren Schultern liegen. „Gleich musst du einen Schritt
nach rechts machen." Er versuchte, so sicher wie möglich zu
klingen.

Valerie schritt blind und voller Vertrauen vorwärts. Ein
Schritt, zwei Schritte. Der nächste Stein auf dem Pfad leuchtete auf.

„Langsam, warte!", schrie Mickey und hielt sie an den
Schultern zurück. *Fuck, fuck, fuck.* Der Stein unter ihrem
Fuß wurde langsam durchsichtig und verschwand dann
komplett, um einige Meter weiter wie eine schwebende
Insel, die kaum breit genug für sie beide war, wieder zu
erscheinen.

Es kostete Mickey große Mühe, die Worte auszuspre-
chen. „Die Steine bewegen sich!" Sein Gehirn fühlte sich an
wie ein abgewürgtes Auto: schwerfällig und unbeweglich.

„Mickey!", schrie Valerie. „Mickey, konzentriere dich. Ich
weiß, dass du das kannst. Du hast jetzt die Kontrolle." Der
Schweiß lief ihren Körper hinunter und ihr Shirt klebte ihr
am Körper. Es wäre unglaublich sexy gewesen, wenn sie
sich nicht gerade in höchster Lebensgefahr befunden
hätten. „Mickey, du *wirst* uns retten."

Etwas in ihrer Stimme war so sachlich und so überzeugt
von der Richtigkeit ihrer Aussage, dass Mickeys Verstand

wieder anfing, normal zu arbeiten. Der Stein unter Valeries Füßen schimmerte und begann zu verblassen. „Spring jetzt einen Meter vor!"

Valerie sprang in genau dem Moment, als der Stein unter ihren Füßen verschwand. Die Lava glühte bedrohlich unter ihnen, abwartend und hungrig. Der Pfad erschien wieder. Er war mit dem Stein verbunden, auf dem Valerie stand und war von trügerischer Sicherheit.

„Okay, jetzt drei Schritte vor." *Es läuft ganz gut.* Mickeys Herz blieb stehen, als Valerie fast über die Kante gelaufen wäre. „Stop! Kleinere Schritte!"

Valerie stemmte die Hände in die Hüften und drehte sich zu Mickey um.

„Oder, ich passe meine Berechnungen einfach deiner Schrittlänge an." Mickey beugte sich vor und küsste ihren Nacken. „Alles wird gut. Okay, mach zwei deiner Schritte in *diese* Richtung." Er drehte sie an den Schultern fünfundvierzig Grad nach rechts.

Schritt für Schritt arbeiteten sie sich den schmalen Steinpfad über dem Lavagraben vor. Mickey beobachtete hoch konzentriert die Fliesen, die vor ihnen lagen und achtete auf einzelne Steine, die sich bewegten, verschwanden und wieder erschienen. Valerie bewegte sich gehorsam nach seinen Anweisungen. Ihre natürliche Anmut verwandelte die Flucht vor dem sicheren Tod in einen graziösen Tanz. Es war so heiß, dass Mickey die Hitze bis in seine Knochen spürte. Es war, er würde er langsam gekocht.

Sie hatten es fast geschafft; das Ende Pfads war nur noch knappe zehn Meter entfernt. Die Tür war sichtbar, eine dunklere Fläche im Felsen vor ihnen. Er war so damit beschäftigt, die Tür anzusehen, dass er beinahe den plötzlich auftauchenden Abgrund vor ihnen übersehen hätte.

„STOP!" Mickeys Stimme hallte durch die Höhle. Die Steine vor Valerie waren auf einmal verschwunden und hinterließen eine zehn Meter lange Lücke zwischen ihnen und der schmalen Platte vor der Tür. Natürlich war es mit Vampirkraft problemlos möglich, eine solche Strecke zu springen, aber die Schwierigkeit lag darin, die genaue Sprungkraft zu berechnen, wenn man die andere Seite nicht sehen konnte, und dann genau auf einer so kleinen Fläche zu landen. *Ich kann ihr doch nicht befehlen, in ihr Verderben zu springen?*

„Mickey? Was ist los? Was soll ich jetzt machen?" Erst jetzt bemerkte er, dass sie bereits seit zehn Sekunden stillstanden und er auf die Lava stierte, die unter ihnen brodelte wie ein Tor zur Hölle. Er sah hinunter auf den Stein, auf dem sie standen. Er schimmerte und drohte zu verschwinden. *Scheiße.*

„Erinnerst du dich an die Breite des Sees vom Ufer bis zum Wasserfall? Das waren ungefähr zehn Meter. Stell dir das genau vor deinem geistigen Auge vor. Du musst genau diese Distanz springen, und zwar genau geradeaus."

„Machst du Witze?" Valeries ruhige Selbstbeherrschung fing an zu bröckeln.

„Es tut mir leid, aber das ist die einzige Möglichkeit. Zwischen dir und der anderen Seite liegen nur noch circa zehn Meter, und es gibt keine Trittsteine mehr." Mickeys Herz klopfte zum Zerspringen und Adrenalin pumpte durch seinen Körper. Er ballte die Fäuste, damit Valerie nicht merkte, wie seine Hände zitterten. „Du musst dich perfekt auf die andere Seite ausrichten." Er drehte Valerie an den Schultern sorgfältig in die richtige Richtung und nutzte die Gelegenheit, noch einmal die samtige Haut in ihrem Nacken zu streicheln; vielleicht zum letzten Mal.

Valerie drehte sich um, ihr Kiefer war vor Angst ganz

angespannt. „Können wir ein Stück zurück?" Ihre Stimme zitterte. „Um Anlauf zu nehmen?"

Alle Steine des schwebenden Pfads waren verschwunden, außer dem, auf dem Valerie und Mickey standen. Aber dieser begann bereits, zu verblassen und zu verschwinden. Sie standen hilflos über einem Meer von Lava und drohten von den Flammen verschlungen zu werden. Mickey war eine Sekunde lang dankbar, dass Valerie dieser Anblick erspart blieb.

„Nein, wir können keinen Anlauf nehmen. Du musst springen, Valerie. Und zwar sofort." Mickey streichelte tröstend ihre Arme. „Die springst auf Abstand, nicht auf Höhe, okay. Ich glaube an dich."

Sie reckte die Arme über den Kopf und dehnte die Schultern. „Verdammter Mist. Okay." Sie hopste ein paar Mal leicht auf und ab, um sich aufzuputschen.

„Los geht's." Mit einem wilden Kampfschrei, der Mickey in den Ohren gellte, stieß Valerie sich von dem Felsen ab. Mickey folgte ihr im Bruchteil einer Sekunde. Der Stein verschwand unter ihren Füßen, versank zischend in der Lava und schmolz sofort weg.

Valerie segelte durch die Luft, knapp vorbei an zischenden Lavafontänen, die sich wie Fangarme nach ihr ausstreckten. Mit einem dumpfen Aufprall landete sie auf der Platte und ergriff sofort Mickeys Arm, als er fast auf ihr landete und sie beide zu Boden riss.

„Wir sind durch! Wir haben es geschafft."

„Hölle und Teufel!" Valerie zog sich die Augenbinde herunter und blickte zurück auf den höllischen Abgrund, der hinter ihr lag.

Mickey lachte und umarmte sie. „Hölle und Teufel, das stimmt." Er küsste sie stürmisch und wollte sie nie wieder loslassen.

~

Valerie klammerte sich fest an Mickey. Sein starker Körper wirkte beruhigend, nach den angsterfüllten Minuten, die sie in totaler, Furcht einflößender Dunkelheit verbracht hatte. Der letzte Sprung war einer der schlimmsten Momente in ihrem langen Leben gewesen. Sie beugte sich vor und stützte die Hände auf die Knie. Sie hatte Angst, sich übergeben zu müssen.

„Das war echt knapp. Danke, dass du uns da durchgeschleust hast."

Mickey nickte und blickte dann über ihre Schulter. „Na ja, was immer das auch heißen mag, der nächste Raum sieht sehr viel freundlicher aus."

Vor ihnen erhob sich eine riesige, weiße Treppe mit Hunderten von Stufen, die eine Kurve machte, sodass Valerie nicht sehen konnte, wie weit die Treppe reichte. Es hätte eine Himmelstreppe sein können, aber in einem *echten* Paradies würde es wohl eher einen Fahrstuhl geben.

„Haben wir nicht gerade die Prüfung unserer Tapferkeit bestanden?", fragte sie. „Was ist jetzt mit der Treppe?"

„Das kann ja wohl nicht das Opfer sein, oder?" Mickey betrachtete die Treppe voller Bedenken. „Was meinst du dazu? Ob sie uns bei jeder Stufe irgendetwas wegnehmen?"

Valeries ließ ihren Blick höher und höher wandern. „Das wird nicht einfach werden." Sie stützte sich auf Mickey und begann, ihre Waden in Vorbereitung auf die Kletterpartie zu dehnen.

„Junge, Junge, ihr zwei seid ja sooo pessimistisch." Evy erschien auf der zehnten Stufe der Treppe und winkte sie zu sich. „Bleibt locker. Ihr tut ja so, als hätten die Götter keinen Sinn für Gerechtigkeit. Oder Humor. Stellt euch etwas Witziges vor. Lacht doch mal."

Der kleine Mann mit dem orangefarbenen Pelz wirkte jetzt sehr viel besser gelaunt als die letzten Male, als sie ihn gesehen hatten. Seine schiefen Seitenblicke von früher waren jetzt einem Lächeln gewichen, das beinahe hoffnungsvoll wirkte.

„Das hier sind bloß Treppen", sagte Elvy. Er hopste auf einer der Stufen herum und sprang dann auf die nächste Stufe und hopste dort auf und ab. „Treppen. Seht ihr, Leute. Hier ist nichts, das euch umbringen könnte. Im nächsten Raum allerdings ..." Er winkte sie heran. „Folgt mir einfach."

Mickey seufzte und Valerie lächelte und tätschelte seinen Arm. „Ich denke, wir können ihm vertrauen", meinte sie.

„Was? Warum solltet ihr mir denn nicht vertrauen können? Das *tut mir weh*. Ich weiß nicht, wann man das letzte Mal meine Gefühle so sehr verletzt hat!" Elvys Ton troff vor Sarkasmus, so dass Valerie ihr Lachen unterdrücken musste.

„Ja, du siehst wirklich am Boden zerstört aus", entgegnete Valerie. Sie setzte einen Fuß auf die erste Stufe, stellte fest, dass es sich ganz normal anfühlte, und folgte Elvy. Zehn, zwanzig, immer mehr Stufen. Sie stiegen höher und höher. Der magische kleine Mann war einige Stufen vor ihnen. Er hüpfte praktisch die Treppe hinauf. Valerie war beeindruckt von seinem Durchhaltevermögen, bis ihr auffiel, dass seine Füße die Treppe kaum berührten. Er schwebte eher, als dass er lief. Sie blickte zu Mickey hinüber, um zu sehen, wie es ihm ging, aber—abgesehen von einigen Tropfen Schweiß auf seiner Stirn—sah er eher aus, als wäre er in Gedanken verloren.

Die letzte Prüfung erwartete sie am Ende dieser Treppe. Die Prüfung der Opferbereitschaft. Valerie hätte am liebsten Mickeys Hand genommen und ihm gesagt, dass alles gut werden und sie es ganz bestimmt schaffen würden, aber sie glaubte selbst nicht daran. Es war einfach nicht fair. Endlich hatte sie nach tausend Jahren die erste Person gefunden, mit der sie zusammen sein wollte und nun mussten sie beide sterben, um den Rest der Vampirbevölkerung zu erlösen.

„Hey, ich hatte bis jetzt noch keine Gelegenheit, es dir zu sagen, aber ich freue mich, dass wir das hier machen", sagte sie. „Ich meine, sicher bin ich froh, die Möglichkeit zu haben, den *Hortari* zu besiegen, und so, aber was ich eigentlich sagen will, ist, dass ich sehr glücklich bin, dass wir das zusammen machen, du und ich." Sie merkte, dass sie anfing, zu stammeln und hielt lieber den Mund.

Mickeys Mundwinkel hoben sich zu einem angespannten Lächeln. „Ich verstehe, was du meinst. Ich versuche schon seit ewigen Zeiten, in diese Höhle hinein zu gelangen. Ich habe mir immer vorgestellt, dass ich das allein mache, aber diese Prüfungen ... ohne dich wäre ich niemals so weit gekommen. Du bist ...", er machte eine kleine Pause, „... erstaunlich. Ich wünschte nur, wir hätten uns schon früher kennengelernt." Er blickte um sich herum auf die weißen Steine. „Und unter anderen Umständen, natürlich."

„Wo wir nicht kurz vor unserem Tod stehen?", fragte Valerie.

„Genau."

Elvy schwebte zu ihnen hinunter. Er gab sich nicht mehr die Mühe, so zu tun, als würde er die endlose Treppe hinaufsteigen. „Kopf hoch! Ach, du meine Güte. Ihr beide solltet in Feierstimmung sein. Ich bin es jedenfalls. Bis jetzt ist noch nie jemand so weit gekommen. Das Paar, das vor euch am weitesten gekommen ist, scheiterte an dem letzten Sprung über die Lavagrube. Normalerweise mache ich mir gar nicht die Mühe, diese Treppe hier zu putzen, aber seit ihr beide den Sprung des Vertrauens geschafft habt und ..., na ja, ihr habt eine echte Chance!" Er war so freudig erregt über diese Aussichten, dass er in der Luft auf und ab hopste, wie ein pelziger Ballon.

„Warum freust du dich so? Du bist doch kein Vampir. Wenn der *Hortari* besiegt wird, hat das doch keinerlei Auswirkungen auf dich", sagte Mickey.

Elvy flog ein Stück zurück. Er hielt die Hand vor den Mund, als wäre er geschlagen worden. „Keine Auswirkungen auf mich? Dieser gesamte Ort ist eine einzige Prüfung, um zu gewährleisten, dass Vampire den *Hortari* nicht brechen können, bis ein Paar aus verfeindeten Linien beweisen kann, dass sie des freien Willens würdig sind. Wenn es keinen *Hortari* mehr gibt, dann ist dieser Ort überflüssig. Und wenn dieser Ort nicht mehr gebraucht wird, dann werde ich nicht mehr gebraucht. Und wenn ich nicht mehr gebraucht werde, dann bin ich ..." Er flog hoch in die Luft und drehte einige Loopings. „Freiiiiiii!"

Valeries folgte Elvys Flugakrobatik mit den Blicken, während sie weiter treppauf stieg. „Aber warum bist du überhaupt hier gefangen? *Die Götter* hätten doch sicherlich so eine Art Reinigungszauber hier einsetzen können. Dazu wäre doch kein Hausmeister notwendig gewesen."

Elvy lachte und kam dann wieder herunter, um zwischen Valerie und Mickey zu fliegen. Er beugte sich nah zu ihnen hinunter, als ob er ihnen ein Geheimnis verraten wollte. „Ich war *vielleicht* etwas betrunken und habe in den Ambrosiagarten der Götter gepinkelt." Er legte einen Finger auf die Lippen. „Das wird jedenfalls behauptet."

„Und deswegen wirst du hier seit Jahrhunderten festgehalten und musst Sensen polieren und die Lavagrube instand halten?", fragte Mickey.

„*Jahrtausende*, mein Junge. Jahrtausende. Ihr Vampire habt dummerweise die ganze Geschichte „Der *Hortari*-ist-unbesiegbar" als unabänderlich hingenommen. Aber ihr beide", Elvy drehte sich um und lächelte ihnen zu. „Ihr seid mir von Anfang an anders vorgekommen. Ihr habt mir tatsächlich mehr Hoffnung gemacht und mehr Unterhaltung bereitet, als ich seit sehr langer Zeit erlebt habe." Dann hob er die Hand und die weiße Steinwand neben ihnen erwachte zum Leben. Auf ihr bewegten sich Bilder von Wäldern und Bergen, wie auf einer riesigen Leinwand. „Noch irgendwelche Wünsche? Gibt es noch etwas in der großen, weiten Welt dort draußen das ihr checken wollt, bevor ihr, ähm, auscheckt?"

Bevor wir sterben, übersetzte Valerie für sich. Erst wollte sie fragen, ob die Hexen endlich einen Zauber eingesetzt hatten, um die Baustelle wieder in Betrieb nehmen zu können, aber wenn dies ihr letzter Blick auf die Außenwelt war, dann musste sie einfach ihren Angestellten und ihren Geschwistern vertrauen, dass sie sich um alles kümmern würden.

„Wie wäre es mit unseren Familien?", fragte sie und sah Mickey an, ob er vielleicht einen anderen Wunsch äußern wollte.

Die Naturbilder wurden langsam ausgeblendet. An ihrer Stelle erschienen riesige Projektionen von Christopher, Alice, und Valeries Geschwistern aus Christophers Nachkommenslinie. Valerie stockte der Atem. Sie hätte nie gedacht, dass es möglich war, ihre Familie noch mehr zu lieben, aber nun, da sie wusste, dass sie sie hier auf dieser Leinwand zum letzten Mal sah, wollte sie am liebsten alle an ihr Herz drücken und sie nie wieder loslassen.

Ihr brach fast das Herz. Sie sahen alle so besorgt aus. Alice und Christopher hielten sich an den Händen und lehnten sich aneinander, während sie sich durch einen riesigen Stapel Papiere arbeiteten. Ben und Lauren waren in Bens Labor. Zu ihren Füßen stapelten sich fünf Pizzakartons. Danny und Robin waren im fortgeschrittenen Stadium des Vorspiels und kurz davor, sich den Stress von der Seele zu vögeln. Valerie räusperte sich und bat Elvy, ihr Bild auszublenden, um ihre Privatsphäre zu wahren. Margot flog einen Hubschrauber. Neben ihr lag eine Landkarte, die so aussah wie die aus Mickeys Akte. *Gut, sie haben also meine Nachricht bekommen.*

„Du hast echt Glück", sagte Mickey düster. „Ich lernte Christopher und Rhys ungefähr zur gleichen Zeit kennen. Das war zu einer Zeit, als Schafhirt die beste Karrieremöglichkeit für die meisten Leute war. Manchmal frage ich mich, was geschehen wäre, wenn Christopher mich verwandelt hätte."

Valerie blickte auf zu den Bildern und merkte dann auf einmal, dass etwas Wichtiges fehlte. „Warte mal, ich fragte doch nach *unseren* Familien. Wo ist deine?"

Mickey zuckte die Achseln und zeigte auf ein kleines Bildchen, am unteren Ende der Treppe: ein missmutiger Rhys, mit verschränkten Armen und gefesselt mit schweren Hand- und Fußschellen, in einer dunklen Zelle.

„Das ist alles, was ich habe", sagte Mickey.

Valeries starrte das Bild des blutrünstigen Diktators an, den Bruder ihres Erzeugers. Sie war maßgeblich daran beteiligt gewesen, als er vor zwei Jahren gestürzt wurde. Obwohl sie wusste, dass er sicher in einem Bunker eingesperrt war, wollte sie ihm am liebsten ins Gesicht schlagen. Sie sah Mickey von der Seite an und verbiss sich eine sarkastische Bemerkung. So stark ihr Hass auf Rhys auch war, Mickeys Hass für ihn lag viel, viel tiefer.

„Aber Rhys hat doch viele Nachkommen erzeugt. Er hat dauernd Menschen in Vampire verwandelt. Eigentlich müsstest du mehr Familie haben, als--"

„Ja, schon, aber ich sehe sie nicht als Verwandte an", antwortete Mickey. „Rhys ist meine einzige Familie und auch nur, weil ich nicht abstreiten kann, dass er mich erzeugt hat."

Valerie streichelte seinen Arm. Sie war den Tränen nahe. Als sie seine Akte gelesen hatte, hatte sie ihn völlig falsch beurteilt. Sie hatte gleich das Schlimmste angenommen, weil Rhys ihn ausgewählt und verwandelt hatte. Eines hatte sie dabei nicht bedacht: dass er seine Verbindung mit Rhys schon seit ewigen Zeiten ertragen musste.

Mickey deutete auf die Bilder ihrer Brüder und Schwestern. „Nicht viele von uns haben das Glück, eine Familie wie deine zu bekommen."

„Wenn wir hier heil herauskommen, ..." Sie konnte den Satz nicht beenden. Es wäre nicht fair, ihm etwas zu versprechen, ihm eine Zukunft vorzugaukeln, die sie nie haben würden.

„Ich weiß", sagte er.

Sie betrachtete seinen Rücken, als er vor ihr die Treppe hinaufging und seinen Schritt beschleunigte. *Wenn es uns gelingt, den Hortari zu zerstören und hier irgendwie heil herauszukommen, dann werde ich dafür sorgen, dass du eine richtige Familie bekommst.*

Angst überkam sie. *Verdammt noch mal. Wann habe ich mich in Mickey verliebt?* Der Gedanke erschütterte sie. *Warum gerade jetzt?*

Elvy kam auf sie zu gesaust und versetzte beiden einen

Nasenstüber. „Also wirklich, ich wollte euch doch eine Freude machen. Ihr *wollt* einfach nur deprimiert sein."

„Entschuldige, Elvy", sagte Valerie. *Um Himmels willen, bloß nicht den magischen Wächter der Höllenhöhle verärgern.* „Der Gedanke an das Opfer macht uns etwas zu schaffen."

„Aber vielen Dank, wir wissen es zu schätzen, was du für uns tust", fügte Mickey hinzu.

„Wofür ihr mir wirklich dankbar sein solltet, ist, dass ich dafür gesorgt habe, dass ihr am Wasserfall aufgehalten wurdet. Wenn ihr euch Hals über Kopf in die Prüfung mit der Augenbinde gestürzt hättet, glaubt ihr, ihr hättet genügend Vertrauen zueinander gehabt, um es zu schaffen? Nun, ich glaube das nicht." Er streckte beide Hände aus. „Ich nehme euren Dank jetzt gern an."

„Danke für deine Hilfe", antwortete Valerie automatisch. *Elvy hat uns am Wasserfall aufgehalten, um uns zu helfen und nicht, um uns wegen der zerbrochenen Sensen zu bestrafen?* „Du bist ein wunderbares, weises Wesen von höchster Güte." Sie blickte zu Elvy hoch. „Habe ich das richtig ausgedrückt?"

„Das reicht für den Moment." Elvy musste grinsen.

Valerie sah zu Mickey und ihr Herz wurde von Traurigkeit erfüllt. Durch Elvys Zwangspause waren sie sich sehr nahe gekommen. Die Berührung von Mickeys Händen. Seine weichen Lippen auf ihrem Mund. Seine Leidenschaft, die sich in sie ergoss. Sie würde nie wieder die Gelegenheit haben, von ihm geliebt zu werden, es sei denn, sie würde ihn jetzt gegen das Geländer drücken und ihm das Hirn rausvögeln.

Aber sie durften nicht anhalten. Jeder Sekunde Verzögerung bedeutete, dass Vampire der Willkür ihrer Erzeuger ausgesetzt waren. Wenn Valerie der Versuchung nachgab, Mickey in ihre Arme zu ziehen, ihren Finger in sein Haar zu wühlen und ihn zu vögeln, bis sie beide das Schicksal, das sie erwartete, vergaßen, dann würden Vampire unendlich leiden müssen. Sie beschleunigte das Tempo und zwang ihre müden Beine die Stufen hoch.

„Ich denke immer noch, ihr solltet etwas fröhlicher sein. Ihr macht genau das, was ihr immer wolltet. Das Leben ist zu kurz. Besonders eures. Aber okay, wie ihr wollt." Elvy schüttelte verächtlich den Kopf und schnippte mit den Fingern.

Auf einmal endeten die Stufen und vor ihnen erschien abrupt ein gewundener Torbogen, so dass Mickey stolperte, weil er auf eine Stufe treten wollte, die gar nicht mehr da war. Valerie umfing seine Taille, um ihn zu halten und atmete für einen Moment seinen warmen Duft ein, bevor sie zurücktrat.

Auf der anderen Seite des Torbogens lag ein dunklerer, kleinerer Raum. Alles an diesem Raum war sehr, sehr *alt*, von den verfallenden Tempelsäulen, die mit alten, unlesbaren Schriftzeichen versehen waren, bis zu einer uralten, geschlechtslosen Tonstatue in Ketten, die in einer Nische am gegenüberliegenden Ende der Höhle, etwa zehn Meter entfernt, stand.

Elvy sah von einem zum anderen. Sein Gesichtsausdruck war sehr ernst. So ernst hatte Valerie ihn bisher noch nicht gesehen.

„Okay, Kinder, es ist ganz einfach." Er zeigte auf die Statue. „Als die Götter die Vampire erschufen, schlossen sie die magischen Eigenschaften des *Hortari*-Fluches in dieser Statue ein. Wenn ihr sie zerbrecht, wird der *Hortari* zerstört. Und, zu eurer Information, wenn ihr die Statue zerbrecht, werden auch alle Zauber gebrochen, die diesen Ort existieren lassen. Also, Kopf hoch." Mit einem kleinen Lächeln auf den Lippen verschwand er.

„Wir gehen einfach da rüber und zerbrechen die Statue?

Das erscheint mir zu--" *einfach*. Sie konnte den Satz nicht beenden, weil auf einmal ein orkanartiger Wind losbrach und sie fast umwarf. Sie schrie auf, versuchte ihre Füße fest auf dem Boden zu verankern und lehnte sich in den Sturm. Neben ihr, schlang Mickey seine Arme um eine Säule und klammerte sich mit aller Kraft fest.

„Beug dich hinab!", schrie Mickey ihr zu und ließ sich an der Säule hinuntergleiten. Er ließ sich auf die Knie nieder und kroch vorwärts. „Wir müssen unseren Schwerpunkt tief halten, damit wir nicht fortgeweht werden!"

Valerie ließ sich auf den Boden fallen und zog sich mit den Armen vorwärts. Der Wind setzte sich ihr heftig entgegen. Ihre Finger bluteten vom Kontakt mit der felsigen Oberfläche und ihre Hände waren im Nu zerkratzt und zerschnitten.

„Valerie, was machst du da?" Die Männerstimme war ihr bekannt, aber sie konnte sie im Moment nicht zuordnen. Sie sah sich im Raum nach dem Sprecher um, aber ein weiterer starker Windstoß ließ ihre Augen tränen und sie konnte kaum noch etwas erkennen, außer Mickey, der einen Meter von ihr entfernt auf dem Boden lag.

„Felicity?", rief Mickey und sah sich verzweifelt nach allen Seiten um.

„Was ist los?", rief Valerie ihm zu.

„Ich dachte, ich hätte etwas gehört--" Er hielt inne, schrie auf und warf sich zur Seite. Er versuchte, sich aufzusetzen. Seine Augen waren vor Schreck geweitet, als er entsetzt auf eine leere Stelle im Raum vor sich starrte.

„Mickey!", schrie Valerie, und versuchte, ihn zu erreichen. „Geht es dir gut?"

„Ihm geht es bestens", ertönte wieder die vertraute, männliche Stimme aus der entgegengesetzten Richtung.

Valerie drehte sich um und erstarrte.

Nolan stand vor ihr und versperrte ihr den Blick auf die *Hortari* Statue an der Wand. Nolan sah genauso aus wie damals, als sie ihn das letzte Mal gesehen hatte, in diesen kostbaren Stunden, bevor er starb. Sein Kittel und seine Hände waren tintenbeschmiert, weil er die Buchhaltung gemacht hatte. Sein Haar war völlig zerrauft, da er immer damit herumspielte, wenn er sich konzentrieren musste. Er stand völlig locker da, als ob der Wind ihm nichts ausmachte. Sein Haar schwebte um seinen Kopf als wäre er unter Wasser und nicht einem orkanartigen Sturm ausgesetzt.

„Nolan? Wieso bist du hier? Bist du ein Geist?"

Nolan schüttelte den Kopf. Er kniete sich neben sie und strich mit der Hand über ihre Stirn. Er fühlte sich echt und fest an. Einen Moment fühlte sich Valerie in ihr altes Büro zurückversetzt, in dem Nolan ihr ein Taschentuch reichte, um die Tinte von ihren Fingern zu wischen. Sie wollte seine Hand ergreifen, aber ihre Hände griffen durch ihn hindurch, als wäre er aus Luft.

„Ich verstehe das nicht." Sie hatte gar nicht gemerkt, dass sie weinte, bis eine Träne von ihrem Kinn auf ihre Hand tropfte. „Es tut mir so furchtbar leid! Ich wollte nicht, dass du stirbst."

„Ich weiß, ich weiß." Nolan ergriff ihre Hand und zog sie hoch. Eine Sekunde lang schien sein Körper den starken Wind zu blockieren. Sie beugte sich vor und wollte ihn umarmen, aber ihre Arme griffen durch ihn hindurch.

„Warum kann ich dich nicht anfassen, aber du mich?", fragte Valerie.

„Deshalb." Er holte mit der Faust aus, und sein Knöchel landete an ihrem Kinn in einem schmerzhaften Faustschlag, der sie vor Schreck zurückweichen ließ. Entsetzt hob sie den Arm, um seinen nächsten Schlag abzuwehren, aber ihr

Arm ging wieder durch seinen hindurch und sein nächster Hieb traf sie am Hals.

„Nolan! Warte! Ich wollte nicht, dass du stirbst! Ich mache das alles hier deinetwegen!", rief Valerie. Sie duckte sich vor seinem ausschwingenden Arm und wich aus, was sie aber wieder dem brausenden Wind aussetzte.

Er trat in ihre Kniekehle. Sie fiel stolpernd vorwärts, und ihr Bein verdrehte sich unter ihr. Aus dem Augenwinkel sah sie Mickey, der mit vielen Gesten in ein lautstarkes Gespräch mit dem leeren Luftraum vor ihm verwickelt war. *Ich bin anscheinend nicht die Einzige, die sich hier ihren Dämonen stellen muss.*

Sie drehte sich von Nolans Fuß weg, der auf ihren Magen zielte, und rollte sich weg, wobei sie so weit sie konnte zu der *Hortari* Statue stolperte. Sie hörte Nolans Schritte neben sich und musste sich unter seinem Bein, das nach ihr trat, wegducken. Als sie wieder auf die Füße sprang, wurde sie von dem Sturmwind fast umgeworfen.

„Nolan, es tut mir wirklich leid! Was kann ich noch tun, damit du mir verzeihst? Ich hätte meine Worte sorgfältiger überlegen sollen, dann wärst du noch am *Leben*."

„Du glaubst also, dass ich deshalb hier bin? Weil du gesagt hast, ich soll *mein Licht brennen lassen*?"

Es schmerzte sie sehr, ihre gedankenlosen, dummen Worte, die sie damals gesagt hatte, aus Nolans Mund zu hören. Vor langer Zeit hatte sie ein Jahrzehnt lang als Kaufmann gearbeitet. Sie hatte die Seewege erforscht und andere Schiffe angeheuert, um das Gleiche zu tun. Dabei war viel lästiger Papierkram angefallen und Valerie und Nolan mussten ihren Termin einhalten.

Eines Tages, als sie sich für die Nacht verabschieden wollte, hatte sie ihm noch einige Anweisungen zugerufen, ohne groß darüber nachzudenken: „Der Kapitän hätte diese

Unterlagen gestern schon gebraucht. Also, lass dein Licht brennen, bis du durch bist." Dann war sie in ihr Büro gegangen, um bis Sonnenaufgang ihre eigene Arbeit zu erledigen, im sicheren Wissen, dass sie Nolan vertrauen konnte, im Licht der Öllampe seine Aufgabe zu erledigen.

Die volle Bedeutung ihrer Worte wurde ihr erst bewusst, als sie Rauch roch. Sie war zurückgerannt und hatte den Raum in Flammen aufgefunden. Das Feuer verzehrte alles Papier und Öl im Büro. Nolan lebloser, verbrannter Körper lag auf dem Boden. Jede Hoffnung auf Rettung war zu spät.

Genau aus diesem Grunde verbrachte Christopher so wenig Zeit mit seinen Nachkommen, weil er befürchtete, seine Worte falsch zu wählen. Aber Valerie war absolut selbstsicher und überzeugt gewesen, dass sie in der Lage war, ihre Aussagen so zu durchdenken, dass ihre Nachkommen nicht zu Schaden kommen könnten. Aber diese eine gedankenlose Redewendung—kombiniert mit der Macht *des Hortari-* Fluches—hatte einen guten Mann das Leben gekostet, und sie musste mit der Schuld weiterleben.

„Nolan, ich habe jeden Tag der letzten dreihundertachtzig Jahre, zwei Wochen und sechs Tage damit verbracht, zu versuchen, das, was ich dir angetan habe, wieder gut zu machen." Dieses Mal wich sie nicht aus: Sie steckte den Schlag, den Nolan auf ihre Brust zielte, ein und akzeptierte den damit verbundenen Schmerz und den blauen Fleck, der sich an der Stelle bilden würde, wenn sie noch lange genug lebte. Die Wucht des Schlages trieb sie einige Schritte näher an die *Hortari* Statue heran.

„Aber genau das versuche ich dir beizubringen!" Nolans Gesicht verzerrte sich vor hilfloser Wut. „Was mir passiert ist, hatte mit dir überhaupt nichts zu tun!"

„Was redest du da?"

„Du hast dich die letzten Jahrhunderte wie besessen von

Schuldgefühlen quälen lassen, dass du für alles verantwortlich bist. Nicht einmal hast du darüber nachgedacht, was du tatsächlich gesagt hast. Dein Befehl *Lass dein Licht* brennen, bis du durch bist, war nicht die Ursache dafür, dass ich verbrannt bin. *Hortari*-Befehle sind eine besondere *Verbindung* zwischen Erzeuger und Nachkomme. Du wolltest mir nichts Böses und ich habe deinen Befehl auch nicht so verstanden. Natürlich habe ich mein Licht brennen lassen; das hätte ich sowieso getan. Aber dann bin ich *eingeschlafen* und habe die Öllampe im Schlaf umgeworfen. Es war einfach ein dummer Unfall."

Valerie blinzelte. Sie verstand gar nichts mehr. Ihr war, als ob der Raum sich um sie herum drehte, während sie die Grundlage aller Entscheidungen, die sie in fast vierhundert Jahren getroffen hatte, zum ersten Mal in Frage stellte.

„Du bist nicht gestorben, weil ich dir sagte, du solltest dein Licht brennen lassen?"

„Nein!" Nolan nahm ihr Gesicht in beide Hände und zog sie näher. „Ich bin eingeschlafen. Ich war todmüde. Die einzige Beleuchtung damals waren Kerzen und Öllampen und ich bin auf einem Stapel Papier eingeschlafen. Ich habe geträumt, die Lampe umgestoßen und *Wuuuusch*."

„Nolan, es tut mir so --"

„*Wage* es nicht, dich noch einmal bei mir zu entschuldigen. Hör auf, dir die Schuld zu geben. Oder mir. Oder irgendwas oder irgendjemandem. Bring einfach die Aufgabe zu Ende, für die du hierhergekommen bist." Er deutete auf die *Hortari*-Statue. Valeries Augen weiteten sich vor Erstaunen, als sie sah, wie nah sie der Statue gekommen war. Die Enthüllungen, die ihre Vergangenheit veränderten, hatten sie von dem Wind und den durch Nolans Fausthiebe verursachten Schmerzen in Schulter, Knie und Kiefer abgelenkt.

Sie streckte ihre Hände nach der Statue aus, aber eine unsichtbare Sperre blockierte sie.

„Nein!", schrie sie. Ihre Finger glitten über eine harte Oberfläche—hart und kalt, wie ein Diamant—die sie nicht sehen konnte. Sie schlug verzweifelt auf die harte Wand ein. Die Statue war so nahe, und dennoch unerreichbar.

„Wie alles andere, kannst du auch das nicht allein bewältigen", sagte Nolan. Er war ihr so nahe, dass sein gespenstischer Atem kühl über ihren Nacken strich.

Valerie sah ihn an und blickte dann durch den Raum zu Mickey, der noch immer mit seinem eigenen Dämon sprach.

„Mickey! Ich brauche dich, um den *Hortari* zu zerstören!", rief sie ihm zu. Doch er schien sie nicht zu hören. Er war in sein Gespräch vertieft und der Wind heulte so laut, dass Valerie ihre eigenen Worte kaum hören konnte. Sie drehte sich zu Nolan zu. „Kannst *du* mir helfen, durch die Sperre zu kommen?"

Nolan schüttelte den Kopf. „Das würde ich, wenn ich könnte." Seine Stimme erklang wie aus weiter Ferne und seine Gestalt begann bereits, zu verblassen.

„Du hast mir mehr geholfen, als du ahnst", rief Valerie ihm nach.

„Du solltest dich beeilen." Nolan verschwand und Valerie ließ sich gegen die Wand sinken. Sie blickte sich in dem geschlossenen Raum um und bemerkte, dass die Tür zur Treppe verschwunden war.

An der gegenüberliegenden Seite des Raums kämpfte

Valerie mit einem unsichtbaren Angreifer und fiel immer wieder zu Boden. Mickey rief laut ihren Namen, aber sie hörte nicht auf seine Stimme. Er rief noch einmal. Da berührte plötzlich eine sanfte Hand seine Wange und er drehte sich um. Der Raum um ihn herum verschwamm, als Mickeys Augen sich mit Tränen füllten.

„Felicity." Er brachte nur ein Flüstern zustande, aber die Frau, die plötzlich vor ihm stand, hörte ihn trotz des heulenden Windes und nickte ihm zu.

Die zierliche, blonde Frau mit dem verträumten Gesichtsausdruck war ihm so vertraut, dass ihm das Herz in der Brust schmerzte. „Mickey." Sie seufzte. „Von all meinen Ehemännern warst du mir immer der Liebste."

„Ich war dein *einziger* Ehemann." Mickeys Stimme zitterte.

„Deshalb warst du mir wahrscheinlich der Liebste." Felicity trat vor und streichelte Mickeys Wange. Ihre Berührung war warm und lebendig. „Du hattest keine Konkurrenz." Sie grinste.

„Wie ist es möglich, dass du hier bist?" Mickey fiel auf die Knie. „Felicity, es tut mir so furchtbar leid." Er streckte die Arme nach ihr aus, aber als er sie umarmen und an sich ziehen wollte, griffen seine Hände ins Leere.

„Es tut dir leid?" Felicity riss Mickeys Kopf hoch und zwang ihn, sie anzusehen. „Das hier?" Sie legte den Kopf in den Nacken und eine dünne, rote Linie wurde an ihrem Hals sichtbar. Die rote Linie wurde länger und breiter, bis sie ihren ganzen Hals umgab und ihr Kopf mit einem dumpfen Aufprall auf den Boden fiel.

„Oh Gott, nein, nein." Mickey sah den abgetrennten Kopf an. *Es geschieht noch einmal.*

Die Höhle verschwand. Statt ihrer erschienen die Steinwände eines, ihm nur allzu bekannten, Verlieses. An den

Wänden hingen eiserne Hand- und Fußfesseln. Der Boden unter Mickeys Knien war feucht und klebrig von Blut, Exkrementen und Schweiß.

Wieder verspürte er die Schmerzen von den Wunden an seinem Rücken, genau, wie an dem Tag als Rhyses Handlanger ihn mit ihren Peitschen bearbeitet hatten. Einzelheiten, die er damals gar nicht wahrgenommen hatte, bemerkte er jetzt mit Furcht einflößender Klarheit. Eine Motte saß an den Gitterstäben am Fenster. Ihre grauen Flügel flatterten in der leichten Brise. Ein schmaler Mond versteckte sich hinter den Wolken, als ob er nicht sehen wollte, was hier passierte.

Rhys, in voller Lebensgröße, mit einem bösartigen Lächeln im Gesicht, schritt vor ihm auf und ab, an der Stelle, wo gerade noch Felicity gestanden hatte.

„Ich habe dich verwandelt, weil es hieß, du seist einer der gemeinsten Menschen weit und breit." Rhys fuhr mit der Zunge über seine langen Eckzähne. Er blickte mit einem kranken Grinsen auf Mickey hinab. „Und *jetzt*, auf einmal, willst du den Job nicht machen. Du hast eine Lücke in meinem *sehr* klaren *Hortari*-Befehl gefunden und einige meiner Gefangenen freigelassen. Mickey, Mickey, mein lieber Junge. Das war ein schwerer Fehler."

Rhyses Wut war am gefährlichsten, wenn er nach außen hin ruhig wirkte, wie die glatte Oberfläche einer Teergrube. Mickey war schon seit Tagen in einem Raum mit Sonneneinstrahlung gefangen, ohne Nahrung, und bei Tage völlig geschwächt. Aber Rhyses junge Gefangene, fast noch Kinder, waren frei. Mickey hatte die Sonne ertragen, sich mit seinem eigenen, baldigen Tod abgefunden und war zu diesen Opfern mehr als bereit, im Wissen, dass diese Kinder noch eine Chance hatten. Dann war Rhys zurückgekehrt. Und sein Lächeln ließ keinen Zweifel daran, dass er für

Mickey ein Schicksal bereithielt, das sehr viel schlimmer war als der Tod.

Rhys hob die Hand und gab jemandem außerhalb von Mickeys Zelle ein Zeichen. Felicity wurde in die Zelle geworfen; ihre Hände und Füße mit schweren Ketten gefesselt. Sie hatte starke Verletzungen im Gesicht und an den Händen. Anscheinend hatte sie mit aller Kraft gegen ihre Angreifer gekämpft. Mickeys Magen verkrampfte sich. *Wie konnte ich nur so dumm sein?, dachte er. Rhys ist viel zu grausam, um mich einfach nur sterben zu lassen.*

Mickey schüttelte die Erinnerungen ab. Er wusste das alles. Es war vor langer Zeit bereits geschehen. Rhys hatte den Befehl gegeben und Mickey hatte sich nicht dagegen auflehnen können. Er liebte seine Frau über alles. Ihre Augen funkelten schöner als jeder Nachthimmel und ihr Lachen war für ihn wie Musik, zu der er tanzen wollte. Aber trotzdem hatte er das Messer aufgehoben, das Rhys ihm vor die Füße geworfen hatte. Trotzdem war er unaufhaltsam auf seine geliebte Frau losgegangen, die schrie und sich gegen ihn wehrte, während Rhys seinen Befehl immer und immer wieder aussprach, bis die Tat vollbracht war.

Mickey blinzelte und die Höhle erschien wieder vor seinen Augen, aber die Erinnerung an Rhyses irres Lachen erfüllte noch immer den Raum.

Felicitys Kopf rollte über den Boden wie ein weggeworfenes Spielzeug. Mickey schrie vor Schmerz, doch seine Stimme verlor sich im Heulen des Windes. „Felicity, es ist meine Schuld. Ich war nicht stark genug. Ich hätte dem *Hortari* widerstehen müssen, um dich zu retten." Seine Finger griffen durch ihren geisterhaften Kopf hindurch und spürten nur Luft, als er ihr Haar streicheln wollte.

Felicitys blaue Augen öffneten sich und sie sah Mickey durchdringend an. „Du glaubst also wirklich, du hättest dich dem *Hortari* widersetzen können?'" Sie lachte laut auf und rotes Blut spritzte aus ihrem offenen Hals auf den kalten Steinboden.

Mickey schrie und warf sich zur Seite, um den Blutspritzern auszuweichen. Der schreckliche Anblick erschütterte ihn zutiefst. „Felicity! Oh, nein. Ich hätte mich mehr bemühen müssen. Ich hätte *irgendetwas* tun müssen, um--"

Felicitys Körper trat vor. Sie hob den Kopf vom Boden auf, setzte ihn wieder auf ihren Hals und rückte ihn zurecht. Dann drehte sie den Kopf hin und her, bis die Haut an den Schnittlinien wieder zusammenwuchs, als wären Kopf und Hals nie voneinander getrennt gewesen. Schließlich kniete sie nieder, bis ihr Gesicht mit Mickeys auf gleicher Höhe war, und lächelte ihn an. Alle Spuren von Blut und Wunden waren verschwunden. Sie lächelte so strahlend wie an ihrem Hochzeitstag.

„Oh, du lieber, guter Mann." Felicity streckte die Hand aus und streichelte liebevoll seine Wange. „Ich nehme an, du konntest es einfach nicht wissen. Auch *mir* wurde es erst klar, als ich tot war."

„Was konnte ich nicht wissen?"

„Der *Hortari* kann gebrochen werden, das stimmt. Eure Königin hat es vor zwei Jahren für euren König, ihren Erzeuger, geschafft. Du hast es dir immer wie eine Art Tauziehen vorgestellt. Zwei Gegner, die um den Sieg kämpfen und an dem Seil zerren, bis es zerreißt." Sie schüttelte den Kopf. „Aber es muss eine Zusammenarbeit stattfinden. Nachkomme und Erzeuger müssen sich *gemeinsam* dem *Hortari* widersetzen, bis er zerbricht. Christopher und Alice wollten *beide* aus ganzem Herzen, den *Hortari* überwinden, und so schaffte sie es, sich zu befreien. Deine einzige Chance mich zu retten wäre gewesen, wenn auch Rhys *gewollt* hätte, dass du vom *Hortari* befreit wirst." Tränen schimmerten in Felicitys Augen. „Du hast dir deswegen immer Vorwürfe gemacht, nicht wahr?"

Felicity trat auf ihn zu und nahm sein Gesicht in beide Hände, wie sie es im Leben so oft getan hatte. „Ich weiß, dass Rhys mich getötet hat und dich nur als Waffe dazu benutzt hat. Aber ich werde sehr böse auf dich sein, wenn du dich noch eine Minute länger schuldig fühlst und dir davon dein Leben versauen lässt." Sie gab ihm einen raschen Kuss auf die Wange und deutete dann auf Valerie, die mit den Fäusten auf eine unsichtbare Wand einschlug, die sie von der *Hortari*-Statue trennte. „Du hast noch eine Aufgabe zu erfüllen." Mit einem Windstoß war Felicity plötzlich verschwunden.

Mickey kämpfte sich mühevoll gegen den immer noch brausenden Wind auf die Füße. Er fühlte sich irgendwie total erleichtert. Die Jahrhunderte von Schuldgefühlen, die er mit sich herumgetragen hatte, waren von seinen Schultern genommen worden. Seine Frau war tot, aber es war Rhyses Tat gewesen, nicht seine. Der *Hortari* hatte dies zugelassen und Mickey war jetzt bereit, sich dafür zu rächen.

Valerie ergriff ihn am Arm und zog ihn zu sich. „Geht es dir gut?", fragte sie besorgt.

„Gleich wird alles gut." Mickey ging auf die Statue zu. Sein Herz schlug ihm vor Aufregung bis zum Hals. Eine Hand legte sich in seine. Er drehte sich um und sah Valerie an, die ihn stolz anlächelte.

„Wir werden es tatsächlich schaffen." Sie drückte seine Hand. Dann traten sie gemeinsam, sich an den Händen haltend, durch die magische Sperre, die sich wie ein kalter Schauder an ihrer Haut anfühlte. Ihre Hände schlossen sich gemeinsam um die Statue. Die toten Augen der Figur starrten blicklos ins Leere. Sie kniete auf dem Boden und war in Ketten gefesselt. Der Ton, aus dem sie hergestellt war, knisterte vor magischer Energie.

Vor Mickey und Valerie erschienen wieder goldene Buchstaben in der Luft.

DER HORTARI: DIE FREIHEIT HAT EINEN TÖDLICHEN PREIS

„Ich werde es tun. Vielleicht wird dein Leben verschont, wenn du keinen Anteil an der Zerstörung der Statue hast", sagte Mickey, obwohl er bereits ahnte, was sie dazu sagen würde.

Valerie stellte sich dicht vor ihn und strich ihm mit den Fingern durchs Haar. „Du Dummkopf." Sie küsste ihn heftig und voller Leidenschaft. „Wir machen es so, wie wir bis jetzt alles überstanden haben: zusammen."

Mickey atmete einige Male tief durch. „Auf drei", sagte er. Ihre verschlungenen Hände legten sich fester um die Statue. Mickeys Hände waren an den Beinen der Figur und Valeries an der Brust.

„Eins", sagte Valerie.

„Zwei", sagte Mickey angespannt.

„Drei", brüllte Valerie.

Zusammen zogen sie die Statue durch die magische Sperre und warfen sie mit aller Kraft auf den Boden, so dass die Splitter in alle Richtungen flogen. Valerie zertrampelte mit ihren Stiefeln jedes Stück, das ihr unter die Füße kam und Mickey zermalmte die größeren Teile zu Staub. Innerhalb von Sekunden war nichts mehr von der Statue übrig.

„Wir haben es getan!", rief Valerie aufgeregt. Die ganze Höhle erzitterte und schwankte hin und her, als ob sie auf hoher See wäre.

„Wir haben *etwas* getan, das ist sicher", rief Mickey zurück. Die hohen Säulen, die die Decke stützten, zerbarsten in Stücke. Die fallenden Teile ließen den Boden erbeben. Mickey rief verzweifelt Valeries Namen, aber es war zu spät.

Mit einem Geräusch wie Donnergrollen brach die Höhle auseinander und alles wurde schwarz.

Wir haben es geschafft. Mickey lächelte, als ihm dieser letzte Gedanke durch den Kopf ging.

～

Valerie versuchte, sich gegen den Schwall von scharfen Steinen zu schützen, als die Steine um sie herum zerbarsten, auf sie hinabregneten und drohten, sie lebendig zu begraben.

„Mickey!", schrie sie und rannte weiter, wich den fallenden Steinen aus und versuchte, ihn zu finden. „Elvy! Bist du noch hier? Mickey! Wo bist du?" In dem Lärm der Steinlawinen konnte sie ihre eigene Stimme kaum hören. Egal, in welche Richtung sie auch lief, immer versperrten Steinblöcke ihr den Weg.

Valerie sprang so hoch sie konnte, um den Steinen auszuweichen, klammerte sich an einem der hängenden Stalaktiten fest und zog sich hoch, wobei sie alle Steine aus dem Weg trat, die auf sie zurasten. Dann kletterte sie auf die kleinen, schimmernden Lichtpunkte zu, die einen Ausgang zur Außenwelt versprachen.

Von allen Seiten regneten Felsbrocken auf sie hinab und trafen sie am Kopf und am Körper. Sie schloss die Augen, um sie vor dem Staub zu schützen, der ihr Gesicht bedeckte und überall in der Luft herum wirbelte. Blind zog sie sich immer höher hinauf. Sie fluchte und schrie Mickeys Namen. Alle ihre Sinne waren aufs Äußerste geschärft und lauerten auf ein Geräusch oder eine Bewegung; alles, was ihr die Hoffnung geben könnte, dass Mickey nicht von den Felsen zerschmettert worden war.

Was zweifellos mir passieren wird, wenn ich nicht weiter hoch klettere. Dort draußen wartete ihr Leben, ihre Familie, ihre Lebensaufgabe.

„Mickey!", schrie sie, wieder und wieder.

Aber Mickey ist hier drin, sagte eine leise, innere Stimme. Plötzlich spürten Valeries Fingerspitzen Luft. Sie nahm eine leichte Brise wahr, die über ihre Haut strich. Ihr Herz hüpfte in ihrer Brust. Blinzelnd öffnete sie die Augen, nahm aber nur Dunkelheit wahr. Sie krallte sich weiter in den Fels, ihre Hände wund und blutig von den scharfen Steinen.

Ich krieche aus meinem Grab. Dieser Gedanke verlieh ihr wieder mehr Kraft. Die Verzweiflung trieb sie an. Der Boden bestand jetzt mehr aus Erde als aus Steinen. Sie nahm ihr die Luft, füllte ihre Nasenlöcher und zerrte an ihrem Haar. Sie kämpfte und drückte, trat und kratzte mit aller Kraft, bis sie erst eine Hand frei hatte, dann den ganzen Arm, und sich hochziehen konnte.

Valerie nahm einen tiefen Atemzug. Die kühle Luft füllte ihre Brust mit wunderbarer Frische. Hustend und spuckend befreite sie ihre Lungen von Staub und Schmutz. Sie spuckte alles in das frische grüne Gras, das auf dem Berghang im Wind wehte. Das Tal, in dem Mickey lebte, lag vor ihr.

Der Boden um sie herum war durch Löcher und Gräben beschädigt, wo die Steine und das Unterholz den Berg hinuntergefallen waren.

„Mickey!", schrie sie wieder und tastete sich vorsichtig vorwärts über den unsicheren Boden. Immer wieder rief sie seinen Namen, weil sie sich weigerte zu glauben, dass er tot war. *Eine Prüfung der Opferbereitschaft.* Aber sie hatten doch gewiss schon genug geopfert. Sie hatte sich von Jahrhunderten von Rechtfertigungen, die sie für ihre Entscheidungen gemacht hatte, befreit. Nolan hatte ihr verziehen. Sie hatte sich selbst verziehen. Sicherlich würden die Götter nicht verlangen, dass sie nun auch noch Mickey verlor? So grausam konnten sie doch nicht sein.

Doch, das können sie. Sie haben sich ja auch den Hortari *einfallen lassen.*

Hinter sich hörte sie Steine rollen und sie drehte sich auf dem Absatz um.

„Mickey! Bist du da?" Sie lief auf das Geräusch zu. Der Boden grummelte unter ihren Füßen. Aus einem der Löcher hörte sie etwas, das klang wie Stöhnen. Sie fing an, an dieser Stelle die Steine wegzuräumen und zu graben, so schnell sie konnte. Dabei rief sie ständig Mickeys Namen, bis sie endlich das stöhnende Geräusch wieder hörte.

„Valerie?" Das Wort erklang so leise, dass sie es fast überhört hätte.

Sie schrie vor Freude auf und räumte die Steine und Erde mit erneuter Energie weg. Dann stießen ihre Finger auf etwas, das sich nicht wie Steine oder Wurzeln anfühlte. Sie ergriff Mickeys Hand und hielt sie ganz fest.

„Ich hole dich da raus!" Sie stemmte sich mit ihrer ganzen Kraft in den Boden und zog. Sie stolperte rückwärts und setzte ihr ganzes Gewicht ein, um ihn aus der Erde zu ziehen. Endlich schoss Mickey, prustend und spuckend aus dem Boden.

Er rief ihren Namen und kroch schwer atmend zu ihr. Valerie zog ihn in ihre Arme und achtete nicht auf den Schmutz an seiner Haut. Sie küsste ihn immer wieder und er schlang seine Arme um sie.

„Ich dachte, wir wären beide tot. Ich dachte, ich würde dich nie wieder sehen", stammelte Mickey. Seine Lippen wanderten von ihrem Mund hinab zu ihrem Hals. Sein Mund fühlte sich wunderbar an ihrem schnellen Puls an und jede seiner Berührungen erinnerte sie daran, dass sie lebten.

„Ich kann es gar nicht fassen, dass wir es geschafft haben. Der Hortari ist erledigt." Valerie fühlte sich glücklich und übermütig wie beim ersten Kuss.

„Und wir leben noch." Er zog sie noch näher an sich. Seine Hände wanderten über ihren Körper, als müsse er sich vergewissern, dass sie wirklich da war, atmete und lebte. Er streichelte ihre Brüste und knetete ihren Hintern. Jede seine Berührungen machte sie unendlich glücklich.

„Ich liebe dich, Mickey Shive." Sie lehnte sich etwas zurück, damit sie den Ausdruck in seinem Gesicht sehen konnte. Ein Strahlen breitete sich auf seinem Gesicht aus.

„Ich liebe dich auch, Valerie Dal. Ich liebe dich so sehr, wie ich es nie für möglich gehalten hätte, in dieser kurzen Zeit."

„Ich weiß." Sie küsste ihn wieder. Ihre Zunge spielte mit seiner, als Mickey sich auf sie rollte und seine Hände ihren Hosenbund ergriffen. Er zog ihr die Hose herunter, steckte sein Gesicht zwischen ihre Schenkel und leckte ihre Muschi, als ob er am Verhungern wäre. Sie hob ihm ihre Hüften entgegen, um seine Zunge noch mehr zu spüren. Ihre Finger wühlten sich in sein Haar und drückten seinen Kopf noch fester an ihre Möse. Er leckte ihre Spalte und seine Finger drangen tief in sie ein, berührten sie an den empfindsamsten Stellen, bis sie vor Wonne schrie, und die Lust ihren ganzen Körper durchfuhr.

„Ich brauche dich! Ich brauche dich ganz", keuchte sie. Ihre Hände zitterten von ihrem ersten Orgasmus, aber sie wollte ihn tief in sich spüren.

„Du hast mich. Ich gehöre dir für immer." Er zog schnell

seine Hose hinunter und an seinem harten Schwanz schimmerte bereits der Liebestropfen. Er hob ihre Hüften und stieß seinen Schwanz tief in sie hinein. Sie schnurrte und stöhnte, als sein harter Schaft ihr Innerstes ausfüllte und dehnte. Sie fühlte sich ihm vollkommen verbunden, als er immer härter, schneller und tiefer in sie eindrang. Ihr wurde schwindelig vor Erregung. Ihre Finger krallten sich in seinen Hintern, und sie drängte sich immer enger an ihn. Er vögelte sie hart, bis die Welt um sie herum verschwand und nur noch er, sein Geruch, seine Berührung und sein Mund auf ihrem für sie existierten.

Ihr Höhepunkt überrollte sie, und er ergoss seinen Samen in derselben Sekunde in ihre warme Höhle und füllte sie. Er schrie ihren Namen und ließ sich auf sie fallen. Dann lagen sie eng aneinander geschmiegt auf dem Boden und atmeten heftig. Zunächst dachte sie, das schnelle Pochen wäre sein Herz, das nahe an ihrem Körper schlug, aber dann blickte sie auf und erkannte das rhythmische Geräusch der Rotoren eines Hubschraubers, der in ihre Richtung flog.

„Das ist Margot!" Valerie sprang aufgeregt auf und zog sich schnell an. „Meine Schwester kommt, um uns zu retten."

Mickey zog rasch seine Hose an und stellte sich neben sie. „Meinst du, sie wird etwas dagegen haben, wenn einer aus der Nachkommenslinie von Rhys ein Teil eurer Familie wird?" Sie fand es süß, wie nervös er sich anhörte.

Valerie küsste ihn auf die Wange. „Du hast die Höhle entdeckt, und dadurch konnte der *Hortari* endlich zerstört werden. Auch wenn ich dich nicht lieben würde, würde meine Familie dich mit offenen Armen aufnehmen."

Margots Hubschrauber kam in Sichtweite. Sie warf ihnen eine Leiter hinunter. Valerie und Mickey kletterten hinauf und ließen sich erschöpft in die Sitze fallen. Margot winkte ihnen von ihrem Pilotensitz aus zu und rief: „Ich freue mich so sehr, euch zu sehen! Ihr habt ja keine Ahnung, welche Sorgen wir uns gemacht haben, seit wir deine Textnachricht erhalten haben."

„Das war die Sache wert." Valerie grinste ihr breitestes Grinsen. „Wir haben es geschafft, Margot. Wir haben den *Hortari* endgültig zerstört."

Margot erstarrte vor Staunen. „Im Ernst?"

„Es stimmt." Mickey hopste vor Aufregung in seinem Sitz auf und ab.

Margot steuerte den Hubschrauber wieder zurück in Richtung des Schlosses. „Valerie, schreib allen die gute Nachricht. Ich will, dass die größte und wildeste Party, die das Königreich je erlebt hat, bereits in vollem Gange ist, wenn wir ankommen. Du hast die Welt verändert, kleine Schwester."

Valerie hielt Mickeys Hand. „Wir beide haben das getan."

Margot warf Valerie ihr Handy zu. Valerie war so erstaunt, es wieder zu sehen, dass sie es beinahe fallen ließ. „Ein komischer Typ namens Elvy erschien plötzlich auf dem Sitz des Kopiloten, gab mir dein Telefon und bat mich, dir auszurichten, dass er sich jetzt auf eine weltweite Kneipentour begeben wollte. Er verschwand eine Sekunde, bevor ich euch hier fand."

Valerie sah Mickey in die Augen und sie lächelten sich an. „Ich freue mich, dass er endlich frei ist", sagte Valerie. „Er hat uns sehr geholfen." Sie atmete tief ein und küsste Mickey zärtlich auf den Mund. „Wir haben es tatsächlich geschafft." Es fühlte sich immer noch an wie ein Traum.

Er sah genauso benommen aus wie sie. „Es gibt keinen *Hortari* mehr."

Valeries Telefon piepste. Sie blätterte durch die ganzen Fotos und Videos, die von allen ihren Familienmitgliedern und Freunden eingingen. Alice und Christopher weinten und lachten gleichzeitig und riefen immer wieder „Danke, Danke", während sie sich glücklich umarmten. Robin und Danny tanzten wie wild und rieben ihre Körper aneinander. Sie waren umringt von anderen Tänzern, die in die Luft sprangen und jubelten. Lauren und Ben waren im Schloss. Sie hatten bereits angefangen mit den Opfern des *Hortari,* die im Schloss Zuflucht gefunden hatten, zu feiern und stießen mit Champagner auf die guten Neuigkeiten an. Valerie wurde warm ums Herz. Sie drehte das Telefon, so dass Mickey es sehen konnte.

„Sieht so aus, als ob das Happy End sicher ist."

Mickey grinste und küsste sie. „Und zwar nicht nur für uns, sondern für alle. Für immer."

Valerie schaltete ihr Telefon ab und kuschelte sich in Mickeys Arme. Der Mond lächelte durch die Hubschrauberscheiben auf sie hinab. Tiefer Friede legte sich wie eine Decke über sie. *So fühlt sich also Liebe an.*

Sie schloss die Augen und atmete tief Mickeys Duft ein. „Für immer hört sich richtig gut an."

Lieber Leser,

Wir hoffen, dass Ihnen Königliches Blut gefallen hat. Wir lieben diese von uns erschaffene Welt und das Erfinden von immer neuen Orten und Bewohnern, um diese Welt zu füllen. Viele Leser stellten uns die Frage: „Was passiert mit Lola?" Nun, freuen Sie sich auf mehr von Lolas geheimnisvollen Kuppeleien, denn es gibt noch viele Abenteuer in AUDREY'S Bar (und viele übersinnliche Liebesgeschichten).

Als wir diese Serie erstmals veröffentlichten, bekamen wir eine Menge E-Mails von Lesern, die sich für diese Bücher bedankten. Einige mochten eine bestimmte Serie oder derer Charaktere mehr als andere. Als Autoren lieben wir Feedback und Ihre Vorliebe für diese Welt ist der Grund, warum wir weiter Bücher über AUDREY'S und Lolas Welt schreiben.

Ohne Bewertungen geht heutzutage leider nichts mehr. Sie, lieber Leser, haben jetzt die Macht, über ein Buch zu entscheiden.

Also los, erzählen Sie uns, was Ihnen gefallen hat, was Sie richtig super oder überhaupt nicht gut fanden. Wir würden uns freuen, von Ihnen zu hören.

Vielen Dank, dass Sie Königliches Blut gelesen haben und in unsere Welt eingetaucht sind

Weiterhin viel Spaß!

Annie & Jess („AJ") Tipton

ÜBER DEN AUTOR

AJ Tipton ist ein Pseudonym für Annie und Jess (Capiche? „AJ." Sie verstehen schon!). Arbeitsbienen bei Tag, so verbringen wir unsere Abende damit, Fantasien zu Papier zu bringen, die erstaunen, anregen und unterhalten sollen. Wir leben in Brooklyn, sind leicht durchgeknallt und stolz darauf.

Wollen Sie mehr Geschichten über Bizarres und Verwunderliches? Tragen Sie sich in unsere Subscription-Liste ein und Sie werden die/der Erste sein, der weiß, wann ein neues Buch erscheint. Es gibt auch immer mal wieder eine Überraschung. Oder kontaktieren Sie uns direkt per E-Mail an a.j.tipton.author@gmail.com

Ideen für zukünftige Bücher – alles von Sexrobotern bis zu Geisterbordells – werden uns noch für die nächsten Jahre beschäftigt halten und wir laden Sie dazu ein, daran teilzuhaben. Lassen Sie uns wissen, welche Serie Ihnen am besten gefällt. Wir lieben es, von unseren Lesern zu hören.

ajtiptonauthor.wordpress.com
ajtiptonauthor@gmail.com